FREDDY D. ASTORGA

Visiones de Medianoche

www.freddyastorga.com

Astorga, Freddy D.
Visiones de Medianoche.
1ra edición, Santiago; Chile.
Publicación Independiente.
ISBN: 978-956-353-083-4
1. Narración de cuentos

Publicación Independiente.
©2013, Edición: Karin Espinoza.
©2013, Contraportada: Pamela Maureen Orellana.
©2013, Fotografía Autor: Romy B. Puga.
©2013, Diseño Portada: Freddy D. Astorga.

©2013, Edición Independiente, Freddy D. Astorga.
ISBN: 978-956-353-083-4
Texto al cuidado del autor.

2013, Impreso por Prime Comunicaciones

Dedicado a mi querida esposa, Romy Bravo Puga,
por su amor y apoyo; a mi familia y principalmente
a Dios que me da fuerzas cada día.

Prólogo del Autor

En cada relato que he escrito, he entregado una parte de mí, de mis sentimientos y mis sensaciones, he entregado sin medida esas historias que nacen en mi mente producto de la vida cotidiana. Esas ideas fueron las que inspiraron mi primer libro "Metrópolis VII: Historias de una mente urbana"; como una selección de relatos que sucedían entorno a una ciudad ficticia, en la cual, los personajes vivían experiencias que marcaban sus vidas. Historias donde se mezclaban el drama, el suspenso, el romanticismo y el terror, para otorgarle diferentes matices al concepto de relato urbano.

Pero siempre he pensado que no son las personas las protagonistas de mis relatos, sino que es la ciudad. Ella es la que esconde sus secretos y nos revela anécdotas increíbles más allá, muchas veces, de lo que el lector espera. Pero cuando esos relatos traspasan la barrera normal de lo cotidiano y lo sobrenatural emerge de las sombras; la ciudad nos enfrenta a historias envueltas en un manto nebuloso y llenas de misterio. Así, amparada por la penumbra nocturna, la ciudad muestra su lado espectral y las personas pueden convertirse en una víctima más del terror y la desesperación.

"Visiones de Medianoche", es ese reflejo oscuro en un espejo quebrado, que entrega una selección de relatos envolventes, escalofriantes e intrigantes, que te mantendrán anhelando descubrir el final que les espera a los protagonistas. Te impregnarás de sus sentimientos, de sus sensaciones y te llevará a explorar situaciones al borde del abismo, cargadas de suspenso, terror y drama policial. Sin duda que lo disfrutarás.

Freddy D. Astorga.

FREDDY D. ASTORGA

Visiones de Medianoche
Volumen 1

HISTORIA 1
DESPERTARES

La noche se cubría con un manto de tranquilidad, mientras las estrellas adornaban la cúpula celestial. No había luna que invitara a las bestias de la noche a merodear tras la cálida brisa del verano. Los grillos permanecían dormidos y el croar de las ranas ya no se escuchaba alrededor.

Un desesperado grito rompió el silencio en el que se sumergía la noche. En la oscuridad de la habitación, su agitada respiración y sus latidos acelerados, parecían hacerse tan fuertes como una estampida de animales.

Él se sentó en la cama y pasó su mano temblorosa por su frente llena de un frío sudor, su cuerpo estaba empapado hasta los huesos a causa de esa pesadilla que lo atormentaba cada noche; los sueños y fantasmas de una vida pasada yacían presentes en la habitación.

Él extendió su mano para encender la luz, procurando esquivar los objetos que permanecían en su velador. Aún se sentía aletargado y exaltado por el miedo. Con lentos y temblorosos movimientos apartó el reloj, pasó a llevar el teléfono y alcanzó el interruptor de la lámpara.

La luz le obligó a cerrar, por un instante, sus ojos claros aún sumergidos en las penumbras; su boca seca y amarga le instó a buscar el vaso de agua que cada noche llevaba a la habitación. Alzando la mano para alcanzarlo, se dio cuenta que el vaso estaba vacío. Con un dejo de molestia y decepción, se preparó para levantarse y dirigirse a la cocina para saciar su sed.

Ese amargor en la boca lo quemaba y la sensación de calor no sofocado, era como un incendio en su mojado y agitado pecho. Se quitó la mojada sudadera con la que estaba durmiendo y empapó su cuerpo bañado en sudor.

Atravesó la alcoba para ponerse una nueva sudadera seca y la bata. Cruzando el umbral de su habitación, se encaminó por el oscuro pasillo directo hacia la cocina. Pero al entrar en ella y encender la luz, se resbaló cayendo de espaldas sobre un líquido viscoso que llenaba el frío piso de baldosas.

El fuerte golpe lo aturdió por un instante, el dolor de la caída recorría desde la cadera hasta la base de su cabeza. Su vista estaba algo nublada, en parte por el golpe y en parte porque aún no se acostumbraba a la luz en sus ojos. Al momento de incorporarse ese líquido tomó color y consistencia en sus manos, estaba sumergido en un mar abundante de sangre.

Su corazón se exaltó por la impresión, miraba sus manos y no podía creer lo que estaba palpando. Por más que buscó por todos lados el origen de ese manantial rojizo, en una y otra dirección no encontró nada, sólo veía su cuerpo inmerso en el espeso charco.

Tanta sangre no podía haber aparecido así no más en su cocina, debía haber algún indicio de su origen. ¿Estaría aún soñando? ¿Sería que estaba aún sumergido en su pesadilla?

Mientras miraba de un lado a otro, una gota densa y viscosa cayó sobre su cabeza; miró hacia el techo de la cocina y una nueva gota golpeó su cara deslizándose por su mejilla. Con pavor pudo comprender que el líquido provenía desde la habitación superior y se había filtrado hasta acumularse en el piso helado.

Sintió un escalofrío estremecedor que congeló su espalda aún húmeda por el sudor, su mente se perturbó al pensar lo que encontraría en la habitación de arriba. Nada bueno podría esperarlo si se había filtrado desde el viejo piso de madera, cruzó el entretecho y tiñó la habitación de su mortal color. Una nueva gota cayó sobre su nariz y antes que resbalara por su cara, la secó con el antebrazo de la bata.

Se puso en pie y lavó sus manos en el fregadero, el agua se llevaba el rojo de su piel. Mojó su cara para despejarse un poco más y darse valor para comenzar a subir las extensas escaleras. Mantuvo sus manos un instante bajo el chorro de agua y llenando sus palmas, mojó también su cabeza para sentirse más fresco y menos agitado.

Se secó con un paño de tela y antes de salir por el umbral de la cocina, tomó consigo un atizador de fierro forjado. Se encaminó por el pasillo encendiendo las luces a su paso. Al pararse al borde de la escalera y mirar hacia arriba, los peldaños se hacían una aventura interminable. A cada paso que daba sobre los viejos tablones, el crujir de la madera a medida que avanzaba hacía más tensa la situación.

Balanceando su peso para evitar al máximo el retumbante sonido, llegó al borde superior de la escalera. Giró por el corredor y extendió su mano para encender la luz del pasillo. Lo extraño era que la luz de la última habitación estaba encendida, aunque él recordaba haberla apagado.

Intentó hacer memoria del recorrido realizado antes de bajar a dormir. Él recorría cada noche la casa entera, cerrando todas las ventanas y cada una de las cinco puertas de las habitaciones superiores. Luego apagaba las luces y tras llevar un vaso grande de agua a su habitación se acostaba en su cama.

El miedo lo embargó, sus manos temblorosas apenas sujetaban el atizador, sus piernas parecían de lana a punto de cortarse. Ya no sabía si continuar avanzando o devolverse a pedir ayuda a algún vecino. Pero para ser sincero consigo mismo, no tenía buena fama en el vecindario y era conocido por ser ermitaño, poco sociable y distante con la gente.

Mirando hacia el suelo por un instante, tragó un sorbo de su amarga y seca saliva y se propuso acelerar sus pasos. Se armó de valor para enfrentar su destino, lo que tuviera que ver en esa habitación era mejor verlo de inmediato y no alargar más esa tensa situación.

Se encaminó por el pasillo, cada paso sobre el viejo piso de madera retumbaba causando eco en el silencio de la noche. Cuando al fin llegó frente al umbral, hizo una pausa antes de empujar la puerta entreabierta por donde se filtraba un haz de luz. Su mano temblorosa impulsó la vieja puerta, la que con un chirrido metálico de las secas bisagras, se abrió por completo.

La antigua vitrina de trofeos de su lejana juventud, yacía derribada sobre el piso. Muchos años atrás él había sido un destacado deportista, fue campeón de muchos torneos desde sus tiempos de colegio y al llegar a la universidad continuó dedicado al deporte y a sus estudios.

Fue así como conoció a la que fuera su esposa, ella también era una destacada atleta, juntos compartieron las alegrías de sus logros y llenaron esa vitrina con copas, medallas y recuerdos de todos sus viajes. A su mente llegaron los recuerdos fugaces de aquellos lejanos años, el nacimiento de sus hijos y los días que compartieron en esa casa, hasta la penosa tarde en que murieron en un accidente carretero.

Cada noche que soñaba con los sucesos de ese trágico día, despertaba exaltado envuelto en sudor y con su corazón triste a punto de estallar. Su familia había sido destruida a causa de un estúpido error humano. Su mujer y sus dos hijos murieron al instante en el lugar del accidente, mientras que él sobrevivió tras meses de recuperación.

A pesar de ello jamás quiso vender esa casa y cada día recorría las habitaciones, trayendo los vitales recuerdos de su familia a su memoria. Poco a poco se fue alejando de la gente y escondiéndose más y más en su mundo. Pasaba largas horas frente a esa vitrina observando atónito cada recuerdo y cada viaje compartido.

Los cristales rotos esparcidos por el suelo, reflejaron sobre su cara la luz de la ampolleta obligándolo a dejar atrás sus gratos recuerdos. Al mirar a su alrededor, se dio cuenta que no había nadie más que él en la habitación, la ventana estaba cerrada como solía dejarla cada noche.

Avanzó un par de pasos al interior del cuarto y pudo ver que por los contornos del mueble, se filtraba un charco rojo de sangre. Debajo de la pesada estructura se podía ver que yacía el cuerpo de un hombre.

¿Quién era? ¿Por qué estaba allí? ¿Cómo terminó debajo de la vitrina? Intentó levantar el pesado mueble desde el costado sin moverlo ni un centímetro. Al rodear la estructura para ver el rostro de la persona que yacía ahí, se estremeció por completo. Sintió un escalofrío que recorrió su cuerpo, una brisa cálida atravesó la habitación y sus piernas casi se doblan de la impresión al reconocer esas facciones tan familiares. La forma de la cara, la inconfundible agudeza de su nariz y ese mentón redondo sembrado por una abundante barba gris. Esas inconfundibles facciones que había visto por años frente al espejo de su habitación, era su propia cara la que estaba ahí bañada en sangre y cristales.

Al mirar sus manos que temblaban de espanto y horror, el atizador que llevaba consigo desde la cocina ya no estaba y su cuerpo tomó un color grisáceo, hasta transparentarse en la luz que lo rodeaba. Confundido, impactado y sin poder moverse a ningún lado, sintió su cuerpo tornarse tan liviano como una pluma. Dejó de sentir el peso de los años y el dolor de su gastado cuerpo. Su figura que en realidad ya era una fantasmal silueta en la habitación, desaparecía y se esfumaba de esta tierra.

HISTORIA 2
EL PASILLO

El día se mantenía caluroso como toda tarde de verano, pero sabía que a partir de ese punto el calor comenzaría a menguar hasta terminar en una agradable noche. Era viernes y aunque no tenía horario fijo para hacer mi trabajo, me gustaba aprovechar el día hasta la última línea de luz que me lo permitiera.

Lo que hago muchas veces es sencillo, me entregan las llaves de una casa que su dueño quiere vender y debo tomar nota de todo lo que haya en ella para después tasarla. En el caso de que se venda amoblada es más lento el proceso. Pero eso mismo me ha ayudado a saber el valor de lo que contiene cada propiedad. Tan importante como su contenido es el estado en que aquello se encuentra. Pocas veces sin embargo me he encontrado con muebles de estilo o de algún valor exorbitante, pero si he tenido ese placer. Esperaba que ésa fuera una de esas ocasiones ya que aquella casa la vendían a puertas cerradas.

No era de fácil acceso, estaba a unos setenta kilómetros al sur de la ciudad, desviándose por el camino que sigue la antigua carretera. Pensaba que era una propiedad descuidada y antigua, por su lejanía y porque fue construida en el siglo XIX. Pero esa impresión quedó descartada al momento de estacionar mi auto frente a la fachada.

Desde el camino principal había un portón seguido por un sendero demarcado por álamos el cual impedía ver la construcción a la distancia. La enorme casa tenía dos pisos, estaba construida de piedra y madera; su techo de tejas antiguas, con una gran chimenea que se apreciaba desde afuera. El color natural de las piedras y el roble se recortaban sobre el verde de las arboledas alrededor.

Los detalles de los dinteles, las bisagras, las manillas de las ventanas y la puerta principal eran de fierro forjado. Un camino empedrado guiaba a la entrada principal que comenzaba con una escalera con cuatro robustos peldaños de piedra y sobre la cual se apreciaban grandes ventanales que permitirían la entrada del sol a la sala. Yo estaba muy sorprendido por los detalles y aún no la había visto en el interior.

Por suerte, me habían dado instrucciones precisas respecto de las llaves para la puerta de entrada. Había una llave antigua guardando directa relación con el estilo y edad de la casa, para la cual había un cerrojo visible. Pero había una segunda llave para la cual era necesario mover una cubierta metálica con forma de perno que escondía un cerrojo más moderno. Una curiosa manera de ocultar la cerradura para que no desentonara con el estilo dominante de la entrada.

Abrí la pesada puerta que hizo un chirriante y agudo sonido, y crucé el umbral de la rústica entrada. Hacía tres meses que nadie ingresaba en ella y se notaba, tres meses desde la trágica muerte de su dueño. La casa estaba polvorienta, descuidada y dejada a su suerte; seguro que si hubiera ido en invierno, un fuerte olor a humedad habría envuelto cada rincón. Los muebles estaban tapados con sábanas blancas para evitar que se estropearan y su hija me solicitó que dejara todo tal cual estaba una vez hecho el recorrido.

Ella ni siquiera vino a ver en qué estado se encontraba todo, con suerte apareció en el funeral de su padre; lo único que deseaba era venderla con todo en su interior y olvidar al que fuera su progenitor.

Era la típica casa polvorienta que ningún agente desea visitar por su lejanía. Pero para mí era lo más interesante. Uno no aprende mucho de las situaciones fáciles de la vida, sino que se aprende más de esas oportunidades para conocer algo diferente. Sin embargo a pesar de la expectación y la emoción de entrar a un lugar así, al ingresar sentí una sensación muy extraña, como un escalofrío que se sumaba a la baja temperatura del lugar. Me apresuré entonces a recorrer cada rincón para mantener mi cuerpo en movimiento y no congelarme.

Después de tres horas revisando y chequeado cada detalle de la propiedad, por fin me senté en la sala frente a la chimenea a descansar un momento. Había sido una experiencia como pocas otras. La casa tenía siete habitaciones muy amplias, tres baños con tinas antiguas enlozadas. La cocina poseía su propia chimenea y mesones envidiables para cualquier cocinera.

Había dos habitaciones más que estaban alrededor de un metro bajo el nivel del suelo, con ventanillas que permitían ver todo e iluminarlas por completo; algo de lo que no me percaté desde fuera al llegar. Sin duda que ese era su salón estudio, ya que había una biblioteca llena de libros y un hermoso escritorio de un tipo de madera que no pude precisar. También había unas lámparas de cristal muy fino y muchos archiveros que no venían al caso abrir en ese momento. Todo era de un lujo casi indescriptible, realmente ésa era una casa sólo para verdaderos entendidos.

Y pensar que su dueño murió solo, en ese mismo asiento frente a la chimenea. Yo estaba anonadado sin dejar de observar los detalles tan finos de la decoración. Con la mirada recorrí una vez más de lado a lado la habitación, hasta fijar la mirada en la cornisa de la chimenea. Algo llamó mi atención, había una especie de manilla que sobresalía del costado, pero que era muy distinta a las demás.

El cromado de ésa ya casi no recubría el metal, mientras que el óxido ya había comenzado su labor destructiva. Con curiosidad me levanté del sillón y me acerqué para observarla; al verla en detalle, me dio la impresión de que más bien se trataba de una palanca. Después de lo experimentado con la puerta de entrada y de las habitaciones en el subsuelo, no me sorprendería si había algún otro secreto en esa casa.

No soporté la curiosidad, tomé la manilla con fuerza y jalé en dirección hacia mi cuerpo, pero para mi decepción no pasó nada. Sin darme por vencido, se me ocurrió girar y tirar, como si fuera la manilla de una puerta común; enseguida sentí como se deslizó y liberó algo que no supe qué era.

Miré al costado de la chimenea y alrededor de ella, por sobre la cornisa, incluso por el costado de los atizadores y nada parecía haber cambiado. Intenté revertir el movimiento y dejar todo como lo había encontrado, pero el mecanismo ya estaba trabado. Mientras intentaba averiguar con mucha curiosidad qué había sucedido, los últimos rayos del sol de la tarde comenzaban a irse, acababa el día, la luz bajaba en intensidad y la casa se tornaba más tenebrosa y fría.

No podía quedarme con la duda e irme a mi casa intrigado. Además era muy largo el viaje como para volver otro día y en realidad mi curiosidad ya estaba al límite. Dispuesto a invertir el tiempo que fuera necesario en descubrir ese misterio, guardé los papeles de registro, la declaración de haberes y ordené mi maletín. Saqué la linterna que siempre llevo conmigo y volví a la chimenea. Tomé un atizador y me acerqué hasta las cenizas para probar suerte excavando en el único lugar donde aún no había buscado.

Una leve abertura me hizo suponer que algo más se ocultaba en ese lugar. Poco a poco fui moviendo las cenizas, mientras se descubría entre la penumbra una pequeña y esperanzadora ranura.

Haciendo palanca con el atizador, empujé con cuidado y el sonido de mi esforzado aliento fue opacado por el chirrido metálico de una puerta de hierro oxidada. Apliqué una cuota mayor de fuerza para empujarla y se dejó sentir un viento frío y húmedo que venía desde el interior.

Mientras se abría la puertecilla escondida y alumbré con la linterna, descubrí una especie de pequeño túnel con un acceso muy estrecho. Al fin lo había descubierto, un pasadizo escondido que debía llevar a algún lugar misterioso. Al acercarme al interior de la chimenea y afirmar mi primer paso entre las cenizas, resbalé hacia el oscuro interior del pasadizo. La linterna se apagó al golpear el suelo y yo caí golpeando mi espalda y mi cabeza. Mi vista se nubló tras puntitos negros que oscilaban de lado a lado en mi retina, hasta perder el conocimiento.

Al volver en mis sentidos no veía nada, estaba sumergido en la total oscuridad. No sabía cuánto tiempo había permanecido inconsciente, pero sí sabía que ya era de noche. Hacía mucho frío y se me dificultaba la respiración, el aire se sentía muy denso dentro de ese pasadizo húmedo, oscuro y mal oliente.

Con las manos a tientas por el suelo, palpando las húmedas piedras que se sentían viscosas, busqué la linterna en todas direcciones hasta encontrarla. Retuve la respiración un momento hasta conseguir prenderla y sentirme aliviado de que el golpe no la hubiese dañado. Al fin levanté mi mano y pude iluminar el estrecho pasadizo por el cual había entrado y caído.

La puertecilla estaba cerrada y no tenía manilla para poder abrirla desde dentro. Un intenso y sofocante olor a humedad y cenizas se mezclaban inundando el pasillo que se extendía tanto, que la luz de la linterna no alcanzaba a recorrerlo por completo. Tampoco se trataba de una gran caverna o un túnel minero, sólo tenía unos dos metros y medio de altura y un metro y medio de ancho.

Por más que golpeaba la oxidada puerta metálica, no pude hacer que cediera. Una y otra vez retumbaron los secos golpes que hacían eco contra las paredes de piedra. Sentía bajo mis pies como si pisara una resbaladiza alfombra de musgo fangoso. Mientras más embistes daba contra el metal, más sofocado comencé a sentirme. La fatiga fue venciendo mis fuerzas y mi vista comenzó a nublarse. Me dejé caer sobre el húmedo suelo intentando recuperar el aliento. Pero ante mis fallidos intentos por volver a la sala y en vista de que no podía salir por el mismo lugar que había entrado; me vi obligado a avanzar hacia el interior del pasadizo.

Estaba encerrado, congelado, aún aturdido y adolorido; sólo tenía que asumir el riesgo de esa disparatada e inesperada aventura. Por un instante quise ver todo por un lado más optimista y pensé —qué bien que no vine con uno de mis trajes elegantes o lo hubiera arruinado acá adentro. O con esos zapatos nuevos de gamuza que tanto me gustan— pero a cada paso que daba, la humedad era más notoria y el frío se intensificaba haciendo temblar mis manos que con dificultad sostenían la linterna.

Aún alumbrando muy de cerca cada paso que iba dando, no conseguía ver mucho hacia delante. Recorrí unos dieciocho metros de manera muy pausada y cautelosa; el túnel comenzó a reducirse en altura hasta que llegué al final de ese corredor. Mis manos tocaron el borde musgoso impregnándose de ese olor putrefacto y su color verde oscuro casi marrón.

El pasadizo dio un giro a la derecha, enangostándose medio metro. Mientras avanzaba otros ocho metros, mis pies comenzaron a humedecerse y el sonido del agua golpeaba el silencio a cada paso que daba. Mi respiración se tornaba más y más pesada, el sonido de las gotas que escurrían desde el techo de piedra producían una sinfonía de pequeños chasquidos.

Un nuevo giro, esta vez a la izquierda y el espacio se redujo más aún; tanto, que me obligó a encorvarme para acceder a un nuevo codo. La sensación era cada vez más claustrofóbica, mientras el frío comenzaba a dominar mi cuerpo con pequeños temblores involuntarios. De vez en cuando sentía un hilo de agua helada deslizándose por mi espalda, el estremecimiento y la desesperación ya comenzaban a hacer presa de mis sentidos.

El aire estaba tan denso que se podía cortar con una navaja, se podía saborear un dejo salino que me secaba la boca y una fuerte putrefacción a cloaca invadía el estrecho pasillo. Cinco metros más adelante y un nuevo giro a la derecha terminó en un pequeño muro de un metro y medio de alto. Había unas piedras que habían sido sacadas de su lugar y apiladas a un costado. Ya no podía avanzar de pie y tuve que comenzar a gatear en el piso mojado con más de diez centímetros de agua. Tuve que colocar la linterna en el bolsillo de mi camisa para evitar mojarla. El musgo espeso se enredaba en mis manos,

mientras el sonido del agua escurriendo por los muros, parecía como pequeñas cascadas a mi alrededor.

El piso iba tomando una notoria inclinación que descendía. El agua resonaba entre las paredes como los remos de un bote golpeando la superficie, con
cada centímetro que avanzaba. Una brisa helada con un ligero aire fresco me
ayudó a ventilar mis pulmones exhaustos y al borde del colapso. Esa brisa me
hizo pensar que me encontraba cerca de alguna salida.

Me detuve un instante para reponer mis fuerzas. En medio de la oscuridad
y el silencio, donde sólo se escuchaba el goteo del agua por los rincones y el
agitado vaivén de mi respiración, un lejano alarido como enterrado en la oscuridad se dejó oír. Un desgarrador grito de dolor y desesperación, sumergido
en la distancia y seguido de un eco apagado y escalofriante.

Nada de lo escuchado en toda mi vida se asemejaba a tal grito desgarrador.
La piel se me erizó de pies a cabeza, sintiendo una corriente helada paralizar
mi espalda y mis extremidades. Un aterrador pensamiento cruzó por mi mente —estaba atrapado en ese profundo pasadizo, quién podría descubrir que me
encontraba en ese lugar. Recién el día lunes al no regresar a mi trabajo, alguien
cuestionaría mi ausencia; pero nadie pensaría en buscarme allí. Moriría lentamente, sin comida o quizás cerraría los ojos por el frío y me iría sin darme
cuenta, en un profundo y oscuro sueño.

Como los perros mojados, me sacudí el agua en el lomo y con ella las ideas
que me invadían. Continué avanzando mientras el piso rocoso tomaba cada
vez más pendiente. El agua tomaba velocidad entre mis brazos y se escurría
ligera tras una lejana abertura en el muro.

El piso ya tenía unos treinta grados de inclinación cuesta abajo y cuando
menos lo esperaba las piedras frente a mí cedieron. Una especie de puerta de
hierro se abrió por debajo y me hizo caer unos dos metros al interior de otra
habitación seguido de una cascada de agua sobre mí. La portezuela se cerró
tras de mí y quedé en el suelo de espaldas, mojado por completo y muy adolorido.

El agua y la caída habían estropeado la linterna sumergiéndome en una
silenciosa oscuridad momentánea, mientras mis ojos se iban acostumbrando
a la penumbra. Un rayo de sol caía a la habitación desde un rincón elevado.
Entonces me di cuenta que si había luz entonces era de día y yo había permanecido más de doce horas dando vueltas, atrapado en ese lugar.

Mis ojos comenzaron a ver siluetas mecánicas alrededor, estructuras informes que comenzaban a dilucidarse cada vez más. El piso empedrado de la habitación estaba húmedo y ennegrecido por manchas marrones. Hasta que pude distinguir con horror el escenario más impensado para una mansión tan lujosa y elegante.

La habitación en la que me encontraba era aterradora, estaba llena de aparatos de tortura, cadenas, grilletes y un sin número de herramientas filosas colgadas de la pared, me sentí transportado siglos atrás, al oscuro período de la inquisición. La sangre salpicada, bañaba las paredes secas y olvidadas.

Sin duda esa no era una habitación con aparatos de colección, ese lugar verdaderamente había sido utilizado. Mi corazón estaba muy acelerado, de sólo pensar que en cualquier momento, al mirar hacia un rincón, encontraría el cuerpo de alguien encadenado o mutilado. No había lugar donde mirar sin que me estremeciera de horror.

Cruzando al otro extremo de la pieza polvorienta había una puerta metálica, de la cual no me había percatado. Aunque estaba cansado y adolorido por la travesía, corrí hasta ella para intentar salir por allí. Sin embargo estaba cerrada desde fuera y los interruptores de las lámparas que colgaban del techo también se encendían desde el exterior.

Por segunda vez estaba atrapado en una habitación hermética y sofocante, pero al menos no tan putrefacta como el pasadizo por el cual llegué. Por más golpes que le diera a la puerta, no se abriría, mientras el sonido retumbante hacía eco en la distancia.

Dirigí la vista hacia el rincón que filtraba ese esperanzador rayo de sol que iluminaba levemente la pieza. Acerqué un pesado y astilloso mesón sobre el cual subirme y tomé un fierro que tenía a la mano para comenzar a roer los bordes de la pared.

Poco a poco, comencé a golpear los bloques de piedra hasta desprender el primero. Ni siquiera fue suficiente como para que la luz entrara con mayor fuerza a la habitación, pero eso no me desalentó. Era mi única escapatoria de ese lugar y debía esforzarme al máximo para salir de allí.

Pedazo a pedazo avanzaba hasta que logré ampliar la abertura por la cual se sintió una brisa fresca que silbaba libertad. Luego de desprender una gran cantidad de bloques de piedra, ya estaba en posición de meter mi cuerpo por ahí. Acerqué una silla para poder elevarme hasta el nivel superior y con mucho esfuerzo conseguí pasar mi cuerpo a una nueva habitación.

El piso terroso era lo único de piedra, el resto de la construcción era de madera, muy descuidada; parecía una cabaña olvidada a la intemperie. Tenía una ventana sin vidrio por donde se había filtrado la luz hasta el rincón. Una mesa y dos sillas de madera. Al final de la habitación había una escalera que descendía; por la cual no tenía ninguna intención de bajar; ya suficientes problemas me había traído mi curiosidad.

La puerta estaba cerrada desde afuera con una grotesca cadena, así que no hubo más remedio que saltar por la ventana. El sol pegó de lleno en mi cara y mis ojos acostumbrados a la penumbra, se demoraron algunos minutos en dejar de arder con la bienvenida luz.

Las sombras acortadas que se proyectaban en el suelo me indicaban que la hora era cercana al mediodía. El aire fresco llenaba mis pulmones contaminados por el olor persistente de la humedad y el moho que aún llevaba en mi cuerpo.

Una vez fuera de ese lugar, pude contemplar con total placer la llanura donde me encontraba. Los abundantes matorrales y la enorme arboleda, mantenían la cabaña oculta, a muchos metros detrás de la mansión. Ni siquiera había un sendero demarcado que ayudara a llegar a la rústica edificación. Ese acceso nunca hubiera sido encontrado de no ser por esa accidentada y agotadora aventura. Por suerte para mí, pude escapar para contar tan macabro secreto encerrado tras túneles escondidos.

El gruñido de mi estómago rompió mi contemplativo descanso y me recordó que debía volver a mi realidad. Tras recuperar las fuerzas caminé hasta la casa principal y llamé a la policía. Ni siquiera sabía cómo comenzar a relatarles todo lo sucedido. La verdad no recuerdo con precisión qué les dije para que me creyeran y se hicieran presentes en el lugar.

Con tales sucesos y antecedentes la propiedad nunca se pudo vender; la hija mandó demolerla piedra por piedra y donó todo lo que había en el interior a fundaciones de beneficencia. No guardó nada que le recordara a su padre.

Algunos meses después, se supo por la prensa que en las excavaciones encontraron otros pasadizos secretos a pocos metros de donde conseguí escapar y enterrados en catacumbas, descubrieron muchos cadáveres, aunque ninguno reciente. De los gritos aterradores que escuché aquella noche de horror, nunca se supo.

HISTORIA 3
EL EXTRAÑO TESTIGO

Estaba solo aquella noche cálida y oscura, el ambiente alrededor me incomodaba. Una penumbra tenebrosa me envolvía y el aire seco se hacía más denso e irrespirable. Mi cuerpo flotaba contenido en una nube informe y relampagueante. Necesitaba encontrar las respuestas a los extraños sueños que había tenido. Era como una sensación subconsciente, profunda y oculta. Una relajada vivencia inconsciente. Como si fuera una placentera pesadilla a la que deseaba regresar una y otra vez.

Al cerrar mis ojos se desenmascaró una nueva sorpresa entre las imágenes latentes, otro misterio esperando ser revelado se liberó de sus ataduras y voló directo a mis recuerdos. Capítulos inconclusos de mi vida, incompletos y ocultos tras mis párpados cansados, esperando ser descubiertos.

Mientras dormía con intranquilidad, escuché los gritos de ella perdidos tras un velo de incertidumbre. Permanecí inmóvil un momento sin saber de donde provenían sus agudos chillidos. Luego empujé una vieja puerta de madera, que explotó en un gran resplandor, marcando el umbral de un viaje que me transportaría mágicamente a otro lugar distante.

En ese lugar conocí a un anciano que estaba solo y oculto en la oscuridad. Él estaba sentado en una silla y se mecía con sus manos entrelazadas sobre su estómago. Sus ojos grises reflejaron la luz del entorno por un instante; luego, se perdieron tras la penumbra en que se encontraba. Me pareció extraño pero confiable y me acerque a hablarle, pero antes de abrir mi boca él me dijo:

— ¿Sabes que una mujer fue asesinada aquí?...

Me quedé estático y sin respuesta. Quizá negué sin darme cuenta con mi cabeza, no lo recuerdo, porque él prosiguió su relato después de una breve pausa.

—Esto pasó hace muchos años atrás. Ella era muy joven. Sólo algunos recordamos como era y lo que realmente le pasó...

Con asombro me acerqué más aún y me dispuse a escuchar su relato.

—Fue una doble tragedia —prosiguió el anciano— la mujer fue asesinada a sangre fría y el eco sordo de un disparo perdido, encontró el punto final de su viaje en su pecho. El asesino también murió en el lugar: suicidio, dijeron. Un testigo escuchó los aterradores sucesos y corrió a ver lo sucedido. Encontró a la mujer muerta, tirada en el pasto húmedo de la madrugada. Al costado estaba el hombre de rodillas mirándola, con el arma en su mano; nervioso y temblando. Llevó el cañón a su cabeza y antes que el testigo lo detuviera, haló el gatillo cayendo sobre la mujer. El testigo corrió por ayuda y nunca más se supo de él. Fue un horrible drama pasional.

Pero algo en su relato no me convenció del todo. Una sensación interior me hizo dudar de sus palabras.

— ¿Sabes que una mujer fue asesinada aquí?... —repitió el anciano.

Y comenzó a relatar todo otra vez, como una grabación repetitiva y sin sentido; cada detalle estaba contado de memoria, tal vez lo había narrado muchísimas veces.

Escuché un susurro perdido en la inmensidad del cielo. Giré mi cabeza hacia un costado y en segundos vi una silueta oscura aparecer tras de mí. Al volver la vista al frente, el anciano ya no estaba. Giré mi cabeza nuevamente y también la silueta se había esfumado entre las sombras.

Me incorporé sin poder comprender lo que me había relatado el anciano. De alguna manera nada concordaba con lo que yo conocía de aquellos hechos. No dijo nada de la carta de suicidio que fue encontrada en el bolsillo del hombre y los detalles de la posición de los cuerpos no estaban bien narrados.

¿Por qué el testigo desapareció y nadie supo quien era? De cierta manera lo que contaba el anciano era lo que todos conocían de lo sucedido. Palabra por palabra era el relato que el extraño testigo se había encargado de pregonar a los cuatro vientos. Pero para mí nada tenía sentido en ese trágico final pasional. Algo parecía extraviado.

Una luz me envolvió, una voz me hablaba a la distancia y me transportó en un abrir y cerrar de ojos a la casa de ella. Estaba parado frente a su puerta siguiendo rumores y reviviendo lo sucedido aquella noche. El tiempo había confundido mis recuerdos, por mucho tiempo perseguí pistas sospechosas y escuché a todos los que hablaban de ello.

Pero al llegar allí esa noche, tenía la certeza que descubriría la verdad de lo que había acontecido; ese sueño me había sumergido en un mundo de recuerdos tan profundos, que se sentía demasiado real.

La casa había cobrado vida y las luces iluminaban mis manos mientras abría la puerta, caminaba por el pasillo hasta la habitación donde ella estaba. Sus recuerdos permanecían allí y un viento frío recorría mi espalda. Mi piel sentía las corrientes de ansiedad a través de cada poro. De manera muy extraña todas las murallas que nos rodeaban desaparecieron y volví a escuchar el grito desesperado de la mujer.

Sentí que el clamor venía de muy cerca y al darme vuelta me encontré cara a cara con ella; la observé tomar un objeto y me lo arrojó con fuerza. Ella comenzó a correr por el cuarto lanzándome con desesperación todo lo que estaba a su alcance. Intenté detenerla, esquivando sus impulsos desenfrenados. La empujé sobre la cama y sostuve sus manos mientras su agitada respiración zumbaba en mis oídos, ella hizo una pausa y casi llorando me dijo:

—Él lo sabe todo..., siempre lo ha sabido...

Las lágrimas brotaron surcando el rosado color de sus mejillas. Sin darme cuenta aflojé las manos y sin alcanzar a responder a sus palabras, ella se soltó de mis brazos que la contenían y salió corriendo de la casa. No podía comprender nada de lo que estaba pasando. Nunca la había visto llorar con tanta amargura y jamás habíamos tenido una discusión tan apasionada; sólo sabía que esos recuerdos se volvían cada vez más y más reales.

Mi única certeza es que la vida es muy corta para detenerse a observar el ayer; el aquí y el ahora cobraban fuerzas infinitas. Miles de pensamientos extraños invadían mi cabeza y mi aliento se volvía cada vez más denso, caminé hacia la puerta mientras las paredes del pasillo desaparecían a cada paso que yo daba.

Me apresuré a seguirla pero perdí su rastro en el húmedo y solitario jardín. No podía ver nada a través de la oscuridad, pero sentía el susurro inquietante del viento que me guiaba paso a paso por los callejones de la noche.

Una voz lejana sumergida en mi mente, me invitaba a despertar diciendo:

—Verás una fuerte luz que te rodea, sigue esa luz hasta llegar a una puerta; entrarás por esa puerta y una vez dentro despertarás cuando cuente desde

cinco y mencione tu nombre. Despertarás y sentirás paz, abrirás los ojos y re-cordarás todo lo que has visto en este viaje a tu pasado, regresarás al presente en paz... Cinco... Estás relajado...

En medio de las tinieblas apareció un resplandor, tal como lo había dicho la lejana voz y comencé a seguirlo. Pero antes de encontrar la puerta, vi que ella cruzaba el patio corriendo en dirección al jardín. Se veía triste y angustia-da, sus ojos vidriosos por el llanto se perdieron de mi vista por un instante. Él apareció y la contuvo con un gran abrazo. Algo me parecía familiar en su cara, aunque no recordaba haberlo visto antes, mi corazón comenzó a latir con fuerza y una sensación extraña me invadió.

Iban juntos caminando sin preocupaciones; yo los seguí a cierta distancia sin que me vieran, para saciar mi curiosidad. Luego llegaron hasta un parque y se pararon al borde del camino tomados de la mano. Se miraban a los ojos fijamente y se besaron con pasión; mientras, yo me acercaba en silencio ampa-rado en las sombras de la noche.

Ella abrió los ojos y se sorprendió al verme frente a ellos; entonces comenzó a gritar con desesperación, pero yo no podía oír lo que ella decía. Sólo veía sus lágrimas caer mientras él hacía gestos con sus manos levantadas. Yo no comprendía de qué se trataba tanto alboroto.

—*Cuatro... Debes acercarte a la luz...*

La luz estaba muy lejana y yo no quería volver hacia ella hasta comprender lo que estaba sucediendo. Extendí mi mano hacia la mujer para sujetarla y vi el reflejo metálico del arma que yo cargaba en mi mano derecha. La sorpresa me invadió de golpe; hasta donde recordaba yo no traía nada en mis manos. Él se colocó delante de ella protegiéndola con ambas manos en alto, mientras el murmullo de sus voces invadía mis oídos, sin poder entender nada de lo que ambos me decían. Parecía como un enjambre de abejas protegiendo el panal de manera desesperada y agónica.

En la confusión, ella volvió a colocarse delante de él. Mi dedo se desplazó por el frío metal y un tiro salió surcando el viento, atravesando el pecho de ella mientras gritaba. Sus párpados se cerraron acusando el impacto del proyectil. Luego sus labios se detuvieron, su vista se perdía en el horizonte oscuro. Los ojos aterrados de ambos se abrían casi a punto de abandonar las cuencas de sus caras. Un silencio aterrador inundó el lugar tras el disparo, yo creo que nadie esperaba que eso pasara.

—*Tres... La luz se hace cada vez más intensa...*

La voz se me hacía cada vez más molesta y lejana. No me interesaba seguir ninguna luz, ni entrar por ninguna puerta, sin antes comprender lo que sucedía. Sentía que por primera vez en mucho tiempo tenía la verdad muy cerca de mí.

Él la sujetó por la cintura para que no cayera al suelo. La sangre brotaba a mares manchando su vestido blanco y cubriendo la hierba de rojo. El silencio daba paso a un segundo tiro que salió desde el arma, silbando por el aire y golpeando en la cabeza de él. El movimiento repentino de su testa hacia atrás, impulsó a ambos cuerpos a caer en esa dirección.

— ¿Qué hice? ¡Oh, Dios! ¿Qué hice?

Corrí hasta ellos desesperado e incrédulo aún por lo sucedido. Permanecí de pie frente a ellos sin saber como auxiliarlos. Llevé mis manos a mi bolsillo para sacar el pañuelo que siempre llevo conmigo, pero sólo encontré un papel doblado en él. Lo abrí de inmediato y lo leí con estupor e incredulidad:

"Pido perdón por lo que hice, pero no puedo vivir sin ella y no permitiré que nadie más esté a su lado. Dejo este mundo junto a ella para encontrarnos en la otra vida o en la muerte."

Entonces comprendí todo el misterio oculto en mis recuerdos. Las aguas turbias como el lodo comenzaban a esclarecerse y mis visiones pasajeras tenían el sentido de la verdad. El asesino en este relato soy yo y el extraño testigo también. Mi corazón se aceleraba y mi respiración agitada me hizo perder el aliento por un momento.

—*Dos... Entra por la puerta de regreso a casa...*

Muy en mi interior sabía los fríos pasos que venían después de seguirlos y darle muerte a ambos. El secreto me era revelado como una visión aterradora en mi memoria y mi respiración regresaba a su normalidad antes de volver a ser yo mismo.

Ubiqué los cuerpos en la hierba para que pareciera que sólo ellos habían estado allí esa noche. Coloqué el arma en la mano de él y la nota suicida en su bolsillo. Me arrodillé frente a ella y me despedí con un frío beso; mientras, mis manos heladas se teñían con su tibia sangre. Luego me levanté y escapé del lugar.

—*Uno... Tu viaje ha llegado a su fin...*

Regresé a la casa de ella y dejé todo en orden, me llevé todo indicio de que yo la hubiera conocido alguna vez. Volví a mi patrulla y me senté a esperar el llamado policial que daría cuenta del tiroteo. Respondí a la llamada fingiendo estar muy cerca del lugar de los hechos. Esperé unos minutos más, respiré hondo y manejé la patrulla con la sirena encendida. Al regresar al lugar de los hechos, era el segundo oficial en llegar a la escena del crimen y nadie descubrió jamás que yo estuve involucrado en ese drama.

Ahora todo está claro para mí. Tanto tiempo luchando con esos extraños sueños, pensando que sólo era una pesadilla sin sentido. Pero este secreto revelado quedará escondido en mi conciencia y atrapado para siempre tras mis labios...

— *¡Despierta Sebastián!...*

"Inspirada en el disco de Dream Theater: Scenes from a Memory"

HISTORIA 4
EL NOVELISTA

Una noche mientras escribía mi tercera novela romántica, me sentí saturado, poco inspirado y decidí tomar un descanso para poder despejar mis ideas. Puede que hayan sido cerca de las diez de la noche, en realidad no siempre miro el reloj cuando escribo. En todo el día sólo había conseguido avanzar unas pocas y mediocres páginas, tras borrar falsos comienzos e intentos fallidos de frases sin sentido. Como siempre lo he dicho:

—Si no me gusta a mí, no le gustará a quien lo lea.

Bajé a la cocina a prepararme algo de comer, porque mi estómago con sus gruñidos ya estaba reclamando. Luego de saciar mi hambre, ordené todo en la cocina antes de sentarme en el sillón a disfrutar una película. Era increíble la cantidad de loza sucia que acumulé en pocas horas, si parecía que un batallón había desayunado y almorzado en mi casa.

La temperatura había bajado bastante y me vi obligado a prender la chimenea. Cuando estaba listo para disfrutar las siguientes dos horas frente al televisor. La luz se cortó sin explicación y mis planes para esa noche se arruinaban. Llamé a Víctor de la parcela vecina y tenía el mismo inconveniente.

—Al parecer es problema en la planta eléctrica —dijo con mucha seguridad.

Qué noche más decepcionante y aburrida me esperaba, y aún no me sentía cansado como para ir a dormir. Encendí un par de velas en el comedor y recorrí la casa asegurándome que las ventanas estaban bien cerradas. No es muy inteligente prender la chimenea y que el calor se escape por algún torpe descuido.

Subí a mi habitación a escuchar algo de música sobre mi cama. Aún no perdía la esperanza de que el apagón no durara toda la noche. De todas maneras, dejé encendido el interruptor de mi pieza para que la luz prendiera en cuanto regresara la energía.

Ya llevaba más de media hora tendido en la cama, con los audífonos en mis oídos, cuando la habitación se iluminó nuevamente. Me acordé entonces de las velas en el comedor y bajé a apagarlas. Mientras bajaba las escaleras, la luz comenzó a parpadear y tras unos segundos de indecisa incandescencia, se volvió a apagar.

Por un momento había pensado que podría retomar mis planes para esa noche, pero ese segundo apagón terminó por convencerme de hacer otra cosa. De todas maneras ya me había hecho a la idea de apagar las velas del comedor, así que continué bajando entre las sombras y penumbras. Antes de llegar a ellas, golpearon a la puerta con suavidad, casi sin fuerzas.

El estremecimiento inicial del golpecito en medio de la oscuridad, pronto se matizó con la rabia de tener que atender a quien anduviera afuera a esas horas de la noche. Me acerqué intranquilo a la puerta con una de las velas en la mano.

— ¿Quién es? —pregunté con tono molesto y seco.

—Me llamo Sandra y estoy perdida —respondió la voz tímida de una niña.

Entreabrí la puerta sin quitar la cadena y un rayo de luz iluminó su cara dejando ver su silueta entre las sombras.

—Mi hermanito y yo estamos perdidos ¿Nos puede ayudar?

No podía negar que la situación me incomodó bastante; pero qué podía hacer, esa noche nada estaba saliendo según lo esperado y además debía atender la urgencia de esos niños perdidos. Saqué la cadena y abrí la puerta invitándolos a entrar en mi casa. Un viento gélido cruzó el umbral estremeciéndome. La temperatura era más baja de lo habitual. Cerré la puerta y me estremecí otra vez, al ver que ambos niños iban con delgadas chaquetas que no cobijaban mucho. Nunca había visto a esos niños en los alrededores.

— ¿De dónde son? —pregunté mientras los alumbraba con la vela.

—De la ciudad —dijo ella— fuimos a ver a mi abuelo, salimos a jugar un rato y nos alejamos un poco de la casa. Luego se cortó la luz y no encontrábamos el camino de vuelta y ahora que vimos la luz volver corrimos hasta llegar a tu puerta.

Ella tenía mucho desplante a pesar de tener unos once años y el pequeño con no más de cinco, permanecía en silencio a la sombra de su hermana. Ambos se veían bien vestidos, con sus zapatos llenos de lodo y un intenso olor a humedad que emanaba de sus ropas poco comunes.

— ¿Cómo se llama tu abuelo? ¿Te acuerdas en cuál parcela vive?

—Se llama Alberto y vive al pie del cerro, pero no recuerdo la ruta.

Yo no conocía a nadie con ese nombre por los alrededores, aunque yo sólo iba por esos lados cuando necesitaba paz para escribir. Así que fui a llamar a mi vecino Víctor por teléfono, posiblemente él sabría quién era el tal Alberto. Pero el teléfono estaba como muerto, sin tono. Se estaba convirtiendo en la noche más patética de toda mi vida. No podía echarlos a la calle, así que estaba obligado a alojarlos por algunas horas.

Aunque yo ya había comido, los hice pasar a la cocina para prepararles algo caliente, tal vez una sopa. Me parecía lo más acertado para que entraran en calor. Ellos se sentaron en la mesa de la cocina y se mantuvieron en silencio mientras yo les preparaba una sopa en sobre. En cuanto la coloqué en la mesa ambos comenzaron a comer como si no hubieran comido en días. Sólo el leve golpeteo de las cucharas al rozar el plato y los suaves sorbetes al llegar el líquido a la boca se lograban escuchar en el silencio.

— ¿Quieren un poco más? —Pregunté, al mismo tiempo que recordaba las palabras de mi madre— Se sirve sin preguntar, los viajeros siempre llevan hambre.

Ambos asintieron con la cabeza mientras aún tomaban las últimas cucharadas del primer plato. El pequeño no hablaba nada, era muy tímido para su edad. Eran cerca de las doce de la noche y la luz aún no volvía. Ambos habían terminado su segundo plato de sopa, pero seguían tan pálidos como pollos congelados. Resignado a que tendría que alojarlos toda la noche, coloqué un par de leños más en la chimenea para avivar el fuego y fui a buscar mantas para los dos.

—Voy por unas frazadas. Mientras, pueden acomodarse en el sillón —les dije esperanzado que la luz volviera.

Cuando volví con las mantas quedé petrificado con la imagen que tenía frente a mí. Los pequeños a los que les abrí mi puerta, se habían transformado en dos jóvenes de unos quince años él y veinte años ella. Sus rasgos eran los mismos, sus ropas las mismas, sólo parecía que yo me hubiera demorado años en volver a la habitación.

Mi corazón estaba acelerado al máximo, jamás en la vida había experimentado algo tan sobrenatural como en ese instante. La visión me había dejado perplejo y me costaba trabajo acercarme a ellos. Por más que los miraba no lograba convencerme de que eran ellos, aunque sabía que no estaba soñando.

Con mucho temor me limité a preguntarles si estaban bien. Ellos asintieron con la cabeza. Mi corazón parecía escaparse de mi pecho. Me acordé entonces de una vieja película, donde unas amables criaturas se convertían en grotescos monstruos al darles de comer después de medianoche.

Me acerqué a ellos mientras permanecían sentados. El olor a humedad se volvió más intenso y putrefacto como aguas estancadas. El lodo que en un principio sólo cubría sus zapatos, ya les llegaba hasta las rodillas. Yo no podía pensar con claridad, sólo intentaba no evidenciar el pánico que me envolvía de pies a cabeza. Por mi mente pasaban miles de pensamientos y no tenía respuestas para nada de lo que sucedía.

La escena era espantosa y sólo podía fingir que todo era natural, mientras evitaba que se notara mi cara de espanto y mis manos temblorosas. Les pasé las mantas y me acomodé en el sillón frente a ellos, estaba decidido a no quitarles los ojos de encima en toda la noche. Ella se sentó al borde del sofá y él se estiró de manera horizontal, acomodando su cabeza sobre las piernas de su hermana.

Permanecimos largas horas en silencio. Coloqué una de las velas sobre la cornisa de la chimenea y las otras dos en la mesa de centro entre nosotros. Eso era lo único que me mantenía despierto y alerta. El vaivén de sus cuerpos, me hizo comprender que ya estaban en un profundo sueño, mientras yo luchaba por no cerrar los ojos y perderme en la oscuridad.

Cada minuto era interminable, yo estaba desesperado y horrorizado, no podía, ni por un momento, permitirme dormir. Las horas habían pasado lentas, la leña aún estaba consumiéndose y el calor era agradable pero no me sentía tranquilo. Me acomodé otra vez en el sillón para estirar mis retraídas piernas y miré el reloj por enésima vez. Eran las tres de la mañana y había logrado permanecer despierto una hora más.

Mis ojos parecían como dos bloques de cemento y el aire tibio se hacía cada vez más pesado, todo confabulaba para hacerme claudicar. El olor a lodo podrido era insoportable, hasta respirar se hacía tedioso. A duras penas podía permanecer despierto y mi cabeza se balanceaba hacia delante cada cierto tiempo. Mis párpados cansados se cerraban de vez en cuando oscureciendo todo, necesitaba pararme y hacer algo para vencer el sueño.

Me levanté del sillón con tan poca sutileza que al retirar la manta, la brisa apagó las velas sobre mesa. La oscuridad se apoderó de la habitación. Mi reacción fue tal que en dos tiempos, ya tenía la caja de fósforos en la mano para encender nuevamente las velas. Mis manos temblaban y con mucha dificultad conseguí abrir la caja. Los delgados palitos cayeron por todos lados; tomé el primero y comencé a rasparlo al borde de la caja hasta quebrarlo. Uno, dos, tres intentos fallidos y no conseguía que el fuego encendiera. Al fin, la negra cabeza resplandeció y pude prender las dos velas sobre la mesa.

Mi respiración estaba muy agitada y la adrenalina corría al máximo por mis venas, eso consiguió quitarme el sueño por largos minutos y permanecer despierto una hora más.

Al pasar las horas y antes que las dos velas se consumieran por completo, esas pequeñas llamas me habían mantenido despierto y luchando contra todo. Pero mis ojos se desplomaban y sin darme cuenta, entre los últimos brillos de las velas frente a mí, sucumbí ante la adversidad.

Las sombras se estiraron hasta cubrir mis ojos, un torbellino de polvo blanco comenzó a perseguirme y por más que intentaba correr, el torbellino me envolvía. También atraía las nubes del cielo oscuro y las mezclaba con el polvo creando una espesa masa de lodo.

En medio de esa masa de barro comencé a ver las caras superpuestas de los niños que se alternaban. Ellos me miraban con sus ojos oscuros y su presencia maléfica. Yo intentaba escapar de ellos pero la oscuridad comenzaba a hacerse infinita.

A lo lejos podía ver un leve y diminuto punto de luz que se perdía en la infinidad de un campo marchito. Comencé a correr hacia él, pero mis pies se pegaban al piso en un lodo fangoso que me rodeaba. Con cada paso que daba mis pies más se hundían en el negro fango, poco a poco comenzaba a hundirme tratando de avanzar hacia la luz.

Ya tenía medio cuerpo enterrado cuando aparecieron frente a mí los niños y me abrazaban con sus manos llenas de lodo. Pero no era un abrazo de cariño, sino más bien me empujaban hacia abajo llevando mi cuerpo cada vez más profundo. Apenas podía sostener la cabeza levantada intentando respirar con mi boca alzada hacia el cielo oscuro. Casi podía saborear el barro entrando por mi boca. De un salto volví en mis sentidos dejando atrás esa angustiosa pesadilla. Las velas estaban apagadas y en la chimenea poco quedaba de las cenizas humeantes. En medio de la oscuridad podía ver sus siluetas inmóviles. Mientras despertaba mi entumecido cuerpo, poco a poco la habitación comenzó a aclararse.

El olor putrefacto ya era insoportable, peor que cualquier cosa que hubiera sentido antes. Me tapé la nariz intentando no respirar muy profundo, pero hacía arcadas involuntarias cada cierto tiempo.

Me incorporé con las manos heladas y los dedos de los pies entumecidos. Me acerqué a ellos para despertarlos; primero hablándoles con suavidad, luego los moví, pero mi mano quedó envuelta en un barro negro. La piel se me puso de gallina y la garganta se me cerró sin poder decir palabra. Los jóvenes eran sólo dos cadáveres putrefactos recostados en mi sillón. Estaban cubiertos de ese lodo negro y podrido, llenos de gusanos como si hubieran estado allí por días descomponiéndose. Sus ropas estaban gastadas y malolientes, rasgadas a pedazos y apolilladas. Sus huesudas manos estaban entrelazadas en un tierno signo de afecto.

No soporté la impresión de todo eso y vomité en el mismo lugar. Vacié mi estómago de lo poco que había comido y corrí hasta la puerta para salir a tomar aire fresco. Sentía que el olor estaba impregnado en todo mi cuerpo, de hecho sentí ese maldito olor impregnado en toda la casa por semanas. El sol despuntaba tras los cerros y el calor de los primeros rayos me dio el valor para volver a la casa. La putrefacción permanecía en el aire, pero en mi sillón sólo quedaba una masa fangosa descomponiéndose. Lo que haya sido que alojé en mi casa esa noche había desaparecido dejando su rastro inolvidable en mi mente.

— ¿Quiénes eran? ¿De dónde venían? ¿Por qué se convirtieron en lodo?

Esas preguntas me atormentan hasta el día de hoy, cada vez que cierro los ojos veo sus caras convirtiéndose en estatuas de fango. Ni siquiera fui capaz de volver a escribir novelas románticas y las pocas hojas que escribí ese día fueron también mis últimas en ese género.

HISTORIA 5
CINCO MINUTOS

Un ruido extraño despertó a Alonso. Apenas había dormido algunas horas y el viento que soplaba con fuerza, sacudía las ramas de los árboles que golpeaban su ventana. Guardó silencio un instante y se dio cuenta que la lluvia, que había caído sin parar durante todo el día, al fin había cesado. Era una noche helada y el viento recio presagiaba que la tormenta continuaría en algunas horas.

Aunque estaba cansado por el viaje que había hecho durante la tarde, se levantó, se colocó su bata y fue a dar una vuelta de rutina por la casa. Primero revisó las habitaciones del segundo piso y las ventanas permanecían cerradas.

Luego bajó al primer piso y recorrió los cuartos con total normalidad, todo estaba en orden y tranquilo. Al pasar desde la cocina a la sala principal volvió a escuchar ese extraño sonido que lo había inquietado antes, estaba casi seguro que no había sido el viento. Sin encender la luz de la habitación, caminó por el comedor mirando detenidamente todos los rincones iluminados por la tenue y lejana luz del pasillo; y fijando su vista en el ventanal que daba a la terraza, notó que las cortinas estaban corridas.

Era su paranoica costumbre de cada noche, dejar todo bien cerrado incluyendo las gruesas cortinas verdes que daban al patio. En su mente tenía una imagen precisa de cómo quedaba todo antes de dormir y sabía que algo no estaba bien.

Se acercó con cuidado y con todos sus sentidos alertas hacia el ventanal, hasta que vio en el pasillo marcas de pisadas y barro. Por un momento se estremeció, su corazón sintió un extraño pálpito entre miedo y coraje; pero pronto se hizo a la idea de que si alguien había entrado en la casa, necesitaría algo con qué defenderse.

Hizo una pausa pensando en las posibilidades que tenía a la mano. La cocina estaba demasiado lejos como para ir en busca de un cuchillo, ni pensar en subir de regreso a su habitación, así que lo más cercano en ese momento era el atizador de fierro forjado que estaba en la chimenea de la sala.

Respirando profundo, se acercó con cuidado en la oscuridad hacia la esquina de la chimenea, pero al estar a pocos pasos de alcanzarlo recibió un fuerte golpe en la cabeza que lo aturdió. Un sonido agudo en sus oídos invadió el silencio de la noche, su vista comenzó a nublarse, su respiración se desvanecía y todo se fue a negro.

Los ojos de Alonso se abrían con dificultad, tras permanecer largos minutos inconsciente. Estaba en medio de la sala, atado a la silla que usaba en su despacho. Sus manos estaban amarradas a los brazos de ella, mientras que sus pies lo estaban por detrás del eje del asiento y otra cuerda cruzaba su pecho hasta el respaldo de la silla.

La incómoda y dolorosa posición lo mantenía inmóvil. Una tenue luz del pasillo cercano iluminaba la habitación. Frente a él, a contraluz, pudo distinguir la silueta de un hombre alto y fornido que se le acercaba.

El hombre, al darse cuenta que comenzaba a despertar, le arrojó el agua que traía en un vaso a la cara, diciendo:

—Eso es para que despiertes más rápido... Ahora conversaremos un rato; yo te haré algunas preguntas y tú me responderás.

En vano, Alonso intentó soltar sus manos o mover los pies, que permanecieron fijos en su posición, mientras el agua aún caía por su cara mojando su pecho.

— ¿Quién eres? —preguntó Alonso.

—Nadie que te interese conocer —respondió el hombre— sólo contesta mis preguntas y vivirás... ¿Dónde guardas los planos del proyecto en que has estado trabajando?

Esa pregunta era fácil de responder para él, pero estaba intrigado por el interés que el hombre mostraba en los planos. Sabía que grupos opositores al proyecto habían hecho hasta lo imposible para impedir que se terminara con éxito. Sin embargo la construcción no se detuvo y en pocas horas sería la gran inauguración.

—No los tengo en la casa —respondió algo dubitativo.

Apenas alcanzó a terminar la frase cuando recibió un fuerte puñetazo en plena cara, el golpe seco tuvo en respuesta una leve queja y luego sólo silencio.

—Lo preguntaré nuevamente. ¿Dónde guardas los planos del proyecto?

—Yo no soy el encargado de guardarlos, para eso están los jefes de proyecto.

Un nuevo golpe cayó sobre su cara con similar fuerza, sin conseguir que Alonso revelara nada sobre los planos. La sangre le comenzaba a caer por la boca y ya sentía el sabor salino de sus labios hinchados.

El hombre sacó una especie de cilindro de su cinturón, que se extendió al apretar un botón. El cilindro ahora era una vara metálica y maciza. Sin mediar palabras, el sujeto lanzó un golpe directo a su brazo izquierdo con la vara de acero. El grito hizo eco en la sala, mientras afuera el viento que no había bajado en intensidad, daba paso a relámpagos y truenos. La noche gris se iluminaba de vez en cuando en centelleantes luces azuladas seguidas de estruendos como de mil caballos al galope.

Una y otra vez Alonso negó la tenencia de los planos o de saber algo sobre ellos, mientras los golpes caían uno tras otro cada vez que terminaba de responder.

—No nos estamos entendiendo, así que pasaremos a otro tipo de interrogatorio.

El hombre encendió la luz de la sala y miró alrededor de la habitación. Detuvo su mirada en el piano que estaba a un costado de la sala. Se acercó a él, se sentó en el taburete y comenzó a presionar las teclas demostrando que no tenía la más mínima idea de ejecutar tan bello instrumento.

—Nunca aprendí —dijo— pero seguro es un bonito pasa tiempo.

Dejando de lado el instrumento, se aproximó otra vez a su víctima. Sujetó su mano derecha en el brazo de la silla y sacó un enorme cuchillo para intimidarlo. El reflejo del acero brilló sobre su cara y la silueta aserrada del filo se contorneó frente a sus ojos.

— ¿Podrás tocar sólo con nueve dedos? ¿No creo que te moleste? —dijo con tono irónico, mientras colocaba el cuchillo sobre la uña del dedo meñique.

Lo miró directo a los ojos esperando que el miedo creciera en su víctima, pero Alonso no parecía reaccionar con sus palabras. Para él era sólo una amenaza de un hombre desesperado por respuestas. El hombre notó la falta de miedo en sus ojos y ejerció presión con el cuchillo, haciéndole sentir que la amenaza era más seria de lo que parecía.

Al ver que la expresión temeraria de su rostro no cambió, retiró el cuchillo por un instante y lo amordazó para evitar que se escucharan sus gritos. Pronto cambió esa leve sonrisa amenazante de su cara y con mucho odio, cortó su dedo dejando escapar un grito de dolor desgarrador, que se apagó tras la mordaza que tapaba su boca. La sangre manaba como una cascada roja, mientras su cuerpo se retorcía de dolor amarrado a la silla. El hombre dejó de lado el cuchillo y colocó un pedazo de tela que tapó la dolorosa herida.

— ¿Pensabas que bromeaba?... ahora quiero saber dónde está lo que hace media hora te estoy pidiendo. Quiero los planos del proyecto y los quiero ahora o tocarás el piano con ocho dedos... eso sería divertido verlo... ¿Me dirás dónde están?

Los ojos de Alonso que habían permanecido apretados del dolor, ahora se abrían casi al punto de salirse de su cara, mientras las lágrimas corrían a raudales por sus mejillas. Ante tal amenaza y viendo la decisión de su captor, asintió con la cabeza dándole a entender que esta vez hablaría. El hombre sacó la mordaza de su boca y se quedó esperando la respuesta, Alonso bajó la mirada un instante aferrándose con su mano izquierda al brazo de la silla y tras respirar profundo, le lanzó un escupitajo directo a la cara.

— ¡Púdrete!... yo no los tengo y si los tuviera no te los daría.

Eso hizo enfurecer al hombre de tal manera, que acertó un fuerte puñetazo en su cara y le colocó la mordaza en la boca. Sujetó su mano a la silla, mientras Alonso forcejeaba sin parar y con un rápido movimiento cortó su dedo anular. Tanto fue el dolor que sintió esta vez, que Alonso se desmayó.

Mientras permanecía inconsciente, el sujeto le vendó los muñones en la mano para detener el flujo de sangre y colocó a la vista los trozos de dedos cortados en las junturas.

Tras algunos minutos, volvió a mojarle la cara con agua para despertarlo. Los ojos de Alonso se abrían con dificultad y con muestras de gran dolor. Sentía el fuerte impulso de empuñar su mano mutilada queriendo sobar los fantasmas de los dedos faltantes pero el dolor le recordaba que ya no estaban en ese lugar. Sólo quedaban unos ensangrentados trapos.

— ¿Sabes? Me estás impacientando de verdad, creo que no razonas. Tal vez estás dormido aún —y volvió a lanzarle agua a la cara— quiero que entiendas que sólo quiero los planos del proyecto y te dejaré en paz.

Alonso asintió con la cabeza con resignación. El sujeto le retiró la mordaza de la boca y Alonso preguntó entre gemidos de dolor y el temblor de su cuerpo.

— ¿Para qué quieres esos planos? El proyecto se inaugurará mañana y no puedes hacer nada para evitarlo.

Una risa burlona salió de boca de su captor:

—Para qué querría evitarlo. No es eso lo que buscamos, sólo necesito saber cuáles son los pilares que sostienen el edificio, saber las debilidades de tu hermoso rascacielos.

El sujeto levantó el cuchillo nuevamente y lo colocó en el siguiente dedo mirándolo a los ojos.

— ¿Dónde están los planos? —repitió con voz autoritaria.

—Te lo diré, pero primero debes contarme qué harás con ellos.

Volvió a reír antes de responderle.

—No estás en condiciones de hacer preguntas o de exigir explicaciones, pero te daré una respuesta si eso te deja tranquilo y me dices lo que quiero saber.

Alonso tenía su mirada perdida esperando las palabras del sujeto e intentando desprenderse del dolor intenso y punzante.

—Hace siete años en esos terrenos mi padre tenía su restaurante, cuando un inversionista vino a ofrecerle la oportunidad de su vida. Le contó del nuevo proyecto y le ofreció tener su restaurante moderno en uno de los pisos de la torre. Mi padre accedió a vender confiado en las promesas hechas, así como el resto de los dueños de esos terrenos. El proyecto se demoró y se demoró hasta que esa empresa se declaró en quiebra y los contratos quedaron sin validez.

Alonso que se había involucrado en ese proyecto hacía un par de años, desconocía por completo lo que el hombre decía.

—Mi padre comenzó a deprimirse y a ser presa de las deudas. Hasta que un día decidió ponerle fin a su vida. Cuatro años más tarde cuando todo se había olvidado, comenzaron la edificación del nuevo proyecto. Entonces descubrí que los empresarios del nuevo proyecto, eran los mismos inversionistas que habían estafado a los dueños anteriores.

El sujeto hizo una pausa reflexiva que inundó de silencio la habitación. A la distancia Alonso pudo oír cómo la lluvia caía afuera antes que continuara su relato.

—Ahora después de tanto tiempo de larga espera, es el momento de concretar nuestros planes. Todo está muy bien planificado; ninguna pista los llevará a nosotros y nada nos liga a todo lo que pasará. No necesitas saber más detalles. Ahora haz tu parte y no quiero más mentiras si quieres salir de esto con vida.

Todo comenzaba a tener sentido para Alonso. El proyecto se inauguraba en algunas horas. Si obtenía esos planos y sus intenciones de un gran atentado se concretaban, nadie podría enterarse de esa conspiración a tiempo y todo lo inculparía a él. Así que debía hacer algo para impedir que los obtuvieran.

La presión del cuchillo comenzaba a herir su dedo, él ya sabía de lo que el sujeto era capaz y no necesitaba ponerlo a prueba otra vez.

—Los planos están en una caja fuerte escondida tras un cuadro en mi despacho —dijo resuelto.

El hombre fue hasta el despacho para corroborar lo que Alonso le había señalado, movió el cuadro y ahí estaba la caja fuerte. Sólo había un problema, además de los números necesitaría la huella digital para abrirla. Regresó a la sala y empujando la silla por el pasillo, el sujeto trasladó a Alonso hasta la habitación.

—Bien..., ¿A qué dedo corresponde la huella para la caja?

—El dedo índice de la mano que me estas mutilando..., pero no lo cortes, por favor..., yo te ayudo a abrirla, pero no lo cortes, no lo soportaría.

—No intentes nada estúpido... la abres, me entregas lo que vine a buscar y te ato nuevamente antes de irme.

El sujeto le desató ambas manos y los pies permitiéndole sacarse la cuerda de encima y levantarse. Alonso estiró sus adormecidas piernas y sus adoloridos brazos. El intenso dolor de su mano recorría desde los dedos hasta lo más profundo de su espalda. Se acercó a la caja fuerte, colocó su dedo índice en el lector y un sonido electrónico precedió el cambió de la luz del indicador de rojo a verde. Aunque no podía ver al sujeto que se encontraba a su espalda, sintió el aire del suspiro que exhaló al cambiar la luz. Alonso abrió con dificultad la caja debido al dolor que sentía en su mano.

La habitación se iluminó con la luz de un relámpago que cruzó el cielo y al tiempo que el trueno resonó en la distancia, Alonso empujó a su captor hacia atrás con todas sus fuerzas. El sujeto tropezó con la silla y cayó de espaldas sobre el piso. Mientras yacía en el suelo, Alonso intentó tomar un arma que mantenía escondida en la caja fuerte. Pero a pesar de sostenerla con ambas manos, el intenso dolor y la ausencia de dos dedos le impidieron jalar el gatillo.

Su captor se levantó y se abalanzó sobre él con mucha rabia, de un golpe voló el arma de sus manos y comenzó a golpearlo. Alonso se defendía intentando bloquear los golpes del sujeto. Recibió un par de golpes en las costillas que le quitaron el aliento, y siguió recibiendo golpes hasta caer al suelo y quedar tendido sin movimiento.

El sujeto lo arrastró hasta la cocina y tomó un cuchillo tipo machete. Afirmó con fuerza la mano de Alonso que permanecía casi inconsciente. Alzó el machete y de un certero golpe le mutiló los tres dedos restantes de la mano. El metálico sonido de la hoja contra el piso, se escuchó seguido por un grito retumbante que se apagó con un nuevo estruendo de truenos que provenía de afuera. El hombre volvió a golpearlo en la cara repetidas veces hasta noquearlo...

El agua en la cara lo despertó. Sus ojos se abrieron; estaba atado y amordazado, mientras intentaba reconocer en donde se encontraba. Su ojo derecho apenas se abría mientras aún sentía la hinchazón en los labios y el escozor de la parte interior de sus mejillas al rozar con los dientes. Escuchó varias voces a su alrededor y una de ellas era la de su conocido captor, pero su borrosa vista le impedía distinguir sus rasgos.

—Despiertas a tiempo para la celebración —le dijo con tono irónico— hoy es el gran día y gracias a ti ya tenemos todo listo para el espectáculo. Te agradecemos tu vital ayuda.

Cuando el agua de sus ojos terminó de caer y su vista se fue acostumbrando a salir de las penumbras, pudo darse cuenta que lo tenían al interior de una camioneta. Estaba rodeado de unos tambores que seguramente eran los explosivos. Habían pasado varias horas desde que fue aprisionado y torturado en su propia casa. Pero no había nada a su alrededor que le indicara cuan avanzado estaba el día.

A la esperada inauguración asistirían cientos de personas; también empresarios e importantes autoridades. Se suponía que nadie que no estuviera autorizado debería estar en el edificio en esos momentos. Pero ellos portaban credenciales especiales de acceso, y estaban disfrazados como técnicos de mantención, simulando que trabajaban en los detalles finales de la obra. Tenían todo muy bien planificado. Alonso intentaba desatarse sin poder conseguirlo, tenía todo su cuerpo adolorido y el frío del subterráneo se sentía hasta los huesos. La luz que entraba por las ventanas del vehículo era escasa y no lograba distinguir cuantos hombres eran los que hablaban afuera.

Al mirar su mano derecha recién pudo apreciar que el sujeto le había mutilado todos los dedos y sólo llevaba una ensangrentada envoltura de tela cubriendo los muñones, tristes vestigios de lo que alguna vez fue una mano. La sangre seca se había endurecido en la tela, pero cuando Alonso intentó palpar los fantasmas de sus falanges, el dolor surgió intenso y profundo hasta el tuétano de los huesos.

Se estremeció por completo encogiendo los codos y apretando la mandíbula, la cual también le infringió un punzante dolor. Todo su cuerpo era un campo de batalla que había sido azotado por un bombardeo de golpes la noche anterior.

El sujeto abrió la puerta lateral de la camioneta apuntando con una linterna la cara de Alonso, la luz cegó por un instante el único ojo que podía mantener abierto y luego cambió de dirección.

—Estamos listos para irnos... Perdón por no ofrecerte nada para comer pero al lugar que vas no lo necesitarás.

El hombre activó un dispositivo y se despidió de él cerrando las puertas de la camioneta devolviéndole a las sombras su sitial. Los pasos de los sujetos se alejaban haciendo eco en las paredes del estacionamiento; luego se escuchó el ruido de otras puertas cerrándose y el motor de un vehículo que se alejaba.

Un silencio absoluto se apoderó del lugar y la desesperación de Alonso por salir comenzó a crecer. Él se movía de un lado a otro intentando soltarse las amarras con mucho dolor. Después de un gran esfuerzo, consiguió soltar sólo una de sus manos, la que tenía mutilada y herida. Como pudo se arrastró hasta donde su captor había activado los explosivos. Doblando las rodillas, apoyó su espalda contra el costado de la camioneta y empujando con todas sus fuerzas logró ponerse en pie.

El panel del dispositivo tenía muchos cables, unas perillas, botones y un marcador digital con luminosos números rojos que indicaba ciento cinco minutos y bajando. Poco menos de dos horas para la explosión, tiempo suficiente para intentar escapar. Pero por más que lo intentaba, Alonso no conseguía soltar su otra mano, ni sus pies, ni siquiera logró aflojar la mordaza en su boca. Tampoco pudo abrir la puerta de la camioneta a pesar de sus esforzados intentos.

Con resignación y con el dolor de su mano mutilada intentó mover las
perillas en el panel para ver qué resultaba. Las telas se humedecieron con la
sangre que comenzó a empapar los trapos. Con el borde de la palma sólo pudo
presionar un par de botones y el reloj digital saltó de noventa y siete a sesenta
minutos y bajando. Su corazón se exaltó al máximo y su desesperación crecía
más y más. Todo lo que consiguió con su estúpida maniobra fue acelerar el
proceso y ya no sabía qué más hacer. Aún amordazado, intentaba gritar con
todas sus fuerzas sin conseguir que alguien lo escuchara.

Alonso balanceaba su cuerpo golpeando con el hombro los laterales de la
camioneta, intentando hacer el mayor ruido posible; quizás así alguien lo escucharía. Ya estaba exhausto, agotado y con el hombro adolorido. Alonso se dejó
caer en el piso de la camioneta. Una cuota de culpabilidad lo embargó y también el dolor de saber que cientos de personas morirían si esa bomba estallaba.

Recordando los movimientos que había hecho antes; pensó que si realizaba
los mismos pasos a la inversa el tiempo aumentaría. Se incorporó otra vez y
se dirigió al panel. Lo intentó con mucha dedicación, pero el reloj acortó el
tiempo, de cincuenta y cinco a treinta minutos.

Un grito desesperado y angustiado se apagó tras la mordaza, perdido en
el silencio de ese oscuro estacionamiento. La sangre comenzó a gotear por su
mano y el dolor se intensificaba por el esfuerzo realizado. Sentía como si el
brazo entero le estuviera siendo arrancado, su estómago se revolvía entero por
la agonía y sentía que en cualquier momento se desplomaría al suelo.

Por un instante permaneció tranquilo intentando dejar atrás su aflicción,
a ratos respiraba corto y en rápidas repeticiones, luego hacía largas pausas conteniendo el aliento hasta exhalar nuevamente y volver a llenar sus pulmones
del viciado y frío aire.

Después de tantos intentos inútiles por zafarse y casi resignado a que eso
sucedería sin remedio; un pensamiento llenó su mente en un acto desinteresa-
do y valiente. Si estaba destinado a concretarse, era preferible que la explosión
aconteciera antes de lo que ellos habían planeado; al menos de esa manera no
moriría tanta gente inocente. Alonso estaba resignado a que nada lo salvaría
de su fatal destino y a convertirse en mártir anónimo, ya que nunca encontra-
rían su cuerpo entre los escombros.

Irguió su cuerpo adolorido una vez más afirmándose en los tambores y balanceándose con los pies juntos y firmes. Apretó los botones otra vez consiguiendo que el reloj bajara de veintinueve a cinco minutos. Con ello había sentenciado su vida por salvar la de cientos y comenzaba la cuenta regresiva de sus últimos momentos.

Cuatro minutos se encendieron en el reloj digital y las imágenes de su familia y sus amigos comenzaron a desfilar por sus lúgubres ojos. Las cosas buenas que hizo en la vida le traían el dulce sabor de la realización, mientras aquellas que no pudo concretar apretaban su garganta con amargura.

Tres minutos y cerró los ojos meditando en lo que había más allá de ese umbral que estaba por atravesar, comenzó a orar aunque no era muy dado a esas cosas e intentaba ponerse a cuenta con su vida aún joven; un arquitecto exitoso de sólo treinta y cinco años.

Un minuto restaba para enfrentarse a su destino y los últimos segundos lo hicieron llorar con amargura, sus alaridos cansados y apagados por la mordaza, hacían un eco ahogado en la soledad del subterráneo.

Treinta segundos y Alonso comenzó a estrellar su cuerpo contra las paredes de la camioneta empujando los tambores y haciendo los últimos esfuerzos por soltarse en un arrebato desesperado en busca de que un milagro ocurriera a última hora.

Quince segundos y cerró los ojos tragando su ira, su impotencia y su dolor. Las últimas gotas de sangre caían desde su mano cercenada tiñendo el piso de la camioneta que lo aprisionaba. Respiró profundo contando para sí los últimos instantes de su vida: cinco, cuatro, tres, dos... y todo terminó.

HISTORIA 6
ÁNIMA ERRANTE

La hierba verde cubría la pendiente donde se había refugiado, estaba solo, escapando de las multitudes que deambulan por las calles. Desde lo alto de esa loma se podía contemplar toda la ciudad. Los edificios más altos se veían como palitos de fósforo enterrados en la tierra, las personas no eran más que partículas de polvo diminutas e invisibles a sus ojos. El viento soplaba meciendo las hojas de los árboles pero él no lo sentía. El sol de la tarde dejaba caer el calor envolvente del verano, pero él no lo podía percibir. Su mirada estaba perdida en el horizonte, entre las nubes blancas que adornaban el intenso azul del cielo, mientras él permanecía lejano imaginando todas esas cosas que ya nunca experimentaría.

De algún modo, no lograba recordar en qué momento había sucedido todo eso. Como si viviera en un sueño interminable o una pesadilla eterna, cargaba con esa maldición desde el amanecer hasta la salida de un nuevo sol. No tenían relevancia las estaciones, las horas, el lugar, nada en su entorno cambiaba lo que estaba viviendo. Sólo recordaba que un día despertó fuera de su cuerpo, suspendido en el aire, flotando sobre la hierba de esa colina.

No tenía recuerdos claros de nada como si todo fuera un sueño interminable. Podía flotar por donde quisiera. Podía atravesar muros y viajar de un lugar a otro sin problemas. Lo que al principio se veía como un milagro o un gran privilegio, pronto se convirtió en una tortuosa maldición. Quién podría soportar una eternidad en esa condición, sin ser visto por la gente, sin conversar con alguien, sin poder tocar lo que está alrededor, sin poder saborear o deleitarse con las cosas comunes y corrientes del día a día.

— ¿Qué habrá pasado con mi cuerpo? —Era la pregunta que se hacía a diario— ¿Qué soy en este espacio flotante y sin rumbo? ¿Cuál es mi destino ahora?

Siempre volvía a ese lugar y permanecía allí durante horas después de haber recorrido la salvaje ciudad en busca de respuestas, en busca de una cara familiar o un recuerdo latente. Éste era el único lugar que tenía sentido para él. Ni siquiera sabía si ésta había sido alguna vez su ciudad, sólo vagaba por las calles sin tener una luz de su pasado.

Pero algo lo impulsaba cada día a buscar esas respuestas. No tenía sentido seguir sumergido en la incertidumbre, debía averiguar qué había sucedido con su vida. ¿Estaba muerto o estaba vivo? Debía saber dónde estaba su cuerpo.

Las horas habían pasado sin retorno una vez más y se dio cuenta que ya estaba atardeciendo. Las sombras se alargaban infinitas, mientras el sol se alejaba poco a poco huyendo tras las empinadas lomas del oeste. Poco a poco era envuelto por la rojiza y tenue luz del crepúsculo, sumergiéndose en la oscuridad profunda de la noche.

Comenzó a dar vueltas como un trompo, sólo por hacer algo distinto que rompiera su diaria rutina y con la esperanza que alguna señal guiara su errante destino. No podía sentir vértigo o mareo, las sensaciones físicas ya no eran parte de su esencia. Las luces de la ciudad comenzaban a iluminar las calles. El sol ya se había ido y el cielo se adornó con centelleantes estrellas.

Descendió de lo alto con una idea en la cabeza, esa noche sus pasos serían guiados por la suerte o el destino. Comenzó a girar sobre sí mismo hasta detenerse en algún punto y emprendió la marcha en esa dirección. Avanzaba algunos metros y volvía a darse vueltas sin ninguna lógica y cambiaba de rumbo según la posición se lo indicara.

Pasó gran parte de la noche haciendo lo mismo. Pero en algún momento de su alocada aventura sintió algo extraño e inexplicable, como un pálpito diferente y electrizante que lo estremeció. Había pasado mucho tiempo desde la última vez que su ser era protagonista de alguna sensación. El frío y el calor eran experiencias que sólo permanecían en un recuerdo lejano. El roce de su piel sobre las diferentes texturas estaba vedado. Lo suave, áspero o pegajoso, eran meros conceptos perdidos en el universo de las palabras.

Giró otra vez buscando experimentar esa sensación otra vez y así estar seguro de lo que estaba ocurriendo en su interior. Era como un magnetismo, un impulso que quizás podía llevarlo a las respuestas que buscaba. Comenzó a avanzar en esa dirección con mucha determinación. La noche no significaba nada para él, no necesitaba descansar, ni dormir, ni comer, tampoco debía cuidarse de los peligros de la ciudad, él sólo existía atrapado en el infinito.

Tras recorrer un largo trecho a la luz de las calles, se dio cuenta que esa sensación se hacía cada vez más fuerte. Estaba aprendiendo a descifrar ese impulso que guiaba su rumbo con una claridad impresionante. Continuó avanzando por calles poco iluminadas que nunca antes había recorrido, avanzaba entre la gente sin ser visto. Era un espectro invisible de incorpórea presencia y esencia perdida.

Se había alejado de todo lo conocido en su diario deambular por las calles. A medida que avanzaba se sentía más cerca de algo importante, como una certeza escondida en su interior. Estaba sorprendido que después de tanto tiempo, en la misma ciudad, aún había lugares por los que nunca había pasado.

Al fin llegó frente a un gran edificio que estaba iluminado por completo, al cual sintió la imperiosa necesidad de entrar. Atravesó los muros sin dificultad y se encontró en un largo pasillo por el que circulaba mucha gente y se dio cuenta que se trataba de un hospital. Las instalaciones, las enfermeras, los médicos y las camillas eran inconfundibles.

Comenzó un minucioso deambular por los rincones, por las escaleras y los extensos corredores iluminados. Cruzó los pasillos en un recorrido vertiginoso y acelerado. La curiosidad lo guiaba porque jamás había entrado en lugares similares; él se acostumbró a estar en soledad ya que los rostros de la gente no le traían ningún recuerdo.

Él escuchó una voz desde un rincón que le sonó más clara y diferente a los sonidos a su alrededor.

— ¿Qué te ha traído a este lugar?

Se giró buscando el origen de esas palabras y se encontró con la figura de un hombre sentado en uno de los pasillos. El hombre tenía el pelo gris y las marcas de los años registradas en su cara. Por un momento pensó que se dirigía a alguien más.

—A ti te hablo —le dijo cuando se volteó a ver si había otra persona atrás de él.

— ¿Cómo has llegado a parar aquí? ¿También estás perdido?

—Si lo estaba, pero creo que he llegado al lugar indicado.

— ¿Eso crees? —y una sonrisa burlona se dibujó en su rostro— todos dicen lo mismo al llegar aquí, pero se quedan poco tiempo y luego continúan su camino.

Tanto había pasado después de la última charla que entabló con alguien, que lejos de sentirse contento o sorprendido, se sintió incómodo e ignorante. Al parecer a quien tenía enfrente, el tiempo en esa esfera fantasmal le hacía hablar con propiedad y sabiduría.

— ¿Cuánto tiempo lleva usted en este lugar?

—Ya perdí la noción de los días hace mucho —respondió el anciano— yo aparecí en estos pasillos una noche de invierno, la recuerdo porque era la primera lluvia de la temporada. Muchos vienen y se van porque no encuentran lo que buscan. Otros sólo están de paso y continúan su viaje sin retorno. Pero yo me he mantenido en los alrededores desde entonces, porque en una de esas habitaciones está mi cuerpo.

Por mucho tiempo se había preguntado si habría alguien en la misma situación que él y al fin la interrogante era contestada. Otro errante del destino atrapado en esa esfera fantasmal. Dejó atrás ese encuentro extraño sin preguntarle más detalles, necesitaba continuar avanzando sin saber hacia dónde, pero sintiendo con urgencia que debía seguir adelante. Ahora más que nunca tenía la esperanza de encontrar sus propias respuestas.

Avanzó piso a piso por todos los pasillos y todas las habitaciones; entrando y saliendo con la imagen de decenas de rostros. Ese impulso que lo movía se volvió más intenso y especial. Hizo una pausa y luego cruzó la puerta de la habitación 405 en el ala norte del hospital. Una luz tenue envolvía el cuarto mientras algo en su interior aumentó ese impulso desesperante que lo guiaba. Había fotos familiares sobre el velador junto a un jarrón con flores y lo más impactante fue ver ese cuerpo recostado en la cama. En su mente no tenía un recuerdo de sí mismo, pero su interior clamaba la incontenible necesidad de retornar a él.

Esa increíble sensación de estar frente a ese cuerpo perdido y reclamarlo como suyo, mezclada con la impotencia de no poder tocarlo; no poder decirle a ese ser en reposo que despertara de su largo sueño. Sólo quería decirle que ya había regresado y que era tiempo de volver a casa. No hay palabras para describir sus sentimientos, si existieran las lágrimas espirituales él hubiera llorado de la emoción.

Había conseguido llegar hasta a ese lugar después de meses vagando por la ciudad, casi desesperanzado y confundido. Y ahora al contemplarse recostado en ese lecho con cables conectados a su cuerpo, no sabía qué hacer para volver a entrar en él y despertar de esa larga pesadilla. Cómo regresar a su extraviada vida después de ser un alma errante y sin destino por tanto tiempo.

Su mente se encontraba cautiva en la distancia, sólo podía verse sin llegar a descubrir sus olvidados pensamientos. No tenía ningún recuerdo de su vida anterior, no sabía si era buena o mala, o si le gustaría estar de vuelta en esa realidad. Tan distante estaba en su camino que nunca había pensado realmente en quién era él. De dónde venía y hacia dónde iba en su vida. ¿Era necesario volver? ¿Estaba seguro de que eso era lo mejor en su vida?

La respuesta estaba en su interior, lo único que deseaba era poder recobrar el tiempo perdido. Recobrar lo que le pertenecía, fuera bueno o malo, ese cuerpo le pertenecía y quería recuperar su lugar en el otro mundo, en el mundo de los vivos.

Tras largos minutos de meditar en las tinieblas, salió de la habitación y recorrió los largos corredores para encontrar al hombre del pasillo. Tal vez él tendría respuestas a ese enigma que comenzó a atormentarle. Caminó por varios minutos sin poder encontrarlo, tenía muy clara la situación en la que se encontraba, más que ningún día desde la primera vez que se encontró vagando informe por la ciudad.

Era primordial saber qué hacer ahora que había encontrado su cuerpo. ¿Era ese el final del camino? Recorrió de punta a punta todo el lugar hasta encontrarlo dando vueltas sin destino.

—Otro de muchos que no encontró lo que buscaba... —dijo el hombre con ironía.

—Se equivoca —respondió el errante— encontré lo que buscaba unos pisos más arriba, pero ahora no sé qué debo hacer para volver a mi vida.

Sorprendido por la respuesta, el anciano guardó silencio un momento con la cabeza baja, como tratando de recordar algo. Luego lo miró nuevamente.

—Es muy extraño que alguien consiga encontrar su cuerpo, pero cuando eso sucede el problema es decidir qué camino tomar. Este estado intermedio es de cierta forma muy cómodo. No hay dolor, ni hambre, ni es necesario dormir para continuar existiendo un día más. Por algún motivo quedamos atrapados aquí, sin estar muertos, pero tampoco vivos, la elección de volver es difícil, pero es sólo tuya.

— ¿Pero cómo consigo regresar a mi cuerpo? —fue la réplica inmediata.

—Algo te mantiene atado a la vida y no te deja partir, algo que puede ser muy importante. Debes encontrar esa respuesta y decidir si es motivo suficiente para quedarse, para volver con los tuyos a tu vida o sólo dejarla ir y resignarte a partir. Sé que no es fácil, pero hasta que no sepas esa respuesta seguirás aquí, perdido en este fantasmal lugar.

—Yo aún estoy en esa disyuntiva —prosiguió el anciano— si alguien entrara a mi habitación a visitarme, si alguien me extrañara, quizás volvería y tomaría mi decisión. Pero hasta hoy nunca nadie ha venido a verme. Quiero pensar que tengo una familia que me ha buscado en todos lados, pero nadie sabe que estoy aquí. Pero permanezco cerca, solo y esperanzado de algo que quizás nunca suceda, en algún momento desconectarán esa máquina y no seré nada.

Tras esas palabras duras pero muy sinceras el hombre volvió a la habitación donde yacía su cuerpo. La claridad del amanecer se hacía presente a través de las ventanas. El sol comenzaba a despertar y las luces de la ciudad se apagaban como la caída de un dominó.

Él esperó varias horas en la habitación contemplando las calles cercanas y observando la habitación a la luz del día. Comenzó a fijarse en las fotos que había cerca de la cama. Un retrato con sus dos hijas y su esposa o al menos eso es lo que él creía, ya que aún no tenía ningún recuerdo en su memoria.

Las horas pasaban rápido sin que él quisiera alejarse de la habitación. El sol ya estaba en su punto más alto y sus cálidos rayos entraban por la ventana; aún cuando él no los pudiera sentir.

En ese momento, de frente a él, entraron al cuarto las dos pequeñas de la foto, acompañadas de cerca por su madre. Eran dos niñas encantadoras, muy risueñas y hermosas, más hermosas que en el retrato. Ellas se arrimaron a la cama para besarlo, una a cada lado. Al contemplar esa escena le dieron ganas de poder sentir esos besos en su piel, de poder palpar el calor de las niñas y tener la facultad recíproca de besarlas también.

Luego se acercó la mujer y acarició su cara.

—Hola amor, vinimos más temprano hoy. Las niñas te trajeron unos dibujos que hicieron para ti y luego saldrán con los abuelos, así que pasarán el resto de la tarde con tus padres, pero yo estaré aquí para cuidarte.

Un toque de melancolía, más bien amargura se dejó sentir en su voz y luego calló para esconder las lágrimas que estuvieron al borde de caer. Era evidente que ella no quería llorar delante de las niñas.

—Vayan con los abuelos —dijo con la voz apretada.

Sus hijas se despidieron con muchos besos, dejándola sola en la habitación por un momento. Ella tomó su mano firme y delicadamente, le besó los labios y acercando una silla le dijo:

—Todo ha sido tan difícil estas últimas semanas... —su voz se apretó unos instantes— Los médicos dicen que han comenzado a haber complicaciones... Si todo continúa decayendo pronto tu situación será irreversible y que deberemos decidir si mantenerte conectado o no. Pero yo no pierdo la esperanza de que vuelvas a nuestras vidas... —hizo una pausa con los ojos llenos de lágrimas— no pierdo las esperanzas de que todo sea sólo un sueño para ti, porque para nosotros se ha convertido en una pesadilla.

Ella apretó su mano, secó las lágrimas de su cara y lo besó otra vez en los labios, recostando luego su cabeza en su pecho, mientras las lágrimas volvían a brotar como cascadas. Una sensación electrizante comenzó a incrementarse en él, sintió una conexión tan fuerte con la mujer que le hizo comprender el gran amor que sentía por ella y sus hijas.

Ahora estaba claro lo que él quería hacer; tenía que encontrar la manera de concretar ese ansiado retorno y volver a estar con su familia. Salió de la habitación para encontrar al anciano y le contó lo sucedido con lujo de detalles esperando una sabia respuesta.

—La verdad es que conozco sólo en teoría lo que debes hacer, pero nunca lo he intentado ya que a diferencia de ti, yo aún no he encontrado mis respuestas... Recuéstate al costado de tu cuerpo —prosiguió el anciano— y sólo cuando sientas que estás listo para regresar, gírate sobre él para estar nuevamente unido y completo. Si no resulta la primera vez, sigue intentándolo hasta conseguirlo.

—Muchas gracias, lo intentaré... —hizo una pausa antes de alejarse y dijo— espero que este recuerdo no se pierda al pasar al otro lado, si lo recordara volveré a visitarle...

—Sé que te irá bien en tu viaje de regreso, suerte y adiós.

Ese adiós sonó muy triste, el anciano presintió que no lo vería otra vez. Muchos habían cruzado esas paredes y los mismos se habían ido por donde vinieron, de vuelta a las calles solitarias. Pasaría tiempo hasta que volviera a toparse con otra alma errante buscando las mismas respuestas, con la misma incertidumbre. Lo extraño fue despedirse de él sin poder abrazarlo o sin estrechar su mano. Sólo esperaba que sus consejos le ayudaran y poder retribuirle alguna vez su ayuda.

De vuelta en la habitación, la mujer permanecía sentada a su lado leyendo y haciéndole compañía. Él se recostó al costado de la cama y esperó un instante hasta sentir que estaba listo para volver. Luego de un primer intento fallido, volvió a repetir la acción casi una docena de veces. No entendía por qué no estaba resultando.

—Quizás el modo de hacerlo es diferente para cada uno.

Se levantó y comenzó a dar vueltas por la habitación, miraba los ojos de la mujer mientras leía. Pero no tenía ningún recuerdo vivo de ella, ni siquiera recordaba su nombre. Poco a poco dejó de lado su afán apresurado por retornar y se concentró en traer de vuelta a su memoria el nombre de su amada esposa. Si habría de volver al menos debía recordar al lado de quien. Los minutos pasaron, pero el tiempo parecía detenerse en la habitación, hasta que desde lo más lejano una fugaz palabra nació en su recuerdo.

—Angélica... su nombre es Angélica...

Al instante su informe cuerpo comenzó a flotar sin poder controlarlo, la habitación se oscurecía a plena luz del día. Su conciencia cayó en unas sombras impenetrables. Luego las tinieblas comenzaron a transformarse en un blanco luminoso que comenzó a inundar su entorno. Ya no había paredes, ni habitación ni nada a su alrededor; sólo estaba él y el infinito luminoso.

Una sensación de vértigo lo invadió y sentía su ser descender de manera muy rápida pero sólo había luz a su alrededor. Esas sensaciones cesaron y quedó sumergido en una total oscuridad, mientras una paz absoluta llenaba su ser. A lo lejos escuchaba sonidos y susurros de voces a su alrededor. Con dificultad sus ojos comenzaban a ver una la luz que lo encandilaba. Las siluetas borrosas, poco a poco iban tomando forma, mientras sus fatigados párpados se resistían a abrirse por completo. Al fin sus ojos podían ver con claridad la cara de su amada esposa, que permanecía de pie frente a su cama. A su lado estaban las enfermeras revisando los aparatos a los que él estaba conectado.

Ella lo abrazó y lo besó con una alegría inmensa, las lágrimas en sus ojos evidenciaban lo sufrido y esperado de ese retorno. Después de tanta espera, de tanto buscar las respuestas, al fin encontraba de regreso. Su mente había retenido cada uno de los recuerdos de su fantasmal viaje y se sentía en deuda con aquel hombre que lo ayudó a volver a su realidad.

Al pasar los días y con más fuerzas para incorporarse, les pidió a su esposa y a la enfermera, que lo sentaran en una silla de ruedas y lo llevaran abajo a visitar a un hombre que estaba postrado al igual que él hasta hace unos días. Guardó en secreto que él había sido quien lo ayudó en su retorno, ya que nadie lo comprendería. Entraron en la habitación 202, él se acercó a su cama, tomó su mano y le dijo:

—Sé que buscabas algún motivo para regresar, sólo te puedo decir, que aunque no lo encuentres aún, vale la pena estar acá de vuelta. Espero que me estés escuchando en este momento y que tomes la decisión correcta. Siempre estarás en mis recuerdos, adiós amigo donde quiera que estés y gracias por ayudarme a volver a casa.

HISTORIA 7
TEATRO DEL TERROR

El día había llegado, el momento esperado por todo actor debutante se acercaba más y más. Tras horas y días de arduo ensayo, el fruto de su esfuerzo sería expuesto frente a su primer público formal. Era la culminación de un proceso de aprendizaje y el inicio de una trayectoria sobre las tablas, como se le dice al teatro. La noche anterior no había sido una compañera agradable, los nervios le habían impedido dormir bien. Una y otra vez pasaban los textos por su cabeza recordando los parlamentos y las escenas de la obra.

Después de levantarse, desayunó como de costumbre e intentó hacer del día un momento pasajero. Mientras más cosas hiciera durante el día, más despreocupado se sentiría y podría darle descanso a su cabeza. La hora del almuerzo llegó rápido, pero casi no tenía hambre. Sólo hizo de ese instante una acción rutinaria y pasajera. El cansancio de una noche de mal dormir lo venció tras la liviana comida y decidió tomar una siesta. Colocó la alarma del reloj; un par de horas sería suficiente para recobrar fuerzas.

Después de algunas horas despertó sobresaltado sin recordar lo que estaba soñando, ya que para él fue como si hubiera cerrado los ojos sólo por unos minutos. Había dormido agotado, profunda y placenteramente. Pero despertó con su cuerpo helado, sus manos estaban agarrotadas y sus pies parecían de piedra. Apenas mantenía el calor como si hubiera sido envuelto en un manto de nieve.

A esa altura de nada le serviría arroparse y dormir unos minutos más, así que decidió dejar su lecho y tomar una ducha caliente. El agua tibia cayó por su cabeza masajeando su cuero cabelludo y causando unas agradables cosqui-llas a medida que recorría todo su cuerpo. En la medida que el agua caía sobre él, se llevaba sus preocupaciones y le permitía parafrasear sus diálogos bajo una cascada de agua tibia.

Las últimas horas pasaron muy rápido y sin darse cuenta ya se encontraba en el camerino a la espera de que pasaran los últimos minutos antes de subir al escenario. Sus manos se mantenían heladas por los nervios. Al rato, Alejandra, una de las actrices, entraba al camerino; venía muy acelerada y atrasada, aunque ella no entraba al escenario hasta el segundo acto.

— ¿Nervioso? —le preguntó ella mientras se cambiaba de ropa.

Víctor sólo asintió con la cabeza intentando no pensar en todo lo que venía.

—No hay como la primera vez en el escenario, este será un día que recordarás toda la vida —le dijo ella con entusiasmo— mira yo, ya llevó siete años haciendo esto y nunca olvidaré mi debut, fue una de las noches más maravillosas de mi carrera. Pero no estés más nervioso de lo normal, todo saldrá bien. Sólo sube y disfruta estar ahí.

Víctor esbozó una sonrisa y a medida que lo nervios pasaban, poco a poco comenzó a sentir que el calor retornaba a su cuerpo. El coordinador de la obra se asomó a los camerinos para indicarles que comenzarían en cinco minutos. Ya estaban listos para dar inicio a la obra, las luces comenzaron a bajar y todos los actores se colocaron en sus ubicaciones tras el telón. La oscuridad comenzó a reinar en el auditorio y las voces claras de la gente comenzaron a menguar hasta convertirse en un murmullo ahogado que continuaba apagándose.

Eran las nueve de la noche y al fin se levantó el telón. Las luces iluminaron su cara, el teatro estaba lleno hasta los pasillos y los nervios habituales se hacían presentes en la piel erizando todos los pelos de su cuerpo. Respiró hondo e inició sus líneas con una voz fuerte y firme. Había otros actores en el escenario junto a él y todo salía perfecto, tal como en el ensayo general. Todo estaba sincronizado, el ambiente, la música, la iluminación, incluso el público estaba muy concentrado en la obra.

Víctor ya tenía total confianza en lo que hacía. Habían pasado veinte minutos desde el inicio, veinte minutos de entradas y salidas del escenario, cambios de luces y los matices habituales de un drama escénico. Era su turno de abandonar el escenario, dijo las líneas finales de su personaje y tomó rumbo a la salida lateral que estaba cubierta por una cortina negra y gruesa.

Con su mano izquierda rozó la gruesa tela para abrirse paso y un estremecimiento se produjo al momento de traspasar los límites del escenario. Una sensación vacía lo invadió por completo. En un abrir y cerrar de ojos un miedo profundo se apoderó de él. Un frío extremo recorrió su cuerpo desde la cabeza a los pies y lo dejó paralizado de terror.

Tras bambalinas no había nada. No estaban los otros actores, no había tramoyas ni accesorios, todo estaba oscuro, era una pieza lúgubre y abandonada. Todo era muy confuso, sus latidos se volvían más lentos y su aliento le faltaba, por un momento pensó que se desmayaría, pero logró afirmarse del mismo telón.

Echó pie atrás y miró a través de la cortina hacia el escenario, pero no había nada, todo estaba en completa oscuridad. No había actores, ni público, ni música, sólo una lúgubre y tenue claridad que se filtraba desde algún lado y dejaba ver las siluetas de todo a su alrededor.

Aún incrédulo de lo que estaba viendo, Víctor corrió la cortina y entró al escenario otra vez. Desde algún lado una suave luz como la claridad del día filtrándose por una ventana le permitía ver con dificultad el entorno. Estaba algo confundido, no podía ser de día, ya que sabía que al momento de subir al escenario ya había oscurecido.

A los primeros pasos que dio, tropezó con unas tablas carcomidas sobre el escenario y su pie cayó en un agujero que había en el piso. Se quedó unos segundos quieto sin dar crédito a lo que estaba viviendo. Volvió a incorporarse cuando su vista se acostumbró a la penumbra.

Miró a su alrededor y se dio cuenta que las maderas estaban deterioradas, las cortinas apolilladas, el polvo acumulado sobre el piso se levantaba a cada paso que él daba. Las butacas del público estaban destrozadas y cubiertas de un manto grisáceo. La alfombra de los pasillos estaba gastada por los años, era como si el tiempo hubiera pasado sin medida y él estuviera atrapado en un futuro lejano por muchos años.

Recorrió cada rincón del teatro buscando algún indicio de lo que estaba sucediendo en ese lugar, pero sólo encontraba ruina en todos lados. Luego se dirigió a las salidas, pero las puertas, ventanas y todos los accesos estaban bloqueados, algunos con gruesas maderas, otros con muros de ladrillos infranqueables.

En algunos muros se apreciaban viejos afiches de antiguas presentaciones. Los colores palidecidos por el tiempo y los bordes de los marcos metálicos llenos de óxido. Cada puerta que abrió en las oficinas de las boleterías resonaba con un chirrido retumbante que hacía eco en la soledad. Estaba atrapado en una dimensión olvidada por el tiempo.

Luego de largos minutos de recorrido, deambulando sin encontrar respuestas, decidió volver por donde había venido. Se encontraba a la entrada del pasillo, cuando se encendió la luz principal del escenario y un estruendo se dejó oír haciendo eco en rededor; parecían cadenas o metales golpeando el suelo justo detrás del gran telón. Su corazón se exaltó por el inesperado sonido, él se mantuvo en silencio y expectante sin moverse por unos segundos. La luz se apagó y al mismo tiempo los ruidos dejaron de oírse, todo volvía a estar en silencio.

Sus pies parecían estar pegados al piso, no sabía si acercarse a ver lo que había tras el telón o si mantener la incógnita de lo que había sucedido. Al ver que todo se mantenía calmado, Víctor subió al segundo nivel, a la zona de palcos. Comenzó a recorrerlos uno a uno sin encontrar nada.

Mientras recorría los pasillos, un viento frío que congelaba hasta los huesos se dejó sentir. Fue como la brisa pasajera que fluye cuando se abre una puerta en el invierno. Al llegar al palco principal, contempló la amplia vista frente al escenario, caminó hasta la baranda para mirar hacia abajo. Las butacas se dibujaban borrosas en la penumbra.

Una escalofriante imagen se apareció frente a él, las luces laterales se encendieron e iluminaron la silueta de una mujer de largos cabellos, delgada y vestida con ropas como túnicas. Ella permanecía de pie en medio del escenario. Víctor sentía su cuerpo clavado al suelo, petrificado como estatua. La mujer levantó una de sus manos señalándolo y aunque no podía verle la cara, sintió su mirada sobre él. Otro estruendo se dejó oír en rededor y la silueta de la mujer se elevó más de un metro sobre el suelo. Ella comenzó a avanzar flotando sobre las tablas sin dejar de apuntarlo, las luces parpadeaban y el ruido se hacía ensordecedor. Era como un crujir de maderas, sonidos de metales golpeándose y una quebrazón de cristales todo al mismo tiempo.

Víctor se llevó las manos a los oídos; por un instante agachó la cabeza y cerró los ojos; la luz se apagó de improviso y todo desapareció. Por unos segundos él permaneció paralizado con la cabeza agacha, afligido por la tétrica visión. Su corazón estaba envuelto en pánico, sus manos temblorosas, la boca abierta y los ojos desorbitados; estaba pálido como papel y frío como un témpano de hielo. Sólo quería cerrar los ojos y aparecer ante el público como si nada de eso hubiera sucedido, deseaba escuchar los aplausos y ver a la gente pararse de sus asientos extasiados en una ovación. Quería despertar de esa pesadilla que lo tenía cautivo sin poder regresar a la realidad.

Después de un instante recobró el aliento y comenzó a bajar por las escaleras hacia la platea, su ánimo decaía cada vez más, esa visión y ese espantoso lugar le quitaban las fuerzas, no sabía qué hacer ni cómo librarse de esa pesadilla.

Una vez más en la planta baja, miró hacia el escenario con mucho miedo de acercarse a él. Paso a paso y con sigilo, avanzó por la desgastada alfombra, hasta llegar al borde de la tarima. Subió al escenario y después de permanecer un instante en silencio, comenzó a susurrar las líneas de su personaje. Víctor sabía todos los parlamentos de la obra, los de él y los de sus compañeros así que pronunciaba los diálogos completos para tranquilizarse. Cada palabra que pronunciaba le daba más fuerzas, así que comenzó a elevar cada vez más la voz. Algunos minutos transcurrieron, ya había sacado de su mente lo sucedido rato atrás y estaba muy concentrado en la actuación solitaria que hacía.

La entrada a la platea, que antes era un hermoso portal adornado con cortinas blancas, resplandeció en la oscuridad. El pórtico comenzó a deformarse tomando la forma de una boca con dientes afilados. La terrorífica figura daba aullidos, mientras el pasillo serpenteaba como flotando y las butacas se movían de un lado a otro. Los sonidos se intensificaban más y más; las maderas crujientes, los cristales rotos y los metales resonantes, se unían a los guturales alaridos de ultratumba.

Las luces de todo el teatro se encendían y apagaban. Víctor intentó continuar sus parlamentos entregando más de sí en cada frase, a pesar que el pánico le hacía temblar la voz y todo su ser. Frente a él la mujer de túnicas largas hacía su aparición nuevamente, flotaba por el pasillo entre las butacas y un remolino de viento apartaba todo a su paso. Un viento recio y gélido que escarchaba todo bajo su cuerpo, comenzó a cubrir la sala con un manto blanco y helado.

Víctor continuaba con su rutina pero el terror se iba apoderando cada vez más de él, al ver que la fantasmal y escalofriante presencia se aproximaba, pensó que cerrando los ojos podría evitar entrar en pánico y que todo desaparecería, como había sucedido minutos antes en los palcos.

Pero el frío intenso le hizo sentir que ella estaba cada vez más cerca y que casi podría tocarla. Con la voz temblorosa intentaba con mucho esfuerzo continuar las frases de su personaje, pero su mente distraída olvidaba las palabras correctas. Al abrir los ojos, se dio cuenta que ella se encontraba a dos metros de él. Su corazón latía con fuerza, su garganta permaneció en silencio unos segundos apretada por el pánico.

Con un grito de espanto se echó hacia atrás preguntándole, sin pensar ni por un momento que el espectro le respondería:

— ¿Qué quieres conmigo?

— ¡Abrázame! —le respondió la mujer con una voz gutural.

Ella extendió sus brazos hacia él y Víctor aterrorizado, cayó al suelo e intentaba levantarse sin poder conseguirlo. Gateaba hacia atrás intentando escapar hacia el telón. Él estaba desesperado y sus piernas no le respondían, así que rodó tras las cortinas y cayó por la tarima tras bambalinas, consiguiendo al fin tomar distancia de la mujer.

Los ruidos seguían escuchándose alrededor, la voz de la mujer hacía eco en su mente una y otra vez. Él se incorporó y recorrió el pasillo lateral que conecta los camerinos con el hall de entrada, pensando que tendría el tiempo suficiente de alejarse. Pero casi llegando a la salida, el espectro apareció frente a él parando su avance y obligándolo a volver.

Víctor ya desfallecía de la desesperación y tropezaba con todo lo que se le cruzaba a su paso; su corazón estaba agitado al máximo y la adrenalina fluía como un río. Volvió al escenario y las luces dejaron de parpadear. Miró a todos lados sin encontrar a la mujer, giró en círculo sobre sus pies y cuando pensaba que todo estaba bien, volvió la mirada hacia las butacas al tiempo que se dejó oír la voz tenebrosa.

— ¡Abrázame!

La mujer apareció de la nada frente a él y lo sujetó con fuerza por los brazos sin dejarlo escapar. El frío de su cuerpo lo paralizó; su aliento gélido e invernal lo envolvía por completo penetrando hasta los huesos. Víctor no podía moverse y sentía como se congelaban sus extremidades, su pecho parecía apretarse cada vez más y sus ojos se volvían muy pesados.

Él estaba envuelto en un torbellino blanquecino que le impedía ver a la distancia, como si una neblina espesa hubiera llenado el teatro y lo elevara por los aires. Lo último que vio antes de perder el conocimiento, fue la luz central del escenario que le encandilaba la vista y la silueta a contraluz de la mujer que le robaba lentamente su calor.

Desde lejos escuchó una voz dulce que lo despertaba, Víctor se sobresaltó dando un grito de espanto. Estaba empapado en un sudor frío y sus ojos estaban llenos de miedo.

— ¿Te encuentras bien? —Preguntó Alejandra parada a su lado.

—Si —respondió él, aún consternado por todo— sólo me quedé dormido un momento... Creo que tuve una extraña y horrible pesadilla que parecía tan real... Una mujer fantasma que rondaba en el teatro me perseguía por todos lados... Su cuerpo helado congelaba todo alrededor y unas ventiscas polares la envolvían...

—¿Era tan helada como tus manos? —preguntó ella con una sonrisa.

Víctor miró sus dedos amoratados por el frío, intentó doblarlos pero parecían agarrotados, casi no sentía la yema de sus dedos. Se incorporó y sintió un fuerte dolor en sus brazos, justo donde la mujer lo había sujetado. Uno de los asistentes les grito desde el pasillo:

— ¡Vamos, estamos listos para subir el telón!

Víctor reaccionó frotándose las manos y se alistó para ir hacia el escenario. Su esperado momento al fin había llegado. Alejandra se giró hacia él antes de salir del camerino y le dijo:

— ¡Abrázame!

Él se acercó a su compañera, pero al momento de abrazarla sintió que sus gélidas manos lo transportaban de vuelta a la fría oscuridad del teatro. Estaba atrapado en los brazos polares del espectro, rodeado de un torbellino blanquecino; sentía como centímetro a centímetro, su cuerpo se congelaba y el calor de su ser era absorbido por la mujer. Sus ojos pesados se abrían con mucha dificultad mientras su aliento cada vez le faltaba más.

Un ruido agudo, punzante y ensordecedor se escuchaba a la distancia mezclándose con el sonido de las cadenas y los cristales rompiéndose. Desde la oscuridad, en un suspiro profundo, Víctor despertó. La alarma del reloj despertador sonaba, la ventana estaba abierta dejando entrar una ventisca helada que lo congelaba. Sus manos estaban agarrotadas por el frío y un sudor helado envolvía todo su cuerpo. Se sentó en la cama y poco a poco recobró el aliento y su respiración se fue normalizando.

Víctor miró hacia todos lados en la habitación, aún angustiado por esa pesadilla. Se incorporó y fue a tomar una ducha caliente que se llevara ese mal recuerdo. Pero mientras se jabonaba, pudo ver en sus brazos las marcas de las gélidas manos de la mujer que lo habían sujetado en el sueño.

HISTORIA 8
NIEBLA EN EL CAMINO

A veces la vida rutinaria nos lleva a pensar que los caminos que día a día recorremos tendrán el mismo destino una y otra vez. Pero un instante en la vida puede cambiar el futuro, así como un acontecimiento insignificante puede llegar a definir el curso de una guerra. Nadie conoce lo que depara el futuro y ése es el misterio más emocionante de vivir la vida. Pero ese no era el pensamiento de Ignacio, él siempre daba por hecho que las cosas sucedían porque tenemos el control sobre nuestras vidas. Que si nos ceñimos a las reglas de nuestras acciones, somos capaces de manejar todas las variantes incluso los imprevistos. Una noche descubrió que estaba equivocado.

Mientras conducía su auto, la brisa fresca de la primavera le permitía llevar las ventanas abiertas y disfrutar de la velocidad en esa apacible noche estrellada. La carretera estaba sin mucho tránsito y las ganas increíbles de ver a Lorena lo llevaban a acelerar lo más que podía para estar pronto a su lado.

Los momentos junto a ella eran perfectos y prefería pasar la noche en su compañía que hacer cualquier otra cosa. En su mundo calculador y equilibrado, ella era un cohete al espacio que lo llevaba por viajes de locura. Con ella dejaba de lado su rutina y podía romper las reglas que había establecido. Aunque no dejaría su libertad por estar con una mujer por mucho que la amara.

Sólo una hora de viaje lo separaba de su destino. Una hora más de camino antes de disfrutar de su compañía. Pero mientras avanzaba, a la distancia vio un cúmulo blanquecino que formaba una línea en el horizonte. Poco a poco parecía acercarse a una muralla pálida e informe que atravesaba el camino. Una niebla delgada y sutil al principio, se hacía presente alrededor. Esa sutileza inicial se volvió poco a poco tan densa como una mota de algodón.

La brisa húmeda golpeaba su cara mojando su piel y obligándolo a cerrar las ventanas del vehículo. No podía ver con claridad a más de diez metros de distancia, las luces frontales dibujaban sus rayos a través del aire contra esa muralla blanca, mientras el pavimento se volvía cada vez más jabonoso y la humedad mojaba el parabrisas como si estuviera lloviendo.

Como Ignacio conocía muy bien ese camino decidió seguir conduciendo sin reducir la velocidad, no quería retrasarse esa noche tan especial. Si había algo que lo caracterizaba era su exagerada puntualidad y no permitiría que nada estropeara esa reputación bien ganada. Además él era un convencido que no hay excusas en la vida para llegar atrasado y que siempre es posible revertir cualquier adversidad.

Tomó el carril izquierdo de la carretera y uno a uno dejaba atrás los autos que venían a menor velocidad por su derecha. Las luces pálidas parecían detenidas en el espacio, mientras él continuaba su viaje. Las condiciones no eran para nada favorables, así que mantenía la mayor concentración posible en las luces y en las líneas de la carretera. Cada kilómetro que avanzaba se hacía interminable, a pesar que conocía de memoria cada una de las curvas, las salidas y las entradas del camino. Pero conducir con esa niebla era casi como manejar a ciegas.

Después de varios kilómetros, le pareció llegar a la salida lateral que lo conduciría directo a la casa de Lorena. Señalizó hacia la derecha y comenzó a reducir la velocidad para tomar la curva con cautela. Desde ese punto ya no faltaba más de media hora de viaje a su destino. Pero la niebla se intensificó bastante al salir de la carretera a causa de la humedad del bosque que cercaba el camino lateral.

Ignacio mantuvo la velocidad del vehículo por algún tramo a pesar que era muy difícil conducir sin ver el camino. De lejos le pareció ver una silueta oscura en plena vía, pero no redujo la velocidad. Cuando ya estaba a pocos metros de esa sombra borrosa, se dio cuenta que era un animal, posiblemente un potrillo o un asno raquítico, que cruzó hacia la pista derecha parándose en medio del camino. En una reacción felina, desvió el auto hacia un costado eludiendo al despistado animal, ni siquiera tuvo tiempo de hacer sonar la bocina, sólo sujetó el volante con ambas manos y maniobró.

Pero al intentar volver a su carril, el auto se deslizó de cola por el pavimento resbaladizo, bajó a la berma izquierda y se fue de frente contra un banco de arena al costado opuesto del camino. La velocidad que llevaba y lo compacta de la arena húmeda, hicieron que el vehículo subiera la pequeña pendiente y se elevara más de un metro por sobre la alambrada, cayendo por una ladera hasta parar en unos arbustos a seis metros más abajo, fuera del camino.

La bolsa de aire explotó en su cara y su cabeza quedó pegada a la tela por unos segundos. Sus manos habían soltado el volante, buscando hacia delante algo a qué aferrarse; por suerte no se sujetó a nada o se hubiera partido los brazos por la violencia del choque. La brisa húmeda dejaba caer su rocío en el parabrisas mientras las luces del vehículo se perdían contra un banco blanquecino y pálido de niebla. Ignacio intentó sacarlo en reversa una vez que se quitó de encima el aturdimiento del golpe; pero el auto se encontraba atascado y no había posibilidad de volver a subirlo al camino.

Poco a poco la adrenalina y la conmoción bajaban de intensidad y aparecían los primeros dolores posteriores al accidente. Sus brazos temblaban, su pecho ardía por el golpe con el cinturón, sus piernas parecían como de lana y se doblaban al caminar, pero a menos no tenía heridas graves. Lo que más lamentaba, sin embargo, era que tendría que caminar largas horas hasta llegar a su destino.

Intentó llamar a Lorena desde su celular, pero fue imposible comunicarse con ella o con cualquier otro número; lo más probable era que la distancia del camino lo hacía perder la señal del aparato. Sacó de la guantera una linterna mediana, cerró bien las puertas del auto y subió la ladera hasta volver a la ruta desde donde había caído, pero el indicador en el visor del teléfono seguía mostrando sin señal. Resignado, comenzó a caminar sin saber con certeza cuánto le tomaría llegar a la casa de Lorena o a algún lugar donde pedir ayuda.

Eran un poco menos de las once de la noche, la oscuridad impenetrable del bosque se veía perturbada por los cúmulos blanquecinos y húmedos que lo rodeaban. La luz de la linterna apenas sobrevivía unos pocos metros hasta encontrarse con la enorme muralla de niebla. Las gotas de agua bajaban copiosas desde su pelo hasta mojar su cara y su ropa. El frío de la brisa húmeda golpeaba sus oídos y su cara. A cada paso que daba se sentía más empapado y perdido. Al menos caminar era mejor que quedarse allí sentado en el auto, atascado en ese lugar y fuera de la vista de cualquiera que pasara por esa poco transitada ruta.

Mientras avanzaba, insistía en llamar por su teléfono a quien fuera; pero no conseguía señal para comunicarse. La carretera estaba vacía y el bosque parecía dormido. Hasta podía escuchar el sonido de sus pasos en la soledad. Los helechos al borde de la berma se mecían por la brisa y los árboles del bosque se desdibujaban como sombras informes perdidos en la distancia.

Su cuerpo estaba mojado por la bruma y sus manos congeladas de frío y humedad. Dentro de su mundo perfecto, no había considerado que esa noche mantener una chaqueta más gruesa en el auto, le hubiera sido de gran utilidad.

Caminó varios minutos hasta llegar a un pequeño puente sobre el estero. El murmullo del agua se dejaba oír claro cortando el silencio de la noche. Sin hacer pausas, recorrió los cincuenta metros que tenía el puente de un extremo a otro. Pero al llegar a la otra orilla todo era diferente a lo que recordaba; nada tenía el mismo aspecto. Los árboles que se recortaban entre la bruma eran distintos, parecían más altos y densos. La berma parecía desaparecer entre los helechos de la orilla y el costado del camino estaba más cerca y más denso de lo que recordaba. Cada detalle a su alrededor era parte de un paraje desconocido y extraño.

Pensó por un momento que de tanto recorrer esa ruta en auto, quizás había olvidado cómo era realmente el entorno, pero aún así se sentía confundido. Siguió avanzando hasta que el camino pavimentado se acabó. Poco a poco la ruta se convertía en un pequeño sendero rodeado del espesor del bosque. Ignacio sabía que después del puente el camino continuaba por varios kilómetros más, así que la única explicación era que se había desviado al salir de la carretera.

—Quizás salí por un desvío muy parecido al que debía tomar —pensó.

Continuó caminando hasta llegar a una zona donde el sendero se dividía en dos. No había duda que ese no era el camino correcto y debía regresar. Se giró en ciento ochenta grados y caminó de vuelta por el sendero mientras intentaba recordar cuál había sido la salida lateral que lo había traído hasta allí. Las siluetas de los árboles se estrechaban en el camino, el bosque se cerraba poco a poco; y por más que caminaba no conseguía volver al puente. Finalmente después de varios minutos de agotadora caminata llegó otra vez a la zona donde el sendero se dividía en dos.

Ignacio entró en pánico, todo parecía tan confuso y escalofriante. Era imposible que caminara en círculo hasta la bifurcación. Lo que estuviera pasando parecía muy sobrenatural y la niebla cubría todo alrededor con su manto blanquecino, denso e infranqueable.

No eran más de las doce de la noche y quedarse atrapado en esos desolados parajes era impensable. A medida que los minutos pasaban la situación iba de mal en peor. El viento comenzaba a mecer los árboles y la ventisca traía consigo susurros de voces en la penumbra. Pensando que eran personas que caminaban cerca, Ignacio comenzó a gritar por ayuda, pero sus palabras hacían eco en el espeso bosque. Nadie respondía a sus gritos aunque los susurros permanecían en la inmensidad de la niebla.

El silbido del viento rozaba sus oídos y el frío quemaba sus ojos y su piel. La niebla se hacía tan densa que apenas podía ver sus pies. Poco a poco se sumergía en un torbellino blanco, la espesura era cada vez mayor; mientras, la vegetación le ganaba terreno al sendero hasta que comenzó a caminar sobre la hierba húmeda. Ya casi no veía donde pisaba y sus pasos ligeros y descuidados tropezaron con unas raíces haciéndolo caer hacia el costado del camino. Su cuerpo golpeó contra unas enormes piedras y comenzó a caer por una ladera. Rodaba sin parar. Incontables veces intentó sujetarse de ramas, rocas salientes, de lo que fuera; pero nada detenía su descenso.

La caída se volvía cada vez más vertiginosa, ya no sentía sus manos, ni sus piernas mientras daba vueltas. No supo cuantos metros cayó, hasta rebotar por última vez contra una pared de tierra, el golpe lo aturdió dejándolo desmayado por largos minutos.

La noche avanzaba con lentitud, las estrellas titilaban a la distancia por sobre la densa niebla que se mantenía alrededor. Ignacio escuchaba a lo lejos un sonido peculiar como el crujido de las papas fritas. Sin noción del tiempo que había transcurrido, comenzó a abrir los ojos poco a poco. Frente a él una fogata iluminaba la cueva húmeda y mal oliente donde se encontraba. Sus párpados dejaron su ocioso estado pasivo y se abrieron a la luz radiante del fuego que lo alumbraba.

Ignacio vio desde el suelo los pies de alguien que se encontraba frente a él, al otro lado del fuego. Recorrió con la mirada desde los pies hasta la cara sin hacer ningún movimiento brusco. El hombre llevaba unos zapatos negros, polvorientos pero elegantes; más arriba, el manchado pantalón de tela se plegaba a la altura de las rodillas. Una camisa celeste a rayas completaba la figura del extraño personaje que lo miraba fijo, al borde de preguntar algo, pero sin encontrar las palabras para hacerlo. Ignacio se incorporó sobresaltado y quedó sentado con la espalda pegada a la pared de la caverna.

— ¿Dónde estoy? —fue su primera pregunta.

El hombre levantó su cabeza y sonrió diciendo:

—Eso quisiera saber yo también... Hace varias horas que estoy aquí dando vueltas y vueltas recorriéndolo todo en todas direcciones, pero con esa niebla tan densa no he podido encontrar el camino y decidí buscar refugio en esta cueva... Hacía pocos minutos que había encendido el fuego, cuando sentí tu escandalosa caída unos metros más allá. Al verte ahí, tendido, primero pensé que habías muerto. Luego, al asegurarme que estabas vivo y que no tenías nada roto, te traje aquí.

—Gracias —respondió Ignacio sintiendo el intenso dolor en la espalda, piernas y manos— es increíble que no tenga más que rasguños y golpes.

El hombre bajó la mirada esbozando una sonrisa mientras con una vara de madera atizaba el fuego. Su vista se quedaba perdida en algún lugar fijo entre las llamas y las cenizas. Hasta que levantó nuevamente la cabeza mirando hacia la entrada de la cueva y dijo:

—Al menos ya somos dos los atrapados en este lugar.

Ignacio se puso en pie, se sentía muy adolorido; sus brazos estaban magullados y su ropa cubierta de tierra y manchas verdes por el roce con la hierba. Mientras hablaba, se llevó las manos a los bolsillos y encontró las llaves del auto, unas pocas monedas que cargaba, pero no pudo encontrar su teléfono. Aún se sentía conmocionado y miró su reloj para saber qué hora era.

—Las tres de la mañana —dijo con sorpresa.

—Parece que los minutos no avanzan y esa niebla maldita sigue cubriéndolo todo en todas direcciones —dijo el hombre mirando el fuego otra vez.

Tras conversar algunos minutos, decidieron buscar una solución para salir de ese lugar. El hombre le mostró con simples dibujos en la tierra los lugares que ya había recorrido antes de encontrar esa cueva. En realidad no estaba seguro de las distancias que había caminado a causa de la densidad de la niebla que le impedía ver el entorno con detalles. Por eso prefirió encender el fuego, resignado a pasar la noche allí.

Pero el hombre no había subido hacia el sendero por el cual Ignacio había caído, así que esperaba a que él despertara para recorrer juntos ese camino. Apagaron el fuego y se encaminaron en medio de la oscuridad hasta el lugar donde Ignacio cayó. La pendiente era complicada y la poca visibilidad les dificultaba aún más desplazarse cuesta arriba. Sólo tenían la tenue luz del celular del hombre que les alumbraba a pocos centímetros de sus pies. Uniendo los cinturones y amarrando sus camisetas, improvisaron una cuerda y comenzaron a subir con mucho cuidado. La hierba verde y húmeda hacía que el suelo estuviera resbaladizo, mientras las protuberantes raíces les impedían encontrar piso firme donde apoyar los pies.

A lo lejos vieron un punto luminoso que parecía perderse en la espesura del bosque, ambos comenzaron a gritar por ayuda, pero la luz se mantenía inmóvil, escondida de cuando en vez por el mecer de la hierba. A medida que subían sus torsos desnudos y mojados comenzaron a sentir el frío intenso de la noche. A cada paso dudaban más si esa aventura era el camino correcto para salvar la noche. Al menos sabían que abajo había una amplia cueva que los podía cobijar el resto de la noche hasta que volviera la claridad, si decidían volver.

El punto luminoso se encontraba cada vez más cerca, hasta que Ignacio fue el primero en llegar a él. Estiró la mano y se dio cuenta que era su linterna que había sobrevivido a la larga caída. Ignacio esbozó una sonrisa y se levantó optimista mostrándole la linterna al hombre, él no había perdido las esperanzas de que todo fuera mejor. Luego prosiguieron su dificultoso ascenso, mientras Ignacio no despegaba los ojos del suelo buscando en todas direcciones su teléfono perdido. Después de mucho esfuerzo lograron llegar hasta el borde superior de la quebrada.

Descansaron unos minutos para recuperar el aliento y las fuerzas. Volvieron a colocarse las arrugadas y sucias camisetas para abrigar sus torsos. La niebla era persistente y no menguaba con el pasar de las horas. Todo estaba húmedo y las siluetas oscuras del bosque se desdibujaban a la distancia tras ese velo grisáceo.

—Por ese camino llegué hasta aquí —dijo Ignacio señalando a su derecha.

—Creo que esa es la dirección que yo traía también —respondió el hombre algo desorientado— pero yo bajé en algún lado del sendero hasta llegar a la orilla del río, luego perdí el rumbo y comencé a oír ruidos extraños. Parecían como animales salvajes merodeando, así que intenté volver al camino sin conseguirlo. Después de muchas vueltas encontré esa cueva y decidí esperar allí el amanecer para reanudar mi búsqueda con la luz del sol.

Luego de decidir la dirección que tomarían y esperando que los llevara a sus destinos, cruzaron el bosque hasta llegar otra vez a la bifurcación donde el camino se dividía en dos.

—Esto lo recuerdo bien —dijo Ignacio— por ese camino venía y hacia allá debería estar el puente y unos kilómetros más allá la salida a la carretera.

El hombre siguió los pasos de Ignacio sin cuestionar la dirección que habían de tomar, después de todo era más fácil devolverse que intentar descubrir otra ruta. Ya eran las cuatro de la madrugada y aún faltaban varias horas para el amanecer. El camino se ampliaba frente a ellos dejando ver la berma y los helechos a un lado del camino.

Poco a poco la ruta se dibujaba hasta llevarlos directo al puente. Ambos recordaban haber llegado allí de distintas maneras, pero los dos coincidían en que después de haber recorrido esos cincuenta metros, todo frente a sus ojos se transformó. Mientras avanzaban por la vieja estructura se escuchaban susurros escalofriantes y guturales que se unían al crujir de la madera.

—Debe ser el viento o el agua del río —dijo el hombre.

Ignacio guardó silencio. La niebla parecía formar siluetas oscuras e imágenes difusas frente a sus ojos. Pronto lo que creían ser producto de su imaginación se convirtió en una realidad compartida.

— ¿Ves esas sombras en la orilla? —preguntó Ignacio con tono temeroso.

—Si las veo, pero pensé que eran ideas mías.

Formas similares a espectros con rostros desdibujados y cuerpos oscuros comenzaron a aparecer a ambos lados del puente. Parecían acercarse cada vez más, mientras los sonidos guturales comenzaban a escucharse nuevamente rompiendo el silencio del bosque.

— ¡Corre! —gritó Ignacio envuelto en pánico.

Y sin pensarlo dos veces ambos emprendieron una desenfrenada carrera. Los susurros a su alrededor se hacían más fuertes a cada paso y las imágenes cada vez más nítidas se acercaban hacia ellos. Pasado la mitad del puente y producto de la desesperación, el hombre tropezó hacia delante golpeando la espalda de Ignacio y ambos cayeron al suelo.

La brisa cada vez más fuerte envolvía sus cuerpos con el rocío de la niebla; desde el suelo sólo veían un muro gris que los rodeaba. Ni siquiera podían ver el extremo del puente en la distancia y las sombras oscuras y espectrales se acercaban cada vez más. Ambos estaban pegados al piso, petrificados de miedo. Los dos hicieron un esfuerzo sobrehumano para incorporarse y seguir huyendo. Las piernas les flaqueaban y a los pocos metros de avanzar, el hombre cayó al suelo otra vez.

— ¡Ayúdame! —gritó desde el suelo.

El golpe sordo y los gritos desesperados alertaron a Ignacio que se detuvo y regresó a ayudarlo. Una de las figuras tomó de las piernas al hombre y comenzó a arrastrarlo. Ignacio lo sujetó de las manos con todas sus fuerzas, pero sentía que no era suficiente. Inclinando todo el peso de su cuerpo hacia atrás e intentando anclar sus pies al suelo, sentía la fuerza con que la oscura silueta jalaba de ambos.

Pronto eran dos las figuras que lo sujetaban y luego tres, ya no podía sostenerlo por más tiempo. La humedad hacía que sus manos se resbalaran y sus pies se desplazaban varios centímetros con cada jalada de las sombras. Ignacio sintió como uno de los espectros lo tomaba del brazo a él también y soltó al hombre para liberarse de las garras que lo sujetaban. Al instante el sujeto fue llevado hasta internarse en lo profundo del bosque, mientras sus gritos de horror se apagaban en la inmensidad de las sombras.

Aterrado, con los latidos a mil y la adrenalina fluyendo por sus venas, se incorporó y siguió corriendo hasta pasar los límites del puente. Continuó corriendo hasta que el aliento y las fuerzas le faltaron, se desplomó en el suelo húmedo y barroso del camino. Sabía que no debía detenerse hasta estar a salvo, cuando eso sucediera recién podría volver en busca del hombre que lo acompañaba.

Se incorporó nuevamente y corrió mucho más hasta alcanzar la calle principal, allí se dio cuenta que la salida que había tomado estaba muchos kilómetros antes del camino que lo conducía a casa de Lorena. La noche ya se iba, la bruma se levantaba dejando paso a la cálida brisa de la primavera y él se sentó al borde de la carretera. El cielo comenzaba a aclarar, aunque pasaron largos minutos antes que un vehículo se detuviera para ayudarlo.

— ¿Qué le sucedió? —preguntó el conductor al verlo lleno de barro y herido.

Ignacio sabía bien que nadie lo ayudaría si contaba lo que en verdad había sucedido en el bosque esa noche.

—Tuve un accidente en mi auto unos kilómetros más allá —respondió señalando el camino que se adentraba en el bosque. Le agradecería si me presta su celular para hacer un par de llamadas.

El sujeto accedió y al fin Ignacio pudo contactar a Lorena que lo había estado llamando toda la noche preocupada por su desaparición. Sin dar muchos detalles, él le indicó dónde se encontraba para que lo fuese a buscar. Al principio estaba molesta e incrédula, pero al oír lo del accidente y conociendo que él no inventaría excusas de ese tipo, Lorena accedió a ir por él.

A los minutos después llegó en su auto a ese lugar y al verlo, una risa nerviosa se apoderó de ella; él estaba cubierto de barro con el semblante cansado y varias heridas en los brazos y en la cara. Ella lo llevó a su casa mientras le preguntaba detalles de lo sucedido aquella noche. Ignacio le contó sólo en parte lo sucedido, sin poder sacarse las imágenes aterradoras que rondaban su memoria y los sonidos fantasmales que hacían eco en su mente. Él sólo quería darse una ducha caliente, cambiarse la ropa y dejar atrás todo mal recuerdo.

Durante ese día y sin la espesa neblina de la noche anterior, ambos volvieron con una grúa para intentar recoger el auto accidentado. Era increíble ver como el vehículo había saltado la cerca y caído tantos metros por la ladera sin volcarse. Tan difícil era el acceso que a la gente de la grúa le tomaría mucho tiempo y esfuerzo sacarlo de donde se encontraba.

Aprovechando eso, Ignacio invitó a Lorena a dar un paseo por los alrededores. Él tenía una idea fija en la mente, encontrar pistas del paradero de aquel hombre perdido. Pero a cada paso que daba no lograba encontrar indicios de lo sucedido esa noche. El sol iluminaba todo alrededor y no había huellas visibles en la tierra húmeda.

Juntos recorrieron todo el sendero hasta llegar al puente y aunque avanzaron mucho, una vez que lo atravesaron, nunca llegaron a la bifurcación en el camino. Por más que Ignacio buscó por toda la orilla del sendero, tampoco pudo dar con la ladera por donde cayó.

— ¿Qué buscas? —preguntó Lorena al darse cuenta de su actitud.

Algo había sucedido en su interior, algo que le hizo darse cuenta que si respondía esa simple pregunta, estaría obligado a relatarle todo lo sucedido. Tenía un nudo en la garganta de pensar que jamás podría decirlo, que toda esa experiencia increíble debía callarla para siempre, pero nunca olvidarla. Que no podría sacar de sus oídos esos susurros fantasmales, ni apartar de su mente la cara del hombre perdiéndose en la espesa niebla. El terror de lo vivido se apoderó de él nuevamente y sin poder soportar más la presión de los recuerdos Ignacio cayó al suelo de rodillas.

Lorena corrió a ayudarlo, pero él la abrazó con fuerza de la cintura. Él temblaba por completo y sin darle más vueltas al asunto, le contó los detalles de todo lo vivido esa noche de terror. Cómo se extravió en el camino y al hombre que conoció durante la madrugada; también lo acontecido en el puente y cómo logró escapar de allí.

Lorena estaba estupefacta, sabía muy bien que él era incapaz de inventar algo semejante. Su pensamiento racional y calculador permitía que siempre tuviera una respuesta para todo y ahora lo veía ahí aterrado y desorientado.

—No hay nada que tú puedas hacer —le dijo ella con voz suave y sujetando su mano.

Ignacio se dio cuenta en ese momento, que algunas cosas habían cambiado en su interior. Comprendió que los azares de la vida no siempre son situaciones de la que se puede escapar. Que a pesar de lo que él pensaba de las relaciones, había encontrado en Lorena alguien que lo conocía y que creía en él. Ese era el inicio de una nueva forma de ver la vida.

Mucho más aliviado decidieron volver y dejar atrás todo lo sucedido. Al llegar al puente junto al bosque, a Ignacio le pareció escuchar un grito apagado en la inmensidad de las siluetas pidiendo ayuda. No supo si Lorena lo había oído también o si eran sólo ideas de él, pero su corazón se aceleró al recorrer esos cincuenta metros. En su mente aún escuchaba los susurros de aquella madrugada y en su recuerdo llevaba la cara aterrada del hombre mientras las sombras que los rodearon, se lo llevaban en la espesa niebla del bosque.

HISTORIA 9
SUEÑO ALADO

El canto de las hadas cubría todo el Valle de los Unicornios, mientras la luz de la tarde reflejaba sus rayos cálidos y armoniosos sobre el Río de las Melodías. El viento danzaba entre los árboles llevando los suaves sonidos y el aroma de las flores recién traídas por la primavera a través del bosque. A la distancia, su reflejo se proyectó al pasar junto a la fuente de plata; Verika se sentó triste a orillas del río después de haber recorrido el bosque ese radiante día.

En medio del valle todo era tan perfecto, atrás habían quedado los fríos días del invierno, la nieve ya se había retirado y el verde fulguroso se multiplicaba en todos sus tonos en la profundidad del bosque de Melheim. Sin embargo en su interior algo no estaba bien. Su corazón parecía vacío, desencantado y sin esperanzas. Esa paz aparente le parecía tan extraña, el valle iluminado era tan ideal que la incomodaba demasiado. Ella siempre buscaba a quien ayudar, pero ese día nadie necesitaba de su ayuda, ese día nadie requería de sus dulces palabras.

Su canto siempre melodioso tenía un toque de melancolía. Estaba sentada en medio del bosque y no quería escuchar nada de lo acostumbrado a diario, ella quería escuchar voces nuevas. Recuerdos de historias que sucedieron hace cientos de años o las sabias palabras de algún anciano del valle, pero el bosque mantenía su silencio y ella no encontraba respuestas en él.

Caminando pensativa llegó a la orilla de la fuente donde los unicornios se reunían en las noches de luna. Vio su reflejo en el agua con cara triste y se sorprendió al descubrir que sus alas, una vez brillantes y vigorosas, habían ido desapareciendo. Ya no tenía los mismos deseos de volar y su magia luminosa se apagaba. Tan triste estaba que no vio a Khan, el guardián del bosque, llegar junto a ella. Con voz calma y armoniosa le preguntó:

— ¿Por qué estás tan triste pequeña?

Ella no tenía explicación para lo que estaba sintiendo, así que sólo bajó la cabeza y guardó silencio.

—Veo que no es un buen día para ti, pero no necesitas contármelo, sé muy bien lo que te está pasando y también donde está la solución.

Aunque Khan era uno de los principales ancianos y uno de los más sabios del valle, ella no reaccionó ante sus alentadoras palabras. Así que él tomó su mano y con su báculo tocó el agua en la orilla golpeando directo sobre su reflejo. La luz iluminó toda la fuente y una nube radiante la envolvió en un sueño mágico.

—Desde el día de tu nacimiento —le dijo Khan— siempre has sido muy especial, Verika. Tienes el don de ver en los demás lo que otras hadas no ven y tienes capacidades que otras no tienen. Pero tu desesperanza tiene un motivo más profundo, veamos qué pasa en tu interior y descubrirás donde comenzó esa angustia.

Las imágenes aparecieron frente a ella como un torbellino de recuerdos. Podía ver todas las vivencias de su vida diaria, sus días buenos y los malos. Entre las imágenes que flotaban, un instante particular de su vida se detuvo frente a sus ojos. Una mañana de verano ella recorría otros parajes en la rivera oriental del río. Escondida entre los árboles, danzando con las hojas verdes y cantando entre los remolinos de viento.

Sin planearlo, ella descubrió a un hombre en su caballo que pasaba por esas tierras. Al verlo a la distancia, se escondió. Pero la curiosidad la venció y se acercó en silencio, sin que él la viera. Ella nunca había visto alguien de la raza de los hombres, sólo había escuchado de ellos y de sus guerras que nunca acababan.

Pero él, acostumbrado a la soledad del bosque, sintió una presencia oculta que lo observaba; el aroma de ella era llevado por el viento hipnotizándolo. Él, con voz suave, dijo sin mirarla:

— ¿Quién es la dueña de tan dulce perfume?

Con sobresalto y con vergüenza al sentirse descubierta, ella se acercó hasta él respondiendo:

—Soy Verika. ¿Y tú?

—Yo soy Franco —respondió él— y viajo en dirección al sur.

Él se giró hacia ella y al instante sus ojos unieron sus almas solitarias y se sonrieron. Ambos dominados por la curiosidad conversaron por largas horas y compartieron en la calidez de ese día. Franco estaba maravillado por la hermosa cara de Verika y por sus brillantes y luminosos ojos. Por su parte ella estaba cautivada por él, sus manos fuertes y su porte de príncipe, su caminar pausado y su mirada, llenaban un espacio en su corazón que latía muy acelerado.

Ya avanzada la tarde él dijo:

—Pronto anochecerá, debo buscar refugio y encender una fogata. ¿Supongo que tú también debes partir?

—No te preocupes por mí, estaré bien, te acompañaré un poco más.

Nada parecía separarlos, caminaron largos minutos hasta que el sol comenzaba a perderse en el horizonte. Se detuvieron en una zona propicia para refugiarse; Franco colocó sus cosas en una planicie apartada y acomodó su equipaje. Ella lo observaba sin decir nada y con sus manos encendió una luz que iluminó sus caras; al mirarse fijo a los ojos no pudieron resistir sus encantos y se besaron sin decir nada más. Aquella noche de verano, a la luz de la luna, ellos se enamoraron.

Mientras el sueño desaparecía ante sus ojos, Khan dijo:

—Eso es pequeña, has conocido el amor y estar lejos de él ha opacado tu alegría, búscalo hasta encontrarlo y verás tu corazón latir con pasión nuevamente.

Su cara se iluminó por completo y sus latidos tomaron un ritmo muy agitado, nunca había sentido algo así y las sabias palabras de Khan la animaron otra vez. La esperanza volvió a su vida y sus alas casi perdidas renacían otra vez. Desde ese día ella volaba cada mañana al lugar donde conoció a Franco con la esperanza de encontrarlo.

Verika cantaba y danzaba cada día con el recuerdo de su primer encuentro mágico con Franco. Sabía que cuando lo viera nada la apartaría de él, ni las diferencias, ni las circunstancias, nada los alejaría. Sólo él llenaba su vida, sólo él alegraba sus pensamientos y la inspiraba. Ella había descubierto el motivo de su pena y ahora era motivo de su eterna alegría.

Por otro lado, para Franco todo cambió el día que conoció a la mágica hada Verika; su viaje al sur había adquirido un sentido por el cual volver con vida. La aventura era peligrosa y el camino muy difícil, pero él debía cumplir su misión. Franco debía llevar un poderoso talismán mágico hasta el reino de Atos, por encargo del Mago Barel. Ese talismán era un objeto de suma importancia y debía entregarlo intacto, aún si en eso se le iba la vida.

Cuando él inició su viaje jamás pensó que sería una aventura de ida y vuelta, sabía que si sobrevivía a la travesía era muy probable que debiera permanecer en Atos. Pero todo era diferente, sentía con más fuerzas que nunca que debía sobrevivir a cualquier peligro y regresar a los brazos de su amada. Alrededor de dos meses le tomaría llegar a su destino y el camino de regreso al bosque de Melheim, en medio del invierno y con la nieve cubriendo los caminos, podría hacer el retorno más largo aún. Pero Franco guardaba en su corazón el dulce recuerdo de Verika y eso le daba fuerzas cada día.

Los días habían transcurrido muy rápido y no había encontrado grandes dificultades en su viaje hasta el momento. Había avanzado hacia el sur cruzando entre los milenarios bosques y siguiendo la orilla de los ríos, desviándose sólo de ser necesario y manteniéndose alejado de los caminos y sus peligros.

Pero una noche, al inicio del otoño, mientras Franco dormía a la luz y al calor de la fogata, despertó por el inquietante relincho de su caballo. Le sobrevino un escalofrío que recorrió todo su cuerpo y un inesperado temor al ver al animal tan intranquilo. Se puso en pie, con una mano empuñó su espada y en la otra levantó un madero encendido para ver alrededor.

La brisa fría de la noche rozaba su cara humedeciendo sus ojos, él esperó atento y paciente pero no veía nada moverse entre las sombras. Sin embargo algo en su interior lo mantenía intranquilo. Contuvo la respiración por un instante, pero no escuchaba nada extraño en el entorno. A lo lejos se escuchaba el silbido del viento y el movimiento de las hojas cayendo al suelo del bosque. Pero sentía una presencia oculta que lo vigilaba en la oscuridad de la noche.

Franco intentó enfocar su vista en los borrosos detalles, observó con cuidado entre las penumbras hasta descubrir algo muy perturbador. Un leve brillo yacía escondido tras unos matorrales y permanecía al acecho. Sin despegar la vista de ese pequeño punto luminoso, dio dos pasos al frente rodeando la fogata. Su espíritu valeroso siempre lo llevaba a enfrentar cualquier dificultad. Franco arrojó el madero encendido hacia el lugar donde se encontraba la amenaza y una criatura de pelaje negro, similar a un lobo pero mucho más grande, se lanzó contra él.

Las poderosas patas del animal lo conducían raudo hacia él. Por un instante sus pies se quedaron anclados al suelo y en el último segundo, con un brinco a su costado, esquivó el feroz ataque. Franco se incorporó, pero la bestia se le puso en frente otra vez dispuesta a un nuevo embate. Al ver que el encuentro con la bestia sería a muerte, Franco se preparó para enfrentarlo con su espada. Se paró firme frente a ella escuchando los gruñidos terroríficos que hacía. Su mano dejó escapar un notorio crujido al empuñar su espada con todas sus fuerzas.

El animal comenzó a correr hacia él. Franco pretendía esquivarla otra vez, pero la bestia saltó sobre él empujándolo de espaldas y con las garras hirió su brazo izquierdo. Franco soltó la espada al caer, la que quedó atrapada entre unas rocas cercanas; él se apresuró a recogerla, pero para hacerlo le dio la espalda a la bestia. Un pensamiento fugaz pasó por su mente:

—Jamás le des la espalda a tu enemigo.

Al ver que Franco estaba vulnerable, la bestia se abalanzó sobre su espalda, mordiéndolo a la altura de su hombro izquierdo. Mientras tenía al animal sobre él clavando sus garras y sus mandíbulas en su espalda, con la punta de los dedos, Franco intentó alcanzar su espada sin resultados. Sólo necesitaba unos pocos centímetros para alcanzarla, el intenso dolor comenzaba a recorrer todas sus extremidades, pero él se estiraba cada vez más hasta conseguir empuñarla. Con toda la fuerza que le quedaba, hizo un ágil movimiento y se giró clavando la espada directo al corazón del animal. El gruñido lastimero pero desafiante de la bestia se escuchaba cada vez más débil, el golpe certero había acabado con ella.

El peso del animal estaba sobre su cuerpo y el insoportable dolor dejó a Franco casi inconsciente, la sangre manaba por sus heridas y cada instante era una eternidad tortuosa en esa condición. Con lo que le quedaba de fuerzas consiguió salir de debajo de la bestia, su vista se nublaba. En su mente confundida, el recuerdo de Verika estaba presente como si ella hubiera estado a su lado en todo momento.

Franco se arrastró hasta apoyar su espalda contra una roca, apenas podía mover su brazo derecho. Un gran pesar se hizo presente en su corazón, el remordimiento por no haberle contado a Verika los detalles de su peligroso viaje comenzaban a atormentarlo. Se sentía casi sin fuerzas, a punto de morir, sólo pensaba que quizás jamás volverían a encontrarse.

Durante toda su travesía, mientras más lejos de ella se encontraba, más fuerte eran sus sentimientos por estar a su lado. Cada peligro que enfrentó, cada valle o río que atravesó, lo llevaron lejos de su amada. Necesitaba sus caricias, sus besos, necesitaba escuchar su melodiosa voz una vez más.

En su delirio y desesperación, una luz angelical iluminó su cara pálida, era la visión de su amada que aparecía a su lado. Él oía su voz muy clara dándole ánimo, fortaleciendo su espíritu y elevando sus fuerzas hasta volver a levantarse. Franco no daba crédito a lo que estaba sucediendo, sus sentidos se desvanecían y pensó que eran alucinaciones al borde de la muerte.

Franco consiguió ponerse en pie y montar su caballo nuevamente. El dolor de sus heridas lo mantenía al límite de la inconsciencia y la sangre caía por sus manos en largos goterones rojizos. El sol casi despuntaba y su caballo continuaba avanzando guiado por la magia de su amada hada. Tras largas y extenuantes horas de camino y poco antes del atardecer, Franco se desvaneció. Por largas horas su caballo continuó avanzando hasta que lo llevó a su destino sangrando y moribundo.

Los centinelas de Atos vieron de lejos cuando el caballo se acercaba a la muralla cargando algo en su lomo. Al cruzar por las puertas de la gran ciudad su misión al fin estaba cumplida y su promesa saldada, sólo le quedaba recuperarse y regresar.

Luego de seis semanas de recuperación en las tierras de Atos, al cuidado de los mejores sirvientes, Franco ya estaba en condiciones de emprender su viaje de vuelta. El retorno sería fácil y ligero, ya que no estaba obligado a ser sigiloso ni a viajar oculto alejado de los caminos habituales. El invierno estaba por terminar y la nieve ya había comenzado su retroceso de los bosques. La hierba verde ganaba terreno cada día y los brotes en los árboles estaban a días de explotar en mares de colores.

Franco cabalgó durante semanas por los valles y bosques, hasta que se internó en el luminoso bosque de Melheim. Sabía que estaba a pocos minutos de llegar al lugar donde se conocieron con Verika. La primavera ya había teñido los árboles de sus más hermosos colores y el aroma a flores silvestres se movía con el viento por doquier. Caminó por las orillas del río pasando por el lugar de su mágico primer encuentro, hasta llegar a la fuente de los unicornios. Desde lejos vio a Verika peinándose en el río. Su hermosa cabellera resplandecía con los brillos del sol sobre el agua. Su piel invernal se matizaba con el rojo collar de flores que ella llevaba.

Él avanzó en silencio hasta llegar cerca de ella, su hidalga silueta se reflejó en el agua y ella lo reconoció de inmediato. Alegre y sin palabras Verika se levantó de un salto y lo abrazó; Franco mirando sus ojos de cristal, pensaba en todas las aventuras que había pasado para estrecharla en sus brazos y con un apasionado beso sellaron su reencuentro.

Aunque ninguno de los dos sabía lo vivido por el otro en ese largo tiempo, los esfuerzos y los problemas que cada uno superaron no habían sido en vano. La magia de los recuerdos los transportó al día de su primer encuentro, su primer beso y sus primeras caricias; esa noche mágica donde nació esa aventura que los unió.

Desde ese día Franco permaneció junto a ella en Melheim. Los meses pasaban rápido y los colores del otoño ya pintaban el Valle de los Unicornios que permanecía en paz; Verika y Franco disfrutaban de las tardes en el bosque y del entorno de su fantasía. La suave brisa los envolvía y la figura de Khan el guardián del bosque, se dirigía hacia ellos con la vista hacia abajo. Khan había recibido noticias del Mago Barel, el mismo que había encomendado a Franco su viaje anterior. El mensaje no daba mayores detalles, sólo que le comunicara a Franco que debía volver con suma urgencia.

La preocupante noticia llevó a Franco a vestir su olvidada armadura y a empuñar su espada nuevamente. Casi había olvidado lo que era vestir para la batalla, por un momento llegó a pensar que nunca más sería necesario. Pero ahí estaba otra vez, listo para atender el llamado de su ciudad natal.

Tras despedirse de su amada Verika, comenzó su larga travesía de tres días hasta Verdel, su tierra de origen. Al arribar después de agotadoras jornadas, el Mago Barel lo recibió con un gran banquete para recuperar fuerzas y sin perder tiempo le indicó cual era el motivo de su llamado.

—El comandante de las fuerzas del reino de Atos fue emboscado por los darkkianos y el talismán que tanto te costó llevar a esas tierras, ha caído en sus manos. Ese objeto tiene poderosas facultades y en manos de los darkkianos sólo servirá para destruir. La ciudad de Atos ha sido sitiada por ellos y un pequeño escuadrón de soldados fue enviado a Verdel en busca de ayuda.

Mientras Franco, comía ansioso por escuchar cuando partiría a la batalla, Barel prosiguió su relato.

—Pero lo peor es que el ejército de Darkkas avanza en gran número hacia Verdel hace largas jornadas y viene arrasando todo a su paso.

El corazón de Franco se estremeció al comprender que Verika y el valle en que ella habitaba, estarían en medio de tal desastre y nada podría impedir la desgracia que se acercaba. Su apetito se vio interrumpido y se levantó de su asiento.

—No podemos perder más tiempo debemos partir ahora.

—Ya está todo listo y tus hombres esperan tu señal para partir —respondió Barel.

Franco salió con prontitud comandando a los jinetes del ejército de Atos y a un centenar de los mejores guerreros de Verdel. Faltaban pocas horas para el anochecer, pero no podía demorar su viaje, sabía que el destino estaba en marcha y que quizás debería dar su vida para salvar a su amada. Cabalgaban a todo galope, el sol se puso sin que se detuvieran y bajo la luz de la luna continuaron su camino. Las estrellas acompañaban su frenético avance. La noche pasó sin darse cuenta y atrás quedaban las sombras; el sol al fin se levantaba en el horizonte. Habían cabalgado sin parar hasta encontrarse con el enemigo frente a frente. Las espadas rompieron el monótono sonido de los cascos al galope y la sangre teñía el prado en una brutal lucha de gritos y horror.

Franco, espada en mano, daba muerte a diestra y siniestra a sus enemigos, tenía la urgencia de acabar pronto esa contienda y saber noticias de su amada. Golpe tras golpe sus fuerzas no flaqueaban, su corazón estaba entregado por completo en la batalla y la visión de su amada lo mantenía firme y sin vacilar.

Una lanza pasó muy cerca de su cabeza obligándolo a bajar de su caballo. Pero aún sin estar sobre él, seguía dándoles muerte a sus enemigos. Uno a uno caían ante el poder de su espada, manchando de sangre darkkiana todo alrededor. Las horas seguían avanzando y la balanza se inclinaba cada vez más a su favor; la victoria ya se sentía en el aire. A esas alturas, las fuerzas de todos los guerreros flaqueaban, pero los valientes de Verdel seguían sin dar tregua a sus enemigos. Después de cuatro horas de intensa y sangrienta lucha, la victoria era de ellos. Las manos en alto con las espadas empuñadas hacia el cielo y los gritos de júbilo, gobernaron la planicie por largos minutos.

Franco dio órdenes a sus soldados de acampar en un claro para recuperar fuerzas y atender a sus heridos, pero él subió a su caballo y se encaminó hacia el Valle de los Unicornios que aún estaba a medio día de camino. Ni el sueño, ni el agotamiento de la batalla impedirían que continuara su viaje en busca de su amada. El viento rozaba su manchada cara, sus manos aún ensangrentadas, comenzaban a sentir el calor de la tarde. Su mente estaba fija en el camino y sus pensamientos volaban más rápido que su caballo esperando ver pronto la última colina que daba inicio al valle.

Subiendo ese centenar de metros, vería en su plenitud aquel bosque que por largos meses lo cobijó junto a Verika. Desde la cima pudo apreciar las fumarolas grises que subían entre los árboles. Su corazón se partió en pedazos al ver que el bosque de Melheim y todo el entorno del valle, estaba destruido y desolado. Una pena amarga lo acongojó, sus miedos más profundos estaban ante sus ojos, el temor de perder a su amada Verika estaba consumado. Ni la lucha incansable con su espada, ni el coraje desatado en la batalla, ni la larga distancia recorrida, nada había impedido la nefasta catástrofe. El sabor de la victoria se tornaba amargo y agónico.

A la vista, las extensas praderas habían sido arrasadas por el fuego y por la espada de los darkkianos. Las imágenes devastadoras entraban por sus ojos, pero su mente no daba crédito a lo que estaba viendo. No podía resignarse a aceptar tan cruenta realidad. Franco descendió de su caballo y buscó durante horas entre los cuerpos sin vida de los habitantes del valle y entre las cenizas del bosque. Pero no encontró nada, ni un sobreviviente y lo más angustiante, tampoco encontró señales de su amada.

Franco cayó de rodillas, las lágrimas brotaban sin parar, sus manos estaban bañadas en sangre y cenizas; su corazón estaba destrozado pero él seguiría buscando el cuerpo de Verika. Horas después, el ejército de Verdel, que tanta fiereza luchó a su lado, le daba alcance y se le unía en el valle del desastre.

Tras días de incansable búsqueda, las pilas de cuerpos se acumulaban por cientos en una conmovedora imagen de una matanza sin precedentes. Tanta gente inocente muerta y toda la magia de esos parajes se habían esfumado en cosa de horas. Ni los niños habían escapado a la maldad y furia del ejército de Darkkas. Franco se sentó sumido en la amargura de ver toda esa hermosura destruida sin piedad.

Una semana después, Franco cabalgó de vuelta a su querida ciudad Verdel, aunque no pudo dar con algún indicio del paradero de Verika, se sabía que ellos no tomaban prisioneros en sus campañas del terror. Tras algunas semanas de congoja y resignado cada día más a la pérdida de su amada, se embarcó hacia las costas de Atos. Había sido encomendado en una nueva misión, esta vez estaría a cargo de las tropas reales en la ciudad de Atos. Su ferocidad en la lucha y sus victorias le precedían y le otorgaban ese privilegio de alcanzar nuevas metas y reiniciar su vida con nuevos horizontes. Su corazón ardía incansable por venganza y justicia, sabía que en Atos tendría la oportunidad de enfrentar cara a cara a los darkkianos.

Antes de partir, subió a un monte cercano para ver desde lejos el nuevo paisaje y contemplar por última vez ese paraje después de la tragedia. La fuerza de la naturaleza recobraba poco a poco la belleza arrebatada con tal ferocidad. Los ríos cristalinos retomaban sus antiguos brillos y hasta las aves volvían a anidar en los alrededores. Su corazón quedaba sepultado en ese valle, pero su cuerpo debía continuar viviendo para defender su tierra contra los enemigos. Algún día el tiempo curaría sus profundas heridas, pero las cicatrices siempre le recordarían su dolorosa pérdida.

Semanas después de la travesía al mando de los ejércitos reales, la ciudad de Atos lo recibía a la distancia al tiempo que la luz del día se iba escondiendo en el horizonte. Frente al mar apacible y la brisa, el sol bajaba llevándose los malos recuerdos y recibiendo al frío invierno. Pero Franco esperaba que los colores de la primavera pintaran pronto un nuevo amanecer. Debía ver hacia ese nuevo futuro y seguir adelante hasta olvidar el dolor.

Los fríos meses de intensa lucha, mantuvieron sitiada la fortaleza en las costas de Atos. Las lluvias, el frío y la nieve eran fieles aliados alejando cada cierto tiempo a los enemigos del frente de batalla. Muchos de sus guerreros habían perdido la vida defendiendo la ciudad, pero mucho más eran los caídos del ejército de Darkkas. Franco había optimizado los pocos recursos que guardaba la ciudad y cada día soportaban los fieros embates del enemigo que insistía en atacarlos sin resultados. Verdel ya había enviado toda la ayuda posible en esos meses, sólo de las tierras orientales de Hettermian podrían llegar nuevos refuerzos y provisiones; pero había sido imposible darles aviso de su angustiosa situación.

Los días de batalla pasaban muy rápido, el invierno declinaba y la cercanía del buen clima vaticinaba jornadas más duras y difíciles. Ya no habría días fríos o de intensa nevazón que los alejara de las puertas de la ciudad. Cada día las luchas eran más intensas y el horizonte no se vislumbraba mejor. Hasta que Franco ideó un plan que les permitiría dar aviso a sus aliados.

—Necesitaré la ayuda y coraje de cada uno de ustedes para tener éxito en esta nueva tarea. Como bien saben las provisiones que nos quedan durarán sólo algunas semanas y Hettermian es la ciudad más próxima para conseguir ayuda.

Todos estaban expectantes escuchando en silencio a Franco, sabiendo que los caminos para conseguir la ayuda estaban bajo el dominio del enemigo.

—Nuestra única alternativa para ganar tiempo en busca de la ayuda, es cruzar a través del Pantano Negro que se encuentra al costado de nuestra fortaleza. Recorrerlo sólo toma un día de camino para llegar a Hettermian.

Muchos comenzaron a murmurar sabiendo que no era un lugar fácil de recorrer; en primer lugar era imposible cabalgar por esos parajes. Había que cruzar caminando los pozos humeantes de brea ardiente y luego internarse en un tupido bosque, donde muy pocos habían sobrevivido para contarlo. Pero Franco confiado de su vigor continuó relatándoles su astuto plan.

—Deberán atacar el campamento darkkiano al amanecer para crear una distracción que me permita internarme en el pantano sin ser visto. De esa manera tendré un día de luz para alcanzar Hettermian y luego cabalgaré de noche trayendo la ayuda. Deberán resistir casi dos días de intensa lucha, pero al fin destruiremos a nuestro enemigo.

La confianza que proyectaba Franco terminó por silenciar toda duda, llevando a sus fieles guerreros a vitorearlo al finalizar su discurso.

A la mañana siguiente todo estaba listo para el ataque sorpresa; la avanzada la hicieron los arqueros derribando a los centinelas enemigos. Luego, el resto de las tropas de Atos entró al campamento darkkiano, arrasando a la mitad del ejército enemigo. Sabiendo que aún eran suficientes para acabarlos, el cuerno de la retirada sonó y los guerreros volvieron a la fortaleza. La distracción había dado resultados, se había cumplido el objetivo y Franco se encontraba a la entrada del pantano listo para comenzar su peligrosa travesía. Mientras tanto, las puertas de Atos se cerraban tras el último guerrero que volvía de la batalla. Desde lejos Franco miró la ciudad por última vez esperando tener éxito en su peligrosa aventura, esa era la última esperanza para vencer de una vez la maldad de Darkkas.

Los primeros kilómetros del recorrido fueron muy agotadores, el calor era insoportable y lo obligaba a beber constantemente agua de una bota de cuero que él cargaba. El más mínimo error lo haría caer en la brea ardiente, causándole la muerte instantánea. Mientras recorría los desoladores parajes y rodeaba los pozos humeantes, se acercaba cada vez más al bosque más húmedo y tupido que alguien hubiera recorrido alguna vez. Pocos lo habían logrado, no existían senderos para los viajeros y era muy fácil comenzar a dar vueltas en círculos hasta perder el rumbo.

Franco se detuvo un momento para descansar y beber algo más de agua. El calor circundante era espantoso y una vez que recuperó el aliento, se apresuró a continuar adentrándose en el bosque con mucha cautela. A diferencia de los pozos que ya había dejado atrás, donde no habitaba nada por lo inhóspito del paraje, el bosque era un laberinto de vegetación y peligros desconocidos. Avanzaba entre árboles gigantescos, con cientos de años de historia que se alzaban imponentes. La poca luz que lograba penetrar sus frondosos follajes, no era suficiente para elevar la temperatura húmeda y fría alrededor.

Pero él continuaba avanzando con cautela; sólo el sonido de sus pasos rompía la serenidad del bosque. Franco se detuvo un instante, cuando escuchó el crujir de ramas a sólo metros de él. Se agachó permaneciendo en silencio y alerta, desenvainó su espada sin bajar la mirada de su entorno. Un darkkiano que había conseguido seguirlo se vino sobre él. Con un movimiento de su espada frenó el ataque y con el siguiente le dio muerte. Tras él apareció otro guerrero y luego otro, en total aparecieron diez enemigos armados, que lo habían seguido desde que entró por el pantano.

Franco se desplazaba de un lado a otro defendiéndose de los ataques y cada cierto tiempo lograba deshacerse de otro enemigo con la habilidad de su espada. Dos de ellos le atacaron al mismo tiempo; él consiguió esquivar a uno con un rápido movimiento a la derecha, pero el otro consiguió herirlo en el muslo haciéndolo caer entre la hierba. Franco empuñó otra vez su espada y soportando el dolor de su herida, mató a ambos con ataques certeros y veloces. Sus ojos estaban encendidos de furia y sed de venganza, sabía que debía sobrevivir hasta llegar a su destino.

Después de largos y extenuantes minutos luchando contra el escuadrón que lo había seguido, sólo quedaba uno con quien pelear. El que comandaba la emboscada y que había permanecido como mero espectador hasta ese momento, al fin desenfundó su espada. Era más corpulento que Franco y golpeaba con tal fuerza con su espada, que más bien parecía como si se tratara de un hacha cuyo objetivo era liquidarlo. Cada golpe entre las espadas sacaba chispas y hacían un sonoro eco en el bosque. Mientras que los golpes fallidos zumbaban surcando el aire.

Con un movimiento inesperado, el enemigo golpeó la armadura del pecho de Franco con tal fuerza que lo derribó; su pierna herida sangraba y el dolor era cada vez mayor. Con mucha dificultad consiguió ponerse en pie; él sabía que esa lucha a muerte no la ganaría por fuerza sino con habilidad. Su armadura estaba abollada y le oprimía el pecho, también tenía otras heridas en el brazo que sangraban hasta llegar a sus manos.

Franco cayó de rodillas; su pierna herida hacía que el dolor fuera insoportable. El comandante darkkiano esbozaba una enorme sonrisa en su cara dando por hecho que ya tenía ganada la pelea. Se acercaba paso a paso y confiado para dar el golpe final. Pero cuando levantó su espada con ambas manos para dar su siguiente golpe con todas sus fuerzas, Franco le lanzó la espada hiriéndolo en una pierna tumbándolo a tierra. Luego rodó por el suelo hasta tenerlo enfrente y le atravesó la garganta descubierta con una daga, dándole muerte instantánea. Los ojos del enemigo permanecían fijos en él, con una mezcla de dolor, ira y asombro. Franco retiró la daga ensangrentada y el comandante cayó muerto de espaldas frente a él.

Estaba exhausto y la feroz lucha lo había dejado muy mal herido; le faltaba el aliento y sentía que se desvanecía. Sus fuerzas lo abandonaban poco a poco, se recostó un momento sobre la hierba y tras vendar su pierna y su brazo, se puso en pie para continuar su recorrido por el espeso bosque. Cada paso era un esfuerzo sobrehumano; sus ojos se nublaban, el frío y la humedad mantenían su cuerpo al borde de la hipotermia, hasta que cayó a tierra sin fuerzas para levantarse. Con mucha dificultad se quitó la armadura que le oprimía el pecho y se tendió de espaldas sobre la hierba húmeda.

Por un instante sus pensamientos volvieron a aquellos días junto a su amada, a esos recorridos por el bosque y a las largas tardes que pasaron juntos. Pero la visión desértica y humeante del bosque incendiado, hicieron que el recuerdo de Verika se perdiera en el gris horizonte. Luego, recordó el propósito de su misión, sabiendo que él era la última esperanza de llegar con refuerzos a Atos. Pero las fuerzas no volvían a su cuerpo, las manos le temblaban y su mente permanecía perdida en el infinito.

Cuando todo le hacía pensar que fallaría en su misión y su vista se tornaba borrosa, desde lo profundo del bosque una silueta brillante se acercó a él. Sin tocarlo lo levantó flotando hasta colocarlo con suavidad a orillas de un riachuelo. Le hizo beber un líquido dulce como la miel, que comenzó a cerrar sus heridas dándole nuevas fuerzas. Franco se sorprendió al ver el angelical rostro. ¿Era su amada Verika?

—Si —respondió ella— pero he tomado una nueva forma, fue la única manera que algunas hadas pudimos escapar del desastre. Pero no todos lograron escapar de la muerte. La magia de Khan nos mantiene con vida hasta encontrar la forma de volver a nuestro bosque.

Verika, se acercó a él y le colgó en su cuello un pendiente de plata con forma de hojas, las mismas que sólo se encuentran en el bosque de Melheim.

—Ahora continúa tu camino mi amado, que te falta poco para llegar, este pendiente te alumbrará en las horas más oscuras y te dará fuerzas para vencer al enemigo.

En realidad aún le faltaban unas cuatro horas hasta alcanzar su objetivo, pero ya había sido curado por la mano mágica de su amada y los enemigos que lo habían seguido estaban todos muertos. Ella lo besó con dulzura y comenzó a alejarse diciéndole:

—No desmayes, ni desesperes, yo volveré a ti cuando Darkkas sea destruido y la paz sea restaurada en nuestra tierra, hasta entonces lucha por nosotros y espera mi regreso.

La luz que la envolvía comenzó a desvanecerse y la silueta de Verika se perdió en la espesura del bosque. Un sentimiento de paz y nuevas esperanzas llenó el corazón de Franco, después de haberla creído muerta, ahora sabía que en algún futuro cercano volverían a estar juntos.

El resto del camino tenía un sentido diferente en su vida, no sólo lucharía por liberar a su pueblo del enemigo, sino también por recuperar a su amada Verika. Al anochecer Franco consiguió llegar a Hettermian y organizó las tropas para emprender el viaje de regreso a Atos. Centenares de guerreros se unieron a él con un sólo fin, derrotar la tiranía de Darkkas en una gran y épica batalla final. Después de cabalgar durante toda la noche, al amanecer del segundo día, las tropas aliadas llegaban a enfrentar a las hordas darkkianas.

El cuerno de la ciudad sonó con estruendo para anunciarle a los que aún resistían al enemigo en la fortaleza, que se unieran a la batalla encerrando a los darkkianos por los dos flancos. Las flechas surcaban el cielo, las espadas chocaban en el fulgor de la batalla. Los gritos de centenares de hombres zumbaban hasta el horizonte. Tras largas horas de sangrienta lucha, el destino colocaba

frente a frente a Franco y a Darkkas, quien exhibía desafiante el talismán col-
gado al cuello. Pero Franco no le temía a nada, había enfrentado a la muerte
cara a cara y había salido victorioso; su amor por Verika era su talismán y daría
la vida por defender su ciudad y a su amada.

Mientras alrededor, las tropas del mal eran arrasadas por completo, el duelo
personal entre ambos líderes daba comienzo con toda la fuerza de sus brazos.
Sus espadas chocaban con gran estruendo llenando el aire de tensión y coraje.
Ninguno de los dos daba tregua, la destreza y fuerza de ambos era notable. En
reiteradas ocasiones ambos habían conseguido herirse con sus espadas, pero el
dolor y el cansancio pasaban a un segundo plano; de esa pelea sólo uno podría
salir victorioso. Ambos estaban heridos y cansados; mientras, la sangre de los
guerreros, teñía de rojo los campos de Atos.

Franco tomó distancia y bajó la cabeza un momento como intentando encontrar algo de aliento antes del siguiente ataque. A su memoria volvían los
recuerdos de Verika, la primera mañana que la conoció y todos esos momentos que compartieron juntos. En el aire podía sentir el perfume de su piel
rodeándolo y el pendiente que ella le había dado comenzó a brillar de manera
intensa. La luz inundaba su pecho haciéndolo sentir una energía renovadora
que lo llenaba de fuerzas para pelear.

Franco arremetió contra Darkkas con esas nuevas fuerzas que lo impulsa-
ban. Golpe tras golpe y decidido a acabar con esa lucha, lo hizo retroceder.
Paso a paso avanzaba batiendo su espada con todas sus fuerzas hasta botar la
espada de manos de su agotado enemigo. Con un certero golpe al pecho y otro
en las piernas hizo caer a Darkkas de rodillas. Franco alzó su espada iluminado
por el resplandor del pendiente, mientras su enemigo tomaba con ambas manos el poderoso talismán. Pero antes que conjurara algún maleficio, le cortó la
cabeza despojándolo de su vida.

El enemigo había sido derrotado tras largos años de batallas y sangrientos
enfrentamientos, y el poderoso talismán era recuperado. No hubo guerrero
darkkiano que permaneciera en pie, el día había avanzado largas horas y el
campo de batalla se bañaba en un mar de sangre. El brillo de las armaduras
al sol resplandecía mientras el murmullo de la batalla daba paso a los gritos
de victoria de los guerreros de Atos. El asedio al reino llegaba a su fin y la paz
retornaba a manos de los valientes guerreros que se unieron por restaurarla. A
partir de ese día desde las costas de Atos, los valles orientales de Hettermian y

hasta las tierras de Verdel, todos escucharían las historias heroicas de Franco.

Al pasar de los días y las estaciones, el Valle de los Unicornios recuperó su belleza de antaño. Franco se retiró dejando atrás los días de lucha y abandonando su preciada armadura, para llegar a la espesura del bosque de Melheim donde, cuenta la leyenda, al fin se reencontró con su amada Verika.

HISTORIA 10
CAMINO A LA RESIGNACIÓN

Virginia era una mujer moderna con sus metas muy claras en la vida, siempre privilegió el éxito profesional por sobre la familia y siempre postergó sus aspiraciones personales por consolidarse como una mujer exitosa e independiente. Pero después de un largo día de trabajo, al llegar la noche, estaba sola y con sus anhelos sumergidos en el laborioso día por venir. Los fines de semana eran casi un castigo para ella, tanto tiempo libre y las ganas vivas de que llegara pronto el lunes; y si tenía la oportunidad de realizar algún viaje de negocios, era la mujer más feliz del mundo. Su trabajo era casi una obsesión enfermiza y descontrolada.

Ese martes de febrero no sería la excepción. Después de un agotador día de trabajo, apenas se dio tiempo de pasar por su departamento, darse una ducha y recoger la maleta que ya tenía lista desde el fin de semana. Sería un largo viaje de negocios a otra ciudad y estaba ansiosa de salir y cambiar de aire.

Ya era de noche cuando se la escuchó cerrar la puerta de su departamento y encaminarse por el pasillo hasta su auto. El tic toc de sus tacones hacía eco en el pasillo antes de subir al ascensor. Un zumbido apagado recorría de extremo a extremo el corredor hasta la recepción; eran las ruedas de su cara maleta siendo conducida por el pasillo hasta salir por el umbral del edificio.

Mientras la gente común y corriente ya se encontraba en sus casas para descansar, ella comenzaba su largo viaje. Eran las nueve de la noche y le darían la una o quizás las dos de la madrugada cuando arribara al hotel que había reservado. Por supuesto que no era nada por debajo de las cuatro estrellas, con un buen servicio de habitación y todas las comodidades que ella exigía.

Si bien parecía algo descabellado manejar de noche para una reunión que recién tendría al día siguiente; era muy práctico trasladarse de noche evitando el stress de la mañana y llegar a descansar lo suficiente para recuperar fuerzas. Así también podía comenzar temprano sus labores y no estar con la mente sumergida en un viaje matutino.

Ella conducía su vehículo por la carretera, en la radio tocaban una agradable música y en su mente repasaba su agenda de trabajo para el día siguiente. Las reuniones y compromisos financieros que debía cubrir, los cheques por pagar y cada actividad a desarrollar, estaba muy bien organizada.

Luego de tres horas de viaje, sintió la fatiga de un largo día de trabajo. Poco a poco el cansancio le jugaría una mala pasada. Varias veces su cabeza dio contra su pecho en un peligroso vaivén, sus ojos se colocaban pesados y somnolientos. La monotonía del camino iluminado por las luces de su vehículo, hacía del viaje una aventura poco agradable.

Ya eran más de las doce de la noche y aún le quedaba poco menos de la mitad del recorrido por avanzar. La señal de radio ya no era tan buena, la altura de los cerros por los que atravesaba la carretera bloqueaban a intervalos la señal. Sacó de la guantera del auto un CD con música variada para amenizar el viaje y subió el volumen esperando ahuyentar el sueño persistente que la envolvía.

La fórmula dio resultado por algunos minutos, pero pronto comenzó a caer en ese peligroso letargo otra vez. Sus párpados caían pesadamente y le costaba trabajo volver a abrirlos. Su cabeza se balanceaba con un ritmo oscilante, inesperado y aletargado, mientras los músculos de sus brazos se tensaban de vez en cuando al sentir que la cabeza se iba hacia delante.

Virginia se durmió mientras manejaba. Por suerte al desvanecerse, sus brazos permanecieron rígidos e inclinados hacia la derecha. En ningún momento aceleró, sino que sacó los pies de los pedales y el vehículo se fue inclinando hacia la berma. El auto se apegó a un costado del camino y con la inercia del movimiento siguió avanzando; botó la alambrada que cercaba una parcela de girasoles, se internó en el plantío hasta detenerse y quedar cubierto por completo por las varas de más de metro y medio de alto.

Toda la noche permaneció allí, en medio de la plantación; por suerte no era invierno o hubiera muerto congelada en la madrugada. Cuando comenzó a aclarar, el sol inició su ascenso vertical tras las montañas y los capullos de girasoles levantaron sus cabezas para mirar hacia el resplandeciente astro que comenzaba a iluminar la mañana. El desfile de miradas amarillas se enfilaba hacia el este y seguiría en ascenso hasta muy entrada la mañana.

Virginia despertó muy sobresaltada rodeada de tallos verdes en todas direcciones y tardó un buen rato en darse cuenta de lo sucedido. Intentó arrancar el auto pero ya no tenía batería. Abrió la puerta del auto con dificultad, empujando con todas sus fuerzas hacia fuera para hacerse un espacio por donde salir. Al primer paso en la tierra, sus zapatos caros de tacón se hundieron en el barro del plantío.

Con mucha dificultad salió a la carretera siguiendo las huellas dejadas por el vehículo al internarse al plantío. Su celular también estaba descargado y con el apuro por salir de allí olvidó sacar su cartera del auto. Eran alrededor de las nueve de la mañana y su mayor preocupación eran los compromisos de negocios para ese día.

La carretera era muy solitaria y transcurrió mucho tiempo sin que pasara ningún vehículo. Entonces decidió caminar hasta encontrar alguna casa o algún lugar donde conseguir ayuda. Al fin una patrulla caminera apareció en la ruta, los dos policías la encontraron caminando por la berma con los zapatos en la mano.

El más gordo de los dos era quien conducía el vehículo, tenía unos treinta y cinco años y era el de mayor rango. El otro parecía recién salido de la academia y se veía delgado y enclenque, al menos mucho más delgado de lo normal. Ambos descendieron del auto y Virginia les contó de inmediato lo sucedido; ellos la hicieron subir en la parte trasera del vehículo para llevarla a la tenencia.

Mientras iban de camino, ella continuaba relatándoles todo lo acontecido; ellos la escuchaban sin decir palabra y sin mostrar sorpresa por lo que ella las relataba. Llegando a la tenencia, la hicieron pasar a una sala solitaria; sin muebles, sin ventanas, ni siquiera alguna revista para entretenerse, sólo había un sofá de espera que decoraba la habitación. Ella tomó asiento pensando que pronto volverían para ayudarla.

Los minutos pasaban y pasaban mientras ella esperaba sola en ese cuarto y comenzó a inquietarse bastante, miró su reloj y ya eran las once de la mañana. Había perdido su primera reunión y luego debía ir al banco porque tenía cheques que depositar. Fue en ese momento cuando se dio cuenta que no había bajado su cartera del auto. El pánico la embargó, sus manos comenzaron a sudar, el estómago se le apretó y sintió, por un instante, que se desmayaría.

Ella se acercó a la puerta para ver si alguien podía venir a atenderla, pero al girar la perilla para abrirla e intentar salir al pasillo, se dio cuenta que la puerta estaba cerrada. Comenzó a golpear y a gritar para llamar la atención de alguien que la escuchara, pero nadie vino a verla. Sus manos ya le dolían de tanto golpear la puerta de madera y su agotada paciencia ya estaba a punto del colapso nervioso. Estaba perdiendo tiempo valioso de su agenda de trabajo y ni siquiera había podido avisar a alguien donde se encontraba.

Al fin se escuchó el cerrojo deslizarse y la puerta se abrió. El policía obeso que la había traído desde la carretera entró primero, seguido de dos hombres vestidos como enfermeros.

—Ella es —dijo el policía, señalándola con su dedo regordete.

Los hombres entraron y la guiaron hacia fuera llevándola del brazo a través del pasillo, algo confundida pero sin oponer resistencia ella los siguió. Todo era muy extraño, Virginia les hablaba de sus reuniones y de como se había quedado dormida conduciendo, pero ellos se miraban sin responder y sonreían. Cuando llegaron al estacionamiento, una camioneta blanca los esperaba.

—Suba señora —le dijo uno de ellos mientras abría la puerta.

—Pero dónde vamos —replicó ella asustada.

—Suba por favor.

Ella, presintiendo que algo no andaba bien, comenzó a gritar con desesperación e intentó alejarse de ellos. Uno de los sujetos la abrazó con fuerza, mientras Virginia forcejeaba y daba de patadas al aire intentando liberarse. El otro hombre se acercó con una jeringa en la mano y eludiendo los elegantes zapatos negros de ella, le inyectó un sedante que la durmió.

Más de media hora permaneció sedada y comenzó a despertar sobre una cama en el suelo. Mirando alrededor pudo darse cuenta que la habitación de paredes blancas no poseía ningún mueble. El techo era alto como de unos tres metros de altura y al mirar hacia arriba, pudo ver una pequeña ventana cerrada que dejaba entrar algo de sol. Luego se miró la ropa y su elegante tenida había sido reemplazada por unos trapos anaranjados, similar a un overol de obrero, estaba sola y confundida en aquel cuarto sin saber dónde.

Virginia comenzó a gritar con todas sus fuerzas para que alguien viniera; su histeria y su desesperación iban en aumento, hasta que comenzó a golpear la puerta. No entendía lo que estaba pasando, nadie le decía nada, sólo la llevaron allí sin explicaciones. Sus gritos eran más y más fuertes y golpeaba las murallas, la cama y por todos lados, hasta que entraron los dos enfermeros otra vez para controlarla.

—Por favor cálmese o tendremos que sedarla nuevamente.

—Esto debe ser un error, yo no he hecho nada malo, sólo me quedé dormida mientras manejaba... Por favor déjenme llamar a mi jefe para que le explique que sólo vine en viaje de negocios.

Al ver que uno de ellos traía una inyección en la mano para sedarla, apegó la espalda contra la muralla y comenzó a llorar histérica. Sus brazos se movían en todas direcciones mientras sus lágrimas caían por sus blancas mejillas. Mientras, gritaba y forcejeaba con ellos pidiendo una explicación; vio en sus uniformes una insignia: H.P.S.A, Hospital Psiquiátrico San Alfonso. Virginia abrió unos ojos como si se le fueran a escapar de la cara, el pánico se apoderó de ella. Intentaba soltarse mientras les insistía que era un error, que ella no debería estar allí; entonces la inyectaron y el sedante hizo efecto hasta dejarla dormida.

Eran cerca de las dos de la tarde cuando Virginia despertó recostada en la cama y aún mareada por el sedante. A la habitación entró una doctora.

—Estoy aquí para ayudarte —dijo con voz suave y mirada confiable.

La doctora de unos cuarenta y cinco años, llevaba una ficha médica en las manos y vestía una bata blanca con los dos primeros botones desabrochados, que permitían ver un suéter delgado color verde pistacho. En el bolsillo del lado derecho llevaba la insignia del hospital que ya había visto antes en los auxiliares y del lado izquierdo venía bordado su nombre: A. Valencia.

—Necesito que me respondas algunas cosas sobre ti para conocerte —dijo la mujer antes que Virginia dijera algo.

Virginia asintió con la cabeza y se acomodó sobre la cama; aún se sentía mareada por el sedante.

— ¿Cómo te llamas?

—Virginia Opazo.

— ¿Qué edad tienes?

—Veintiocho años.

— ¿Soltera, casada... con hijos?

—Soltera, sin hijos y si quiere saber más, tampoco tengo novio por ahora, no tengo tiempo para una relación en este momento... —ya comenzaba a molestarse.

— ¿En qué trabajas?

—Soy asesora financiera para grandes empresas.

Virginia contestaba todas las preguntas con mucha convicción.

— ¿Por qué estás aquí?

Se quedó en silencio un momento sin saber si responder cual era el motivo de su viaje o por qué creía que la habían llevado a ese lugar. Virginia miró a la doctora con molestia y respondió:

—Creo que me han confundido con alguien más, yo iba a una reunión de negocios y me quedé dormida mientras manejaba, salí a pedir ayuda...

Pero antes que prosiguiera con el relato la doctora la interrumpió.

—Si lo sé... Sé toda la historia de cómo llegaste aquí, lo que te pregunto es, ¿Por qué estás aquí, en este hospital y no en otro lugar?

Ella la miró confundida, no entendía el sentido de la pregunta.

—Mira te lo preguntaré de otra manera ¿Tienes algo que certifique que eres quien dices ser? ¿Alguna persona que pueda venir a verte? ¿Algún número de teléfono que nos ayude a contactar a alguien que te conozca?

Virginia sintió de manera extraña, que ninguna de esas preguntas tenía respuesta, ni siquiera era capaz de darle un número telefónico.

—En este momento no recuerdo ningún número, pero mi cartera quedó en el auto y allí está mi identificación, mis tarjetas de crédito, mi agenda y mi teléfono...

Virginia se quedó en blanco un momento, por algún motivo extraño no recordaba direcciones, ni nombres de conocidos, ni números telefónicos. Todo lo que ella afirmaba con tanto ímpetu momentos antes, en un instante ya no lo sentía tan real. Se inclinó en la cama y apretando los puños comenzó a llorar.

—Quiero descansar —dijo ella entre llantos— Quiero tener paz para encontrar las respuestas que necesito.

Desde ese día Virginia permaneció recluida en ese centro hospitalario. Habían pasado cuatro meses desde su ingreso y las respuestas que anhelaba encontrar, ya no tenían ninguna importancia para ella. Comenzó a perder el interés por saber de dónde venía y quién era realmente. Ya no le importaba saber si lo que ella creía, era como lo sentía en su corazón o en verdad tenía un problema mental por el que estaba allí encerrada.

Cada día pretendía vivir esos momentos de su vida y disfrutar de su estadía en ese lugar. Ya no tenía sentido buscar las respuestas, para qué, si no sabría qué hacer con ellas, no sabría qué decir o cómo asimilarlo todo. Ese día al cumplir los cuatro meses, en la evaluación periódica que le realizaba la doctora Valencia, dijo:

—No quiero buscar más respuestas para mí, sólo quiero disfrutar mi vida aquí.

— ¿Estás segura Virginia?

—Si doctora, creo que es una pérdida de tiempo intentar encontrar algo en mi mente cuando no tengo ninguna certeza de que llegue a lograrlo, para mí es muy difícil asumir que soy alguien sin pasado, pero creo que es lo mejor para sentirme bien cada día y avanzar.

La doctora la miró con compasión, pero aún extrañada por su modo de querer enfrentar su situación. Esa fue la última vez que la vio llorar con tanta amargura al hablar de su pasado perdido. A partir de ese día fue otra mujer la que veía en los pasillos; una mujer alegre, presta a ayudar a los demás pacientes y siempre sonriendo. Quien la viera no hubiera pensado que se trataba de una paciente sino de una enfermera más.

El tiempo pasó y las cosas siguieron de la misma manera en la vida de Virginia. Como no conocían su verdadera fecha de cumpleaños, a ella y a cualquiera en su situación, les celebraban el día de su ingreso al hospital. Ese día Virginia cumplía dos años de estadía en ese lugar y lo celebraron cantándole y con torta para el desayuno y uno que otro regalo del personal del hospital.

Ella se había ganado el cariño y la confianza de todos; la doctora entraba a su habitación sin tener que cerrar la puerta. Era una paciente modelo que jamás había dado problemas; era muy tranquila y nunca había sido violenta. Mostraba una total resignación a su situación, una total entrega a no saber nada de su vida pasada y no pretendía irse jamás de ese lugar.

Todos esos factores, más su conducta solidaria con el resto de los pacientes, le otorgaron privilegios que otros no tenían. Ella podía moverse por todas las instalaciones con toda libertad y sin que nadie se lo impidiese. Incluso en varias ocasiones la doctora Valencia había presentado su caso ante la comisión aludiendo que lo de ella era un severo caso de amnesia y no un trastorno mental. Pero mientras no se encontraran familiares o se supiera su verdadera identidad, ella debía seguir recluida allí.

Cuando todo comenzó, la policía encontró su auto en el lugar que ella les había indicado, pero no encontraron ningún bolso, cartera o documento que les indicara que ella era la dueña del vehículo. Por el número de patente se supo que el auto estaba a nombre de Benjamín Opazo, pero en la dirección que indicaba el registro del vehículo nadie lo conocía a él o a ella. Su foto fue publicada en los medios de prensa pero nadie dio pistas o indicios de quien era ella. Todo esfuerzo cesó el día que Virginia solicitó no buscar más respuestas en su pasado.

Ese día de noviembre transcurrió normal como cualquier otro. Al llegar la noche, la doctora Valencia hacía el recorrido habitual de la última ronda antes de irse a su casa. Ese recorrido se realiza en pareja, pero ese día dos de las enfermeras habían faltado, así que se vio obligada a hacerlo sola. Avanzó por el pasillo asomándose por la ventanilla de cada paciente y anotando en la ficha. Pasó frente a la puerta de Virginia y al verla dormida prosiguió revisando las otras habitaciones. Casi al llegar al final del pasillo frente a la penúltima puerta, recibió un fuerte golpe en la cabeza y cayó al suelo aturdida.

El golpe seco se apagó en la oscuridad del largo pasillo y la doctora era arrastrada por el piso hasta la habitación de Virginia. Sin encender la luz de la habitación, le quitó el delantal blanco y las llaves que le darían acceso a la oficina de la doctora. Virginia asomó la cabeza con cuidado fuera de su habitación hacia el pasillo y al ver que no había nadie, salió caminando presurosa en dirección a las oficinas. Primero debía sortear la puerta del ala norte, de la que llevaba la llave en la mano.

Una vez traspasada la puerta, volvió a cerrarla y se encaminó hacia las oficinas; cada puerta tenía una placa exterior que indicaba el nombre del doctor a quien pertenecía. Llegó frente a la oficina de la doctora y giró la perilla de la puerta para verificar que estaba cerrada y que no hubiera nadie más allí. Giró la llave y entró en la habitación buscando a oscuras la ubicación del interruptor. Encendió la luz y cerró la puerta de la oficina. En los cajones del escritorio encontró una agenda, la cartera y las llaves del auto de la doctora, tomó del perchero un largo abrigo negro, que aunque no era de temporada, le ayudaba a cubrir el vistoso uniforme anaranjado del hospital.

Salió de la habitación con mucho cuidado y se encaminó por el pasillo hacia una puerta trasera que daba directo al estacionamiento. La puerta estaba abierta y al salir al patio sintió la agradable brisa de noviembre que acariciaba su cara. Después de dos largos años, podía sentir el aire rozando su cara fuera de las instalaciones del hospital. Por más confianza que le hubieran tenido, estaba prohibido que los pacientes salieran al patio ya que no contaban con un sector acondicionado para ellos.

Poco pudo disfrutar esa sensación de libertad porque sabía que tenía poco tiempo para escapar sin ser descubierta. Apretó el botón de la alarma del auto para saber cuál de todos era el de la doctora. El sonido agudo se escuchó con claridad a mitad del estacionamiento, Virginia se apresuró a subir y arrancó el motor sin problemas. Respiró profundo y emprendió su fuga. Sólo debía pasar el control de la entrada y estaría afuera. Aceleró por la calle y antes de llegar a la caseta de control, la barrera se levantó dejándole el camino despejado. La confiada rutina diaria de todos en ese hospital, le facilitó la huida; tanto la doctora, las enfermeras y ahora los guardias, cumplían sus funciones de manera tan mecánica que nadie pudo anticipar que Virginia se escaparía.

El auto cruzó la línea imaginaria que lindaba el hospital con la calle, Virginia era libre al fin, ya no era parte de ese lugar que le había quitado dos años de su vida. Mientras avanzaba por las calles colindantes, a lo lejos se escuchó el sonido de la alarma de las instalaciones, pero ella no las pudo escuchar, estaba muy emocionada como para poner atención a otras cosas. Sólo intentaba orientarse para saber qué dirección tomar, aceleró y condujo el vehículo con dirección a la carretera. No volvería a la ciudad de donde venía hace dos años y tampoco permanecería aquí, había decidido continuar hacia el norte.

Mientras tanto en el hospital todo había sido descubierto. La enfermera encargada de recibir el turno de la doctora Valencia, extrañada por la demora en la entrega de las llaves, se aventuró a recorrer los pasillos en su búsqueda. Al llegar frente a la habitación de Virginia, encontró la puerta entre abierta. Al encender la luz encontró a la doctora tendida en el suelo. Si hubiera sido una cárcel se activaría la alarma de fuga y se desplegarían los escuadrones para detener a los presos que se escapaban. Pero eso era un hospital y la enfermera corrió a activar la alarma de incendio para alertar a los guardias que algo estaba sucediendo.

Si bien Virginia no llevaba muchos minutos de ventaja desde su escape hasta que sonara la alarma, la pregunta era ¿serían capaces de capturarla? Lo primero que hicieron junto con atender a la doctora fue verificar que su vehículo había sido robado desde el estacionamiento. El guardia de la caseta recordó haber abierto la barrera pensando que era la doctora quien se retiraba. A los pocos minutos la policía ya estaba en el lugar y estaba al corriente de los detalles de la fuga. Por radio se alertó de lo sucedido compartiendo las características del auto robado y de la persona que lo conducía.

Virginia por su parte manejaba despreocupada como ajena a todo lo hecho los minutos anteriores. Por varios kilómetros avanzó sin encontrar obstáculos y se detuvo en una gasolinera para cargar combustible. Revisó la cartera de la doctora en busca de dinero, llenó el estanque del vehículo y luego pasó a comer algo al casino que existía allí. Actuaba de la manera más normal del mundo, como si su mente se hubiera desconectado por dos años y ahora volviera a la noche aquella en que emprendía su viaje.

Con una tranquilidad increíble, pidió un café cortado y un sándwich con pasta de ave con pimiento. Consumió lo pedido con toda calma y luego pagó la cuenta para dirigirse al auto nuevamente. Apenas alcanzó a llegar a él sin subirse, cuando de la nada aparecieron dos policías que la tomaron por los brazos como si fuera un criminal peligroso.

— ¡Suéltenme! debo llegar al hotel donde hice mi reserva... mañana tengo una importante reunión de negocios y no puedo faltar...

Ella continuaba gritando sin parar, la esposaron y la llevaron de los brazos hasta que la subieron a la patrulla policial. Mientras era llevada de vuelta al hospital ella no paraba de gritar y llorar, repitiendo cada palabra dicha hace dos años atrás, como si en su mente el tiempo se hubiera detenido.

—Yo no he hecho nada malo, sólo salí a tomar algo de aire y a comer algo. Mi cartera está en mi auto por favor revíselo... Llame a mi jefe él le dirá quién soy...

Al llegar al hospital fue colocada en su habitación, pero Virginia no paraba de gritar, así que tuvieron que sedarla. La doctora y todo el personal estaban consternados con todo lo sucedido. En sus años de trabajo jamás habían visto un caso similar. De qué manera había ganado su confianza y aprendió los horarios para planificar cada detalle de su huida. Luego esperó el momento propicio para concretar su casi exitosa fuga.

Al día siguiente, Virginia despertó y a los minutos recibió la visita de la doctora, quien se encontraba mejor luego del golpe recibido en la cabeza, esta vez ella venía acompañada de dos enfermeras:

— ¿Cómo estás Virginia? —preguntó la doctora con tranquilidad.

— ¿Cómo sabe mi nombre si yo no se lo he dicho? —replicó ella.

—Tú eres paciente nuestra hace dos años.

—Lo siento, pero me está confundiendo con alguien más. Yo iba de paso por esta ciudad con destino al norte, tenía reservada una habitación en un lujoso hotel y a esta hora de la mañana debería estar en una importante reunión de negocios.

Por un instante a la doctora Valencia le pareció estar escuchando las mismas palabras que salieron de su boca hace dos años atrás. Virginia mantenía la mirada distante y hablaba como si nunca la hubiera visto en la vida.

—Perdón tal vez nos hemos confundido —dijo siguiéndole la corriente— ¿Cómo te llamas entonces?

—Virginia... Virginia Valencia.

HISTORIA 11
CONGELA MI CORAZÓN

Desde lejos, su edificio reflejaba el intenso brillo del sol, las delgadas paredes absorbían el calor de la tarde y la obligaba a mantener las ventanas abiertas y el ventilador encendido al máximo. Sin duda era uno de los veranos más calurosos en más de cincuenta años. El aire seco quemaba incluso a la sombra, mientras el sudor de su piel formaba líneas húmedas que mojaban su ropa.

Ana permanecía sentada en la sala con la vista fija en el horizonte, mirando a través de la ventana. Las cortinas estaban abiertas y podía observar la avenida sin que nadie la viera en la distancia. Estaba impaciente y ansiosa de que don Eduardo, el conserje, llegara pronto. Ana había conseguido que él le subiera las bolsas de hielo que el muchacho de los despachos traía desde la tienda de la esquina. Luego ella las echaría en la bañera y con un ventilador empujaría el aire frío por el pasillo para temperar en parte su departamento.

Ella procuraba no salir más de lo necesario a la calle, todo lo que pudiera comprar por teléfono lo hacía, y algunas cosas se las encargaba al conserje a cambio de una buena propina. El dinero no era una preocupación para ella, podía sobrevivir un par de años sin tener la necesidad de trabajar. La procedencia del dinero era su verdadero secreto; aunque para el resto de la gente ella era una excéntrica que había recibido una importante herencia. Esa mentira era su pantalla para no despertar sospechas.

Nadie habría sospechado de una mujer tan menuda y sencilla. Con su linda cara podía cautivar a cualquiera y con sus encantos naturales siempre conseguía lo que quería. Pero le aterraba tener que salir a la calle y cuando lo hacía, escondía sus lindos ojos verdes detrás de unos enormes lentes oscuros. Parecía paranoica, siempre mirando atrás por sobre sus hombros, siempre acelerada y sobresaltada. Quienes alguna vez se habían parado a su lado notaron el sutil temblor de sus manos; un movimiento constante y desesperante que a distancia, pasaba desapercibido.

El timbre sonó haciéndola saltar de su asiento y devolviéndola de su estado letárgico en el que se encontraba. Ana fue a abrir la puerta sabiendo que era don Eduardo, porque ya había visto pasar al muchacho de la tienda. Lo seguía con la mirada, contando sus pasos desde el almacén hasta su edificio. Luego seguía contando hasta escuchar sonar el timbre de su departamento. Eran casi trescientos pasos, doscientos ochenta y nueve para ser exactos. Ella abrió la puerta y lo vio parado cargando las cuatro bolsas de hielo.

—Con eso es suficiente por hoy don Eduardo, muchas gracias.

Ana le recibió las bolsas y fue directo al baño a colocarlas en la tina; mientras la puerta se cerraba a sus espaldas con el suave empujón que ella le había dado. Mientras avanzaba por el pasillo, el sonido de la cerradura encontrando su destino y el sutil golpe de la madera contra el metal, le devolvían la tranquilidad que segundos antes había perdido.

¿Por qué Ana vivía atemorizada? ¿Por qué la simple idea de tener que salir a la calle o que alguien tocara a su puerta la preocupaba tanto? Paso a paso el miedo se alejaba, mientras el frío de las bolsas enfriaba sus manos. Colocó las bolsas en la bañera sobre las otras cuatro bolsas que había puesto algunas horas antes.

Eran casi las tres de la tarde y el viento helado del ventilador comenzó a inundar el cuarto trayendo algo de calma a sus pensamientos. Ana se sentó otra vez en la sala esperando que un nuevo día pasara frente a sus ojos y que los minutos acabaran con ese calor sofocante que envolvía todo. Ese día se cumplían tres meses de haber llegado a ese lugar, sin muchas comodidades ya que el lugar era alquilado. El dueño se lo entregó sólo con un par de viejas sillas y una mesa desgastada en el comedor. Las verdes cortinas deslavadas que colgaban a un costado de la barra de fierro oxidada, apenas bloqueaban los rayos del sol. Mientras uno que otro mueble adornaba el resto del departamento sin cuadros ni mucha decoración.

Ella subsistía con lo mínimo y al fondo del clóset guardaba las dos maletas con las que había llegado a ese lugar. Por supuesto que una traía su ropa, pero la otra guardaba su más preciado secreto. Escondido entre las ropas, los fardos de billetes se apilaban uno sobre otro; casi cien millones de pesos que eran tanto un dicha como una maldición. Esa era la causa de sus miedos y sus sobresaltos.

Ese departamento era el tercer lugar en el que ella estaba después de un año escapando de su destino, y no serían muchos los días que esperaba permanecer allí. Las sombras de su pasado la perseguían día y noche, sus sueños se veían interrumpidos constantemente, mientras el calor de los días se transformaba en sofocantes noches de desvelo.

Una noche más se iba y la luz del día acompañaba una nueva jornada de calor insoportable. La rutina comenzaba otra vez, una llamada matutina para pedir víveres y luego sentarse frente a la ventana esperando que las horas pasaran. Ana sabía que no soportaría mucho tiempo más ese ritmo, sabía que los días estaban contados para su estadía en ese lugar.

El calor comenzaba a aumentar y el día prometía ser un infierno otra vez, una nueva jornada parada frente al ventilador intentando escapar de la desesperante sensación de encierro y calor. Las imágenes de su pasado recorrían su memoria, mientras sus ojos permanecían en el horizonte buscando entre las caras de la gente, las facciones del único hombre que podría dar con ella en cualquier momento.

Ya pasaban de las tres de la tarde y se levantó de su asiento para ir a revisar cuánto hielo quedaba. Aún cuando había suficiente para pasar el resto del día y la noche, ese sentimiento paranoico e inseguro le hizo sentir que necesitaba más. Levantó el tapón de la tina para que escurriera el agua y quedara sólo el hielo, luego lo colocó otra vez en su lugar.

Ana se levantó y llamó al conserje para encargarle más hielo y otros insumos. Don Eduardo aceptó la solicitud y a los cinco minutos ella lo veía pasar desde su ventana en dirección al almacén de la esquina. Las manos de Ana temblaban de la impaciencia de verlo salir con el encargo y comenzar la cuenta de sus pasos de regreso al departamento. Con impaciencia se llevaba las manos a la boca mordiéndose las uñas y parándose de su asiento inquieta y ansiosa.

Al fin lo vio salir por el umbral del almacén y comenzaba a contar los pasos de don Eduardo. A los cincuenta pasos él ya había cruzado la calle y se encontraba en la vereda que daba a la entrada de su edificio. Aunque sabía muy bien que la cuenta era casi exacta, siempre se quedaba sentada en la silla con la mirada hacia la calle, hasta que sonaba el timbre de su puerta.

Su corazón se aceleraba, la impaciencia comenzaba a embargarla, la ansiedad comenzaba a socavarla por dentro, sumergiéndola en un mar de desesperación inexplicable para los demás. Sólo en su corazón se alojaba tanta angustia y esperanza al mismo tiempo, tanta expectación y tan profunda desolación como un abismo frío, oscuro y vertiginoso.

Ana contuvo la respiración esperando el anhelado sonido frente a su puerta. Pero esos segundos se convirtieron en una eternidad y no eran sólo sus ansias ni su paranoia, esta vez don Eduardo se había demorado más de lo habitual. Ana se levantó de su asiento y se dirigió hacia la puerta y a medio camino del pasillo el timbre la hizo sobresaltarse.

Un pálpito extraño la invadió, por un instante sintió que no debía abrir la puerta, que algo siniestro la esperaba tras esa barrera de madera. Se detuvo frente a ella y el timbre sonó. Al abrir la puerta apareció la figura reconocible de don Eduardo cargando las cuatro bolsas de hielo y los otros paquetes. Ana llevaba el dinero en sus manos y le entregó los billetes al tiempo que recibía las heladas bolsas.

—Gracias don Eduardo, mañana lo molestaré nuevamente.

—No es ninguna molestia, estoy para servirle.

Y no lo decía sólo por ser caballero, sino también por la propina que recibía cada vez que le hacía algún favor a la muchacha. Tampoco Ana era generosa por naturaleza, pero sin tener más dinero que billetes de gran valor, estaba obligada a serlo. Ana se giró y empujó la puerta con sus pies mientras caminaba por el pasillo esperando el anhelado sonido de la puerta al cerrar. Por un momento sintió un vacío en el aire, como si ese golpe jamás hubiera llegado.

Dejó las bolsas en la tina como cada día, y se frotó las heladas manos contra su blusa de algodón. Al salir del baño y mirar hacia la entrada, se dio cuenta que la puerta jamás se cerró y parado bajo el dintel se encontraba su peor pesadilla. Su ex novio estaba en la entrada, mirándola de pies a cabeza.

—Me ha costado meses encontrarte —le dijo con una sonrisa burlona— pero al fin ya estoy aquí preciosa… tráeme algo helado para tomar que este calor me está matando.

Era imposible imaginarse que después de tanto esfuerzo por librarse de él, aparecería de la nada frente a su puerta. Apenas podía moverse, sus pies estaban clavados al suelo. Con mucho esfuerzo fue a la cocina y le sirvió un vaso de agua con hielo. Al volver sus manos temblaban por la impresión y la rabia.

Cuanto le hubiera gustado arrojarle el vaso a la cara y sacar desde su interior toda esa rabia para decirle que se fuera y no volviera jamás.

— ¡¿Cómo... tanto tiempo lejos y me recibes sólo con un vaso de agua?! ¿Acaso con el dinero que me robaste no te alcanza para tener algo mejor para beber?

Él arrojó el vaso contra la muralla y en dos tiempos la golpeó en la cara con su pesada mano. Ana cayó al suelo sin decir una palabra, sabía que hablar sólo empeoraría la situación. En silencio recogió los pedazos de vidrio y mientras secaba el piso con un paño, recordaba el infierno que había vivido a su lado.

No podía permitir que se repitiera su pasado, si no ponía fin a esa situación, sería su perdición. Sin meditarlo mucho y con su corazón encendido en rabia, al volver a la cocina tomó el cuchillo más grande y filoso que había.

Mientras se armaba de valor para enfrentarlo, miraba el reflejo de su cara al borde del cuchillo. Estaba segura que podía dar ese paso para librarse de una vez por todas de él. Respiró profundo y volvió a la sala mirándolo fijo; temblaba, en una mezcla de rabia y nervios, y se paró frente a él amenazándolo con el cuchillo.

— ¡Quiero que te vayas y no vuelvas más!

Una carcajada burlona salió de boca de él en respuesta a la amenaza. Él comenzó a acercarse confiado de la debilidad de Ana. Con un movimiento rápido, intentó arrebatarle el cuchillo de las manos; pero al no conseguirlo, él se abalanzó contra ella. Esta vez, al contrario de lo que muchas veces hizo, Ana no bajó los brazos como él pensaba y el arma se clavó directo en su corazón.

Ninguno de los dos esperaba ese desafortunado final. Su cuerpo sangrando se inclinó hacia ella, mientras él la miraba con la vista perdida en el infinito. Ana podía sentir el calor de la sangre cayendo por sus manos; mientras, él se tornaba cada vez más pesado en sus débiles brazos, hasta que lo dejó caer sobre el piso del pasillo.

Ella se arrodilló llorando al lado del cuerpo sin vida, sabía con toda certeza que él estaba muerto y que ya no debía temer. Pero también sabía que no podía recurrir a la policía para dar aviso de su infortunio. Era el precio a pagar por ser una prófuga de la justicia. Si bien ese sujeto tendido en el suelo de su departamento, la había llevado por el camino de las drogas y la vida fácil; ella había decidido cambiar su destino. Fue por eso que en su último asalto a un banco, Ana decidió tenderle una trampa y escapó con el dinero, mientras él fue encarcelado.

Después de ese día ella comenzó a huir sin destino claro, quedándose en lugares sencillos y poco llamativos; intentando no despertar sospechas. Sin embargo nunca pensó que él escaparía de la cárcel.

Mientras esos recuerdos del pasado se desvanecían, su tímida personalidad y la perturbadora situación en la que se encontraba, la llevaron a hacer otra locura. Con total frialdad y mucho esfuerzo, arrastró al hombre hasta la tina del baño. Trajo todo el hielo que tenía en la casa y lo puso sobre él hasta cubrirlo por completo. Cada centímetro del cadáver estaba tapado dentro de la tina y ella volvió al pasillo a limpiar el charco de sangre que había quedado.

Sabiendo que no podía ocultarlo allí por mucho tiempo, Ana se sentó por largas horas llorando y maquinando qué hacer con el cuerpo en la bañera. Unas horas más tarde, cuando el final del día se acercaba, llamó a la tienda para encargar algunas bolsas más de hielo, así podría mantener el cadáver helado toda la noche mientras decidía como deshacerse de él. Varios minutos después sonó el timbre y ella corrió a atender; era el muchacho de la tienda que había venido personalmente a entregarlo. Tanto hielo encargó en esa oportunidad, que el conserje lo hizo pasar directo a su departamento.

— ¿Dónde lo coloco señorita? —preguntó el joven.

—Llévalo a la tina del baño por favor.

Tan concentrada estaba planeando como deshacerse del cuerpo, que olvidó que el cadáver estaba a la vista. Tampoco había limpiado el charco de sangre en el piso del baño. Ana reaccionó tarde y quiso detener al muchacho, pero no alcanzó siquiera a abrir la boca antes que él entrara al baño. Él caminaba a ciegas cargando las bolsas en brazos frente a su cara, al dar el primer paso al interior del baño, se resbaló en el charco rojizo y gelatinoso, cayendo de espaldas y golpeándose la nuca contra el piso.

El joven no se movía, yacía tendido, inmóvil y sin vida en el piso ensangrentado. Esa seguidilla de sucesos desafortunados no sería cosa fácil de explicar, quién le creería. El mismo día, dos muertes accidentales en su departamento. Tenía casi la certeza que a su ex novio nadie lo vendría a buscar, pero al muchacho de la tienda, lo más probable era que sí.

Todo estaba tan confuso y perturbador que sólo se le ocurrió hacer con él lo mismo que con el otro. Colocó el cuerpo en la bañera y lo tapó con hielo hasta arriba; luego limpió el piso y cualquier rastro de sangre que hubiese quedado. Más que nunca necesitaba tener una coartada para que nadie viniera a preguntar por el muchacho. Así que después de unos minutos fue a la tienda.

— ¿Por qué no ha llegado mi pedido de hielo aún? —dijo Ana al dueño.

—Pero si fue despachado hace más de una hora —respondió extrañado el tendero— me comprometo a enviar una nueva orden lo antes posible.

Mientras Ana estaba allí se fijó en las máquinas congeladoras, eso le dio una nueva y torcida idea. Al día siguiente compró un congelador similar al de la tienda y colocó ambos cuerpos en el interior de la máquina. Su afán por borrar todo indicio de la estadía de ellos en su departamento comenzaba a tejer una red más compleja. Por algunas semanas todo estuvo bien y sin complicaciones. Ana abría a diario las puertas del congelador para cerciorarse de que ambos permanecían congelados.

Una mañana mientras Ana esperaba por sus encargos de la tienda, sonó el timbre; ella se sentía más confiada y sin miedo por quien estuviera tras su puerta. Pero al abrir se encontró frente a frente al hermano de su ex novio, era muy similar a él: prepotente, violento e iracundo.

— ¿Sorprendida? Vengo a buscar a mi hermano.

Ana guardó silencio, en parte por la sorpresa de verlo ahí y en parte por miedo de que se descubriera lo que escondía en su sala.

—No he visto a tu hermano hace más de un año.

—No es difícil dar contigo, me bastó con describirte un poco con el conserje para que me dijera en qué departamento podría encontrarte, y ¿me dices que mi hermano no pudo dar contigo? No te creo... ¿Dónde está?

—Ya te dije que no lo veo desde ese día.

Ella continuaba negando una y otra vez que lo hubiera visto.

—La verdad no sé qué le has hecho a mi hermano, pero lo averiguaré. Fue a la cárcel por tu culpa y lo único que ha hecho todo este tiempo es seguirte la pista. Hace unas semanas me contó que ya tenía un dato seguro y no he sabido nada de él desde entonces. Si yo di contigo no puedo creer que él no haya venido antes que yo.

—Ya te respondí —dijo ella intentando mantener firme la voz y no bajar la mirada— no sé nada de él, de sus problemas o de donde ha estado, sólo quiero dejar mi pasado atrás y rehacer mi vida.

— ¿Qué hay del dinero? Mi hermano asegura que tú te quedaste con el dinero de su último trabajito.

Ana respiró profundo antes de contestar, quería parecer convincente al momento de responder.

—Mira a tu alrededor ¿No crees que si tuviera ese dinero no estaría en un mejor lugar que este?... ¡No he visto a tu hermano y espero no volver a verlo en mi vida!

Ella cerró la puerta con todas sus fuerzas y el portazo retumbó en el vacío de la habitación. De verdad que ver al interior de su departamento era deprimente, pero nada cambiaría la opinión del hombre sobre el asunto. Ella sabía que el sujeto volvería en el momento menos pensado y que no sería fácil escapar de él.

Ana compraba hielo cada día para mantener el congelador lleno hasta el borde y el pedido de esa tarde estaba cercano a llegar. Ana se sentó frente a la ventana para ver cuando pasara el muchacho de la tienda con rumbo a su edificio. Poco después don Eduardo, el cónserje, llegaba a su puerta con el encargo. Pero en esta ocasión Ana había pedido el doble de hielo acostumbrado, una parte la dejaría en el congelador, la otra la pondría en la tina para pasar el calor de la tarde.

A lo lejos ella divisó al nuevo muchacho de los despachos que venía con rumbo a su edificio. No parecía ser tan joven como el anterior y su cuerpo era más robusto y fornido que su antecesor. Aún así apenas se le veía la cara detrás de las bolsas de hielo que cargaba en sus brazos. Ana estaba atenta al timbre, esperando ansiosa que don Eduardo le subiera su pedido. El timbre sonó y al abrir se encontró con el nuevo despachador de la tienda.

—Buenas tardes le traigo su pedido —dijo el muchacho con una sonrisa.

—Gracias ¿y don Eduardo? —preguntó Ana extrañada.

—Como el pedido era muy pesado para él, me indicó que se lo subiera directo a su departamento.

Ana permaneció en silencio, parada frente a él sin reaccionar.

— ¿Y el otro muchacho? —preguntó Ana.

—Hace días que no aparece y nadie ha sabido nada de él. Yo entré a trabajar recién esta mañana y mucha gente me ha preguntado por él.

Ana sabía bien que el joven estaba más tieso y congelado que mástil en el ártico, pero al menos con ello desviaba las sospechas de su desaparición. Ella lo hizo pasar con las pesadas bolsas y le indicó donde estaba el baño para que las dejara dentro de la tina. Al darse vuelta para cerrar la puerta, el hermano de su ex pareja estaba parado justo en el umbral. Ana se sobresaltó al verlo, intentó cerrarle la puerta pero él colocó su pie frenándola, luego le dio un empujón haciéndose camino para entrar.

Ambos discutían mientras él recorría el departamento empujando los pocos muebles que tenía y abriendo las puertas de las habitaciones. En tanto, el hombre de los pedidos había sacado el tapón de la tina para que se desocupara del agua que aún tenía y luego abrió las bolsas de hielo para vaciarlas adentro.

El sujeto había recorrido cada rincón del departamento y al final entró tan apresurado al baño, que golpeó de paso al hombre de la tienda. El despachador respondió al empellón con un manotazo, lo que encendió los ánimos de ambos y se trenzaron a golpes. Entre los forcejeos, el despachador sacó el pica hielo, mientras el otro sujeto que no venía armado, hacía uso de lo que estuviera a la mano para defenderse. Comenzaron a dar vueltas por el departamento, el hombre con el pica hielo estaba muy descontrolado, mientras que el otro tomó una lámpara y se la lanzó. Luego corrió a la cocina en busca de un cuchillo y empuñándolo se le paró enfrente, la lucha era a muerte.

El despachador tomó al paso un florero arrojándoselo y cuando el otro sujeto se agachó para esquivarlo, se le fue encima y le acertó un puntazo en el estómago. El hombre cayó al suelo mientras la sangre brotaba. Cuando su atacante se le acercó para herirlo otra vez, él reaccionó lanzando el cuchillo y clavándolo directo en la garganta del despachador; la profunda herida lanzaba un chorro de sangre por todos lados.

El hermano de su ex novio se acercó al hombre gateando de rodillas y lo remató en el suelo. Ana, que había presenciado toda la pelea, tomó una estatua de piedra y lo golpeó en la cabeza, desnucándolo. Su departamento era un mar rojo de sangre y dos muertos más se sumaban a su trágica suerte. Era como una maldición interminable que dejaba a Ana al borde de la locura.

En forma mecánica y choqueada por lo sucedido, ella realizó el mismo procedimiento anterior. Limpió las murallas y el piso, luego acomodó ambos cuerpos en la bañera y al terminar, se sentó en medio de la sala a contemplar el suelo; incrédula y desconcertada. Así pasaron las horas sin comer ni beber nada. Su vista se mantenía mirando al suelo con las ventanas abiertas hasta después del anochecer.

Ana se quitó la ropa mientras el viento helado de la noche comenzaba a correr por los pasillos de su departamento. Pero a ella parecía no importarle, estaba ausente y perdida. Donde escapara, los fantasmas de sus muertos la seguirían, la culpabilidad de su pasado flotaría para mostrarle al mundo su culpa. Sólo sentía remordimiento y desesperación. Sus manos azuladas comenzaban a ponerse rígidas, su piel helada ya no retenía el poco calor de su cuerpo desnudo. Las horas avanzarían sin detenerse hasta llevarse todo el calor de la habitación hasta que el nuevo sol se levantara.

Los días pasaron y el intenso olor puso en alerta a los vecinos, quienes llamaron a la policía. Al llegar ellos abrieron la puerta con la ayuda de don Eduardo, pero no se veía a nadie por ningún lado; el repulsivo olor revolvía el estómago y estaba esparcido por cada habitación. Las ventanas estaban abiertas y el ventilador permanecía encendido. Tras recorrer la sala, se dirigieron al baño desde donde venía el mal olor. Al entrar encontraron los dos cadáveres con tres días de descomposición en la bañera. Mientras en la sala, el agua se filtraba desde el congelador grande, al abrirlo encontraron otra macabra escena; mezclado entre hielo y sangre, había dos cadáveres más.

Después de eso decidieron revisar cada rincón del departamento y adentro de cada mueble. En el clóset encontraron el bolso lleno de dinero, mientras que dentro del refrigerador de la cocina estaba ella. Parecía dormida pero en realidad estaba muerta y desnuda, con un papel escrito entre sus manos que decía:

"La muerte me rodea, no tengo salvación, llévense mi cuerpo y congelen mi corazón."

HISTORIA 12
LIBERACIÓN NOCTURNA

La puerta se cerró tras de él y la luz roja del cuarto oscuro se encendió. El trabajo de un día completo recorriendo la ciudad, estaba sobre el mesón listo para ser revelado. David dejó revelando el nuevo rollo que traía, mientras en la penumbra del cuarto revisaba otros negativos de días anteriores. La fotografía era su trabajo y su pasión, no se imaginaba haciendo algo diferente aunque para muchos podría ser sólo un pasatiempo. Capturar la realidad en su cámara y plasmarla sobre el papel era una manera de robarle un segundo a la vida y perpetuarlo en el tiempo. Era la manera de mantener vivo un instante sobre el blanco rectángulo de papel, mientras los colores quedaban sólo en la memoria de quien había llevado ese instante en su cámara.

Luego de colocar el negativo en la ampliadora y disparar el haz de luz sobre el papel fotográfico, el líquido revelador actuaba sobre él hasta despertar la imagen latente de su trabajo. Al principio daba la impresión de ser sólo manchas; pero luego, las luces y sombras aparecían poco a poco en la hoja mojada. El encuadre era perfecto, la silueta que estaba en el primer plano era clara y nítida, pero a David no le pareció bueno el paisaje del fondo ya que estaba muy desenfocado.

Mientras la foto anterior se secaba, él colocó en el líquido la siguiente hoja que había ampliado. Se trataba del mismo lugar pero esta vez el fondo estaba nítido y con la armonía de tonos que a él le gustaba. Pero los detalles mostraban algo de lo que no se había percatado al momento de hacer la toma. Había una oscura silueta escondida en medio de los arbustos y un reflejo blanco le daba un brillo extraño.

David amplió la imagen tanto como la máquina se lo permitía, la escena captada era insólita y confusa. Si estaba en lo cierto, la difusa figura mostraba una escena muy perturbadora. Muchas veces, las sombras y las luces en una fotografía, suelen parecer formas especiales que en realidad no existen. Pero en esa ocasión la luz del día era perfecta, esa tarde de verano con intenso sol no debía reflejar formas extrañas entre los matorrales; sin embargo, aquello parecía un hombre con un cuchillo en sus manos y una mujer tendida en el suelo.

David no podía despegar sus ojos de esa figura. Pensando si era su imaginación la que estaba yendo demasiado lejos. Necesitaba estar seguro, así que decidió sacar una copia de cada foto tomada ese día en el parque. Luego de ampliar todo el material y constatar que nada extraño aparecía en las demás tomas, sino que sólo era ese instante peculiar el que escondía el misterio que debía resolver.

Sólo una persona podía ayudarlo en esa extraña situación, su amigo Ricardo, teniente de la división sur de homicidios de la ciudad. David le llevó la ampliación y los negativos a su amigo; quizás ellos con sus instrumentos de alta tecnología y sus años de experiencia podrían dar respuesta a la incógnita. Al principio, Ricardo mostró el mismo escepticismo, pero después de varios análisis, concluyeron que las fotografías estaban en lo correcto; la escena se trataba de un asesinato.

David les indicó el lugar exacto donde había tomado la foto para que los investigadores realizaran los peritajes correspondientes. En cosa de horas todo se había transformado de una simple corazonada a un caso policial. Sin restricción para publicar las imágenes, David no demoró en encontrar un medio que se interesara en el exclusivo material y en breve su fotografía ya estaban publicada en la prensa.

Así la noticia del horrible asesinato a plena luz del día tenía una imagen captada por un aficionado. Lo que David no sabía hasta ese momento es que esa situación estaba conectada a una serie de asesinatos similares en la ciudad. Él había tenido la fortuna de captar el horrible instante aquel día recorriendo la ciudad. Ahora, como centro de atención de la brutal coincidencia, él también era solicitado por los medios.

Comenzó a aparecer en entrevistas de radio y televisión, y además debía dar declaraciones a la policía cooperando en todo cuanto pudiera aportar a la investigación. El teléfono no paraba de sonar cada día. David se sentaba por horas buscando en sus antiguas fotografías algún otro fenómeno escondido o alguna situación diferente, pero siempre volvía a la tan nombrada imagen del asesinato.

Algo comenzó a suceder en su interior con todo eso; algo que lo hacía sentir privilegiado de ser quien hiciera la polémica toma. Su pasión por las fotografías artísticas ya no lo satisfacía, ya no encontraba valor alguno en una fuente de agua bien iluminada o en la casual mirada de un ave hacia su lente mientras descansaba en una rama. David necesitaba encontrar algo distinto detrás de la cámara, algo que encendiera nuevamente su sangre y su pasión.

Unas semanas después, cuando la atención sobre él ya había disminuido bastante, una prestigiosa agencia le ofreció a David una considerable suma de dinero, si era capaz de conseguir fotos similares a su primer acierto noticioso. Sin duda era una excelente oferta y un gran reconocimiento por su trabajo. Sus antiguos motivos de atención, plazas, edificios arquitectónicos con historia, lugares especiales dentro de la ciudad, captados siempre en blanco y negro. Daban paso a morbosas situaciones ocurridas en la misma ciudad; muerte y desolación serían desde ese día el centro de su atención.

David comenzó a comunicarse con sus contactos policiales, para intentar ser siempre el primer fotógrafo en llegar a las escenas de asesinatos brutales y cosas similares. Al contrario de lo que cualquiera pudiera pensar, su nuevo enfoque estaba muy lejos de ser algo rutinario, ya que todos los días suceden cosas extrañas en la ciudad. Día a día su nuevo trabajo se volvió algo adictivo, morboso y sin escrúpulos; ya no había nada que lo impactara, se había transformado en una persona insensible e indolente.

Tras cada imagen que capturaba no había una persona para él; no había un padre o una madre o un ser humano, ahora eran sólo objetos inanimados para fotografiar. Cada día, David quería ver más sangre, más muertes y ser testigo de más cosas extrañas a su alrededor. Y sin darse cuenta, todo eso comenzó a ser una necesidad insaciable y enfermiza, no podía controlar esa sed de capturar las escenas más insólitas y llegar a ser reconocido por su trabajo tétrico y morboso. Pero los altos y bajos de la vida siempre van cambiando de ritmo y con el paso de los meses le tocó a David estar abajo.

Esas habían sido unas semanas muy difíciles, por varios días no había sucedido nada especial en las calles y la larga espera comenzó a desesperarlo. Tal era su agonía y su anhelo de presenciar algo sangriento, que salió a caminar por las calles esperando que el azar lo guiara hacia algo espantoso. Con cada persona que veía pasar a su lado, se imaginaba una forma diferente de muerte.

Algo muy fuerte estaba creciendo en su interior, algo que estaba ahogándolo, consumiéndolo vivo y que no podía esperar más tiempo por salir a la luz.

Era una noche solitaria y fría, el invierno traía a diario una bruma espesa y húmeda que mojaba las calles. Pero David sentía que esa atmósfera era la más indicada para que las cosas sucedieran en la oscuridad de la noche. Él tomó su cámara y la colocó oculta entre los arbustos, enfocando hacia un solitario asiento en el parque. Esperó por horas a que alguien en la oscuridad de la noche se hiciera presente y se sentara en ese banquillo.

Hasta que llegó ella, una mujer de cabello oscuro, delgada y en tenida deportiva. Una mujer que se tomaba horas de la noche para trotar despreocupada sin importar qué clima hubiera. Ella se sentó frente a él, con la vista hacia el suelo, cansada de correr e inspirando profundo para recuperar el aliento.

La cámara tenía conectado un disparador remoto de alto alcance. David comenzó a acercarse con cautela hacia ella. Sólo el sonido de la brisa y las gotas de agua que caían entre las ramas de los árboles lograban percibirse en el silencio. Él la sujetó con su brazo izquierdo, levantando su cabeza para evitar que ella gritara; mientras en la mano derecha empuñaba un filoso cuchillo de caza. David alzó su mano dejándola caer con fuerza sobre ella. Cada golpe que le dio fue como una enorme lanceta de avispa directo al corazón de su víctima.

Ella era la primera, la que le mostró el camino de su perversa y sedienta mente; ella le abrió la puerta a su oscura ansiedad de muerte y a la cara oculta de su apacible vida de fotógrafo. Bañado en sangre trajo su cámara para fotografiarla más de cerca, su adrenalina fluía como hacía mucho tiempo no lo hacía, él había iniciado un viaje vertiginoso y excitante. Una sensación de dominio y control absoluto se había apoderado de él, se sentía como un semidiós del parque; dominador de cada ángulo de su muerte. Una tras otra las tomas quedaban guardadas en su cámara, única testigo del nacimiento de un asesino.

David tenía las pulsaciones a mil, mientras sostenía la ensangrentada cámara frente a su obra maestra; ese era el inicio de su liberación, era el comienzo de su nuevo vivir. Hasta ese momento se había sentido atado a las acciones de otros, sumergido en los deseos de otros. Pero ahora había sido él quien mutilara ese cuerpo, quien decidió dónde dar el primer golpe, fue él quien decidió el momento y la forma de su muerte. Lo que sentía era indescriptible, abrumador y envolvente. Casi no podía esperar a llegar a su laboratorio a revelar las fotos que había obtenido, y así en la oscuridad de la noche, entre la bruma húmeda del invierno gris, desapareció del lugar sin dejar pistas.

Horas después, mientras David revelaba las fotos, al ver las imágenes de la secuencia en que él le daba muerte a la mujer, éstas no lo complacían en absoluto. Sintió que era como ver escenas de una película de la cual ya sabía el final. Pero al ver las otras fotos de su víctima agonizando era diferente lo que sentía; su inmovilidad le permitió obtener las mejores fotografías de la noche. Sin duda sentía que su trabajo estaba alcanzando un nivel muy especial, era el único que tendría la suerte de verla en ese preciso instante, cuando el alma deja el cuerpo agónico.

David se sentía vivo y completo, con el poder de capturar un momento único, el instante perfecto del viaje eterno. En su interior se encendieron los recuerdos de ese momento único; un éxtasis profundo y electrizante, pero que se desvanecía con la misma rapidez que se iba su aliento. Unos pocos minutos de satisfacción ya no eran suficientes para él.

Como una adicción fuera de control, comenzó a buscar formas extrañas y maneras novedosas de repetir ese momento único, cruel y enfermizo. Al principio sólo era algo que sucedía sin planificar, sólo era algo que él hacía para callar ese llamado interno que lo impulsaba. Pero se dio cuenta que más importante que la acción realizada, lo que él necesitaba era que su obra post mortem trascendiera, debía ser reconocida como algo único, especial y deslumbrante. Nada conocido podría ser mejor que capturar la sencillez de la muerte; ya que ella no tenía prejuicios, miraba por igual a ricos y pobres, a jóvenes y viejos.

Desde ese momento, tras ocho asesinatos cometidos, una nueva evolución sucedió en David. Su vida se transformó en un minucioso estudio del comportamiento humano previo a una muerte inesperada. De día seguía a los elegidos y los fotografiaba a la distancia. Fotografiaba los lugares que recorrían, sus pasos, sus gestos y toda su rutinaria vida. Luego, por las noches, cuando volvían a sus casas, se convertían en sus presas y sus trofeos.

David descubrió que la mayoría de las personas hacen lo mismo cada día, caminan por las mismas calles, van a los mismos lugares; aprenden una forma única de hacer las cosas y la repiten una y otra vez. Son esclavos de la rutina, esclavos que necesitaban ser liberados. A David sólo le tomaba un par de días saber qué harían y anticipaba sus movimientos repetitivos, para sorprenderlos de una manera muy particular.

Cuando los interceptaba en los parques o las plazas, les dejaba una fotografía en los asientos. Cuando era en los estacionamientos les dejaba una foto junto a la puerta de sus autos. Al llegar a sus departamentos colocaba la imagen en las rendijas de las puertas. Siempre en el lugar más visible para que ellos pudieran encontrarla y verse a sí mismos en cualquier momento de sus rutinarias vidas.

Sus víctimas se sorprendían tanto al verse fotografiadas, que no alcanzaban a darse cuenta cuando él se les venía encima como un rayo, dándole muerte en el lugar. Esa era su firma por la que comenzó a ser reconocido y buscado; el fotógrafo asesino. Su forma de firmar siempre era la misma, en el lugar del asesinato dejaba una foto del acechado tomada en el día y días después mandaba a la prensa las fotos de la víctima tomadas la noche de su asesinato. Su centro de atención no eran escenarios sangrientos o mutilaciones exageradas y llenas de ira, más bien le gustaba captar ese instante de paz que a él le inspiraba la muerte.

Ya habían pasado más de dos años desde su primer asesinato y a pesar que se había convertido en un experto acosador. Sentía en su interior que aún no alcanzaba la perfección de su trabajo.

Una noche de invierno brumoso, después de haber seguido a su nueva víctima por semanas, David la esperaba impaciente a que volviera a su departamento. Sabía que debía llegar en cualquier momento, pero miraba una y otra vez su reloj ya que se estaba demorando mucho más de lo habitual. A ella la había seguido mucho más que a otras víctimas porque tenía en su mente un escenario diferente e inesperado para ella. Ya estaba cansado de fotografiar personas en los parques, estacionamientos o callejones poco iluminados.

En esa ocasión quería lograr algo mucho más arriesgado y artístico. Quería herirla de gravedad antes que ella terminara de subir las escaleras para llegar a su departamento y que se desplomara muerta en los peldaños. En su mente ya había dibujado la silueta de ella con los pies hacia arriba y una de sus manos extendida hacia abajo, mientras la otra descansaba en su pecho tapando la mortal herida. La sangre caería por los peldaños como una cascada con el último suspiro de la mujer.

David estaba obsesionado con ella, su cara angelical y su piel de porcelana lo habían cautivado desde el primer momento. Sus ojos grandes y su mirada tierna le darían un sentido armonioso y artístico que había buscado por años.

Incluso había bautizado esa obra como *"La caída de un ángel"*.

Pero la impaciencia lo invadía, ya había colocado la fotografía tomada el día anterior en el último peldaño de la escalera. Esperaría a que ella la recogiera y cuando se incorporara, él le daría una estocada limpia directa al corazón. Pero al ver que los minutos transcurrían, David regresó a las escaleras para sacar la foto y dejar todo para otra oportunidad. No era la primera vez que echaba pie atrás en uno de sus planes, pero era la primera vez que estaba tan ansioso por concretarlo que sus manos temblaban sin parar.

David recogió la foto al final de las escaleras y al instante oyó los gritos de dos policías que aparecieron de improviso apuntándole. Era una trampa, de algún modo insospechado había sido descubierto. No tenía tiempo para pensar en cual había sido su error después de más de una treintena de asesinatos.

Sin dar pie a que lo atraparan, David se abalanzó con todas sus fuerzas contra la puerta de un departamento, la cual se abrió sin oponerle resistencia. Corrió hacia la ventana sabiendo que estaba en un quinto piso y que no podía saltar desde esa altura. Pero como él siempre estudiaba muy bien los lugares donde cometía sus asesinatos, sabía que el edificio tenía una escalera de emergencia por la cual podría escapar. Así que rompió la ventana y salió hacia ella.

Al mirar hacia abajo se dio cuenta que había dos patrullas cerrando ambos lados del callejón; entonces se vio obligado a subir a la azotea. Peldaño a peldaño subía con la adrenalina fluyendo por sus venas, desde abajo escuchaba las voces de los policías que le gritaban; pero él continuaba subiendo sin parar hasta llegar al final.

Después de subir diez interminables pisos hasta la azotea, descubrió para su fortuna, que no había nadie en ella. David se acercó a la orilla del edificio para mirar a su alrededor y se dio cuenta de que frente a él, una construcción cercana le ofrecía la única salida posible, pero estaba demasiado lejos. La distancia era de unos tres metros hacia el lado y un piso más abajo de donde se encontraba; era arriesgado, pero debía intentarlo si quería escapar.

A lo lejos se escuchaban las voces de sus perseguidores cada vez más cerca. David se armó de valor, se alejó lo más posible del borde tomando suficiente distancia y tras respirar profundo, corrió con todas sus fuerzas para saltar hacia el otro lado. Sus piernas se estiraron lo más posible, mientras en el aire David sentía como si todo pasara en cámara lenta. Su cuerpo estuvo a centímetros de llegar al otro lado, pero sus piernas golpearon contra el muro y se sujetó como pudo de la cornisa; la mitad de su cuerpo estaba colgando y sus manos apenas lo sostenían.

La adrenalina estaba corriendo a mil por sus venas y eso le dio fuerzas para lograr subir al techo nuevamente. Abrió la puerta de servicio del edificio vecino que daba a las escaleras internas del pasillo y comenzó a bajar hasta llegar sin problemas hasta al piso trece. Sus adoloridas piernas ya comenzaban a inflamarse por el golpe. Al girar por el pasillo, David escuchó un grito que fue opacado por un disparo y luego sintió el metal golpeando su cuerpo. Segundos después rodaba escaleras abajo sin poder detenerse. Por instinto sujetó la cámara muy apegada a su cuerpo para evitar que se dañara.

Al golpear contra el piso, David sentía un punzante dolor en medio de su pecho y veía con horror la abundante sangre que brotaba de su herida. Sabía que su momento había llegado, sentía que su aliento se volvía más delgado a cada instante. Con la muerte tocando su puerta, sintió la urgencia de encender otra vez su preciada cámara. Si ese era el final de su obra, quería ser capaz de fotografiar su propia muerte.

Encendió la cámara con mucha dificultad y la programó para hacer una toma automática a diez segundos; por un instante pensó en los titulares que saldrían en la prensa la mañana siguiente y mientras su mente se llenaba de imágenes que nunca vería publicadas, sintió el inconfundible y lejano sonido del disparador y la luz del flash de su cámara, fiel cómplice y testigo de sus atrocidades, que se despedía de él.

HISTORIA 13
LAS PUERTAS DEL SOL

A lo lejos se escuchaban los gritos de los monos saltando entre las ramas de los árboles; mientras, la caravana cruzaba uno de los cientos de senderos que se dibujaban a través de la espesa selva. El viento cálido mecía las hojas húmedas de los milenarios árboles que nos rodeaban. Mientras, el murmullo casi silencioso del río, se escuchaba entre los sonidos selváticos. El canto de las aves, los chirridos de las cigarras y el croar de las ranas en el estanque, todo unido en una sinfonía multiforme y al colorido cuadro que se dibujaba frente a nuestros ojos.

Esa era la cuarta semana que llevábamos explorando esos territorios selváticos y aún había provisiones suficientes para varios días más. Pero los guías parecían confundidos y temerosos por algo en particular. De vez en cuando se miraban de manera misteriosa, como esperando que algo se nos apareciera desde lo profundo del bosque. Estaba seguro que no era sólo una sensación personal, tenía casi la certeza que mientras recorríamos esos lugares olvidados, una especie de código se podía ver en sus miradas, sin duda algo les preocupaba.

El grupo avanzaba entre la vegetación, mientras el sol se escondía tras los frondosos follajes; pero ya debía ser cerca de las cuatro de la tarde. El calor era bloqueado en parte por la humedad del lugar, pero el sudor nos mojaba por completo la ropa. El grupo estaba compuesto por dos guías, cuatro cargadores, dos arqueólogos, dos botánicos y yo, un aventurero historiador adicto a los viajes. En mi vida había recorrido los parajes más hermosos y los más inhóspitos, los más helados y los más desérticos de toda la tierra. Siempre había un motivo para salir a explorar esta bondadosa tierra.

Éramos once personas inmersas en la selva espesa casi inexplorada, pero muy bien conocida por nuestros nativos compañeros. En nuestro peregrinar, encontramos muchas especies de animales que nunca habíamos visto; todo el entorno sobrepasaba con creces todas mis expectativas. Aunque después de cada agotadora jornada, mis piernas ya no eran capaces de moverse un centímetro más. Al menos yo no roncaba como lo hacía el doctor que nos acompañaba, Frank Dalton, un inglés que tenía un doctorado en botánica y estaba recopilando muestras de especies nativas.

Intentar describir la vegetación que nos rodeaba era algo muy difícil, cosas como esas sólo las había leído en libros de botánica y aún así se quedaban cortos en muchos detalles, todo era maravilloso. Los sonidos, el aire y el clima eran algo inimaginable, sin duda esa era una experiencia extraordinaria y única.

De un instante a otro, mientras seguíamos avanzando por esos parajes y el sol de la tarde comenzaba a descender en la lejanía, se produjo un desolador silencio, seguido de un estruendo que obligó a las aves a volar de los árboles. La tierra comenzó a temblar y los animales corrían despavoridos como una enloquecida estampida, mientras nosotros nos afirmamos de lo que podíamos. Después de largos segundos de movimiento, que más bien nos parecieron interminables minutos, todo se detuvo y la calma volvió otra vez.

Nuestros guías y los cargadores de la caravana estaban de rodillas en el suelo, dando gritos y levantando las manos al cielo como una oración desesperada. Uno de ellos se levantó diciendo:

—Ustedes no son bienvenidos en estas tierras. Deben irse lo antes posible, antes que suceda algo peor.

Sus palabras me hicieron dudar por un minuto de la continuidad de nuestra expedición; pero el espíritu que nos unía era el de enfrentar toda clase de peligros y lo desconocido. Así que después de discutirlo entre todos, continuamos caminando contra las advertencias de nuestro guía nativo. A no poco de andar, desde el espesor de los árboles se escuchó un zumbido y uno de los exploradores cayó al suelo; luego varios zumbidos más surcaron el aire y a cada uno de nosotros nos llegó un dardo que nos derribó en cosa de segundos. El pinchazo apenas lo sentí en la piel, pero de inmediato sentí las piernas pesadas y mi vista comenzó a nublarse hasta que ya no pude sostenerme en pie.

Mis ojos comenzaron a abrirse y a dejar atrás la oscuridad en la que se habían sumergido, mis brazos estaban adoloridos y al mismo tiempo adormecidos como mis piernas. No sé cuánto tiempo permanecimos inconscientes. Pero desde donde estaba vi como uno a uno fuimos despertándonos atados a gruesos postes de bambú. Cuando al fin pude distinguir las formas más allá de dos metros de distancia, me di cuenta que estábamos rodeados de nativos. Para mi sorpresa sólo cinco de los once que conformaban la caravana permanecíamos allí; no veía a los guías, ni a los cargadores por ningún lado.

Un hombre de la tribu se me acercó hablándome en su dialecto, mientras alguien atrás de mí tradujo cada una de sus palabras. La voz me era familiar y al girar mi cabeza para verlo, me di cuenta que era uno de nuestros guías. Él caminó hacia el frente mostrándose por completo. Estaba vestido como todos en ese lugar; era evidente que él también pertenecía a esa tribu al igual que el resto de los nativos que estaban en nuestra expedición.

Sin darnos cuenta habíamos sido emboscados por ellos, atraídos como moscas a la miel; fuimos seducidos y cegados por la hermosura de esos parajes, atrapados por nuestro propio afán de aventuras. Con un profundo pesar en mi corazón, bajé la mirada muy avergonzado de haber sido engañado de esa manera y pregunté:

—¿Para qué nos has traído a este lugar? ¿Qué ganas tú con tenernos aquí?

Él tomó mi cara levantándola para que lo viera directo a los ojos y me respondió:

—Soy Tiki Samoa, hijo de la tribu Paplinko, guerreros y guardianes de esta selva; protectores del santuario dorado de Las Puertas del Sol. Ustedes han sido traídos a este lugar para saciar la sed de Kulsa, dios y protector de nuestro pueblo y para calmar su ira contra nosotros...

Miles de palabras vinieron a mi cabeza en ese momento, no sabía qué decir, no sabía si gritar de rabia o rogarle por nuestras vidas. Sólo sabía que nada de lo que le dijese lo convencería de soltarnos. Esas eran sus creencias, era su forma de comprender los sucesos de la tierra y nosotros éramos la solución a sus problemas. Sólo esperaba descubrir pronto el alcance de sus palabras tan severas.

Comencé a hablarle del motivo de nuestra expedición, de los estudios que estábamos haciendo y que no veníamos a destruir ese maravilloso entorno. Pero mientras más me esforzaba en explicarle nuestra visión de la vida, más grande era esa sonrisa burlona pintada en su cara. Quizás muchos antes que nosotros hicieron lo mismo e intentaron con desesperación convencerlo de que los liberara ante una muerte inminente.

Al final y muy en el fondo, yo sabía que nada lo haría cambiar de parecer y guardé silencio bajando la mirada otra vez; él levantó mi cabeza señalando a la distancia la silueta de un cercano volcán humeante. Miré a mis compañeros intentando que alguno me dijera algo que explicara nuestra situación, pero nadie entendía nada. Todos estaban tan confundidos y desesperados como yo; ellos ponían sus esperanzas en mí pero yo no podía hacer nada por salvarnos.

Lo que quedaba del día pasó rápido mientras permanecíamos atados a esos postes, sin embargo los nativos nos dieron de comer en abundancia y saciaron nuestra sed. Parecíamos ganado siendo alimentado para el matadero; nunca, desde que habíamos comenzado esa expedición, habíamos comido tan bien como ese día. Había frutas y carnes en abundancia; carne de ave que parecía ser alguna especie de faisán; la inconfundible carne de jabalí, que yo ya había probado en otras ocasiones y frutas muy jugosas que ni siquiera sabía su nombre o a qué me sabían. Sólo sé que eran un manjar de reyes.

La noche ya caía, por lo que calculaba que serían más de las ocho. Mientras el sol bajaba en el horizonte, la luz rojiza del volcán a la distancia se hacía más notoria. Llevábamos casi un mes en esos lugares y jamás nos dimos cuenta de su presencia. Quizás porque la mayor parte del tiempo estábamos inmersos en la selva, y ahora que la vegetación era menos espesa, lo podíamos ver con todo su esplendor. Con danzas alrededor del fuego que nos iluminaba, los nativos dieron inicio a su ritual, mientras al son de cánticos desbordantes, ellos también comían y bebían en abundancia.

Luego de varias horas el fuego seguía encendido; y entre los pasos danzantes de la tribu, un alarido se dejó escuchar desde una de las chozas. Un personaje vestido entero con pieles se hacía presente en medio de las danzas. El chamán levantó sus manos al cielo gritando y luego de algunos giros como un remolino, las bajó señalando a dos de nuestros compañeros. Alexander Stuart, un joven arqueólogo inglés y Alfred Sannen, un botánico belga que por primera vez salía en una expedición similar. Ellos eran los más jóvenes de nuestro grupo.

Los hombres más fuertes de la tribu los desataron y los obligaron a beber un fuerte licor nativo. Cuando ya no podían tragar más y pensamos que los soltarían, los voltearon boca arriba y siguieron forzándolos a beber licor. Una vez que estaban embriagados, los soltaron para que caminaran como zombis entre la multitud. Alexander se descompuso al punto de vomitar y desplomarse al suelo casi inconsciente. Por su parte Alfred, que siempre hacía alarde de su resistencia a los licores fuertes, se mecía intentando mantenerse en pie; mientras que los nativos lo empujaban de un lado a otro.

Luego de unos minutos que se divirtieron con ellos y por indicación del chamán, los colocaron sobre una especie de altar de piedra. Ambos estaban tan ebrios que ni siquiera necesitaron amarrarlos para que se mantuvieran quietos. Entre los gritos de la multitud, el chamán levantó un cuchillo enorme y afilado; todos guardaron silencio por un instante, hasta que el cuchillo cayó sobre el pecho desnudo de Alfred. La expectante multitud estalló en gritos y danzas desenfrenadas, mientras el chamán le sacó el corazón, lo levantó hacia el cielo oscuro de la noche y lo lanzó al fuego ante la exaltación de toda la tribu. Luego fue el turno de Alexander.

Después de esa escena sangrienta, el chamán volvió a su choza y todo continuó como antes; con la música, las danzas y la abundante comida. Nosotros estábamos atónitos ante semejante espectáculo. Tan perplejo estaba, que no vi hacia donde llevaron los cuerpos de nuestros fallecidos compañeros. A esa altura no me hubiese extrañado que luego fueran parte del menú; ya que nos habían advertido de ciertas tribus caníbales, pero no recordaba haber escuchado jamás de los Paplinko.

En mi embriaguez, mezclado con los sonidos de los tambores y los gritos de los nativos, me pareció escuchar a mi amigo David Estuardo decir:

— ¿Cómo escaparemos de nuestra condenada suerte?

En efecto, sólo quedábamos tres de nuestra expedición y no había ninguna esperanza de que corriéramos diferente suerte a la de nuestros compañeros. Sólo era cosa de tiempo para que nosotros pasásemos por el mismo afilado cuchillo. David y yo habíamos viajado juntos por muchos años a diferentes lugares; nos conocíamos hacía más de quince años. Él era arqueólogo y un adicto a las aventuras al igual que yo. Cada vez que nos ofrecían emprender un nuevo viaje, no tardábamos en aceptar y unirnos a los recorridos más insólitos.

En esa ocasión, sin embargo, los organizadores de ese viaje éramos nosotros. Nos habían hablado de ciertas historias de templos escondidos y tribus con rituales muy particulares, lo que nos llamó mucho la atención. David contactó a Frank quien seleccionó a dos destacados jóvenes en la universidad en la que él impartía clases. Antes de comenzar nuestro viaje investigamos a las mencionadas tribus que habitaban en esos peligrosos lugares. Por esa razón decidimos integrar a nuestro equipo a nativos y guías del lugar que conocieran los senderos y los dialectos, pero nunca pensamos que ellos mismos nos traicionarían de ese modo.

La noche había pasado y ya comenzaba a aclarar, aunque yo calculaba que faltaba alrededor de una hora para el amanecer. Mis ojos apenas se abrían del todo y mis compañeros habían dormido algunas horas más que yo. El chamán salía de su choza vestido con sus pieles y dando órdenes a sus hombres. Muchos de ellos estaban embriagados y se levantaban con dificultad, mientras que otros, que al parecer conformaban una especie de guardia porque sus vestimentas los diferenciaban de los nativos comunes, habían permanecido sobrios. Ellos nos desataron y nos trasladaron por senderos que iban en ascenso a través de la selva; caminamos entre rocas, árboles y helechos hasta llegar a un nuevo lugar al costado de una cascada.

En un pequeño espacio llano se levantaba un altar de piedra y bambú, algunos metros más adelante, frente a la cascada había un portal de piedra perfectamente orientado hacia la salida del sol y completaba el matutino paisaje, el volcán humeante que se encontraba en la lejanía frente a nosotros.

Durante toda la noche sólo había pensado en las mil maneras de escapar, pero viendo el nuevo entorno que nos rodeaba, podía darme cuenta que nada de lo que había planeado daría resultado. Luego de unas palabras del chamán colocaron a nuestro amigo Frank en el altar y sin mucha ceremonia, sólo unos cuantos gritos dirigidos al volcán, el chamán alzó su cuchillo y lo mató. Su sangre caía por una canaleta de bambú hasta llegar al río para luego caer por la cascada.

Ahora era el turno de David, quien me miraba con ojos resignados, aún incrédulo de lo que estábamos viviendo.

—Espero que sea lo más rápido posible —dijo sin esperanzas de escapar de ese destino trágico que nos había tocado.

Mi garganta se apretó y no pude decirle nada, yo estaba choqueado y expectante. Sólo esperaba un milagro para que ambos pudiéramos salir de esa situación con vida. Por un instante recordé una de nuestras expediciones a África, donde David se había contagiado con una extraña bacteria que lo tuvo al borde de la muerte; o en otra ocasión donde fuimos al polo norte y quedamos atrapados en una tormenta blanca que casi nos congela. En esa oportunidad el más perjudicado fui yo, que perdí dos dedos de mi pie izquierdo por congelamiento. Pero aún así habíamos sobrevivido para contarle al mundo las maravillas ocultas de nuestra tierra.

Pero eso era muy diferente, no dependía de nuestra voluntad el sobrevivir, ni siquiera de alguna destreza. Aún cuando lográramos zafarnos de las ataduras y escapar, qué rumbo podríamos tomar, cómo atravesaríamos esa selva impenetrable y sobreviviríamos sin comida. Volví mi mirada a David observando con mucho dolor en mi corazón como lo colocaban sobre el altar. Los guardias lo sujetaron con fuerza, mientras David gritaba y se movía como una culebra. El chamán volvió a repetir los mismos movimientos anteriores y esas palabras en su lenguaje dirigidas al volcán, y dejó caer el cuchillo dándole muerte sin piedad, para luego arrojar ambos cuerpos cascada abajo.

El único sobreviviente era yo y quizás por ser el líder del grupo me habían reservado para el final. La claridad de la mañana era cada vez mayor, el sol estaba más cerca de su aparición y todo indicaba que ese sería el momento preciso para mi muerte. El sol aparecería tras las montañas frente a mí, atravesaría el portal de piedra iluminando el altar que entregaría mi sangre a su dios Kulsa. Ellos me colocaron sobre el altar amarrado con los brazos y piernas extendidas; el chamán de la tribu hizo un rito diferente al realizado para mis compañeros. Comenzó con una danza y una especie de oración repetitiva, esperando que cayera ese primer rayo de luz sobre el altar.

En medio de ese rito, un sonido subterráneo se dejó oír, la tierra comenzó a temblar con fuerza y el macizo altar se movía de un lado a otro. Sin mayor aviso, el volcán que se veía en la distancia frente a nosotros, explotó. Todo se tornó en caos, el movimiento de tierra era tan fuerte que nadie se sostenía en pie, mis ligaduras se soltaron y sentí como se liberaban mis manos y pies. A cada instante el temblor se incrementaba más y más, los nativos se colocaron de rodillas levantando sus manos y sus ruegos desesperados hacia el volcán rugiente.

Yo permanecí inmóvil esperando el momento preciso para escapar. No sabía hacia donde iría, pero al menos debía intentarlo, debía aprovechar esa oportunidad aunque sólo sirviera para demorar mi destino el tiempo que fuera necesario. La calma volvió a la planicie, la tierra se calmó y cuando todos se disponían a retomar sus posiciones, yo salté del altar y corrí hacia la cascada. El sol nos dio en plena cara, ellos sólo pudieron ver mi silueta atravesando el portal de piedra y lanzándome cascada abajo ante la mirada atónita de los guardias de la tribu.

No sabía cuan profundo podía ser el estanque o lo elevada de la cascada, pero a esa altura ya nada me importaba, fue el salto más largo y elevado que había dado en toda mi vida. Mientras iba cayendo en el aire escuché un segundo estruendo que la desesperación y mi pronta entrada en el agua callaron por un instante; al salir a la superficie, los gritos se mezclaban con el rugir del volcán.

Me dejé llevar por la corriente del río que varios metros más abajo se calmaba, ahí yacían flotando los cuerpos sin vida de mis desafortunados compañeros. Continué nadando a favor de la corriente hasta llegar a un puente dorado que cruzaba el río. Estaba todo cubierto de oro y sobre él se elevaba un templo con estatuas también de oro. Eso debía ser a lo que se refirió el guía que nos engañó al traernos a ese lugar; el grande e imponente templo dorado de Las Puertas del Sol.

El río atravesaba por debajo de la brillante construcción y continuaba sin parar varios kilómetros más abajo. A pesar de la hermosura de todo mi entorno, yo no podía detenerme ni un segundo a admirarlo, mi vida dependía de dónde desembocara ese río. Por más que miraba hacia atrás, al parecer nadie venía tras de mí; al menos eso ya era un gran alivio. A lo lejos se veía el volcán explosionando con más fuerza y un rugido se escuchaba entre el ruido selvático que había. Las aves volaban fugaces, mientras los monos gritaban entre las ramas de los árboles. La tierra seguía moviéndose de manera casi imperceptible; todo era desolador.

Por la orientación de la pendiente, era evidente que la lava seguiría la cuenca del río hacia donde yo me encontraba, arrasaría la aldea, el templo de oro y todo lo que se interpusiera a su paso. Sólo una pregunta estaba en mi mente en ese momento:

— ¿Qué haré ahora?

Había conseguido escapar con mucha fortuna de los nativos y por la ubicación del sol, las montañas y el río, me sentía más o menos orientado. Sabía que no podía devolverme tras mis pasos, pero también sabía que nadie me esperaba en ningún lado y no tenía idea de dónde dirigirme. Tras pensar un momento, decidí salir del río y correr a través de la selva siguiendo de frente con el sol a la espalda.

Ya había perdido la noción del tiempo que llevaba corriendo, el sonido lejano del volcán ya no se sentía en mis oídos, ni tampoco el bullicio de los animales. Me sentía algo agotado y fatigado, cuando de improviso me encontré en medio de otra aldea. Todos los nativos observaron ese inesperado visitante que aparecía desde la espesura de la selva y se quedaba parado en medio de su campamento. Yo no sabía si pertenecían a la misma tribu que me había capturado, pero colocando atención a sus vestiduras, me di cuenta que lo más probable era que no.

Hubo un gran silencio por largos segundos, hasta que un hombre se me acercó e intentó dialogar conmigo en su lengua. Sin que se asustara por mi acción, lo tomé del brazo y lo acerqué hacia un claro entre los árboles, para mostrarle a lo lejos la fumarola inmensa que manaba del volcán. El hombre dio voces a los demás habitantes de su tribu y corrieron cada uno a sus chozas en busca de sus cosas. Las familias completas se reunían en medio de la aldea tomando todo cuanto pudieran cargar: pieles, alimentos, sacos con frutas, carnes disecadas y hatos de ropas.

Yo me mantenía observando todo de manera expectante, impaciente y sin saber qué hacer o hacia dónde ir. El hombre que se me había acercado, volvió con su familia y unos sacos de provisiones. Me hablaba en su dialecto y gesticulaba, pero yo no lograba entenderle nada. Luego me sujetó del brazo y me entregó sacos de cosas para que yo los cargara, cuando tomé los sacos me indicó por dónde continuar avanzando.

Yo estaba en medio de la multitud corriendo en dirección al río, siguiendo al resto de los nativos con sus mujeres y niños. Atravesamos unos senderos muy transitados hasta llegar a la orilla donde había unas pequeñas embarcaciones de bambú que ellos mantenían atadas. En cada bote cabían unas ocho personas más todos los sacos que ellos pudieran traer.

Al mirar a mi alrededor, me di cuenta que todos los habitantes de esa tribu caminaban ordenados por la orilla y subían a los botes, como si hubieran estado esperando durante mucho tiempo que aquello pasara. El hombre que me había entregado los sacos se me acercó indicándome a cual bote yo debía subir. Le entregué la carga para que él la acomodara en la embarcación y cuando todos se habían subido a sus respectivos botes, él les grito unas frases en su dialecto.

Al parecer todos tenían muy claro hacia donde se dirigían, ya que no nos esperaron a pesar de ser los últimos en zarpar. El hombre volvió por el sendero hacia la aldea y en cosa de algunos minutos, regresó con su mirada llena de satisfacción; quizás de ver que nadie se había quedado atrás. Una vez listos, se subió a la embarcación y los hombres que lo acompañaban comenzaron a remar río abajo. Era en una verdadera migración masiva de toda una tribu a causa del volcán en erupción.

Al fin, después de largos minutos navegando, el sol alumbró nuestras caras dejando atrás la espesura de la selva, luego el río desembocó en una península por la cual continuamos navegando. Poco más adelante yo podía ver al resto de los habitantes de esa tribu que se enfilaban por aguas más profundas.

Una a una las embarcaciones llegaron a mar abierto y continuaron navegando hasta llegar a una isla cercana donde hicieron una pausa de algunos minutos. A nuestras espaldas la destrucción ya era total, las cenizas, la lava y el fuego arrasaban todo a su paso. A la distancia yo miraba incrédulo la siniestra escena, agradeciendo por mi vida. De un momento a otro yo me había convertido de sacrificio humano para un dios, a ser el salvador de los Ikirumi, la tribu de navegantes que me cobijó desde ese día.

HISTORIA 14
LA PUERTA DE LA LUNA
(Secuela de la historia 13 "Las puertas del sol")

Mi corazón aún estaba muy acelerado, podía sentir como la sangre corría por mis venas y punzaba en mis sienes. Mi cabeza parecía que estallaría en cualquier momento, mientras un sudor frío mojaba mi espalda. El mar nos llevaba a través de sus inquietas olas y sólo ellos sabían a dónde íbamos. En gran medida yo me sentía custodiado y a salvo, aunque no niego que aún no me reponía de la impresión de esas caóticas últimas horas. Aún así miraba con algo de resquemor a los nativos con los que habíamos abandonado la isla; ya antes me había confiado de los guías que contactamos y todo había terminado en un gran caos.

También llevaba muy fresco en la memoria el recuerdo de los eventos desafortunados por los que había pasado y que me habían llevado hasta allí. Hacía unas pocas horas yo era parte de una expedición junto a cuatro personas más, dos botánicos y dos arqueólogos dentro de los cuales estaba mi amigo David. Juntos habíamos organizado ese viaje y contratamos a seis nativos que nos sirvieron de guía y como cargadores de nuestras provisiones. Pero después que ellos nos engañaran y nos llevaran prisioneros a su aldea, terminé convirtiéndome en un afortunado sobreviviente.

Tenía una pena inmensa por haber perdido a mis compañeros y mucho más profunda por mi amigo del alma David. Quién hubiera pensado que nuestra aventura encontraría semejantes vueltas y que al final del recorrido, sólo uno de nosotros quedaría vivo para contar nuestra historia. A la distancia, aún se apreciaba el volcán humeando mientras nos alejábamos cada vez más de esa selva. Atrás quedaban los recuerdos, los hermosos parajes y la visión de ese grandioso templo cubierto de oro.

El sol ya se encontraba bastante alto, por lo que asumí que era cerca de mediodía. La gente que compartía su bote conmigo me miraba y se sonreían, toda esa situación me hacía sentir demasiado incómodo, pero a la vez feliz de haberlos conocido y que me salvaran la vida. Poco a poco nos acercábamos a una nueva isla que parecía ser mucho más pequeña que la anterior, pero por algún motivo ellos habían escogido ese lugar para arribar.

Una vez en la costa, desembarcamos y comenzamos a trasladar todo lo que traían en los botes al interior de la isla. Ellos iban delante de mí caminando entre los árboles, abriéndose paso entre la selvática vegetación como si supieran con toda certeza hacia donde se dirigían. Al fin llegamos a una planicie que ya estaba edificada. Al parecer los Ikirumi, como después supe que se hacían llamar, esperaban ese evento hacía mucho tiempo, y lo avanzado que estaba la construcción de la nueva aldea daba cuenta de eso.

El mismo hombre que me sacó en su embarcación hasta llegar a esa isla, ahora me ubicaba en una tienda provisoria hecha de pieles, mientras el resto de los nativos seguían transportando sus cosas desde las embarcaciones a la nueva aldea. Quise levantarme para ayudarlos pero me fue imposible, las personas de la aldea se me acercaron, me rodearon trayendo dátiles y frutos para que yo comiera y descansara. Mi estómago agradecía sus bondades ya que llevaba horas sin comer bocado y tenía mucha hambre a pesar del enorme banquete que habíamos comido la noche anterior.

Después de un par de horas, ya habían trasladado todo lo necesario al interior, y cada uno con sus familias se habían instalado en sus chozas. Mi nuevo amigo Teiki, que me había facilitado su tienda de pieles, se acercó para compartir algo de las frutas que me habían traído los demás. Luego de permanecer sentados unos minutos sin decir nada, él me tomó del brazo para que me levantara y lo siguiera. Con una alegría inmensa reflejada en su cara, me llevó con el jefe de la tribu Ikirumi, se inclinó ante él y yo agaché mi cabeza en muestra de agradecimiento.

Ambos comenzaron a dialogar pero yo no entendía nada de lo que ellos decían; aunque a través de sus gestos pude comprender lo agradecido que su pueblo estaba por haberlos alertado a tiempo del desastre. El jefe se levantó de su asiento y comenzó a gritar a su gente; el resto de la aldea comenzó a acercarse y a escuchar sus palabras, al terminar de hablarles ellos continuaron con sus labores. Cuando todos los nativos se instalaron en sus chozas, los hombres de la aldea ayudaron a construir una para mí también. Después de un tiempo me enteré que ese gesto había sido por orden explícita del jefe.

A pesar de las dificultades para comunicarnos, ellos me acogieron como uno más de la tribu y me hacían sentir cómodo en ese nuevo hogar. Esa noche dormí cansado por el viaje pero intranquilo por las imágenes que aún se hacían presentes en mis recuerdos. Ver a mis compañeros sacrificados y sus caras sin esperanza al momento que el cuchillo atravesaba sus pechos, me hizo despertar varias veces por la noche con sobresaltos. Sin duda eso sería algo que me costaría dejar atrás.

Los meses pasaron y cada día me sentía más parte de su tribu; yo los acompañaba en sus jornadas de cacería, en la pesca y en otras labores diarias que ellos realizaban. Debo reconocer que era un completo ignorante en esas materias. Muchas veces eran más los peces que espantaba que los que lograba pescar y en varias ocasiones estuve a punto de ser alcanzado por jabalíes salvajes mientras huían de las flechas y lanzas de los guerreros. Pero poco a poco comencé a mejorar mis habilidades de cazador hasta ser capaz de conseguir mi propia comida.

Algunos meses me tomó llegar a aprender su extraño dialecto, pero eso me ayudó mucho más para hacerme entender y comprenderlos a ellos también. Lo único que me diferenciaba de ellos era que no me estaba permitido participar de sus ceremonias y rituales. Pero no era algo que me molestara, yo estaba tan a gusto compartiendo cada día con ellos y aprendiendo sus costumbres que no quería volver a mi vida anterior. Casi en el olvido estaban mis recuerdos de la civilización, las comodidades de una casa o del transporte urbano. Sentía que estaba viviendo un sueño en un paraíso y que jamás quería despertar; ahora ellos eran mi familia.

Teiki me había ayudado mucho en ese proceso de integración y siempre me recordaba lo agradecido que estaba por haberlos alertado a tiempo para escapar. De él aprendí todo acerca de los Ikirumi, ellos eran una tribu pequeña pero muy unida; rara vez entraban en conflictos con otras tribus pero se entrenaban a diario para la lucha, la caza y la pesca.

—No estar en guerra no significa no estar preparado para ella —me decía Teiki y yo le encontraba toda la razón.

También le pregunté acerca de los Paplinko, aunque ya tenía bastante claro cuál era su principal preocupación. Teiki me contó que en pocas ocasiones debieron enfrentarlos para defender sus tierras y aunque eran enemigos cercanos, hacía tiempo que estaban en un pacto de paz mutua. Ellos estaban más concentrados en acallar la ira de su dios Kulsa que en enfrentar o conquistar a otras tribus. A pesar de eso, los Paplinko o los hijos del fuego como los llamaba Teiki, no le temían al hombre civilizado. Muy por el contrario habían sido muy hábiles para aprender sus costumbres y su idioma, para acercarse a ellos como amigos y luego traicionarlos. Eso era algo que me había quedado demasiado claro después de mis cortas semanas junto a ellos, pero de no haber sido por esa situación jamás hubiera conocido a esa nueva tribu.

También aprendí que Ikirumi significaba guerreros de la luna. Quizás por eso cada mes ellos celebraban una ceremonia la noche en que la luna llena hacía su aparición. Yo había visto por varios meses cuando los guerreros de la tribu salían temprano rumbo a la selva y no volvían hasta el día siguiente. Pero a pesar de mi naturaleza aventurera y mi curiosidad nunca los seguí a escondidas, respetaba mucho la privacidad de sus rituales, aunque ganas no me faltaban de averiguar qué hacían o dónde iban.

Las semanas avanzaban rápido, el otoño y el invierno habían pasado y el día de la ceremonia de la luna había llegado otra vez. Pero según mis cálculos esa noche también correspondía al equinoccio de primavera en ese hemisferio. Era el momento en que la noche tenía la misma duración que el día. Con ello también se iniciaba la primavera y según lo celebraban muchas tribus alrededor del mundo, era el inicio de la temporada de la fertilidad.

Tal como yo lo esperaba, los preparativos para esa noche eran muchos más de los vistos otros meses y toda la tribu estaba involucrada en tareas diferentes a las que había presenciado en oportunidades anteriores. Los guerreros más adultos reunían a los jóvenes y los vestían con vistosos atuendos ceremoniales, para ellos había llegado el momento de la iniciación como guerreros de la tribu. Por otra parte, aquellos que ya eran guerreros, pero que aún estaban solteros, también eran vestidos con atuendos diferentes. Las doncellas de la tribu, por su parte, eran apartadas desde la mañana para prepararlas para esa noche.

Mientras yo observaba todas las cosas que hacían, los banquetes, las vestimentas y los adornos colocados en las entradas de las chozas, el jefe de la tribu se me acercó. A esa altura yo comprendía el dialecto a la perfección.

—Ya han pasado nueve lunas llenas desde que llegaste con nosotros —me dijo— hoy es tiempo que te unas a tus hermanos.

Al principio no me di cuenta del alcance que tenían sus palabras, primero pensé que se trataba sólo de una invitación a ser parte de la celebración. Pero cuando vi a Teiki acercarse con un atuendo similar al que llevaban los guerreros solteros, me di cuenta que en realidad me estaban ofreciendo la oportunidad de incorporarme a los guerreros de su tribu. Al ser parte de los iniciados, también estaría esa noche dentro del grupo de hombres aptos para ser elegidos por las doncellas para casarse.

A diferencia de otras culturas y opuesto incluso a mis propias raíces, para los Ikirumi eran las doncellas las que elegían a su marido entre la multitud de jóvenes sin desposar que aún había. Claro que el orden en que ellas realizaban su elección también dependía de su estatus dentro de la tribu. Ver la realización de esa ceremonia iba a ser algo muy diferente en mi vida junto a ellos. Sin duda que cuando inicié mi viaje no estaba en mis planes desposarme aún, y para ser sincero quizás nunca hubiese pensado en hacerlo. Siempre privilegié mi vida aventurera y desorganizada antes que la formación de una familia. Pero estaba tan agradecido que no podía negarme, menos ahora que me sentía uno más de ellos.

Teiki me ayudó a colocarme las vestiduras para la ocasión; unas túnicas nuevas teñidas de rojo, con un cinto alrededor que tenía incrustaciones de piedras brillantes. Como yo tampoco había sido iniciado como guerrero Ikirumi, debía realizar ambas ceremonias ese mismo día, así que primero me reunieron con los once jóvenes que serían iniciados en esa oportunidad. Según mis cálculos era casi mediodía cuando salimos de la aldea con rumbo a la selva; cada uno llevaba una lanza, un cuero con agua y los pies descalzos.

Toda la tarde caminamos por largos senderos, subiendo y bajando cuencas sin comer alimentos, sólo concentrados en cánticos y meditaciones. Luego de varias horas de recorrido, nos llevaron hasta el río donde debíamos llenar los cueros con agua e intentar cazar dos peces. Yo ya me había acostumbrado a salir con ellos en esas tareas, por lo que no me fue difícil conseguir mi propio alimento. Después de capturar los dos peces cada uno, había que prepararlos al fuego, pero sólo uno lo podíamos comer en ese momento y el otro debíamos guardarlo para más adelante.

Una vez saciados y con los cueros llenos de agua, volvimos al sendero principal donde nos esperaban los guerreros y nos entregaron sandalias nuevas, ese era el símbolo del comienzo de nuestros nuevos pasos en la vida. Con ellas caminamos otras largas horas por la selva hasta que llegó la tan esperada noche. Los once jóvenes iniciados fueron llevados de vuelta a la aldea, donde debían entregar sus pescados al jefe de la tribu el que los recibiría como nuevos guerreros Ikirumi. Mientras a mi me llevaban a reunirme con los guerreros solteros para dar inicio a la segunda ceremonia. Sin duda que esa era la que me tenía más preocupado y expectante.

Luego de reunirme con los otros siete guerreros solteros de la tribu, los que también cargaban un pescado en sus manos; nos llevaron a otro lugar donde nos dieron algo más de comer y de beber. El chamán de la tribu hacía unas oraciones y unos movimientos con unas ramas que simbolizaban la fertilidad y la fuerza de su sangre guerrera. Seguimos nuestro recorrido por la selva y mientras nos acercábamos a nuestro destino, la luna aparecía imponente en el horizonte y el camino se despejaba del espesor de la selva.

Frente a mí se encontraba la segunda construcción más hermosa que había visto desde iniciada esa aventura. Un extraordinario lugar recubierto de láminas de plata de extremo a extremo, era un gran templo erigido a la majestuosa luna. Yo había recorrido lugares arqueológicos muy renombrados con mi amigo David, grandes civilizaciones en México, Perú y Egipto, pero ese templo sobrepasaba en belleza a muchas construcciones que había visto y lo más sorprendente de todo, es que era un templo aún vigente. Jamás me imaginé que esa sencilla tribu alejada de la civilización tuviera a su haber semejante maravilla. No podía evitar demostrar mi asombro al ver como el resplandor de la luna iluminaba nuestros pasos, mientras el son de los tambores se hacía cada vez más alto.

Cuando llegamos a las puertas del templo, nos colocaron en círculo y sobre nuestras espaldas colocaron una capa blanca que nos cubría la cabeza. Las hermosas doncellas salieron desde el interior del templo, vestidas con relucientes túnicas blancas y velos que adornaban su cabeza. Ellas se ubicaron frente a nosotros mientras los nervios se apoderaban de mí. Ellas se nos acercaron trayendo bandejas de plata reluciente y en ellas debíamos colocar el resultado de nuestra pesca del día. Una vez llenas las bandejas, ellas colocaron brazaletes en nuestros brazos, símbolo del comienzo de ese ritual.

Ese sólo era el inicio de la ceremonia para que ellas pudieran vernos bien. Luego me enteraría que ellas sabían con anticipación a quien elegirían y que sólo los guerreros eran los que permanecían con la incógnita hasta el final.

Cada una de las doncellas tomó una bandeja y se encaminaron a través de un portal todo cubierto de plata que reflejaba la luz de la luna; era la llamada Puerta de la Luna. Ellas debían pasar una a una por el portal y dar la vuelta alrededor de todos nosotros quitándole la capa de la cabeza a uno de los guerreros por cada vuelta que se concretara.

Ocho vueltas se realizaron alrededor nuestro y yo estaba al final de la fila más nervioso que nunca. Al verlas caminando entre nosotros sólo podía pensar en quién sería la doncella que me escogería. En todos esos meses había conocido a muchas de ellas aunque no había puesto mis ojos sobre ninguna en particular. Al terminar de descubrirles la cabeza a todos, ellas debían caminar nuevamente por el portal. El orden en que ellas desfilaban ya había sido sorteado y sería ese el mismo orden en que cada una de ellas elegiría a un guerrero. Una vez que cruzaran la Puerta de la Luna se encaminarían al final de la primera parte de la ceremonia.

Al salir por el portal la doncella de turno nos rodearía otra vez y se sentaría en las piernas de su hombre elegido. El guerrero debía responder a la elección con un beso en la frente si aceptaba o con uno en la mano si no le correspondía. La joven que era aceptada se levantaba en compañía de su futuro marido y juntos entraban al templo donde el chamán celebraría el ritual nupcial. Por el contrario la joven no correspondida debía volver al final de la fila y tenía la opción de escoger a otro guerrero o desistir de su intento de nupcias hasta el año siguiente.

Yo había visto con mucha expectación y alegría como los jóvenes se elegían mutuamente y pasaban frente a mí en dirección al templo. Hasta que la más hermosa de las doncellas de la tribu atravesó el portal y se encaminó hacia mí. Mi corazón latía con más fuerza al ver que Vikeya, que en su lengua nativa significa la flor de la mañana, se sentaba en mis piernas pidiéndome en matrimonio. En ese momento comprendí todo lo sucedido ese día, Vikeya era la hija del jefe de la tribu, sin duda mi participación en ese ritual no era una simple coincidencia. Pero eso era algo que me tenía sin cuidado, sin duda ella era la mujer que yo hubiera elegido como esposa.

Si bien habíamos compartido mucho cada día, yo había sido muy respetuoso de sus costumbres y jamás me acerqué a ella con otras intenciones, además de sólo saber que ella era la hija del jefe de la tribu, la colocaba en un sitial más alto. Pero cuando dos almas destinadas a estar juntas se conectan, nada las puede separar. La miré a los ojos y la besé en la frente aceptando su propuesta. Sus ojos brillaban de alegría y mi corazón palpitaba a mil de la emoción. Juntos nos levantamos y comenzamos a caminar hacia las puertas del templo. Ahí me encontraba yo, convirtiéndome en parte de los Ikirumi, en esas tierras donde alguna vez casi pierdo la vida, ahora encontraba a mi gran amor.

HISTORIA 15
LA DAMA DEL LAGO

El aire templado de la noche me invitaba a abrir las ventanas para que la brisa de la noche acariciara mi piel. Desde la cabaña se podía ver con claridad la superficie del lago reflejando la luz de la luna. Ya casi había olvidado cómo se veía ese paisaje por las noches de luna llena, ya que hacía más de ocho años que no iba por esos lados. Esa cabaña pertenecía a mis padres y en mi niñez, durante las vacaciones de verano, era el lugar habitual para escaparse por dos meses. En ocasiones, mis padres nos llevaban unos días en invierno, para disfrutar del apacible entorno del bosque, de los árboles altos y la vegetación abundante.

A veces cuando uno se ausenta de algún lugar por mucho tiempo, al verlo otra vez uno se vuelve a enamorar o se desencanta por completo al descubrir que esos recuerdos guardados en la memoria son diferentes a la realidad. Pero tendría que esperar hasta el otro día para volver a recorrer los alrededores a la luz del sol y saber si mis recuerdos me ayudarían a reencontrarme con ese hermoso lugar. El viaje había sido tan largo que apenas llegué a ver la puesta del sol tras las colinas del occidente.

El aire cálido del verano fluía por las habitaciones renovando el ambiente que olía a polvo y encierro. Quién diría que al final sólo la muerte de mis padres podría traerme de vuelta a ese hermoso lugar. Y pensar que hace unos pocos meses ellos habían estado allí, frente a ese mismo lago, disfrutando de la última visita a esos lugares. La vida es tan frágil que cuando menos se lo espera, la llama se extingue y el alma vuela al infinito, dejando esa pila de huesos y carne que vuelven a la tierra.

Encendí las luces exteriores y cambié también aquellas ampolletas que estaban quemadas, luego conecté el refrigerador a la corriente y lo abrí para que se fuera ese olor a húmedo. Por suerte cada vez que mis padres iban dejaban todo limpio y guardado. La única suciedad que había era el polvo que se había acumulado en esos meses. Por un instante, mientras me dedicaba a limpiar y a barrer las habitaciones, me pareció escuchar un susurro en el exterior. Era como dos personas conversando, pero cuando me asomé por la ventana, no había nadie. Entonces salí de la cabaña para estar seguro, pero no había nadie en los alrededores.

Entré nuevamente para continuar ordenando y aseando; después de ese agotador viaje yo sólo quería comer algo y descansar hasta el otro día. Regresé a la cocina para comenzar a guardar los víveres que había traído con el fin de estar un par de semanas allí. Por más hermosos recuerdos que tenía de mi niñez, no estaba en mis planes inmediatos hacerme cargo de ese lugar. Por el contrario, muchas veces había recriminado a mis padres por no venderlo.

Desde mi punto de vista, significaba más un gasto que una inversión ya que ni siquiera lo arrendaban. Toda vez que algún amigo de ellos lo quería usar, sólo les bastaba con pedirlo prestado con anticipación y mi padre les entregaba las llaves para que lo usaran. Por desgracia, ellos ya no estarían para hacerse cargo de las cosas ni para disfrutar de su pequeña cabaña.

Mientras barría la sala y sacaba las cenizas acumuladas en la chimenea, por segunda vez escuché ese extraño ruido que parecía un susurro lejano. Era como una especie de zumbido que me obligó a dejar lo que estaba haciendo en ese momento y a guardar silencio. Pero entre el ruido que hacían las ramas de los árboles al mecerse por el viento y los sonidos de grillos y ranas cantoras que se percibían alrededor, no logré escuchar nada fuera de lo común, aquel sonido constante, molesto y repetitivo había cesado.

Continué haciendo mis labores pero una extraña intranquilidad me invadía, era una sensación difícil de explicar. Era un sentimiento triste y desolador como si hubiera un profundo vacío en mi interior. No era una necesidad de algo, tampoco la tristeza de estar en la cabaña de mis padres y que ellos no estuvieran más a mi lado. Estaba seguro que tampoco era un llanto ahogado por su pérdida, ya que había llorado a mares desde el mismo día que me avisaron que habían tenido un grave accidente. No necesité saber más detalles, algo en mi interior me avisó que los había perdido para siempre.

Pero eso era diferente, era como si una voz interna o la voz de algo a mi alrededor, quisiera hablarme o intentara comunicarse de alguna manera. Eso me mantenía muy inquieto y expectante. De un instante a otro la sensación se hizo más fuerte; mi corazón estaba muy agitado latiendo con mucha fuerza, casi a punto de salir de mi cuerpo. Comencé a sentirme sofocado, me faltaba el aire; miraba a mi alrededor sin poder encontrar una explicación a lo que me causaba esa agonía.

La temperatura de mi cuerpo subía y subía, comencé a sentirme como una antorcha encendida. El calor invadía todo mi ser, mis manos comenzaron a sudar sin parar y mis latidos hacían fluir una gran cantidad de adrenalina por mis venas. Nunca en mi vida había experimentado esa sensación desesperante, casi suicida. Sentía mis ojos pesados y mi piel estaba empapada en sudor. Las ganas de gritar me invadían y mis manos comenzaron a temblar; casi no podía mantenerme en pie y mis piernas se doblaban cada vez más.

Me senté un momento para recuperarme de mi malestar, pero fue peor; el calor de mi cuerpo aumentaba y mis fuerzas flaqueaban hasta hacerme caer. Estaba tendido en el suelo pero sin perder la conciencia y comencé a arrastrarme hacia la puerta. Con los codos y brazos me impulsaba poco a poco hasta que alcancé la manilla y pude abrir la puerta para salir y respirar profundo el aire de la noche. El bosque estaba claro, la luna brillante penetraba la espesura de los árboles y provocaba reflejos en el agua del lago.

Pero mi agitación no disminuía, así que me arrastré desde la entrada en dirección al agua. Me sujeté de la baranda del sendero que conectaba la cabaña con el muelle y me impulsé hasta colocarme en pie otra vez; paso a paso avancé hasta llegar al borde del muelle. Aún sofocado y casi sin aire, me quité la camisa y los zapatos para me dejarme caer al agua. Sin duda que eso debería calmar esa sensación extenuante y apagaría ese fuego que sentía.

Durante largos minutos nadé bajo la luz de la noche, dejando que el agua fría apagara mi piel encendida en llamas. El susurro gutural retumbó en mis oídos otra vez y el pánico me invadió. Me encontraba a unos cincuenta metros de la orilla y el ruido se sentía tan claro como el agua; el sonido se convirtió en una voz que me llamaba desde las sombras. Mi nombre se escuchaba nítido al viento, mi corazón se aceleró por el miedo y comencé a nadar con total desesperación hacia la orilla. El agua agitada se ponía cada vez más helada, como si de un momento a otro se fuera a congelar.

Una corriente de agua gélida pasó bajo mis pies y comenzó a arrastrarme lejos llevando mi cuerpo hacia el centro del lago. Mis piernas se entumecían, mis manos desfallecían al intentar mantenerme a flote. Las fuerzas se me iban agotando y decidí dejarme llevar por la corriente hasta que todo se detuvo. Eso parecía sólo un mal sueño, una oscura pesadilla que me rodeaba y me aprisionaba sin salida. El murmullo acallaba, el agua se calmaba y volvía a su temperatura normal.

Me acerqué al muelle hasta llegar exhausto y salí del agua para volver a la cabaña. Caminé por los tablones resecos hasta llegar al sendero, cuando a cinco metros de llegar a la cabaña, la silueta de una mujer parada en el umbral de la puerta se hizo visible, ella estaba toda vestida de negro. De algún modo extraño, yo sabía que era ella quien había susurrado mi nombre hace unos minutos atrás, que era ella quien había causado tal estrago alrededor de mí, era ella la causante de tan irreal desorden.

Algo en mi interior me impulsaba a hablarle, pero mis palabras se encerraron en la oscuridad; yo estaba totalmente petrificado, sin habla y sin movimiento. Su fuerte presencia agitaba el aire y lo consumía por completo; su perfume a flores secaba el ambiente y penetraba en lo más profundo de mí, hasta controlarme. Ella comenzó a acercarse a mí y con cada paso que daba su presencia me invadía. Saqué la daga que siempre llevo en mi cinturón y se la mostré amenazante, pero pareció no inmutarse y continuaba avanzando hacia mí.

La hoja de la daga reflejó la luz de la luna cuando la levanté para atacarla. Ella no se movió ni hizo ningún movimiento cuando se la enterré en el costado. Fue como enterrar un cuchillo en una cascada de agua, al retirar la daga de su cuerpo la hoja se volvió negra y se convirtió en cenizas como papel quemado en medio de una fogata. Sus ojos se encendieron en respuesta a mi osado ataque y con un soplido me lanzó al suelo. Mientras yo permanecía tendido sobre la hierba ella repetía una y otra vez mi nombre, y comenzó a acercarse nuevamente a mí flotando por el aire.

Ella levantó su mano izquierda, me sujetó con firmeza del cuello y comenzó a elevarme. El miedo me embargó por completo, sentía que el aire me abandonaba y que mi vista se nublaba. Mientras con su mano derecha, alzó lo que parecía un afilado puñal; la luz de la luna se reflejó sobre la hoja de frío y reluciente acero iluminando su cara. Ella tenía ojos negros y su piel era blanca como la nieve. Sus rasgos finos y definidos se grabaron en mi mente y en mi corazón; de manera que aún no logro explicar. Desde lo más profundo de mi ser y con la voz al borde de extinguirse le dije:

—Entiendo lo que estás sintiendo, yo también perdí a las personas que más he amado en la vida.

Ella se estremeció por un instante, parecía muy confundida por mis palabras a pesar de su naturaleza fantasmagórica y sobrenatural. Seguramente no esperaba que un simple mortal le dijera algo tan profundo y verdadero. Ella dejó de presionar mi garganta hasta liberarme, yo caí de rodillas sobre la hierba húmeda, mientras ella dejaba caer su arma. Ella permaneció inmóvil, confundida, como meditando en mis palabras. Entonces aproveché su estado letárgico y sin darle tiempo de reaccionar, me levanté y corrí hacia la espesura del bosque dejando atrás su figura oscura y sus ansias de matarme.

Yo corría bajo la oscuridad de la noche alumbrado por la plateada luz de la luna, me escabullí entre los árboles intentando dejarla atrás. Cada cierto tiempo miraba hacia atrás sobre mis hombros esperando no ver su silueta tras de mí. Mi corazón estaba tan agitado que tenía miedo que en cualquier momento estallara. Mi piel comenzó a sentir un calor envolvente que me consumía paso a paso. Sólo seguí corriendo sin detenerme, ocultándome tras los troncos y la hierba para poder recuperar el aliento. Pero mientras hacía esas pequeñas pausas, a lo lejos lograba ver su silueta que me seguía sin perder mi rastro y que era precedida de un aire sofocante que olía a pasto seco quemado.

Yo sabía quién era ella; muchas veces había escuchado su trágica historia que volvía a mi memoria para ayudarme a comprender todo lo que estaba sucediendo a mi alrededor. Avancé otro largo trecho entre los senderos olvidados y las pendientes ocultas en lo profundo del bosque. Hice una pausa para recuperar mis fuerzas y comencé a recordar la primera vez que había escuchado de ella. Ya habían pasado más de veinte años desde ese día alrededor de una fogata junto a algunos de mis amigos más cercanos. Mientras nos turnábamos para contar las mismas historias de terror que solíamos decir una y otra vez en toda ocasión, uno de ellos habló por primera vez de la oscura dama del lago.

—Ella recorre estos lugares —dijo mi amigo— los bosques, las quebradas y las orillas del lago con sus vestidos negros y su hermosa apariencia angelical. Se dice que es normal verla en las noches entre invierno y primavera; en esos meses cuando aparecen los primeros brotes y la nueva vida germina en el bosque. Nadie que se la haya encontrado cara a cara ha podido sobrevivir a su mirada asesina y cae paralizado en el mismo lugar.

Yo tenía quince años cuando escuché esa historia. Muchos años atrás, un incendio de grandes proporciones, el peor que se recuerda en esos lugares, se propagaba por las laderas del cerro a las orillas del lago. Las llamas se veían a kilómetros y el humo se levantaba en una interminable columna que oscurecía el cielo. La hermosa mujer vivía muy cerca de ahí junto a su esposo y su hija pequeña. Ese día ella había ido al pueblo por suministros y al regresar, ella vio desde lejos el humo que se elevaba entre los árboles y su corazón se estremeció por completo. El sonido de las sirenas de bomberos se escuchaba a kilómetros, mientras las brigadas forestales y mucha gente, colaboraban en sofocar el fuego. Su casa se encontraba al borde de un acantilado y la única forma de llegar, era cruzando el bosque en llamas. Cuando vio la gran aglomeración de gente y los carros cerca del camino que accedía a su casa, entró en pánico.

—Mi esposo y mi hija están ahí —les dijo a los bomberos esperando de ellos su ayuda— ellos no podrán salir porque mi esposo se encuentra muy enfermo en cama.

Mientras ella les rogaba que los rescataran, nadie reaccionó a sus palabras. La verdad es que nadie la conocía, por lo general no era ella quien iba al pueblo sino su marido. Pero en esa ocasión, la enfermedad de su esposo la obligó a ir por medicamentos y provisiones. Por desgracia, los que estaban en el lugar la confundieron con una mujer trastornada que vivía al otro lado del lago. Ella comenzó a gritar y se esforzaba por hacer que la ayudaran a sacarlos de allí, pero no consiguió hacerse escuchar. En un acto desesperado, ella se internó en el bosque corriendo por el sendero rumbo a su casa.

Los brigadieres que la siguieron se sorprendieron al ver que subiendo hacia un costado del acantilado había un estrecho sendero que terminaba en una pequeña casa escondida. Las llamas ya estaban al borde de la cabaña y el calor envolvía todo como un infierno abrasador. Al entrar en ella vieron al hombre que estaba postrado en cama, el humo ya comenzaba a entrar por las rendijas y el calor era sofocante. Al preguntarle por la mujer, él les respondió que ella había salido en busca de su hija. Cargando al hombre en brazos, los bomberos salieron de la cabaña para dejarlo en un lugar a salvo; pero se demoraron demasiado tiempo en trasladarlo y al volver sólo encontraron las cenizas de la pequeña casa en el risco.

Por más que buscaron en todos los alrededores del bosque, nada se supo de la mujer y su hija. El fuego fue sofocado tras largas horas de esfuerzo y arduo trabajo. Las cenizas y la desolación eran los únicos testigos del desastre que había arrasado tan hermoso paraje. Al día siguiente la niña apareció deambulando a las orillas del lago, desorientada, hambrienta, con sus vestidos rotos y llenos de hollín, pero por fortuna no tenía heridas graves que lamentar.

Al preguntarle por su madre, la pequeña les relató lo sucedido ese día del incendio. Ellas corrieron por el sendero, pero el fuego les cortó el paso. Al verse rodeadas por el fuego y sintiéndose sofocadas por el calor y el humo, ellas llegaron al borde del acantilado. La mujer abrazó a su hija y ambas saltaron al lago desde lo alto del risco, tras sobrevivir a la caída, juntas nadaron hasta la otra orilla. La mujer le pidió a su hija que la esperara ahí un momento, mientras ella iba por ayuda; al final la ayuda llegó pero la mujer nunca más regresó y nunca se supo nada de ella.

Se decía que a veces la mujer aparecía a las orillas del lago con sus largos vestidos negros y mataba a aquellos hombres que no la querían escuchar; pero hasta ese día no había escuchado de nadie conocido que la hubiera visto con propios ojos. Pero esa noche cálida, yo era testigo de su fantasmal aparición. Todo eso llegaba a mi mente mientras corría por el bosque y me internaba cada vez más sin rumbo fijo, sólo seguía el sendero que iluminaba la luna hasta donde pudiera escapar de ella.

Hice una pausa tras unos árboles y la suave brisa pareció detenerse de improviso, las ramas que se mecían quedaron como petrificadas y los insectos que cantaban armoniosos a la luna callaron. El silencio profundo estremeció mi corazón, mis brazos se entumecieron del miedo pero mi piel estaba ardiendo. Mis pies estaban pegados al piso y el aire que respiraba se hacía cada vez más denso. La silueta de la mujer apareció entre las sombras y su largo pelo negro reflejaba la luz mientras su cuerpo flotaba hacia mí.

— ¿Por qué me sigues, qué tienes contra mí?... Yo también conozco ese dolor de perder a quien se ama y quedar sólo sin rumbo, sin deseos de vivir.

Pero en esta ocasión mis palabras no tuvieron ningún efecto sobre ella y continuaba acercándose más y más hacia mí. Sacando todo el coraje desde el fondo de mi corazón, comencé a correr otra vez entre los árboles y senderos poco transitados. Los árboles eran más pequeños en esa zona del bosque y me vi en medio de un claro donde apenas crecía la hierba. Sin darme cuenta, me encontraba cerca del acantilado donde el fuego había arrasado todo a su paso.

Frente a mí estaba el lugar donde alguna vez estuvo su casa que fue arrasada por el fuego y que nunca más fue reconstruida.

Seguí corriendo con todas mis fuerzas porque sabía que ella estaba muy cerca. A unos metros del borde tropecé con un viejo bloque de cemento que estaba cubierto de hierba y musgo. Desde el suelo me arrastré para verlo más de cerca y me di cuenta que en él había un epitafio recordatorio en memoria de aquella mujer que nunca volvió a su casa después de ese día infernal. El monolito indicaba la misma fecha de hoy, pero hace más de setenta años atrás; ese día era el aniversario de aquel desastroso momento que le significó no volver a ver a su querida familia.

La leyenda cobraba sentido frente a mis ojos, mi corazón estaba muy acelerado, el aliento volvía a faltarme y el aire alrededor se hacía irrespirable. Se me erizaron los pelos del cuerpo y sentí su oscura presencia acercándose una vez más a mí; yo ni siquiera quería voltear a verla, porque sabía que ella estaba allí. Comencé a gatear hacia el borde, alejándome del monolito de cemento; sólo deseaba que ella no me siguiera, que no se hubiese percatado de mi presencia en ese lugar. Sólo rogaba que las sombras de la noche me mantuvieran oculto a sus ojos y que el recuerdo de ese lugar la distrajera para poder escapar.

Mis ojos encontraron la imagen del lago al llegar al borde del acantilado, me volteé para mirar atrás; pero ahí estaba ella a unos cinco metros frente a mí. Sólo había una manera de escapar de ese lugar y del destino de muerte que me esperaba. Mientras ella se me acercaba cada vez más y sin pensarlo dos veces, me levanté, tomé impulso y salté al vacío. No sabía cuantos metros había hasta llegar al agua o la profundidad a la que caería, no me importaba nada. La caída me pareció eterna, hasta que mi cuerpo se sumergió en el lago. Al salir otra vez a la superficie, nadé sin parar la misma distancia que según la leyenda, ella habría recorrido hasta la otra orilla para escapar del fuego. Desde lejos yo escuchaba el susurro de su voz que se perdía en la soledad de la noche.

Esa fue la única vez que me encontré con ella y la verdad, no me gustaría repetir la experiencia otra vez. Pero muchas preguntas quedaron rondando en mi cabeza desde ese día, todas ellas sin respuestas. Mi corazón quedó prendido de un fantasma que sólo buscaba quitarme la vida; había sido tan intenso ese momento y tan reales las palabras que salieron de mi boca, que todos esos recuerdos me atormentan hasta el día de hoy.

Me quedé viviendo en la cabaña de mis padres y cada noche de luna llena abro las ventanas y veo el reflejo de su figura en el agua o al menos eso quisiera ver. Quisiera presenciar sus hermosos ojos una vez más, acariciar su blanca piel y besar sus rojos labios que casi me quitan el aliento.

HISTORIA 16
IRREVERSIBLE

Con el tiempo, la vida nos enseña que hay decisiones incomprensibles que cambian la dirección de nuestros destinos; que existen caminos que jamás deben ser recorridos y que hay senderos que es mejor evitar. Pero cuando alguien se arriesga a recorrer esos peligrosos caminos y sigue avanzando sin retroceder, puede terminar en un callejón sin salida, sin amigos y muchas veces sin las personas que se ama.

Si se conociera el final de cada camino no existirían los errores, pero la vida sería monótona, aburrida y sin gracia. Esa era la visión de Antonella, vivir día a día sin importar hacia donde la llevaría su camino y cada vez que se sentía repitiendo las mismas acciones una y otra vez, hacía algo para romper esa rutina. Muchas veces el simple hecho de teñir su pelo de color diferente o cambiar la posición de los muebles de su departamento, le daba la tranquilidad interior de haber roto esa monotonía.

Cada día al recorrer las calles de la ciudad se sentía una esclava de las circunstancias, sabiendo que estaba obligada a cumplir las mismas reglas que todos a su alrededor. Así que cada cierto tiempo inventaba rutas nuevas para ir a su trabajo o salía más temprano con el sólo fin de no estar amarrada al tiempo. Ese era también uno de los motivos por los que no se había ido a vivir con su novio, ella necesitaba su propio espacio en el cual sentirse libre aún.

Día tras día su mente intentaba resolver el misterio que la envolvía; inventaba situaciones que existían sólo en su cabeza, aunque esa vida paralela sólo estuviera en su mente. Ella necesitaba creer que cada día al quedarse en el departamento de su novio, un nuevo mundo se abría para ella. Aunque cada noche al acostarse, su realidad fuera la misma: triste, vacía e interminable; como si el tiempo se hubiera detenido en un torbellino que la obligaba a dar vueltas y vueltas sin parar.

Pero una mañana al despertar al lado de su novio Vicente, se quedó observándolo con detención, examinando cada ángulo de su cara, la redondez de su barbilla y sus pómulos marcados; miraba con toda calma los detalles de su pelo, sus orejas y manos. Ella se dio cuenta de que él no era el mismo de cuando lo había conocido, sentía que de una u otra manera los meses junto a él habían cambiado su aspecto.

Ella se levantó en silencio, sin despertarlo y fue al baño para tomar una ducha caliente. Mientras el agua caía por su cabeza y recorría todo su cuerpo desnudo, ese pensamiento obsesivo seguía rondando su mente. Era como gotas de tinta vertidas en un recipiente de agua caliente; expandiéndose con rapidez hasta teñirlo todo. Al terminar de ducharse, Antonella se envolvió en una toalla y se paró frente al espejo empañado por el vapor de agua; mientras se secaba miraba su cara de uno y otro lado.

—*Estoy segura que él está diferente, en cambio yo sigo igual, es como si los años no pasaran por mí.*

Pero estaba equivocada, porque a cada instante de nuestras vidas, todos los días, a cada segundo cambiamos. En su afán por obtener respuestas a su banal curiosidad, ella volvió a la cama y despertó a Vicente.

—*¿Tú me amarías si yo fuera diferente?* —Preguntó cuando abrió los ojos— *¿Me amarías si yo fuera otra persona?*

—No podría amar a otra persona que no fueras tú —contestó él un poco extrañado por la pregunta y aún somnoliento— Si fueras diferente no me habría fijado en ti, porque ya no serías tú realmente. ¿Por qué lo preguntas?

—*No, por nada —respondió ella un poco desconcertada y no conforme con la respuesta.*

Sin embargo, en silencio guardó una pregunta más complicada aún. Una interrogante que la atormentó todo el día: al recorrer las calles con su mirada perdida y al subir al metro en dirección a su trabajo. Aún en su oficina mientras trabajaba frente al computador, esa pregunta rondaba sus pensamientos. Las horas pasaron y ese gusano en su cerebro permaneció carcomiendo su conciencia. Hasta que esa noche de vuelta en el departamento de Vicente, al estar con él en la intimidad, lo dejó escapar de su boca:

—*¿Podrías cerrar los ojos e imaginar que yo soy otra mujer?*

Vicente quedó muy impactado por sus palabras.

— ¿Qué acabas de preguntar?... ¿Qué está pasando contigo Antonella?

—*Nada, sólo quiero que pienses que soy otra mujer ¿Acaso tiene algo de malo eso?*

—Después de todo el tiempo que hemos estado juntos —le dijo Vicente mientras se levantaba de la cama enojado y se arropaba con su bata— ¿Ahora vienes con estas locuras superficiales? Estás muy equivocada, el amor entre nosotros es mucho mayor que las apariencias; el que no vivamos juntos aún no quiere decir que no quiera estar contigo o que me imagine mi vida con otra mujer...

Sin saber qué hacer o cómo explicar lo que estaba sintiendo, se puso a llorar desconsoladamente, no sabía cómo expresarle lo que estaba sucediendo en su interior. Ese pensamiento estaba muy arraigado en su mente. Ella le pidió disculpas y se acostaron a dormir. Aunque después de apagar las luces ella permaneció despierta gran parte de la noche. Sabía que lo sucedido había abierto una puerta difícil de cerrar, por su mente sólo desfilaba la idea de escapar, huir lejos de todo lo conocido, desaparecer de la tierra y que nunca más se supiera de ella.

Antonella se levantó en silencio antes que amaneciera, con suerte durmió un par de horas mientras pensaba en lo que haría ese día. Ella salió sin despedirse de Vicente, aunque a él no le extrañaba nada de lo que ella hiciera, ya estaba acostumbrado a muchas de sus actitudes y locuras. Para él, ese había sido uno más de sus caprichos; aunque esta vez él no le daría en el gusto.

Ella salió del departamento sin rumbo fijo, sólo se dedicó a caminar por las calles sin pensar dónde la llevarían sus pasos. La fría mañana humedecía sus mejillas que aún recordaban las huellas de las lágrimas derramadas. Sus ojos brillosos, fatigados y somnolientos miraban al horizonte sin encontrar donde acabaría ese peregrinar. Apagó su celular para no atender ninguna llamada y después de muchas vueltas por la ciudad, decidió no ir a trabajar ese día y volver directo a su departamento. Al pasar el umbral de su puerta ella tenía resuelto lo que haría.

Como cada tarde Vicente la llamó y se preocupó mucho al no poder comunicarse con ella. Ya antes habían discutido por sus caprichos, pero nunca había dejado de responder sus llamadas; a lo mucho le enviaba un mensaje de vuelta diciéndole que no quería hablar con él, pero jamás apagaba su teléfono.

En vista que no le respondió las llamadas durante toda la tarde, él decidió ir a su oficina; pero al preguntar por ella en la recepción, le informaron que ese día no se había presentado a trabajar. Vicente sabía que algo no andaba bien, era un mal presentimiento extraño y angustiante; así que decidió ir al departamento de ella esperando encontrarla allí. Pero al hablar con el conserje, él le dio la mala noticia:

—La señorita Antonella dejó su apartamento durante el día. Me pidió que le avisara cuando llegara el camión de mudanza y al irse, dejó un sobre sellado para el dueño del departamento con las llaves. Los hombres de la mudanza cargaron todas sus cosas en un par de horas y luego se fue sin dejar ninguna dirección... estaba muy apurada y casi ni se despidió... de verdad fue muy repentino.

La cara de Vicente reflejaba toda la angustia que estaba sintiendo en ese momento, casi no podía creer lo que había sucedido, pero en el fondo esa era una de las cosas típicas de ella. Quizás se había aburrido de vivir allí y había encontrado otro lugar mejor; tal vez, cuando se sintiera cómoda lo llamaría para avisarle. Pero los días pasaron y Vicente seguía sin saber nada de ella, era como si la tierra se la hubiera tragado por completo. La situación había dejado de ser algo típico de ella y Vicente decidió dar aviso a la policía por presunta tragedia. Colocó carteles en lugares públicos, intentó localizar a algún familiar o alguien que la conociera por más tiempo que él; hizo todo cuanto estuvo a su alcance, pero sin obtener resultado alguno; Antonella había desaparecido.

Las semanas se transformaron en meses; pasó el invierno, la primavera y el verano, y Vicente poco a poco se fue resignando a que jamás la volvería a ver. Pero cada vez que él veía a una mujer parecida a ella, su corazón se aceleraba al máximo, para luego caer en un vacío enorme que recalaba en su pecho al darse cuenta que no era ella. El otoño ya presagiaba un frío invierno y las hojas cubrían las calles y los parques. Sus amigos lo alentaban una y otra vez a salir y conocer a alguien que lo hiciera olvidar su desamor, pero cada vez que alguna cita podía ser importante, algo sucedía, algo interfería con una linda velada y esa posibilidad de llenar su corazón se esfumaba.

Al completar un año de que Antonella desapareciera, Vicente llevó un ramo de flores para arrojarlas al borde del río donde una fría tarde se conocieron. Él quería cerrar el ciclo de su pasado y dejar atrás de una vez todo lo sucedido, aunque muy en su interior siempre habría un pedazo de su corazón para ella.

Ya habían pasado un par de meses desde esa tarde en que Vicente decidió sacar ese recuerdo de su vida. El día había estado lluvioso y helado, la noche era propicia para tomar un trago que le subiera la temperatura, al menos esa era su intención cuando entró a ese bar. Pero después de un par de tragos se dio cuenta que frente a él había una mujer que no le quitaba los ojos de encima. Primero sus miradas se cruzaron entre la multitud y luego de unos minutos él decidió acercarse a conversar.

— ¿Aceptarías que te invite un trago y algo de compañía?

Ella aceptó ambas. Su nombre era Alicia y algo en ella le recordaba a su Antonella, aunque ya había escuchado de sus amigos que esas cosas solían suceder. Que por más que intentara olvidarla, siempre vería algo de ella en otras mujeres. Siempre después de una pérdida se busca reemplazar a esa persona con alguien muy similar en apariencia o en personalidad.

Pero eso era algo que Vicente no quería hacer, él quería conocer a alguien muy diferente. Así que mientras él la miraba con detención, observaba sus finas facciones y recorría con su vista cada detalle, en su mente se repetía una y otra vez lo opuestas que eran. Aún así, algo en su manera de sonreír lo estremecía y algo en su forma de mirar le recordaba a su querida Antonella. Después de mucho conversar ambos se sentían muy a gusto hablando de sus vidas y de sus sueños. Alicia hacía muchas preguntas, como toda persona curiosa de saber el pasado de quien tiene enfrente, pero había cosas que Vicente evitaba decir.

Ambos ya estaban pasados de copas y reían por cualquier cosa; desde ese momento Vicente no dudó en sincerarse cada vez más, al punto de contarle lo sucedido con Antonella. Mientras él hablaba, cada palabra reflejaba que Vicente aún la amaba, era algo inevitable; pero Alicia lejos de molestarse con la situación lo seguía escuchando con atención y sin interrumpirlo. La conversación se tornó en un monólogo cuyo único tema era ella, hasta que Vicente se dio cuenta lo que hacía y guardó silencio un momento.

—Perdona —dijo avergonzado— lo menos que quería era terminar hablando de ella, pero comprenderás que necesitaba desahogarme.

—*No te preocupes —dijo ella mientras se le acercaba al oído— Yo haré que la olvides.*

Con tanta convicción lo dijo que Vicente se estremeció por completo y se levantó de un salto de su asiento.

—Jamás la olvidaré —dijo molesto mientras golpeaba la mesa— nunca podré sacarla de mi mente.

Vicente se dio media vuelta y se encaminó hacia la puerta tambaleándose de ebrio mientras hacía el intento de abotonar su abrigo. Alicia lo seguía de cerca gritando y llorando, afirmándose de las sillas intentando no caer al suelo.

—*Al menos te pido una oportunidad —decía Alicia a sus espaldas— ya verás que yo podría llegar a amarte mucho más que ella.*

—A penas me conoces —dijo Vicente dándose vuelta hacia ella— ¿Cómo entonces puedes hablar de amor? ¿Qué sabes tú de lo que yo siento por ella o de la intensidad con la que nos amamos?

Alicia guardó silencio y bajó la mirada. Vicente salió a la calle mientras la lluvia caía copiosa, Alicia lo siguió en silencio y a la distancia lo vio subirse a un taxi y perderse en la oscuridad de la noche. La lluvia ocultaba sus lágrimas, pero la amargura en su corazón no se la llevaría ni la tormenta más grande de la tierra.

Al día siguiente, la lluvia había parado por completo, pero la mañana permanecía nublada, húmeda y helada. Vicente aún sentía el malestar de esas copas de más de la noche anterior, pero no era su costumbre faltar al trabajo por muy mal que se sintiera. Un café muy cargado y un sándwich lo harían recuperar el semblante. Aunque su mente aún permanecía atada a las palabras de Alicia. Él se colocó el abrigo y salió en dirección a su trabajo; pero al llegar a su auto, encontró una nota sujeta al parabrisas. Lo abrió y luego lo dejó caer de sus manos paralizado por la impresión. Era un mensaje de Antonella:

"Perdóname por haber desaparecido así de esa manera; sé que no es justo lo que he hecho y que no debería pedirte nada, pero aún te amo. Quisiera que nos viéramos hoy a las siete de la tarde en nuestro lugar; si no vienes lo entenderé, pero te estaré esperando. Con amor, Antonella."

Volvió a recoger la nota antes que el viento se la llevara. Su corazón estaba acelerado, una combinación de alegría y rabia chocaban en su interior. Sabía con toda certeza que esa no era una broma. La letra y la forma especial en la que la carta estaba firmada eran sin duda de ella. Después de leerla un par de veces más, Vicente sintió que tenía todo claro en su vida nuevamente. La angustia de esos meses y el vacío que sentía en su corazón se alejaban; sabía que si se encontraban, volverían a estar juntos otra vez; porque a la única persona a quien podría perdonarle esa locura era ella.

Ese día las horas pasaron muy rápido y ya se acercaba el tan esperado momento del reencuentro. Lo único en que Vicente pensaba era en ver su cara otra vez, estrecharla entre sus brazos y besar sus dulces labios. Deseaba sentir su perfume embriagante y perderse en su mirada una vez más. A cada instante, a cada segundo sentía su corazón más y más agitado, como si fuera un adolescente camino a su primera cita. Él entró al bar que habían bautizado como *"su lugar"*, ya que fue allí donde se conocieron.

El lugar no había cambiado mucho, a pesar que sólo volvió a visitarlo un par de veces desde su desaparición, con toda la esperanza de encontrarla allí sentada. Por eso ese momento era tan mágico para Vicente, quien había soñado con ese instante cientos de veces.

Desde lejos la vio sentada de espaldas a la puerta, con las manos entrecruzadas sobre la mesa y con la cabeza inclinada hacia delante, como era su costumbre. Vicente se colocó frente a ella y quedó atónito al ver que ella llevaba una máscara que le cubría la cara. La imagen con la que escondía su cara era la foto que se habían tomado la noche en que se conocieron. Vicente se sentó frente a ella sin quitar su vista de la máscara, sabiendo que el humor de ella siempre había sido fuera de lo común. Sin embargo, sentía que esa broma había llegado demasiado lejos; una rabia incontenible crecía en su interior como un volcán a punto de estallar. Antonella permanecía en silencio y Vicente no soportó más, se levantó de la mesa y se dio media vuelta para irse.

—*Espera amor... espera...* —dijo ella antes que él emprendiera la huida.

— ¿Qué es todo esto Antonella?... —respondió Vicente volviéndose hacia ella— Desapareces por más de un año y luego apareces de la nada, me escribes para que nos juntemos, y ahora vienes aquí con esa ridícula máscara para burlarte de mí ¿Qué crees que estás haciendo?

—*Perdóname* —le contestó ella sin quitarse la máscara— *te amo tanto que tenía miedo que te enamoraras de otra mujer. Pero ahora me doy cuenta que lo nuestro es más grande que cualquier circunstancia. Perdóname por todo el tiempo que he perdido de estar contigo...*

Vicente se acercó a ella hasta colocar su mano sobre la máscara, pero antes que la pudiera sacar de su cara, ella le sujetó la mano.

—*Espera un momento... ¿En verdad quieres ver mi nueva cara?*

— ¿Nueva cara dices? —Vicente soltó la máscara de inmediato y dio un paso hacia atrás mientras un escalofrío recorrió su cuerpo— ¿Qué has hecho?

¿Quién eres realmente? La verdad es que te desconozco... Ya no eres la persona de quien me enamoré...

Vicente dio media vuelta y se alejó del lugar muy desconcertado, dejando atrás a Antonella y su máscara. Él salió del bar y caminó varios metros lejos de donde se habían reunido, pero la intriga lo obligó a devolverse y esperar escondido a que ella saliera para seguirla. Ella salió del bar y caminaba sin mirar hacia atrás, llevaba la máscara en la mano mientras avanzaba. Vicente la seguía a distancia pero no podía ver su cara, luego de veinte minutos de perseguirla, la vio entrar a una clínica muy particular. Las puertas se cerraron tras de ella y él se escabulló siguiendo sus pasos.

Escondido en los rincones observó cada paso que ella dio hasta llegar a una sala donde la atendieron. Ella permaneció adentro cinco minutos y salió llorando desconsolada, corrió por el pasillo hasta la entrada y se fue sin darse cuenta que él la había seguido. Esa era la oportunidad que Vicente estaba esperando para averiguarlo todo. Sin demorar más, él entró en la misma sala de la cual ella había salido y allí se encontró de frente con un doctor.

Vicente estaba algo nervioso, no sabía de qué manera explicarle lo que estaba pasando. Pero finalmente encontró las palabras para hablar con aquel cirujano especialista en estética facial. Vicente le explicó que la mujer que acababa de salir era su novia, él bajó la mirada y se colocó algo nervioso.

—Necesito saber ¿Por qué salió llorando de aquí?

El doctor algo dubitativo guardó silencio un momento antes de explicarle con mucho pesar las razones tras el desconsuelo de Antonella.

—Cuando ella vino a la clínica la primera vez hace más de un año, la verdad es que no entendí cómo una mujer tan hermosa podía necesitar una cirugía para ser feliz. Sin embargo, por más que le insistí para que desistiera de hacerla, ella estaba tan decidida que pensé sería mejor que se atendiera conmigo y no con cualquier inescrupuloso. Pero ahora ha vuelto arrepentida porque quería revertir la operación, quería volver a tener su antiguo aspecto pero eso es imposible. Por más que me esfuerce, ella nunca volverá a tener sus antiguas facciones.

Vicente se mostraba algo confundido, la verdad que sin ver el nuevo rostro de ella no podía tener una imagen diferente de Antonella. El doctor sin decir más palabras sacó del archivero la ficha médica y se la entregó. Vicente extendió su mano para tomar las fotos que el hombre le entregaba y sintió un enorme vacío en su interior, un estremecimiento que lo sacudió por completo, ya que sabía que ella no sólo había cambiado en apariencia; modificar su rostro también había cambiado su interior. Pero jamás pensó que esa nueva cara sería el rostro de Alicia.

Apenas podía sostener las fotos en su mano, con suerte se mantenía en pie. Sin duda que la extraña aparición de Alicia en su vida le había devuelto las esperanzas de superar la pérdida de Antonella, pero ahora que todo tenía un sentido macabro y egoísta, le sería muy difícil volver a amarla. Según le había contado el cirujano, cinco meses le tomó a ella la recuperación después de la operación. En ese lapso de tiempo, lo que él más amaba de ella, su esencia y su fragilidad, también se habían perdido.

Cada foto que él había guardado junto a su amada, ahora eran de otra persona, de una total desconocida y aunque pudiera fingir que todo estaba bien, no podría sobrellevar la triste realidad. Su dolor estaba más allá de la razón, Vicente había sufrido mucho por toda esa situación. La pérdida del amor, la incansable búsqueda y el interminable sentimiento de esperanza que ahora se diluía en una profunda confusión.

Desde ese día Vicente desapareció sin dejar rastros y ahora sería ella quien lloraría la partida de su amado. Ya habían pasado unos días cuando el teléfono de ella sonó; su corazón se aceleró al pensar que sería Vicente. Pero esa alegría momentánea se esfumó al darse cuenta que era el cirujano que la había operado el que la llamaba: necesitaba que se dirigiera a la clínica urgente. Su cara se llenó de alegría al pensar que había una solución para recuperar su antigua apariencia y que al fin el doctor la operaría para lucir como era antes de esa locura.

Los minutos que la separaban de las noticias se hicieron eternos; al llegar a la clínica entró corriendo por los pasillos y antes que recuperara el aliento, el doctor le entregó una carta para ella. Era de Vicente y decía:

"Te amo y nunca dejé de amarte aunque no estabas aquí conmigo, me había resignado a tu pérdida y hasta tenía predispuesto mi corazón para volver a amar. Pero nunca imaginé que volverías a romper mi corazón, que jugarías con mis sentimientos para saciar tu egoísmo. Sin embargo, no puedo ocultarte la decisión que he tomado. No me verás hasta en seis meses más, cuando al igual que tú sanen mis heridas por la operación, aunque no creo que con eso sane mi corazón. Yo también he cambiado mi rostro para ser alguien diferente, sólo así tú sabrás lo que siento ahora y yo sabré lo que estás sintiendo tú. Te buscaré cuando todo esté bien, pero ¿Sabrás reconocer quién soy yo?...”

La carta terminaba con esa frase de despedida; el doctor no tenía fotos del nuevo aspecto de Vicente, él se las había llevado consigo; no había nada que le mostrara a Antonella cómo sería su nuevo rostro o cómo poder reconocerlo. Los días se convirtieron en semanas y las semanas pasaron a ser meses y el tiempo del anhelado regreso se había cumplido. Ella lo buscaba siempre tras cada mirada, en cada hombre que se cruzaba en su camino, pero no lo encontraba. Muchos hombres la invitaron a salir y ella accedió pensando que se trataba de Vicente; pero pronto se daba cuenta que no era él. Su corazón ya no sabía a quién amar y sus labios ansiaban encontrarlo. Esa tortura la estaba matando y la consumía hasta el alma.

Cada día que pasaba era una incansable búsqueda entre la multitud; una locura descontrolada que no soportó más. Ella volvió a la clínica para sacarse esa máscara de mentiras. Antonella había quedado atrás en el pasado y ahora Alicia pasaría a ser otro rostro olvidado. Vicente no volvería a ella y si lo hiciera algún día, tampoco sería el hombre a quién ella amó. Si el destino los uniera en algún momento no se reconocerían y desde ese día serían sólo dos desconocidos para siempre, caminando la senda de una decisión irreversible.

HISTORIA 17
EN BOCA DE LOBOS

Las siluetas de la gente ya se habían perdido de las calles oscuras de la noche y el agua de la lluvia se llevaba consigo la sangre de sus heridas que caía por su cuerpo. Hacía varios minutos que sangraba de su brazo izquierdo; la bala aún estaba ahí manteniendo abierta la carne desgarrada. Pedro sabía muy bien que había perdido mucha sangre, pero no podía ir a un hospital para atenderse porque harían muchas preguntas y llamarían a la policía por tratarse de una herida de bala. Pero a cada instante se sentía más débil y al borde de perder los sentidos, debía encontrar ayuda antes de que fuera demasiado tarde. El sujeto que le disparó lo dio por muerto y era mejor que siguiera pensando igual.

Pedro se dirigió a una clínica privada que conocía, esperaba tener la suerte de ser atendido sin preguntas. Con la pistola escondida entre sus ropas, entró lo más normal que pudo y sin que nadie lo advirtiera se ocultó en una sala. Buscó en todos los estantes hasta reunir todo lo necesario para curar su brazo. Tenía gasas, pinzas, bisturí y mucho alcohol sobre un mesón. Luego se escabulló por el pasillo caminando lento hasta que se encontró de frente con una enfermera de turno. Pedro simuló que se desmayaba encogiendo las piernas y apoyando su brazo en la muralla. La mujer lo vio encorvarse y se apresuró a ayudarlo, Pedro la sujetó de la cintura y le mostró su placa.

La primera reacción de ella fue salir corriendo pero Pedro ya la había sujetado por el brazo. Esta vez desplazó su chaqueta hacia atrás hasta mostrarle el arma que llevaba en la cintura y le pidió silencio. Ella se mantuvo quieta y expectante, estaba muy temerosa y tenía razonables dudas de que fuera un detective real, pero una vez que entraron en la sala de donde él había salido, le explicó todo lo sucedido:

—Soy detective; estábamos en plena investigación por un caso y alguien nos disparó desde la oscuridad. Vi a algunos de mis compañeros caer a mi lado y también a mí me alcanzó un disparo, pero logré escapar justo antes que hubiera una gran explosión.

Ella se mostraba incrédula y temblorosa, sabía que una placa y una pistola no lo convertían en un policía.

—Sé que es difícil de creer pero estábamos muy cerca de desbaratar un gran contrabando de armas y si el que nos traicionó me dio por muerto, quiero que siga creyendo lo mismo hasta recuperarme y volver tras las pocas pistas que nos quedan —Pedro hizo una pausa mientras ella le quitaba la camisa ensangrentada— sólo te pido que saques la bala, sutures la herida y me mantengas escondido unas horas, luego desapareceré.

La enfermera asintió con la cabeza y lo preparó para extraerle la bala con mucho cuidado. Pedro apretaba los dientes mientras la sangre volvía a salir desde su brazo. Cuando ella terminó de suturar su herida, él se recostó sobre una camilla. Ella lo vio tan convencido y a la vez tan disminuido, que decidió seguir ayudándolo y no decir nada a nadie. Escondió las ropas ensangrentadas y salió unos minutos de la sala. Al regresar traía con ella suero y una camisa limpia. Colocó el suero en el brazo de Pedro y puso la camisa cerca de la camilla.

—Intente dormir unas horas, esto le hará sentirse más recuperado. Cuando despierte diríjase por el pasillo hasta el fondo y luego doble a la izquierda encontrará una salida de emergencia. Salga por ahí y nadie lo verá.

Pedro sólo veía su silueta a contraluz mientras sentía que su cuerpo se volvía cada vez más pesado hasta desvanecerse. Así permaneció por algunas horas. Cuando despertó aún sentía el dolor en su brazo, pero la hemorragia había cesado. Encontró la camisa que la enfermera le había traído e hizo como ella dijo para salir de allí sin que nadie lo detuviera.

La noche aún no se terminaba pero ya comenzaba a aclarar en el horizonte. Mientras caminaba por las húmedas calles, a su cabeza venían mil rostros y buscaba en sus recuerdos alguna pista que hubiera pasado por alto; algo que le revelara quien era el traidor o quién se beneficiaría con su muerte.

Quién habrá sido el cobarde que les había disparado desde la oscuridad. El recuerdo de ver a sus compañeros caer a su lado permanecía en su memoria y el sonido de los disparos aún resonaba en sus oídos. Pedro se refugió cual prófugo huyendo de la justicia, en una pensión de mala muerte, donde sólo se veían prostitutas, borrachos y uno que otro extranjero refugiado. Así pasó algunos días, permaneciendo oculto y dejando que todos creyeran que en realidad había muerto en la emboscada.

La búsqueda de los cuerpos proseguía en curso en los alrededores del muelle, aunque con menor intensidad. La explosión había desmembrado la mayoría de los cuerpos por lo que sólo habían identificado a tres de los cinco policías desaparecidos aquella noche. Pero esa ventaja era algo que Pedro desconocía aunque su instinto lo estaba guiando de manera correcta. Sólo salía de noche para no ser visto y recurrió en secreto a cada uno de los contactos conocidos del bajo mundo que pudieran darle alguna valiosa información.

Esa noche Pedro despertó sobresaltado, la pesadilla de lo sucedido aquella noche en el muelle lo atormentaba a cada instante. Pero esta vez recordó un detalle muy singular, aunque no tenía la certeza si era real o sólo parte de su sueño. Después de escuchar el primer disparo se giró para ver de dónde venía el ataque, alcanzó a ver la silueta de quien les disparaba pero todo estaba muy oscuro. Entonces algunos disparos dieron sobre unos barriles de combustibles al costado del muelle y se produjo la explosión. En ese momento, según sus vagas imágenes, pudo ver al atacante con un impermeable morado con capucha y mangas negras. Esa sin duda era una gran pista como punto de partida, aunque cabía la posibilidad que su memoria le estuviera jugando en contra. De todas formas, era lo único que tenía para empezar.

Con el pasar de los días y tras indagar con todos los medios a su alcance, las alternativas se redujeron a cinco empresas que usaban ese tipo de impermeables. Tres de ellas se encontraban cruzando la ciudad, una frente al muelle donde le dispararon y a media cuadra de ahí, una agencia de repartos de correspondencia era la última posibilidad. La lógica indicaba que cualquiera de los dos puntos más cercanos al ataque podía estar vinculado con la emboscada.

Pero debería esperar hasta la noche para continuar su investigación si quería pasar desapercibido. Esa misma tarde en las noticias señalaron que una nueva víctima había sido identificada en la explosión del muelle y se temía que el último cuerpo sin encontrar hubiese sido arrastrado mar adentro por la corriente marina. Desde ese momento todos los operativos de rescate serían suspendidos en el sector del muelle. Sin duda que esa era la mejor noticia para Pedro, ya tenía dos pistas que investigar y el muelle estaría despejado para moverse con libertad.

La noche llegaba para cubrir sus pasos; hacía frío y la lluvia que había caído intermitente en días anteriores, amenazada nuevamente con azotar la ciudad. Bien armado y ya recuperado de su herida, Pedro se dirigió primero a la agencia de correos. Era más pequeña y más cercana al muelle que la otra industria, por lo que sería más práctico comenzar por ahí. Al llegar, todo estaba tranquilo y se aventuró a saltar la reja principal sin ser visto. La lluvia comenzó a caer a raudales haciendo el piso más resbaladizo, pero al mismo tiempo el ruido de las gotas al golpear el asfalto le ayudaba a ocultar el sonido de sus pasos al desplazarse.

Se adentró en el garaje donde se suponía estaban los vehículos de reparto, pero grande fue su sorpresa al encontrar sólo enormes cajas de madera que llenaban toda la bodega. Al fondo, en una oficina apartada, se veía la luz encendida y se oían voces. Pedro se acercó en silencio a las cajas intentando ver el contenido de alguna de ellas. Buscó en la oscuridad hasta encontrar una barra de acero con la que hizo palanca hasta romper uno de los embalajes y descubrir la peligrosa carga. Las cajas estaban llenas de armas automáticas, sin duda ese era el cargamento que no habían podido encontrar en su investigación.

Las pruebas estaban frente a sus ojos, pero aún le faltaba saber quién estaba detrás de ese contrabando. Comenzó a caminar en dirección a la habitación iluminada, pero sin darse cuenta pasó a llevar la barra de acero a su lado, al caer al suelo el ruido se escuchó hasta la calle y al girarse para escapar, se encontró con un tipo que le dio un puñetazo en pleno rostro. El golpe lo tiró al suelo, fue muy sorpresivo como para reaccionar; rápidamente se levantó para pelear con él; ambos daban y recibían golpes sin darse tregua. El sujeto le acertó una patada en el costado lastimándole la pierna y obligándolo a inclinarse. El siguiente golpe lo recibió en pleno rostro y Pedro cayó de espaldas sobre el húmedo piso del galpón. El hombre se lanzó sobre él golpeándolo en la cara hasta dejarlo sangrando y aturdido.

Una vez que logró inmovilizar a Pedro, el sujeto llamó a sus compañeros, los que tomaron al detective arrastrándolo hasta una silla cercana y lo ataron. Entre los ruidos y voces que escuchaba, le pareció reconocer una de ellas y aunque le costara creerlo, tenía casi la certeza que era la voz de Alonso, uno de sus compañeros. Pedro agachó la cabeza y cerró los ojos para concentrarse; siempre tuvo la corazonada que tenía que ser alguien interno y corrupto quien estuviera involucrado en semejante complot y ahora todo indicaba que era

Alonso. Tráfico de armas, corrupción, asesinato y quizás en cuantos delitos más estaba envuelto. Ahora todo tenía sentido para Pedro, por muy duro que pareciera.

Hace unos meses, cuando recién comenzaron a tener grandes avances en la investigación, Alonso su compañero solicitó ser asignado a otro caso. De esa manera se mantuvo al margen de la investigación y fuera de toda sospecha. Pedro levantó la cabeza y se quedó mirando fijo a la silueta del sujeto, esperando que por algún milagro se tratara sólo de una coincidencia. Pero las luces del galpón se encendieron y la claridad reveló cada rasgo inconfundible de la cara de su colega. Alonso se acercó sin demostrar una cuota de arrepentimiento.

— ¿Sorprendido? —Dijo de manera prepotente— y aún no has visto nada... Pensé que habías muerto esa noche en el muelle, en realidad parece que todos lo pensaron; porque la búsqueda de tu cadáver terminó hace varios días. Así que ya nadie te busca. Podría dispararte ahora mismo y nadie se enteraría jamás de que estabas vivo. Pero esperaré un tiempo más para hacerlo, primero hay que cerrar este asunto y luego se me ocurrirá qué hacer contigo.

La lluvia continuaba cayendo afuera, las luces se apagaron y se encendieron un par de linternas que se acercaron a él. Los mismos sujetos que lo ataron a la silla ahora lo llevaban a otra bodega más pequeña que estaba al interior del galpón. Al entrar en la habitación vio a contraluz que había otra persona en el suelo amarrado a un pilar. Cuando se acercaron lo suficiente ellos le iluminaron la cara para que lo viera bien.

— ¡¿Alonso?! —exclamó Pedro lleno de sorpresa e incredulidad— ¿Pero qué clase de broma es esta?...

Una carcajada burlona se dejó oír en toda la habitación.

—Toma asiento junto a tu amigo, sé que te mereces una buena explicación de lo que está pasando aquí.

El hombre cuyo rostro era idéntico al de su compañero se paró frente a él, con una sonrisa complaciente y lleno de orgullo dijo:

—Hace seis meses que comenzamos a investigarlos a ambos, seguimos sus movimientos diarios y vigilamos sus patéticas y rutinarias vidas. Hace dos meses raptamos a tu compañero para suplantarlo y lo alejamos de ti pidiendo la asignación a otro caso. Eso apartaría toda sospecha de él y te impediría darte cuenta que esta cara es en realidad sólo una máscara...

Mientras decía esas palabras descubrió su verdadero rostro, arrojando la máscara frente a los pies de Pedro; ya no necesitaba ocultarse tras ella, ya que en cuestión de minutos todo el complot estaría finiquitado.

— ¿Me recuerdas Pedro?

Pero por más que lo intentara no lograba traer a su memoria dónde había visto antes esa cara; aunque tenía la certeza que si lo conocía de algún lado.

—Que mala memoria tienes... Hace cinco años fui uno de los veinte aspirantes a su escuadrón de elite. Como ves, fue un error haberme rechazado, es evidente que soy mucho mejor que todos ustedes. Escuadrón Lobo Solitario —dijo con ironía y dibujando una sonrisa en su cara— ahora serán sólo perros apaleados.

Pedro no le quitaba los ojos de encima y se tragaba todas las ganas de responderle, el maldito había matado a sus compañeros y se jactaba de estar por sobre ellos y sobre la justicia.

—Y pensar que estuve a punto de ser un fracasado como ustedes dos —terminó de decir esas palabras mientras le hacía una seña a sus compañeros.

Ellos amarraron a Pedro al mismo poste que Alonso y luego rociaron bencina en las paredes de la bodega y cerraron la puerta de la habitación dejándolos a oscuras. Ahora Pedro lamentaba no haber hablado lo que estaba pasando con alguno de los superiores, su miedo a que fuera un complot interno lo llevó a trabajar solo para esclarecer el caso. Pero las cartas ya estaban echadas y debía ver la manera de salir de allí con vida. Lo primero era despertar a su compañero, así que lo empujaba con el hombro intentando que reaccionara. Le hablaba y lo movía con fuerza hasta que lo despertó.

—Alonso, soy yo Pedro, ¿puedes oírme?...

—Si... Pensé que jamás volvería a escuchar tu patética voz —dijo bromeando como era su costumbre— ¿Dónde estamos?

—En algún lado cerca del muelle. Ellos acaban de irse pero volverán y en la otra habitación hay cajas llenas de armas automáticas, las mismas que por meses habíamos investigado.

— ¿Por qué huele a bencina? —dijo Alonso aún un poco aturdido.

—Ellos rociaron todo el lugar. No sé que se traen entre manos, pero es mejor que tengamos un plan para cuando hayan vuelto... Amigo, de verdad llegué a pensar que eras tú el que estaba detrás de esto, pero ahora está todo claro. Lo malo es que como no sabía en quien confiar, no le avisé a nadie que vendría a este lugar; así que estamos solos en esto.

—Como en los viejos tiempos —respondió su compañero algo más repuesto.

Pedro se encorvó para alcanzar algo de su pierna derecha y luego lo deslizó a las manos de Alonso; era una pequeña daga que les serviría para cortar las amarras. Una vez que se liberaron comenzaron a revisar todo el entorno de la pequeña bodega; pero no había otra salida por donde escapar. Sólo encontraron unas cadenas que podían usar para defenderse.

—Cuidado, vienen de vuelta…. volvamos al pilar donde nos amarraron para que no sospechen.

Alonso escondió las cadenas atrás de él y sentó junto a Pedro simulando que aún estaba inconsciente. No habían podido armar un plan de escape, así que desde ese momento todo sería improvisado; pero tenían la confianza de que juntos ya habían enfrentado situaciones similares y habían salido adelante. Las luces se encendieron y los cuatro conspiradores armados entraron otra vez a la habitación. Uno de ellos se dirigió a un rincón para instalar un pequeño aparato, al parecer se trataba de un dispositivo incendiario. Mientras los otros dos se colocaron frente a ellos.

—Nunca pensé que me serían tan útiles —dijo el líder, mientras los otros dos miraban complacidos sujetando sus armas— ya vinieron a ver el cargamento de armas y el dinero ya está en mi cuenta; lo que ellos no saben es que esas armas nunca saldrán de aquí. A los dos minutos que crucen por esa puerta todo esto explotará con ustedes adentro.

Pedro se dio cuenta que tendrían sólo una oportunidad de escapar de allí y sería enfrentándolos antes que abandonaran esa habitación.

—Ya me imagino los titulares de los diarios —dijo el sujeto con ironía— Dos policías corruptos mueren en gran incendio… Caso de corrupción y contrabando de armas es resuelto por investigador privado, que fue rechazado por el cuestionado escuadrón hace cinco años atrás— su muerte será mi ganancia y mi reconocimiento público, así me desharé de ustedes, de los compradores y de las armas.

Alonso, fingiendo que despertaba de su inconsciencia, comenzó a murmurar en voz baja. Eso obligó al líder a acercarse para escuchar lo que decía, en ese instante desde su espalda sacó las cadenas y lo golpeó con todas sus fuerzas en la cara. Se incorporó de un salto, torció las cadenas haciendo una especie de lazo con el que apresó el brazo del sujeto obligándolo a botar su arma. Pedro se incorporó y antes que reaccionara el sujeto que estaba más cerca de ellos, le clavó la pequeña daga en la garganta y lo despojó de su arma. El líder se soltó de las cadenas y corrió a ocultarse detrás de unas cajas desde donde comenzó a disparar. Los otros dos hombres también se pusieron a resguardo disparando sin parar.

Pedro y Alonso se refugiaron hacia el fondo de la habitación tras unos tambores de metal vacíos. Al menos ya eran dos contra tres y habían conseguido un arma cada uno para hacerle frente. Pero debían evitar que los sujetos salieran de la habitación y los dejaran encerrados. Alonso disparó a los focos, dejando todo a oscuras y luego se desplazó por una de las orillas sin disparar para no revelar su ubicación en la oscuridad. Pedro hizo lo propio pero en sentido contrario, eso les daría dos frentes de ataque y confundiría a los sujetos.

Con uno de los sujetos en la mira, Alonso le disparó directo a la cabeza, de inmediato una lluvia de balas se vino sobre él obligándolo a esconderse tras unas cajas. Del otro lado Pedro seguía avanzando agazapado en la oscuridad para tener un buen ángulo desde donde disparar. Entre tantas balas, alguna de ellas encendió el combustible que habían rociado dentro de la habitación; el fuego comenzó a expandirse rápido mientras los disparos continuaban de ambos lados. Todos estaban atrapados en la habitación y las cajas que contenían municiones comenzaron a estallar por el fuego; las balas silbaban por el aire, hasta que una bala perdida golpeó a Alonso en la pierna.

Pedro se levantó y con certero disparo logró matar al tercer sujeto que se encontraba en un rincón de la habitación. El líder corrió fuera de la habitación, mientras las llamas ya estaban en un punto muy peligroso; Pedro disparó el resto de su carga intentando darle al sujeto mientras huía, pero no lo logró. Las cajas con municiones continuaban explotando y todo podía estallar en cualquier momento. Pedro se acercó a Alonso que estaba tendido en el suelo, lo sujetó por el hombro y ambos comenzaron a avanzar entre las llamas para salir de ese lugar lo antes posible.

Ya habían avanzado gran parte del galpón cuando el sujeto volvió a entrar por el frente disparando una ráfaga de balas sobre ellos. Una de las balas pasó rozando a Alonso quien trastabilló, mientras otra hirió a Pedro en una pierna y ambos cayeron al suelo. Pedro ya no tenía balas sólo confiaba en su habilidad y en la daga que aún llevaba consigo. El hombre, al verlos caídos y sin la posibilidad de escapar, se acercó confiado a ellos sin dejar de apuntarles.

—Ustedes no saldrán con vida de ésta; tal vez las cosas no salieron como yo las esperaba, pero de cierta manera, todo esto aún me favorece.

El sujeto levantó el arma apuntando a Pedro listo para dispararle. A lo lejos seguían escuchándose las pequeñas explosiones y el calor del fuego acercándose se hacía más presente. Las llamas iluminaban la cara del sujeto, sus ojos llenos de ira reflejaban los brillos del fuego a la distancia y una sonrisa de satisfacción se dibujaba en su oscura cara.

El disparo hizo eco en la habitación, los tres permanecieron quietos por un instante hasta que Pedro dejó caer de su mano la daga que empuñaba. El sujeto dio un paso al costado y luego se desplomó frente a ellos. Pedro estaba estupefacto, al escuchar el disparo no sintió dolor y por un momento se dio cuenta que jamás había pensado en morir de esa manera. Alonso se las había arreglado para apuntarle al hombre con el arma escondida entre sus ropas y había acertado justo a tiempo.

Pero aún no estaban a salvo, el fuego se extendía rápido por todo el galpón y la carga de explosivos era un peligro latente. Ambos se ayudaron para levantarse y caminaron los metros que los separaban de la ansiada libertad. A medida que avanzaban sus fuerzas disminuían pero se animaban para continuar adelante. El dolor en ambos era tremendo y sus heridas iban dejando un rastro de sangre atrás de ellos.

Una vez afuera alcanzaron a caminar unos diez metros más apoyados uno en el otro; la lluvia continuaba cayendo alrededor mojando sus cuerpos heridos. La sangre que caía de sus cuerpos se mezclaba con el agua diluyéndose en la oscuridad de la noche. Las llamas a sus espaldas se elevaban unos tres metros por sobre la liviana construcción y mientras ambos contemplaban el infierno que habían dejado atrás, todo explotó en mil pedazos lanzándolos al suelo con mucha fuerza.

Pocos minutos después, se escuchaban a la distancia las sirenas que anunciaban que la ayuda venía en camino. Por fortuna para ellos ya todo había terminado, el complot y las mentiras que los habían envuelto estaban disueltas; mientras, a sus espaldas las llamas consumían todo alrededor.

HISTORIA 18
ESPERADO DESCANSO

Una brisa suave otoñal mecía las ramas de los árboles, era una noche agradable a pesar de ser las once de la noche. Las estrellas centelleaban alegres sin luna que opacara sus colores vigorosos. Para Francisco, un día más de trabajo había terminado y retornaba a casa exhausto. Las extensas horas laborales y el doble turno que estaba haciendo hacía una semana, lo tenían al borde del colapso. Al entrar a su casa a penas podía levantar los pies para avanzar hasta su dormitorio y sólo deseaba recostarse sobre la cama para recuperar sus fuerzas.

Dejó caer el maletín por el pasillo y unos pasos más adelante, arrojó la camisa mientras se acercaba a su cama. Sin desatar los cordones de sus zapatos, se los sacó de un tirón y los lanzó a un costado del velador. Encendió la radio para escuchar algo de música suave, apagó la luz y se tendió sobre la cama con los pantalones puestos. Sus párpados se cerraron y el sueño lo venció con la rapidez que un fósforo se consume en la oscuridad.

Ya habían pasado unos cuarenta minutos, cuando un susurro en su oído lo despertó. De un salto se incorporó asustado, sorprendido por lo que había escuchado. Su corazón estaba agitado y su cuerpo sudoroso, Francisco sintió el frío viento que entraba desde afuera. Encendió la luz, apagó la radio y se asomó a mirar por la ventana. Las calles estaban vacías y nada extraño pasaba afuera; luego recorrió la casa desde su dormitorio hasta la puerta de entrada; pero todo estaba bien.

—Quizás estaba roncando muy fuerte o me ha dado por hablar dormido —se decía mientras caminaba de vuelta al dormitorio, recogiendo el maletín y la camisa que había tirado a su llegada.

La inquietud de ese susurro rondando en su interior lo mantenía alerta; estaba seguro que había escuchado una voz que le habló directo a su oído. Pero

Francisco estaba demasiado cansado para conjeturas fantasiosas, sólo necesitaba descansar un poco más y recuperar fuerzas. Al regresar al dormitorio sintió otra vez la brisa fría que entraba por la ventana.

La temperatura de la noche había descendido, así que se puso una sudadera para cubrir su torso desnudo y cerró la ventana. Sin apagar la luz se tendió sobre la cama y cerró los ojos intentando no dormirse, pero el sueño lo venció.

A los pocos minutos su cuerpo se mecía al vaivén de su respiración y la saliva fluía por su boca empapando el lugar donde reposaba su cara. En medio de ese placentero descanso, Francisco despertó sobresaltado. Había escuchado ese susurro en su oído otra vez, muy nítido y demasiado real para ser un sueño. Él se incorporó y al mirar hacia los pies de la cama yacía una aterradora silueta gris dibujándose al fondo de la habitación.

Francisco quedó paralizado, se puso pálido como una mota de algodón y sus gritos de espanto quedaron contenidos por el pánico. Ni una palabra salió de su boca. No sabía si estaba despierto o dormido; miraba alrededor buscando alguna respuesta a esa interrogante. Intentó moverse hacia un costado de la cama, pero sus músculos agarrotados no le respondían. Una ráfaga de viento recio abrió la ventana de un golpe y la luz del dormitorio se apagó como una vela en medio de la tormenta.

La figura incorpórea comenzó a acercarse y a resplandecer iluminando toda la habitación. Francisco ya había recobrado la movilidad de su cuerpo y se deslizó por la cama en dirección a la puerta. Cuando sintió que tenía el espacio suficiente, comenzó a correr hacia el pasillo. A poco de avanzar, la aparición espectral se le colocó por delante y detuvo su escape.

Balbuceando, con su mandíbula temblorosa y sus manos frías como hielo, intentó emitir alguna frase comprensible, pero su garganta estaba apretada. Gotas de sudor frío recorrían su espalda, los segundos se hacían una eternidad y tras un largo esfuerzo, al fin pudo dejar salir dos frases entre dientes:

— ¿Quién eres?... ¿Qué quieres de mí?

Un viento envolvente ingresó a la habitación trayendo consigo una niebla blanquecina que hizo que el espectro comenzara a tomar una forma más definida. Al menos ya se denotaban facciones humanas en su cara y un cuerpo femenino se contorneaba entre la bruma espesa.

Sin emitir palabras, la silueta fantasmal levantó una de sus manos invitándolo a seguirla por el pasillo. Francisco se armó de valor para ir tras ella; en cada paso que daba, la brisa lo envolvía con un roce suave y delicado llevándose todos sus temores. La siguió mientras ella levitaba por la sala en dirección a la puerta trasera que daba directo al patio. La figura femenina atravesó la puerta envuelta en la niebla, mientras él se apresuró a seguirla abriendo la puerta al jardín.

La noche se sentía húmeda y la bruma que se levantaba en su patio era cada vez más espesa y tenebrosa. Ella continuaba avanzando hacia el fondo del jardín y él la seguía de cerca como hipnotizado por su invitación seductora. Un cúmulo de niebla se formó delante de ellos, como si las nubes hubiesen descendido de los cielos y se hubieran posado en aquel lugar.

Ambos se internaron en la niebla y a poco de avanzar, Francisco se dio cuenta que ya no estaban en el patio de su casa. La bruma los transportó en un viaje misterioso hasta un viejo cementerio, lúgubre y abandonado. La imagen resplandeciente de la mujer le antecedía y ambos seguían avanzando entre las lápidas y los nichos. Recorrieron senderos olvidados dejados a su suerte, llenos de hierba seca por doquier.

Los bordes gastados de las lápidas sobresalían con ángulos irregulares. Los epitafios desteñidos casi eran ilegibles en la penumbra de la noche. Cruces quebradas, flores marchitas y restos de velas consumidas por el tiempo. Finalmente ella se detuvo frente a una pila de escombros y levantando su brazo derecho, le señaló los restos de una tumba destruida. En ese preciso instante, en un abrir y cerrar de ojos, ella desapareció dejando tras de sí un resplandor que iluminaba todo alrededor, mientras la niebla se disipaba.

La duda había quedado prendada en los pensamientos de Francisco ¿Cuál sería la razón de haber sido trasladado hasta allí? Él se acercó con cautela a observar la tumba y escarbó con delicadeza entre los pedazos desmoronados y olvidados por el tiempo. Entre los escombros húmedos, encontró una cruz caída y una lápida rota con una inscripción aún legible que decía:

—*Ana Mariela Ortega Ruiz 1950 - 1979.*

No había nada más escrito en ella, ni un epitafio, ni una frase que hablara más de ella. Al seguir escarbando en medio de los escombros gastados, Francisco encontró un medallón de plata que había perdido su brillo por el paso de los años. A un costado tenía una especie de traba que le permitió a Francisco abrirlo y descubrir en su interior el retrato de una mujer junto a su hija. La foto estaba gastada por los años y era imposible reconocer las caras.

Pero le llamó la atención que sobre la tapa del medallón, tenía grabado cuatro letras en el borde, ubicadas a la misma distancia entre sí, como si fuera un diagrama de puntos cardinales y en el centro tenía un extraño símbolo. Las letras eran las iniciales del nombre grabado en la lápida, A.M.O.R y el símbolo en el centro le pareció conocido, pero no recordaba con exactitud dónde lo había visto.

Francisco estaba muy concentrado examinando los detalles de aquel objeto y buscando algo más entre los escombros de la tumba. La sensación de sentirse observado lo estremeció por completo. Los vellos de sus brazos se erizaron, mientras un aire frío recorrió toda su espalda. La niebla envolvente humedeció todo su cuerpo y pudo escuchar ese susurro tenebroso en su oído otra vez. Su alma pareció paralizarse, su corazón parecía latir en cámara lenta como llevado por el lento movimiento de un caracol.

—Encuentra las respuestas —escuchó con total claridad.

En un abrir y cerrar de ojos se rompió ese instante tenebroso y dando un gran grito de espanto, él despertó sobre su cama. Estaba mojado por un sudor frío y sus latidos acelerados al máximo. Francisco respiró profundo hasta normalizar su respiración, mientras el viento frío ondeaba las cortinas de la habitación.

En su mente intentaba convencerse que ya había dejado atrás tan angustiante pesadilla. Pero al moverse hacia un costado de la cama y abrir la palma de su mano, de entre sus dedos apretados se escapó el medallón de sus sueños.

Francisco se levantó con dirección al baño para mojarse la cara e intentar calmarse. En repetidas ocasiones fue de la cocina al baño, del baño al dormitorio y viceversa. Cual león enjaulado, no sabía hacia donde caminar; no entendía nada de lo sucedido. Luego volvió a la cama para intentar dormir, pero se dio mil vueltas sobre ella sin poder conciliar el sueño.

Se levantó decidido a averiguar más sobre aquella mujer. Se preparó un café bien cargado para mantenerse despierto. Encendió su computador y comenzó a buscar información sobre aquel símbolo inscrito en el medallón. Francisco sabía que en algún lugar había visto esa imagen y tenía que ver con runas o algo así. Después de largos minutos buscando en internet viendo cientos de imágenes que desfilaron frente a sus ojos; al fin encontró lo que buscaba. Se trataba de un símbolo rúnico formado por dos caracteres: R y U.

Se interesó tanto en el tema que toda gota de cansancio se alejó de su cuerpo y se dispuso a seguir en busca de la verdad. Algo en su interior lo alentaba a seguir adelante y encontrar las respuestas. Minutos más tarde encontró unos interesantes estudios del Futhark, que es el equivalente rúnico del abecedario.

"Futhark significa susurro de los dioses", frase que Francisco asoció de inmediato con el susurro misterioso que lo había despertado. La combinación de letras RU inscritas en el medallón, también tenía un significado legendario: *"Algo misterioso o secreto".*

—Esto no puede ser una coincidencia, todo está relacionado.

Francisco reposó su espalda en el asiento con las manos entrelazadas sobre su cabeza y respiró profundo con la vista perdida en el techo de la habitación. Muy en su interior sabía que no estaba equivocado, que todo tendría sentido al final. Pero la cantidad de información que había encontrado era muchísima; así que debía ordenar los datos de alguna manera lógica.

Jugando con el medallón en las manos y poniendo atención en las demás letras talladas en el metal; supuso que cada una de ellas debía tener un segundo significado y no sólo representar el nombre de la mujer a quien perteneció. Buscó una hoja blanca sobre la cual tomar notas de lo que encontraba.

A, es la runa Anzuz y significa mensaje... el mensaje es un llamado, un llamado a una vida nueva —hizo una pausa y prosiguió— *M, es la runa Mannaz y representa el Yo, porque el punto de partida debe ser siempre uno mismo.*

Todo podía estar relacionado o mezclado, así que prosiguió analizando las letras de las inscripciones; los resultados eran cada vez más reveladores.

O, es la runa Othila y significa una separación radical. Esta es la época de separar los caminos —citaba el texto— *R, es la runa Raido y representa la rueda que marca los viajes, tanto físicos como espirituales.*

—Veamos... Un mensaje o un llamado a un vida nueva... el punto de partida soy yo mismo... habrá una separación radical de caminos y un viaje físico... o espiritual...

Francisco se quedó en silencio, contemplativo; era tan claro para él lo que los símbolos decían, que lo aterraba y lo hizo pensar que quizás estaba yendo demasiado lejos con todo eso. Confundido por completo pero intrigado a la vez, sólo necesitaba recordar un detalle muy importante.

—Pero, ¿dónde he visto el símbolo en el centro del medallón?

Cerró los ojos para buscar en su memoria esa imagen lejana y todo en su mente parecía claro como el agua. Corrió a buscar el anuario universitario de 1979; año en que se graduó de su carrera. Subió al ático para desempolvar antiguas cajas con libros y recuerdos. Abrió el anuario y encontró las fotos que lo transportaron a esos años de su vida. Por varios minutos se quedó recordando a sus compañeros y vivencias de la vida universitaria.

Una a una recorrió las antiguas páginas de más de treinta años, mientras los recuerdos volvían a él como en aquellos tiempos. Miraba las caras de sus compañeros en las fotografías y se acordaba de algunos nombres y de las anécdotas compartidas. En medio de los recuerdos encontró la foto que tanto buscaba. El símbolo en el medallón era parte de un emblema de fraternidad y en la foto encontrada el emblema era llevado por una compañera de Francisco.

En realidad, ella siempre quiso ser más que una compañera o amiga, pero era mayor que él por varios años. Francisco, vanidoso y ególatra, no se expondría a las burlas de sus compañeros por salir con una mujer cinco años mayor. Así que más allá de compartir las clases, él no tenía ningún interés en ella. A pesar de eso, ella siempre intentó conquistarlo. Cuando él faltaba a clases le prestaba los apuntes y siempre estaba atenta a lo que él hacía o necesitara. Tan insignificante era ella para él, que ni siquiera recordaba su nombre.

Un recorte de diario amarillento cayó de entre las hojas del libro; cuando Francisco se agachó a recogerlo, el medallón se deslizó desde su bolsillo cayendo sobre la hoja de papel. La mirada de él se centró en el titular que decía:

Universitaria se suicida el día de su graduación... Ana Mariela Ortega...

Su cara se transformó por completo; de la alegría y la nostalgia de los recuerdos, pasó a un pánico indescriptible. Un enorme sentimiento de culpa le sobrevino. Los malos recuerdos ocultos en el baúl de su memoria, aquellos que se había prometido olvidar afloraban como un manantial de aguas tormentosas.

Recordó entonces los sucesos de ese día. Después de la ceremonia de graduación todos los compañeros fueron a celebrar a un pub. También iba Mariela, como le gustaba que la llamaran. Ella no le despegó la vista de encima en toda la noche, situación que ya tenía incómodo a Francisco. Entre tragos y risas, él se levantó de su asiento y caminó en dirección a ella ante la mirada expectante de todos sus compañeros. Pero en el último segundo estando a sólo medio metro de ella, Francisco abrazó a otra mujer que estaba cerca besándola en los labios.

Mariela sintió que su mundo subía a las nubes al momento que él se acercaba y que se desmoronaba en mil pedazos al verlo en brazos de otra. Su corazón partido había recibido la última estocada de desprecio e indiferencia de parte de él. Ella salió corriendo del lugar y después de ese episodio Francisco nunca supo más de ella, hasta ese momento, al leer esa página que estaba oculta entre sus cosas.

Un escalofrío recorrió su espalda. Las luces comenzaron a parpadear hasta que la habitación se oscureció por completo. Una niebla espesa inundó el cuarto y en cosa de segundos, la silueta espectral que se le había aparecido horas antes, tomó forma frente a sus ojos.

—Al fin has encontrado las respuestas —dijo ella.

Al mirarla a los ojos Francisco la reconoció de inmediato. Sin duda era ella, Mariela, su compañera que siempre lo había amado. Aquella que era presa constante de las burlas de los demás, de todos quienes se daban cuenta de su devoción hacia él y de la indiferencia que Francisco demostraba.

Pero antes que él dijera palabra alguna, antes que pudiera expresar la pena y el arrepentimiento que estaba sintiendo en ese momento; la figura tenebrosa de la mujer lo sujetó con fuerza de los brazos. Las manos frías de la mujer se dejaron sentir profundo hasta los huesos y lo arrastró a través de la niebla de vuelta al antiguo cementerio donde yacía su cadáver.

Francisco luchaba con todas sus fuerzas por soltarse y escapar de ella; pero era llevado por la mujer hasta su tumba. Aunque el tiempo pasara y el olvido tapara con polvo la memoria de la muchacha; ella al fin conseguía vengarse del traidor a quien amaba. Aquel que destrozó su corazón, el culpable de la horrible decisión de quitarse de la vida. Al fin Mariela encontraba el deseado descanso de su alma, abrazándolo hasta la muerte.

HISTORIA 19
LA PUERTA DE LOS DESEOS

Estaban todos atentos escuchando mientras Claudio les contaba la historia de la vieja mansión en la colina que poseía un pasillo encantado:

—*A la medianoche del solsticio de invierno, aquel que se atrevía a recorrerlo, debía contar los pilares de los pórticos a medida que avanzaba por él. Desde la entrada hasta el final tiene veinte pilares, pero si tienes suerte y la magia de la noche te llevaba a contar veintiuno, aparecerá una puerta oculta en el último portal del pasillo. Sin dudarlo debes entrar a ese portal mágico y buscar en la habitación un cofre de madera donde debes colocar un papel escrito con tu mayor deseo. Al cabo de dos días ese deseo se cumplirá, pero al tercer día alguien vendrá a cobrar un favor a cambio de tu deseo. Se dice que a los hombres se les aparece una mujer y en el caso de las mujeres un hombre.*

Nadie en el grupo se sorprendió, de una u otra forma todos habían escuchado esa antigua leyenda pero ninguno de ellos lo había intentado.

—¿Cuántos se atreverán a hacerlo? —preguntó Claudio.

Nadie respondió, todos se miraron a las caras y a un mismo tiempo comenzaron a reír a carcajadas. Pero Diana miró a Claudio con un dejo de curiosidad y con evidentes ganas de saber más sobre el tema.

Mientras todos regresaban a sus casas, ella se le acercó para preguntarle más detalles de la misteriosa historia.

—¿No pensarás que es verdad? —le dijo él.

—¿Y si lo fuera? —respondió ella con total decisión.

Su osada actitud dejó a Claudio pensando por un instante. Todos habían escuchado alguna vez ese relato, pero no conocían a nadie que lo hubiera intentado. Además el solsticio estaba a tres días, por eso él había elegido contarles esa historia.

—Si quieres averiguarlo —le dijo Claudio resuelto— te acompaño esa noche para que pruebes suerte, nada pierdes con intentarlo; cómo sabes si se abre la puerta para ti... Y si sucediera ¿cuál sería tu deseo?

—Eso es secreto o no se cumple —le respondió Diana riendo.

Chocaron las manos para cerrar el trato y esperarían hasta ese día sin contarle a nadie, serían cómplices en esa emocionante aventura.

Los días pasaron y ya eran las once de la noche del día esperado. Con algo de temor, Diana se preguntaba por qué esos asuntos siempre suceden a las doce de la noche. Pero ahí estaban, en la vieja mansión cruzando el amplio y oscuro jardín. Al fin encontraron el pasillo del que hablaba la leyenda y se miraron sorprendidos, pero temerosos a la vez.

—¿Estás lista?

Ella lo miró un poco asustada, pero era adicta al peligro.

—¿Tienes todo lo necesario? —Le preguntó él— recuerda que sólo te puedo acompañar hasta aquí... La leyenda dice que sólo una persona puede intentarlo esa noche...

—Si sé —le dijo con tono exaltado y temeroso.

Lo besó en la mejilla y se giró. Luego bajó la mirada y comenzó a caminar por el pasillo contando cada uno de los pilares; avanzaba con calma, mientras él la veía de lejos. Al llegar más allá de la mitad del recorrido, las sombras la escondieron por completo, ya no se veía ni su silueta. Los minutos se hacían eternos y Claudio comenzó a inquietarse porque Diana se estaba demorando mucho en regresar. Pero luego pensó que si ella volvería diciendo que todo era verdad, entonces se iba a demorar un buen rato para darle credibilidad a sus palabras.

—¿Estás bien? —le gritó para obligarla a que le respondiera.

Pero ella no respondía y ya había conseguido impacientarlo. Claudio se animó a realizar el mismo recorrido dispuesto a descubrirla; pero mientras avanzaba por el pasillo y su vista se acostumbraba a las penumbras, la vio tendida en el suelo. Entonces corrió hasta ella pensando que estaba fingiendo estar desmayada, pero por más él que le hablaba Diana no reaccionaba. La levantó en brazos sujetándola con fuerza y ambos salieron de la mansión.

Ya en el jardín con el aire fresco en sus caras, él continuó hablándole hasta que ella despertó y lo abrazó con todas sus fuerzas sin decir nada.

—¿Qué pasó?... ¿Viste algo?... ¿Era verdad todo eso?...

Ella lo miró a los ojos y tras un suspiro dijo:

—No hay veintiún pilares sólo los veinte de siempre, pero estaba tan concentrada que al llegar al final me pareció ver algo y me asusté; intenté gritar pero la voz no me salió y después no supe nada más.

—¿Estás bien para irnos? —le preguntó él más aliviado.

—Sí, vayámonos —respondió aún con voz temblorosa.

Claudio la acompañó a su casa y luego se fue a la suya. Toda esa situación lo había dejado exhausto y esa noche durmió muy profundo. Al día siguiente Diana no fue a clases y él pensó que el motivo había sido el incidente de la noche anterior, así que después de clases fue a visitarla. Su madre lo recibió en la puerta sin hacerlo pasar.

—Está muy resfriada —le dijo— quizás mañana se sienta mejor.

Al día siguiente Diana fue a clases como siempre. Durante la primera hora de la mañana, mientras todos estaban en sus salas, se dejó oír un desgarrador grito en el patio de la escuela. Una alumna del curso medio estaba muerta a los pies de las escaleras, nadie sabía qué había sucedido, sólo la encontraron tendida en el suelo sin vida.

El alboroto fue general, ella era una de las más populares y lindas del colegio; pertenecía al coro al igual que Diana. Todos estaban consternados; nunca había pasado algo similar. Las clases se suspendieron esa mañana y todos lloraban a la desafortunada muchacha. Pero Diana parecía estar en otro mundo, no mostraba sus sentimientos a pesar que ella la conocía.

—¿Qué te pasa Diana? ¿Te sientes bien? —le preguntó Claudio.

—Tomaré su lugar en el coro —le respondió balbuceando— tendré que aprenderme todas sus canciones.

Era evidente que ella no estaba bien, estaba demasiado consternada; tenía la mirada perdida y lejana. Todos tomaron rumbo a sus casas, pero el grupo de coro fue citado a reunirse de manera especial, dado que su compañera, la voz más destacada del grupo había fallecido. El coro haría una presentación especial en su memoria, el director se les acercó muy dolido y les dijo:

—Sé que es difícil para ustedes hacer esto después de lo sucedido esta mañana, por eso las he citado con prontitud, para saber quienes participarán y así designar alguien para la voz principal pasado mañana.

Entre sollozos y lágrimas todos levantaron las manos en señal de apoyo y se ubicaron en sus respectivos puestos para el ensayo; mientras tanto el director designó a Diana y a Elizabeth para la prueba de voz. Tras unos minutos de ensayo, Diana evidenció no estar bien de su voz, su reciente resfriado le impedía estar en un cien por cien para el puesto vacante.

—Creo que será Elizabeth nuestra nueva voz principal —dijo el director— espero que lo entiendas Diana, pero tú sabes que soy muy exigente.

Diana no dijo nada en ese momento, sólo tomó sus cosas y se despidió de todos con resignación. Al finalizar el ensayo, todos se retiraron a sus casas, pero Elizabeth se quedó a repasar los últimos detalles de la presentación. El salón de música se encontraba en el tercer piso del edificio. Después de varios minutos, un fuerte y repentino crujido se sintió en todo el salón y el techo se desplomó sobre los que aún quedaban allí. El director quedó atrapado detrás de la tarima del coro, pero Elizabeth fue alcanzada por una viga que golpeó una de sus piernas.

Fue el segundo accidente en un mismo día; pero por fortuna esa vez no hubo fatalidades que lamentar, aunque Elizabeth debió ser hospitalizada. A la mañana siguiente les informaron a todos lo sucedido y los citaron a ensayar esa misma tarde al gimnasio; Diana fue designada como la voz principal. Pero a pesar de anhelarlo con tantas ansias, la noticia no pareció sorprenderla; era como un bloque de hielo y nada la hacía sonreír. Quizás porque ella no había conseguido el puesto por méritos propios, sino por las desafortunadas circunstancias de esos días.

Diana ensayó esa tarde como nunca lo había hecho antes, con mucho esfuerzo pero sin corazón. Mucha técnica y perfección en la ejecución de cada frase, pero ese estremecimiento que causa el canto que proviene del alma, no estaba presente en su voz. El director la llamó aparte y le habló a solas para no avergonzarla.

—Sé que es duro lo que ha sucedido a tus compañeras, pero debes ser fuerte y dar lo mejor de ti mañana.

Diana agachó la cabeza un instante y luego lo miró con los ojos llenos de rabia diciendo:

— ¡Yo no soy como ellas!... ¡Nunca seré como ellas, nunca cantaré como ellas!... ¡Yo puedo ser mucho mejor, mañana se lo demostraré y todos verán lo equivocados que están de mí!

Diana tomó su bolso y se retiró llorando; el director no esperaba esa reacción de parte de ella, pero no lo consideró grave dado los sucesos por los que habían pasado; todo estaba muy tenso así que les dijo al resto de los compañeros:

—Mejor descansen por hoy y mañana temprano nos reunimos en la misa, den lo mejor de ustedes en memoria de su compañera, sé que ella se hubiera sentido halagada de escucharlos entonar estos himnos.

El colegio cerró temprano sus puertas para efectuar los preparativos, la misa y el funeral comenzarían temprano y no habría clases después en señal de luto. Claudio se encontró con Diana en el pasillo y se ofreció a acompañarla a su casa, pero ella en su nueva actitud se negó diciéndole que debía volver a ensayar. Él sabía que nadie más estaría allí ensayando, que era una obstinación de su parte seguir practicando.

Él siguió sin que ella se diera cuenta y la vio entrar al gimnasio; ella encendió las luces y la mesa de sonido. Colocó la pista de ensayo una vez más y comenzó a cantar, mientras Claudio la escuchaba escondido. Su voz se oía dulce y melodiosa como nunca antes; los minutos pasaban y ella seguía ahí ensayando duro. Los instrumentos a su alrededor comenzaron a emitir sonidos extraños, se sentía como si las cuerdas de los violines se cortaran una a una. Diana guardó silencio un momento y miró un rincón iluminado; pero el sonido se detuvo. Un minuto después ella continuó cantando con toda la fuerza de su corazón.

Los sonidos de cuerdas cortándose comenzaron nuevamente, pero esta vez no pararon; las cuerdas de todos los violines, chelos y contrabajos se cortaron. El ruido era estremecedor, Diana dio un grito de espanto y la silueta oscura de un hombre extraño se hizo presente en el lugar. El hombre se acercó a ella flotando en el aire, colocó su mano sobre su cara y luego de unos segundos desapareció. Diana cayó al suelo y Claudio que había escuchado sus gritos corrió a ayudarla; comenzó a hablarle y a moverla pero ella no despertaba.

Él la tomó en brazos y la sentó en las gradas; ella abrió sus ojos lentamente pero una nube blanca opacaba sus ojos café.

—Por favor enciende la luz —le dijo ella aterrada.

—Pero Diana, está encendida —dijo Claudio extrañado.

— ¡No, mentira!... ¡Todo está oscuro!... ¡No veo nada!

Aunque le costaba trabajo aceptarlo, Claudio sabía que todo lo sucedido esos días era demasiada coincidencia después de su extraña experiencia en la mansión. Quería respuestas y le preguntó:

—¿Qué hiciste Diana?... ¿Qué pediste esa noche?

—Sólo pedí ser la mejor cantante del coro —le respondió estallando en un mar de lágrimas y desconsuelo.

Sus palabras corroboraron sus más profundos miedos. Claudio comprendió que la leyenda se había hecho realidad para Diana esa noche y el pago de su deseo fue entregar su vista, a cambio de la más hermosa voz que jamás había escuchado. Por más que él la abrazaba e intentaba consolarla, él sabía que nada cambiaría lo sucedido. Sabiendo que nadie les creería lo que había pasado, decidieron no hablar de ello jamás y eso se convirtió en su secreto por siempre.

HISTORIA 20
NOCHE DE LLUVIA

Una a una las cajas se acumulaban en la sala de su nuevo hogar; mientras, los hombres de la mudanza seguían bajando muebles y otras cosas del camión. Todos los rincones de su casa eran ocupados hasta no quedar ninguna habitación vacía.

—Es impresionante —pensó Andrés— ver la cantidad de cosas que se pueden acumular al pasar los años.

Ya la tarde del sábado había avanzado mientras el oscuro día se acercaba a su fin. La lluvia intermitente había caído durante todo el día, esa era la primera gran lluvia del invierno y el frío comenzaba a anunciar que esa sería una noche muy helada. A él sólo le importaba dejar armada la cama, ya que el resto de las cosas podían permanecer en las cajas, al menos por ahora.

Había sido un día muy agotador y al fin tenía un pequeño descanso. Se preparó un café, encendió la estufa y se acomodó en el sillón a pensar un rato. Ese cambio era un giro muy importante en su vida. Atrás dejaba un pasado lleno de sin sabores y dificultades, esa era la ansiada oportunidad que estaba esperando para un nuevo comienzo, una vida con nuevos desafíos. Su mayor anhelo era encontrar aquello fundamental en su existencia, aquello que lo hiciera pensar en el futuro, aun cuando llegar a ese momento le había costado dejar atrás muchas experiencias.

Sentado a la luz de una lámpara, Andrés miraba a su alrededor dando suspiros de cansancio y de nostalgia; mientras afuera la lluvia, que por un momento había parado, volvía a golpear la ventana. Una vez recuperadas las fuerzas y el ánimo, él se levantó de su asiento, abrió algunas cajas y colocó algunas cosas en orden en su nueva habitación. Se apresuró a armar y preparar su cama, después de todo el esfuerzo realizado durante todo el día, eso era lo primordial para intentar dormir con tranquilidad.

Por mucho tiempo, Andrés había soñado con esa situación y ahora todo era una realidad. Había luchado mucho para estar en su nuevo hogar, había trabajado duro para conseguir armar su nueva vida. Pero sentía la ausencia de la persona a quien más amaba en la vida, su ex novia a quien siempre recordaba y que sabía que nunca olvidaría.

—Hay momentos que no tienen el mismo sabor cuando se está solo —pensaba él en la soledad de su habitación— cuando uno quisiera que esa persona importante compartiera esos instantes.

Eso era lo único que no lo tenía contento, era una ausencia que lo marcaba muy profundo y sobre todo porque esa lejanía en sus vidas pudo haberse evitado en algún momento. Ambos querían volver a estar juntos pero las circunstancias, las diferencias de opinión y el orgullo, se los impedían. Al final cada uno vivía su vida esperando que el otro diera el primer paso.

Ya eran las tres de la madrugada y Andrés despertaba a intervalos, la noche estaba más fría y húmeda que nunca. Hacía pocos minutos que había parado de llover dando una pausa a esa tempestuosa noche. El vaho de su boca tomaba forma con cada aliento de su respiración y se estiraba en la oscuridad de la habitación con sus largos suspiros.

Mientras los pensamientos atormentaban sus sueños, el teléfono sonó como un estruendo rompiendo el silencio de la noche Él despertó sobresaltado, nada hacía suponer que tras largos meses de no estar en contacto con ella, volvería a tener noticias suyas. Por desgracia, la llamada no era nada alentadora. Su ex novia había tenido un terrible accidente de tránsito y había sido trasladada a una clínica de urgencia. El nombre de Andrés estaba en la agenda de ella como el número al cual llamar en caso de emergencias.

Respondiendo al llamado, él se vistió lo más rápido que pudo y se mojó la cara para despertar de su somnolencia. Tomó las llaves, su celular y salió al tiempo que la lluvia volvía a caer sobre la ciudad. Su corazón estaba agitado, sus manos sudaban como si estuviera tendido al sol del verano, pero el frío penetrante le recordaba que estaba en medio del invierno. Su mente estaba muy confundida, después de tantos meses de distancia, él sólo esperaba poder verla con vida una vez más.

A pocas cuadras de camino, la ventisca y el aguacero le nublaban la visión, los goterones de lluvia se acumulaban sobre el parabrisas haciéndole muy dificultoso manejar. Pero Andrés, en su loca carrera por llegar pronto a su destino, comenzó a desatender las señales de tránsito, sólo le importaba estar lo antes posible a su lado. Sólo media hora los separaba de estar juntos otra vez, media hora para verse cara a cara o al menos esa era la esperanza que él llevaba en su corazón.

Pero a la mitad de su recorrido, al llegar a una curva muy cerrada; el vehículo perdió agarre por el pavimento mojado y comenzó a derrapar de costado. Mientras él hacía su mayor esfuerzo por mantener firme la dirección y enderezar el vehículo; el auto sin control continuó girando y se volcó a un costado del camino. Andrés estaba aturdido, mirando la lluvia caer a su alrededor, mientras en su mente sólo estaba la imagen de ella, de su hermosa y dulce cara; con ese recuerdo perdió el conocimiento.

La ambulancia lo trasladó a la misma clínica donde ella estaba interna. La camilla era conducida a través de los pasillos directo a la sala de urgencias. Mientras los gritos del personal se mezclaban con los ruidos de las máquinas, todo estaba listo para asistirlo, todo estaba preparado para intentar salvarle la vida a ese imprudente enamorado.

Quizás ella nunca se enteraría de lo que él había hecho esa noche para llegar a su lado, ya que dos pisos más arriba ella aún se debatía entre la vida y la muerte. Mientras, en la sala de urgencia, los médicos, anestesistas y enfermeras estaban preparados para operar a Andrés. Él había perdido demasiada sangre en el accidente y la baja presión arterial era el gran problema en la mesa de operación. Los minutos avanzaban y los instrumentos quirúrgicos pasaban de mano en mano. Cortaban y suturaban su piel; drenaban la sangre de las heridas, limpiaban y suturaban otra vez.

Los minutos pasaban mientras su pulso se mantenía muy inestable, aunque todo parecía normal y los cirujanos continuaban con la operación. El ruido ensordecedor de los instrumentos comenzó a sonar alertando a los doctores y al personal que su estado empeoraba; su respiración y su pulso se detenían por completo. Ellos hacían todos los esfuerzos para revivirlo pero nada lo traía de vuelta. Trajeron el desfibrilador para reanimarlo.

—Uno, dos, tres..., despejen..., otra vez...

Dos, tres choques eléctricos y nada daba resultado. Mientras Andrés a lo lejos lograba escuchar todo ese ruido a su alrededor, como si estuviera en un viaje lejano o un sueño muy profundo. Creyendo que al fin despertaba abrió los ojos y se vio ahí postrado, tendido en esa camilla ensangrentada, mientras a su alrededor los médicos y enfermeras continuaban haciendo todos los esfuerzos por salvarle la vida.

Sintió su cuerpo flotar hasta llegar al techo, la sensación era increíble; se sentía muy a gusto, libre del peso de su cuerpo, lejos del intenso dolor que sentía y de las ataduras de la carne. Hasta ese momento no lo había asimilado, pero poco a poco comenzó a darse cuenta de lo que realmente sucedía; eso no era un sueño, su alma flotaba en la habitación y su cuerpo yacía tendido en esa camilla. El destino lo había traído hasta la misma sala de urgencias donde había estado ella minutos antes.

Andrés comenzó a sentir el grato aroma de su amada. Ese dulce perfume con el que tantas veces despertó abrazado a ella, invadía toda la habitación. Sin duda que ese inconfundible aroma sólo podía ser de su fragancia. En ese momento de desesperación, todos los gratos recuerdos junto a su amada venían a su mente como un torbellino.

Dicen que la vida pasa frente a los ojos a la hora de la muerte, en ese instante ella era lo único que venía a sus recuerdos; ella era toda su vida. La intensidad de la fragancia se hacía cada vez más fuerte en sus sentidos, era como un lazo irrompible que lo sujetaba a la vida. Mientras más aumentaba el agradable aroma, más imágenes de sus inolvidables y especiales momentos juntos llegaban a él.

Con una sorpresiva sensación de vértigo sintió su forma flotante que estaba a la altura del techo, caer hacia su inerte cuerpo que estaba postrado en la camilla y abriendo los ojos gritó:

— ¡Mi amor...!

Su corazón estaba en extremo agitado, su cuerpo estaba empapado en sudor, la oscuridad invadía la habitación y sus ojos. Mientras Andrés recobraba el aliento, poco a poco comenzó a darse cuenta de que todo había sido un sueño. Una tétrica y macabra pesadilla en la cual se había envuelto. Encendió la luz y sus ojos entre abiertos desconocieron su nueva habitación. Pronto la agitación comenzó a diluirse y recobró el sentido de su realidad. Por largos minutos se quedó contemplando el techo de la habitación, pensando sólo en ella, mientras afuera el viento silbaba agitando las ramas de los árboles. Al fin el sueño comenzó a pesar sobre sus ojos y se durmió con el pensamiento de su amada presente.

Al día siguiente Andrés despertó muy animoso, aunque al ver tal desorden alrededor, decidió salir y postergar las largas horas de desempacar y ordenar. El día estaba oscuro y las nubes amenazantes dejaban caer sus gotas intermitentes cada cierto tiempo. Pero eso no lo desanimaba, sólo llevaba una idea fija en su mente, necesitaba encontrar la manera de invitar a su ex novia a cenar. Él se preguntaba cómo comenzar a reconstruir aquella relación nuevamente después de meses de separación. Para Andrés ese extraño sueño la había traído de vuelta a su vida y estaba más presente que nunca en sus pensamientos, estaba más profunda en su corazón de lo que jamás antes estuvo.

— ¿Qué pasaría si le mando un mensaje a su celular?

A esa altura él no tenía nada que perder; si había algún mínimo interés de parte de ella le contestaría, si no había respuesta, él seguiría adelante con su nueva vida. Tan inesperada fue para Andrés la respuesta de ella, como debió haber sido para ella el mensaje de él. Y de esa manera, con la simpleza de las palabras, ya estaban comunicados otra vez.

—Estoy inaugurando mi casa nueva ¿aceptarías cenar conmigo esta noche?

Ella aceptó su invitación a los pocos minutos y con algunos mensajes más, ya estaban de acuerdo en la hora en que Andrés la pasaría a buscar. Él pensaba que ese sería el momento propicio para reconciliarse, la instancia para volver a estar juntos como antes, dejando atrás todas sus diferencias. Desde ese momento su corazón anhelaba con todas sus fuerzas que el día pasara rápido para estar con ella.

Él dedicó el día completo a ordenar y desempacar lo que le faltaba, mientras cada detalle y cada instante de la futura velada pasaba mil veces por su mente. Las horas corrieron rápido y sabía que algunas cosas no las alcanzaría a ordenar. Mientras movía todo lo que estaba aún embalado para apilarlo en un rincón de la habitación, se encontró con una caja muy especial que contenía las fotos y recuerdos que por tanto tiempo compartieron juntos.

Su corazón palpitaba con más fuerza de sólo sostenerla en sus manos; la abrió con mucho cuidado y comenzó a traer a su memoria cada instante compartido con ella. Cada día que habían vivido juntos, cada momento de felicidad estaba impregnado en todo lo que había en su interior. Su ser estaba pleno de alegría al pensar que estaba a sólo pocas horas de verla otra vez. Los minutos pasaron de manera infinita, mientras él permanecía viajando en el tiempo a lugares lejanos y sentimientos renacientes.

Al ver que la hora se acercaba, Andrés cerró la caja nuevamente y escribió con un plumón en el exterior, el nombre de su amada. Tras terminar de arreglar algunos detalles, darse una ducha y vestirse para la ocasión, lo último que quedaba por hacer era ir por ella.

Salió en su auto rumbo a su casa, la lluvia había comenzado a bañar las calles de la ciudad. Sin duda que esa sería una velada al son de las gotas danzantes. Sólo esperaba que en esa noche helada y húmeda se mantuviera el fuego encendido en sus corazones. Mientras conducía por las calles, sentía otra vez los mismos nervios de su primera cita con ella. Era como si el tiempo hubiera vuelto atrás y trajera de regreso a su piel todas esas sensaciones que se mantenían latentes, guardadas en el baúl de los recuerdos inolvidables.

Por los parlantes de su auto se escuchaba música romántica, tal como lo ameritaba esa velada soñada junto a ella. Sobre el parabrisas caía una lluvia cada vez más intensa que le levantaba una suave bruma que nublaba el camino. Sus manos estaban heladas por los nervios, ni siquiera la calefacción del auto lograba subirle la temperatura. Sólo esperaba llegar luego y estrecharla en sus brazos. Sabía que al cruzar sus miradas todo sería como un sueño, como si nunca hubieran estado lejos. Mientras sus pensamientos volaban lejos, recibió un mensaje de ella en su teléfono.

—Por favor no te enojes pero surgió un inconveniente, dejémoslo para otro día, te quiero mucho.

Él sintió un pálpito de desconcierto en su corazón, como si la helada noche se le viniera encima. Pero Andrés sabía que ella no era de las mujeres que inventaban excusas, si en verdad necesitaba retrasar ese encuentro era porque en realidad había algo que se los impedía esa noche. Con la urgencia de responderle lo antes posible para que ella supiera que estaba de acuerdo en aplazarlo unos días, Andrés comenzó a escribirle un mensaje en su celular. Tan concentrado estaba en escribir una amable respuesta, que descuidó toda señal en su camino.

Las gotas de lluvia golpeaban el parabrisas mientras las luces de la calle y otros vehículos se multiplicaban en los reflejos acuosos de la noche. La luz roja cayó frente a sus desprevenidos ojos y Andrés se atravesó delante de una camioneta. Por más que intentó esquivarla ya era demasiado tarde. Los neumáticos patinaron en el pavimento y la camioneta golpeó su auto directo en el costado. Con la velocidad que llevaba, su vehículo salió despedido hacia un costado y volcó sin control dando vueltas por varios metros hasta detenerse.

En esos instantes toda su vida pasó frente a sus ojos en cámara lenta. La sensación era muy similar a la que había experimentado en su pesadilla, sólo que esta vez estaba seguro de estar despierto. Andrés estaba atrapado entre los fierros retorcidos, mientras el dolor de su cuerpo se extendía desde su cabeza hasta sus piernas; él sentía como fluía la adrenalina por todo su ser y la falta de aire al respirar. El auto estaba con el techo hacia el pavimento con los vidrios destrozados. Sus piernas estaban atrapadas por la carrocería, sentía sus costillas aprisionadas contra el volante y la bolsa de aire había golpeado su cara fracturando su nariz.

Andrés sentía el sabor de la sangre tibia pasar por su garganta, mientras aún tenía la vista nublada por el golpe. Miraba a todas partes intentando enfocar la mirada para poder encontrar su teléfono; en ese instante de desesperación sólo quería llamarla y escuchar su voz una vez más, o al menos terminar de enviar el mensaje que le había escrito. Pero sus esfuerzos infructíferos se desvanecían con su conciencia. Sus fuerzas se empequeñecían, sus ojos se nublaban cada vez más y a la distancia la lluvia se confundía con el murmullo de las personas a su alrededor que intentaban socorrerlo. Ni siquiera tenía fuerzas para pedir ayuda.

Sentía en el extremo de sus dedos, la textura viscosa de la sangre goteando por su mano hasta caer al pavimento mojado; allí se diluía su rojizo tinte hasta perderse entre los charcos de agua de la calle. Mientras las imágenes reales a su alrededor se desvanecían, la silueta de su amada aparecía ante sus ojos hablándole y dándole ánimo para salir adelante. En medio de la oscuridad de la noche la imagen resplandeciente de ella lo mantenía aún con vida, a pesar de su gravedad. Poco a poco el peso de su cuerpo se hacía cada vez más liviano; recordó aquella misma sensación de su sueño, cuando su alma se desprendía de su ser.

—No quiero morir ahora —se decía con dolor y angustia— no ahora que estábamos más cerca otra vez.

Andrés ya no sentía nada en su cuerpo y la visión de su amada comenzó a esfumarse y le daba la espalda. Sus palabras se alejaban y el resplandor de su silueta desaparecía en el oscuro horizonte. Todo cuanto pudo querer recobrar era ahora una fantasía inalcanzable. Sólo segundos de distracción, unos instantes de desconcentración cobraban la cuenta de una vida plena y esforzada.

Dicen que uno sabe cuando el alma esta pronta a partir y al parecer esa era la sensación que él sentía. Las lágrimas más amargas cayeron por su cara hasta perderse en la lluvia y su corazón desfallecía. Su respiración se adelgazaba mientras sus ojos comenzaron a navegar en un mar profundo y sin retorno.

—Hubiera querido una vez más haber escuchado su dulce voz, haber estrechado sus brazos y haberla besado en los labios como siempre lo hacía.

Aunque realizaron todos los esfuerzos por sacarlo con vida de entre los fierros aplastados, su luz se había ido esa noche oscura y lluviosa de invierno.

Por algunos días el teléfono de Andrés recibió varios mensajes de ella; hasta que al no haber respuestas, ella pensó que él ya no le respondería. Quizás era mejor dejar las cosas como estaban, aunque no perdía la ilusión de que pronto se le pasara la molestia de no haberse juntado ese día y volvieran a intentarlo otra vez.

No fue hasta una semana después de lo sucedido, que ella se enteró de la trágica noticia. La familia de Andrés que había recibido sus pertenencias después del accidente, la contactó para entregarle aquella caja que llevaba su nombre escrita con plumón. Ella no podía dar crédito a lo sucedido. Su corazón se partía en mil pedazos y no había llanto capaz de sacar de su ser tanta amargura. Ahora sólo le quedaban esas fotos y esos recuerdos que él había guardado para ella. Tesoros perdidos en el tiempo, imágenes lejanas de una felicidad eterna que se esfumaba para permanecer viva sólo en la memoria y en el corazón.

HISTORIA 21
EN MEMORIA

Daniela no pensaba pasar por allí esa noche, pero la llamada de su novio la llevó a desviarse de su destino. Él trabajaba en una oficina alejada del centro; una calle poco transitada pero muy tranquila. Muchas veces lo había esperado ahí, pero esa noche fría de invierno, ella sólo deseaba irse a casa.

Se sentó en la parada de buses que había cruzando la calle; desde allí podía ver con toda claridad a cada persona que salía del edificio. Estaba muy atenta a la mampara de vidrio, ya que se acercaba la hora de salida.

Sentado junto a ella había un joven de unos quince años, que estaba ahí desde mucho antes. Ambos permanecían callados observando los vehículos y la poca gente que circulaba por el lugar. Al cabo de unos cinco minutos el prolongado silencio se volvió inquietante, y Daniela se sobresalto al escuchar:

—Me llamo Amaro, estoy esperando que pase mi madre... —dijo el joven rompiendo el silencio— ¿Y tú a quién esperas?

Ella lo miró de costado, la verdad es que no quería entablar una conversación con él, pero tampoco quería ser grosera.

—Espero a mi novio —respondió sin dar más detalles y volviendo la mirada al frente.

— ¿Los buses que vienen desde Santiago pasan por aquí cierto? —Preguntó el joven— porque en uno de esos viene mi madre.

Daniela se colocó algo molesta, pero resignada a que tendría que seguir conversando con él.

—Pero han pasado muchas de esas... ¿A qué hora llega tu madre?

—Como a las siete.

Daniela miró su reloj sabiendo que era mucho más tarde, ya que su novio salía a las nueve de su oficina.

—Pero son casi las nueve de la noche... ¿y aún no pasa?

—Es que no siempre se baja para verme, sólo algunos días puede venir, pero yo siempre la veo y siempre la espero aunque se demore en llegar. Ella trabaja mucho y ahora no nos vemos tan seguido como antes, pero sé que siempre me lleva con ella en sus pensamientos.

Daniela no comprendió lo que el joven le intentaba decir, pero sin duda le pareció muy extraña la situación. ¿Qué clase de madre era que no se preocupaba por su hijo?

Ambos guardaron silencio, Daniela se cerró el abrigo ya que la temperatura seguía bajando y sentía los pies como hielo.

—¿Vez la gratuita en la otra vereda? —Habló otra vez el joven— Ahí murió un niño. Bueno en realidad no fue exactamente en ese lugar; el accidente fue varios metros más a la derecha. Su madre siempre trae flores y enciende unas velas, pero nunca ha puesto una foto de él.

Un escalofrío recorrió la espalda de Daniela, no le gustaba hablar de esos temas; ni de muertos, ni vivencias sobrenaturales; mientras más pudiera evitar escuchar de ello más tranquila se sentiría. Pero sintió curiosidad por los detalles que el joven contaba.

—¿Cómo sabes que no fue ahí? ¿Viste el accidente?

—No —respondió él— pero era amigo mío y teníamos la misma edad.

En medio de la conversación las puertas de la oficina se abrieron y comenzó a salir la gente que allí trabajaba; Daniela se levantó ansiosa para ver si veía a su novio.

—¿A quién dijiste que esperabas? —preguntó él mientras ella buscaba entre la multitud.

—A mi nov... —Pero al darse vuelta él ya no estaba, había desaparecido.

Ella miró alrededor, hacia ambos lados de la calle pero no había ninguna señal de él, una extraña sensación la invadió y no se fue tranquila aquella noche. Un pálpito extraño se había anidado en su corazón, como un mal presentimiento.

Volvió al día siguiente más temprano, eran casi las siete de la tarde, la hora en que se suponía que el joven estaría esperando a su madre pasar. No había nadie en la parada de buses y al mirar la vereda de enfrente, la gratuita ya no estaba, había sido arrasada por unos trabajos viales y sólo quedaban los escombros.

Daniela se acercó a los restos junto a la vereda y de los pedazos pudo reunir partes del epitafio de ese lugar memorial.

"Cada día dejaré una flor y encenderé tu luz por las noches, nunca te olvidaré, tu madre... En memoria de mi hijo".

Recordó entonces lo sucedido con el joven misterioso. De inmediato su corazón le hizo sentir con certeza, que él había venido a despedirse de su madre por última vez.

HISTORIA 22
MALVADA INOCENCIA

Se encontraron en el lugar concertado a media tarde, para él era la manera habitual de conocer chicas jóvenes; para ella era toda una aventura conocer a un hombre mayor por Internet. Él traía la sudadera azul como había dicho; ella, una boina roja para que la reconociera. Ella con sus dieciséis y un cuerpo menudo; él con sus treinta, cuerpo fornido y bien cuidado para su edad.

El calor de la tarde invitaba a tomar algo refrescante, ella pidió un helado y él sólo una bebida. Tras conversar unos minutos y habiendo terminado de comer se fueron en su camioneta. Ella se sentía cómoda y segura, mientras él parecía todo un misterio al llevar sus lentes oscuros puestos. Llegaron a su casa estudio, para esa sesión fotográfica que le había prometido.

—¿Traigo un jugo helado que tengo en el refrigerador?

—*Dime dónde está* —dijo ella con su voz cándida— *y yo lo sirvo, mientras tú instalas todo para las fotos.*

Él le indicó donde estaba la cocina y fue a traer un par de focos, la cámara y un trípode; mientras ella llevaba los jugos a la mesa. Ambos se sentaron en el sillón y él tomó el jugo de un sorbo, lo que le hizo pensar a ella: él tenía mucha sed o tenía mucha prisa en realizar aquella sesión.

—Bueno —le dijo él— quiero que seas lo más natural posible, convérsame mientras voy sacando las fotos, tú sólo muévete y yo voy capturando tu mejor lado.

Así lo hacía ella, como niña inocente colocando poses tiernas, carita de ángel, y sonrisas tímidas de adolescente. Hasta que comenzó a ser más coqueta y sensual, al punto que él comenzó a sentirse abrumado. La verdad, no esperaba tanta sensualidad en esas fotos. Así que decidió tomar un descanso y servirse otro vaso con jugo. Mientras él tomaba el segundo vaso de un solo trago, ella comenzó a hacerle preguntas:

—*¿Por qué estás solo a esta edad?... ¿Tienes novia?... ¿Tienes hijos?.. ¿Por qué te gusta contactar a niñas de mi edad?...*

El interrogatorio lo colocó nervioso, como si en cada pregunta estuviera siendo descubierto y puesto en evidencia. Estaba algo tensó y comenzó a servirse un tercer vaso, tras beberlo por completo, permaneció en silencio un instante.

—Sigamos —dijo él levantándose.

Ella se colocó en el sillón frente a él y siguió posando muy sensual.

— *¿Me harías fotos desnuda como a mi amiga Cristina?*

La pregunta cruzó la sala como una flecha venenosa certera al corazón. La cara de él cambió por completo, dejó de mirar a través de la cámara y se puso muy serio.

— ¿De qué Cristina me hablas? Jamás le he sacado fotos desnuda a nadie... Sabes jovencita, dejemos esto hasta aquí.

Acabó de decir esas palabras cuando sintió un gran mareo, todo le daba vueltas, a penas pudo dejar la cámara sobre la mesita de centro.

— *¿Te sorprende que sepa lo de Cristina?...* —dijo ella— *¿Estás mareado? ¿No te enseñó tu mamá a no recibir tragos de extraños?*

Su visión se nublaba cada vez más y trató de alcanzarla pero sus párpados estaban pesados como bloques de cemento y el vértigo lo tumbaba de lado a lado.

—Vete de mi casa... ¡Déjame solo! —gritaba él con desesperación.

Pero ella se burlaba y se reía de él, lo que lo puso muy agresivo, intentaba alcanzarla pero sus torpes pasos sólo le hacían tropezar una y otra vez.

— *¿Qué te pasa? ¿Te hizo efecto el calmante que coloqué en tu juguito galán pervertido?*

Recién en ese momento se dio cuenta que el vaso de ella, permanecía lleno. Ahora sólo escuchaba el murmullo de lo que ella decía y con el cuerpo pesado, se desplomó sobre la alfombra quedando inconsciente por casi una hora. Él despertó amarrado a una silla, con la joven sentada frente a él mirándolo fijo.

—*Ya no eres tan seductor, ahora quizás puedas recordar quién es mi amiga Cristina y me expliques cómo murió.*

—No conozco a ninguna Cristina.

Una y otra vez ella repetía las mismas preguntas, pero él negaba todo sobre el tema. Y cuando parecía que la tarde se iría en preguntas sin respuestas, ella dibujó una sonrisa maliciosa en su cara y se levantó de su asiento. De la mochila que llevaba sacó un instrumento quirúrgico y un libro, que procedió a leer en voz alta.

—*El método de castración para animales...* —hizo una pausa, lo miró y dijo— *sé que no es tu culpa, el problema lo tienes ahí abajo.*

Se le acercó mostrándole el elastrador de manera segura y amenazante, él nunca había sentido tanto miedo de una niña tan joven y tan dulce. Desabrochó su pantalón y le hizo sentir el frío instrumento en su piel, mientras con ojos dulces le preguntaba por enésima vez sobre su amiga. Él dio un grito de rabia y espanto, mientras intentaba desatarse.

En un movimiento que ella no esperaba, él liberó su mano izquierda y tomó a la muchacha con fuerza por el cuello, con rabia y desesperación la movía de un lado a otro. Ella intentaba soltarse sin conseguirlo y cuando ya sentía que sus fuerzas se iban, empujó con todo su cuerpo, volcando la silla de espaldas. Al caer él se golpeó la cabeza, quedando inconsciente por largos minutos.

Cuando despertó, estaba amarrado y desnudo sobre el mesón de la cocina y con una pequeña manta que cubría su zona media. Mientras, ella lo miraba y jugaba con el elastrador en sus manos; luego abrió un frasco.

—*Esto es anestesia, debo frotarte mucho para que no te duela...,* al menos, *eso dice en este libro. Ah, por cierto, tuve que afeitarte ahí abajo.*

Desnudó su virilidad ya sin vellos, se puso unos guantes de látex y frotó con una mota de algodón empapada en anestesia mientras él gritaba y se movía sin conseguir soltarse.

—*No te dolerá* —dijo al terminar de frotarlo.

—Por favor suéltame, no te haré año, sólo déjame en paz y no sabrás nunca más de mí... Me mudaré de ciudad si así lo quieres, pero por favor no lo hagas.

—¿Mudarte?... ¿y dejar que sigas haciendo lo mismo en otra parte?... ¡Ni lo sueñes!

Él estaba convencido que no estaba bromeando. Ella tomó el bisturí y antes de hacer otra cosa, lo hizo mirar hacia abajo, donde había colocado un espejo para que él viera todo. Eso lo envolvió en pánico, sudaba frío, estaba histérico, lloraba y gritaba como un niño. Ella procedió a hacer el primer corte y tomando el instrumento lo castró sin temblor, como si hubiera sido toda una experta en el tema. Cosió la herida sin que él sintiera el más mínimo dolor, luego colocó ambas gónadas ensangrentadas en un frasco transparente.

—Esto es una broma, no son de verdad...

—*Aún se pueden volver a colocar en su lugar, pero si piensas que son de mentira, se las doy a tus perros.*

Ella inclinó el espejo para que él viera la veracidad de la situación, él dio un grito inexplicable entre llantos, una mezcla de rabia y desesperación, angustia total e impotencia sin igual.

—*He llamado a tu ex novia* —dijo ella, mientras tiraba las gónadas lejos hasta donde estaban los perros— *quiero que ella se dé cuenta la clase de persona que eres.*

Él seguía llorando y gimiendo sin sentir dolor aún.

—*Te desataré sólo una mano y tú te soltarás, sígueme al techo de la casa y sabrás qué hacer.*

Lo desató de un brazo y se le adelantó, mientras él consiguió liberarse y con un dolor creciente, se encaminó a la escalera que ella había instalado para subir. Peldaño a peldaño pudo subir llevando consigo un cuchillo y con un afán de venganza casi justificable. Llorando se acercó al borde de la cornisa, donde encontró una soga anudada en forma de horca y una carta de suicidio. Luego de leerla dijo:

—Yo no maté a tu amiga, fue un accidente, fue algo que pasó entre ella y otra persona. Además nadie creerá que fui capaz de hacer todo esto sólo.

—*Esa persona dijo lo mismo que tú antes de morir...* —gritó ella desde donde él no podía verla— *Es lo único que te queda por hacer..., tu ex novia debe estar por llegar ¿Cómo le explicarás todo esto?*

Él vio desde su privilegiada posición, como a lo lejos se acercaba el auto de su ex novia, estaba a no más de quinientos metros de su casa y la joven lo provocaba con sus palabras. Tomó la cuerda, la colocó en su cuello, leyó la nota una vez más entre lágrimas y tragó su amarga saliva. Luego dio un grito y corrió por el borde para dejarse caer y quitarse la vida.

La muchacha ordenó todo con rapidez e hizo desaparecer las únicas evidencias de que ella había estado en ese lugar. Se fue con una expresión en su cara entre satisfacción y remordimiento, con su mochila a cuestas y su boina roja. Quien pensaría que esa frágil figura, ocultaba a una despiadada vengadora.

"Inspirada en el guión de la película Hard Candy"

FREDDY D. ASTORGA

Visiones de Medianoche
Volumen 2

HISTORIA 1
RECUERDOS TORMENTOSOS

Los rayos del sol brillaban luminosos a través de las ondas del agua, los reflejos cristalinos parecían destellos de estrellas que adornaban la profundidad en la que ella se sumergía. Su pelo flotaba llevado por el agua y al mirar su cuerpo, se dio cuenta que estaba vestida con una larga túnica blanca. Sentía como sus brazos se movían impulsándola a través de las aguas en todas direcciones. Parecía una sirena nadando en las profundidades sin la necesidad de salir a la superficie a respirar. Sumergida en esas aguas pasivas sus pensamientos viajaban infinitos, sin límites y sin temor a nada.

Las aguas cristalinas resplandecían en verdes y celestes luminosos que teñían su vista en todas direcciones. La inmensidad de las aguas la llevaban por sendas acuosas sin límites, no había fondo a sus pies y el sol resplandeciente sobre la superficie le ayudaba a saber qué era arriba y qué abajo. Una paz inmensa y sobrecogedora la rodeaba, el roce de su pelo sobre su cara era tan suave como el movimiento de las burbujas que acariciaban su piel.

Ella vio como el sol sobre las aguas se oscurecía, las luces resplandecientes del día se habían ido y poco a poco comenzaron a formarse diminutas ondas en la superficie. Ella se acercó nadando y sacó su cabeza de las aguas para contemplar el paisaje alrededor. El cielo estaba oscuro, cubierto de nubes tormentosas que dejaban caer su lluvia sobre el lago, mientras una brisa suave empujaba las gotas de manera oblicua.

Ella se encontraba en el centro de esa gran extensión de aguas y comenzó a mirar todo su entorno. Un bosque verde y tupido cubría una de las orillas. Mientras del otro lado, unas pequeñas pendientes terminaban en abruptas quebradas que formaban una escarpada muralla natural. A lo lejos, ella podía distinguir un trecho de playa pedregosa, pero por más que buscaba con su mirada, no encontró el lecho del río que alimentaba el lago. A pesar de la oscuridad y la lluvia ella no sentía miedo, tampoco frío, parecía estar acostumbrada a ese lugar.

Con la misma facilidad que comenzó a llover, la lluvia se detenía y el sol filtraba sus rayos luminosos entre las nubes otra vez. Ella volvía a sumergirse, nadando de un lado a otro en las cristalinas aguas. Su piel se contorneaba bajo la túnica blanca y las burbujas recorrían su ser de manera suave y gentil. Una luz resplandeciente apareció en el fondo del lago y subía hasta llegar frente a ella. Parecía un foco luminoso que navegaba contra la corriente y se acercaba hacia ella, por más que intentó eludir su inevitable cercanía, la luz se movía a la misma velocidad que ella hasta quedarse quieta a su lado.

De la luz salió una voz que la llamaba, era casi imperceptible, como un susurro dulce y apacible. Mientras intentaba comprender lo que la dulce voz le decía, comenzó a distinguir las facciones de una cara luminosa en medio del resplandor. Poco a poco una mirada se configuraba, la cara de una mujer de largos cabellos oscuros y ojos azules tomaba forma en medio de la luz. Podía escuchar con claridad que ella la llamaba e iba haciéndose parte de la creciente luz que la envolvía. Sentía su cuerpo flotar en el infinito y avanzar poco a poco hacia esa luz que le infundía paz.

Era una tarde cálida y tranquila de otoño, el sol apenas era acompañado por unas tímidas nubes rozando el cielo. Su profundo sueño encontraba un luminoso final, sus ojos cautivos de la oscuridad, se encontraban de golpe con la negada brillantez del sol. Helena despertaba de un profundo coma, después de seis largos meses de permanecer postrada en esa cama.

Al principio sólo podía distinguir borrosas siluetas a su alrededor, la luz le quemaba la vista como si jamás hubieran experimentado la claridad. Ella aún permanecía ausente, perdida en ese sueño confuso y distante que la trajo de vuelta a su realidad. Nadie la vigilaba en ese momento y la habitación estaba vacía cuando consiguió abrir los ojos; y fueron sus primeros gemidos, como de un bebé que no sabe emitir palabras por su boca, los que alertaron a una enfermera que deambulaba por los pasillos.

Todos estaban asombrados. Si bien siempre mantuvieron la esperanza de que Helena despertara algún día, para todos fue muy sorpresivo. Las enfermeras corrieron para examinarla y chequear sus reflejos antes de llamar al doctor que la atendía. Luego de algunas horas de observación y exámenes, el diagnóstico fue excelente; para todos, era un milagro el que había traído de vuelta a Helena.

Su familia fue informada de inmediato y llegaron lo antes posible para verla. Su madre fue la primera en entrar al cuarto seguida de su padre y su hermana mayor. Con un nudo en la garganta se acercó a la cama, alrededor de la cual había pasado incontables noches en vela y había derramado muchas lágrimas y oraciones por su hija. El reencuentro fue muy emocionante, las lágrimas de madre e hija se fundían en un abrazo cálido y muy esperado. La emoción inundaba la habitación; su hija menor estaba de regreso después de meses de incertidumbre y angustia. Ya no quedaban rastros de las heridas del accidente, pero nadie dijo palabra alguna al respecto, sólo deseaban expresarle su amor y felicidad.

Tres días después de haber despertado y de estar en observación, Helena era llevada a su primera terapia para recuperar la movilidad de su cuerpo. Después de permanecer seis meses inmóvil, sus carnes se habían pegado a sus huesos y la fuerza de sus extremidades era muy delgada para sostenerla en pie. Era necesario que ella aprendiera a moverse otra vez, casi como un niño comienza a dar sus primeros pasos. Por suerte para Helena, eso sería sólo cosa de semanas, la fuerza que la empujaba a ponerse en pie era mayor que la dificultad que la había derrumbado. Las dolorosas horas de ejercicios se contrapesaban con el fuerte anhelo de ser libre una vez más.

Cada día sin falta prosiguió el agotador ritual hasta sentir como sus piernas se fortalecían cada vez más. Poco a poco libraba esa batalla que le había ganado al destino y sentía que pronto sólo sería un mero recuerdo dejado atrás. Pero las noches traían una realidad diferente y agobiante. La oscuridad traía imágenes difusas y recuerdos confusos del accidente; extrañas alucinaciones y caras que no lograba recordar se hacían presentes en sus sueños y despertaba a medianoche sobresaltada y casi sin poder respirar. Sin embargo no dijo nada, en silencio enfrentó sus miedos y sus pesadillas nocturnas por temor a que si decía algo, eso retrasaría su salida de allí.

Luego de algunas semanas de recuperación, Helena era dada de alta y por fin regresaba a su casa. Su familia estaba feliz de ver concretado un paso más en la recuperación de su hija, hasta le hicieron una pequeña fiesta de bienvenida con algunos de sus amigos más cercanos. Habían sido meses muy difíciles viéndola postrada en aquella cama y otras cuantas semanas en recuperación, pero al fin ella estaba de vuelta. Sólo había un inconveniente que le informaron a todos los que venían a verla, Helena aún tenía vagas imágenes de todo lo sucedido el día del accidente. Su memoria había perdido todo recuerdo de ese trágico día en el lago.

Todos en la familia evitaban hablar del incidente, aunque ella siempre preguntaba por lo que había sucedido ese día. Por su mente fluían instantes pasajeros que la hacían meditar y buscar respuestas, pero no tenía claridad de los hechos y esas lagunas en sus recuerdos no los podía llenar. A eso se sumaban los sueños y visiones recurrentes que se intensificaban y la atormentaban aún despierta. Cada vez que cerraba los ojos, a su memoria venía una cara muy familiar, el rostro pálido de una mujer, con grandes ojos azules, de mirada profunda y perdida. Su pelo oscuro y sus ropas blancas flotaban como si estuviera sumergida en el agua. Día y noche ese recuerdo la perseguía, la misma imagen constante y perturbadora. Por las noches despertaba gritando envuelta en sudor y aterrada por sueños que después ni siquiera recordaba.

Los días pasaban y a pesar de que Helena asistía con regularidad a terapia, su cuerpo se recuperaba pero su mente parecía estancada en un pozo oscuro y sin fin. Ella se atrevió a enfrentar a su familia y los obligó a conversar de ello sin censura; pensaba que saber la verdad y conocer cada detalle de lo sucedido, era lo único que le podía ayudar a superar sus pesadillas y su pérdida de memoria.

Ante la mirada atónita y preocupada de todos, su padre decidió romper el silencio y relatarle los hechos que con tanta insistencia Helena deseaba conocer:

—Era un fin de semana de primavera y tú manejabas la camioneta acompañada por tu amiga Carolina.

Un pálpito extraño invadió el corazón de Helena pero no pudo recordar el rostro de ese nombre.

—Ustedes iban de viaje a pasar unos días a una cabaña en el lago Blanco. A poco de llegar, en el camino que rodea el borde del lago, fueron embestidas por un camión que las lanzó por una quebrada...

El hombre hizo una pausa emocionado, con un nudo en la garganta que le impidió continuar por unos segundos, dando un suspiro y tragando saliva, prosiguió.

—La camioneta en que ustedes viajaban rompió la barrera de contención y descendió varios metros dando vueltas, hasta golpear al borde de una quebrada y cayendo de techo en el agua. Los detalles de cómo pudiste escapar no están claros, pero a tu amiga Carolina nunca la pudieron encontrar.

A pesar del triste relato, Helena no evidenció sentimientos por todo lo escuchado. Era como un papel en blanco, sus ojos cristalinos no asomaban lágrimas ni asombro; sólo bajó la cabeza y cerró los ojos un instante intentando ver imágenes que le permitieran unir las palabras de su padre con los recuerdos en su mente. Esperando ayudarla a llenar esos vacíos en su mente, le mostraron fotos de su amiga Carolina, pero al verlas quedó decepcionada. Helena pensaba que la mujer que veía a diario en sus sueños y en sus recuerdos, sería ella; pero ese rostro pálido y ausente distaba mucho de ser el de su amiga, eran personas muy diferentes.

Desde ese día comenzaron a incrementarse esas visiones pasajeras, esas ventanas constantes a una dimensión confusa, lejana y muy inquietante. Helena necesitaba recordar cada detalle de su accidente, buscaba respuesta a todas esas interrogantes que la atormentaban cada día; necesitaba saber dónde estaba su amiga y cómo ella logró escapar con vida del accidente. Pero lo más preocupante de todo, deseaba saber quién era aquella mujer en sus pesadillas.

Los días pasaban sin que experimentara ningún progreso al respecto. Era como una hoja de otoño destinada a caer en cualquier momento, cuyo único destino es volver a la tierra y enterrarse hasta desaparecer por completo. Así sentía que eran sus recuerdos, un pasajero viaje por esta vida destinado a perderse en el olvido.

Ya habían pasado casi nueve meses desde el accidente, la nebulosa mente de Helena pasaba el día sumida en recuerdos inexistentes. Hasta que un día decidió que la única cura posible, sería revivir toda la experiencia nuevamente. No es que quisiera accidentarse otra vez y pasar sus días postrada en cama. Más bien pensaba en llenar las imágenes faltantes, con paisajes reales. Ella tomó el auto de su padre, al igual que aquel día de primavera en que usó la camioneta, y recorrió ese camino otra vez. Le tomó más de una hora de viaje, hasta llegar al punto exacto donde cayeron ese día, ella y su amiga. Helena estacionó el vehículo en un descanso al lado del camino y se asomó para ver la empinada quebrada. Al darse cuenta que era imposible descender por ahí, bajó la pendiente por el costado del camino, rodeando la quebrada.

Lenta y cuidadosamente caminó entre los peñascos, la hierba y los arbustos, hasta llegar a la orilla pedregosa del lago. El lugar era igual al de sus sueños. El agua cristalina y la amplitud del lago hacían que se perdiera de vista la desembocadura del río. A la distancia, en la otra orilla, se podía ver el bosque tupido y frondoso que se recortaba bajo el cielo. El día estaba nublado, helado y oscuro, como cualquier día de invierno. Ella contemplaba todo alrededor y se sentía muy triste; tenía un vacío profundo, angustioso e infinito que la consumía. No porque tuviera recuerdos de lo sucedido, sino por el contrario; por más que lo intentaba no conseguía llevar nada nuevo a su memoria. Todo era la repercusión de sus sueños y vagos recuerdos.

Helena se sentó sobre una roca en la orilla, mientras pequeñas olas se mecían contra las piedras pulidas y suaves del borde del lago. Muchas sensaciones extrañas la invadían en ese momento. Angustia, desesperanza, un vacío inmenso como si su pecho estuviera desolado y perforado. Estar en ese lugar era como visitar la tumba de un ser querido, sólo que no había nada en su memoria; no había una lápida, no habían flores de algún visitante esporádico, ni siquiera una placa con su nombre.

Aunque por su mente pasó una frase fugaz que alguien podría usar como epitafio:

—Aquí yacen escondidos y ahogados todos mis recuerdos.

Le sobrevino un fuerte dolor de cabeza, como si le hubieran clavado una estaca en medio del cráneo. Helena comenzó a gritar y a darse vueltas sin saber cómo detener ese punzante tormento. Cayó al suelo de rodillas, con las manos sujetando su cabeza que le parecía explotaría en cualquier momento. Nada parecía mitigar el dolor agudo y constante que sentía; su nariz comenzó a sangrar dejando caer hilos rojizos que abandonaban su cuerpo hasta encontrarse con el pedregoso y húmedo suelo.

Mientras permanecía arrodillada entre las piedras de la orilla, el dolor desapareció al mismo tiempo que sintió un estremecimiento en todo su cuerpo. Fue como si una fuerte presencia tenebrosa rodeara el lugar. Un escalofrío recorrió toda su espalda, sus vellos se erizaron y ni siquiera quería levantar la mirada del miedo. Mantenía sus ojos pegados al piso con la espalda curvada y el peso de su cuerpo sobre sus rodillas.

Comenzó a subir la vista, miró hacia todos lados pero no había nada alrededor, aunque lo sentía. Era una presencia aterradora que le cortaba la respiración, un peligro siniestro y latente que acechaba su entorno. Las apacibles aguas del lago comenzaron a agitarse como llevadas por el soplo del viento, pero no se sentía brisa alrededor.

El día parecía oscurecerse cada vez más, a pesar de ser las tres de la tarde y la lluvia comenzó a caer a raudales. Helena permanecía allí petrificada a causa del pánico. Sus manos estaban rojas, manchadas por su propia sangre y se le dificultaba respirar con normalidad, como si un peso gigantesco estuviera posado sobre su pecho. Esa presencia había conseguido inmovilizarla por completo y envolverla en un manto de terror indescriptible.

En esa posición, con su vista hacia el centro del lago, Helena vio levantarse desde las aguas profundas, la imagen de aquella mujer de largos cabellos y vestidos blancos. La misma cara blanca de ojos azules y cabello azabache que siempre veía en sus alucinaciones, se hacía real frente a sus ojos. Ella se alzó al nivel del agua y comenzó a acercarse a Helena flotando sobre la superficie, mientras su cuerpo temblaba por el miedo. Su boca permanecía cerrada y su garganta no podía emitir sonido alguno, las lágrimas de impotencia y espanto caían por su cara, hasta que la fantasmal aparición llegó a su lado.

Helena deseaba que eso fuera un sueño, una más de las pesadillas que había tenido, pero la opresión en su corazón y el halo de su aliento desesperado, le indicaban que estaba más despierta que nunca. Sus ansias de disipar las dudas de su pasado la habían llevado a ese lugar otra vez, pero jamás imaginó encontrarse con semejante manifestación en esa búsqueda.

Se encontraba frente a frente a la mujer, el agua caía por sus ropas blancas y por su pelo oscuro, su cara blanca como la nieve y sus ojos de mirada profunda la horrorizaban. La mujer tomó sus manos y le hizo sentir lo helado de su húmedo cuerpo. Con mucha fuerza comenzó a arrastrarla hacia el agua, llevándola cautiva y sin prisa, hasta que sus pies se internaron en el lago, .

Helena sentía las gélidas manos de la mujer que la conducían hacia el interior del lago, poco a poco veía cómo el agua subía hasta llegar a sus rodillas. No podía zafarse de ella; por más que lo intentaba, la fuerza de la mujer era increíble y la arrastraba cada vez más hacia lo profundo. El agua ya había llegado a la altura de su pecho y podía ver como las pequeñas gotas de sangre que aún caían de su nariz, golpeaban el agua y se disipaban en la inmensidad.

El fondo pedregoso a sus pies se volvió arena y luego desapareció sumergiéndola por completo casi sin alcanzar a tomar aire. Desesperada, Helena se

movía intentando flotar, pero sin conseguir que la mujer la soltara. Sus pata-
leos levantaban pequeñas olas que se perdían en la inmensidad de las aguas. Al
llegar al centro del lago, poco a poco la mujer comenzó a sumergirse otra vez y
como un peso muerto ambas se hundían hacia el fondo del lago. Después de
algunos metros el último resto de aire que Helena guardaba, salió por su boca
como burbujas, su vista comenzó a nublarse y las imágenes difusas de recuerdos lejanos, comenzaron a tomar forma en su mente.

—Todo está perdido —pensó al verse sumergida— voy a morir en manos de
este fantasma y sin las respuestas que vine a buscar. De qué me valió llegar
hasta aquí, sólo para morir en este lugar.

Sus esperanzas de desvanecían, nada podría rescatarla de una muerte segura. La mujer se acercó hacia ella y colocando sus manos en la cara de Helena,
la llevó por un extraño viaje a su memoria perdida.

Sus recuerdos retornaban y la primera imagen que llegaba a su cabeza, fue
el recorrido que hacía con su amiga Carolina antes de llegar al lago. La escena
del accidente era muy clara y nítida para ella, como si fuera una espectadora de
todo lo sucedido frente a una pantalla de cine. Una a una cada secuencia del
choque pasaba por su mente, como si lo estuviera viviendo otra vez.

El camión ascendía la pendiente mientras la camioneta bajaba con pre-
caución por el resbaladizo pavimento. Al llegar a la curva el camión patinó
y se cambió de carril para evitar irse contra la barrera de contención. Pero el
conductor no había visto la camioneta que venía en sentido contrario. Helena
intentó esquivar el choque frontal cambiándose de pista; sin embargo, el camión las embistió desde el costado empujándolas contra la barrera, la cual no
resistió la fuerza del impacto. La camioneta sobrepasó la barrera y desde ahí
comenzó su larga caída hacia el lago.

Cual testigo de los hechos, Helena observaba a la distancia como el vehículo daba vueltas sin parar, girando de costado, rodando y tomando cada vez más
velocidad. Por primera vez esas imágenes volvían a su memoria, estaba segura
que a esa altura ella ya había perdido la conciencia producto de los golpes. A
los pies de la quebrada, vio a una mujer que recorría un pequeño sendero que
llevaba hasta el otro lado del lago. En la visión, Helena intentaba avisarle del
peligro que venía, pero la mujer no la escuchaba. La camioneta la golpeó y la
arrastró con ella hasta hundirse en las aguas.

El vehículo con todos sus vidrios quebrados, no opuso resistencia al agua que la inundó con rapidez. En la visión, Helena aparecía en lo profundo del lago, visualizando desde cierta distancia, como todos se hundían. De alguna manera, ella salió flotando por el frente del parabrisas quebrado y fue arrastrada hasta la orilla, mientras su amiga quedaba atrapada inconsciente al interior de la camioneta. Por otro lado, la mujer del camino quedó atrapada en el frente de la carrocería y fue aplastada por el vehículo al tocar fondo. Fue espantoso para Helena ver que esa mujer había fallecido allí también.

Las preguntas invadían su cabeza como respuesta inmediata a lo que estaba viendo ¿Por qué nunca se encontraron los cuerpos de esa mujer y de su amiga? La visión se desvanecía al ver su cuerpo tendido en la orilla del lago y Helena regresaba a los brazos de la fantasmal aparición.

Helena abrió los ojos mientras el abrazo gélido de la mujer terminó por consumir todas sus fuerzas. Luego ambas se elevaron desde las aguas hasta llegar a la orilla del lago y la mujer se esfumó de la misma forma extraña en que había aparecido. Helena permanecía tendida e inconsciente, con la ropa mojada y temblando por el frío.

La lluvia continuaba cayendo con intensidad y los minutos pasaban. Por fortuna, ella había dejado una nota explicando a donde se dirigía esa tarde. Casi una hora después sus padres la encontraron allí, sobre la hierba a orillas del agua, empapada en medio de la lluvia. Estaba descalza y entera vestida de blanco. Su padre la abrazó y la ayudó a incorporarse para llevarla consigo. Mientras tanto su madre traía de su auto una manta en la cual la envolvió. Helena permanecía en silencio y sólo asintió con la cabeza cuando le preguntaron si estaba bien.

La subieron en el asiento trasero del auto de la madre envuelta en la manta, mientras su padre iba por su auto que yacía estacionado en un descanso de la carretera. Todo parecía ser demasiado traumático para ellos. Ya eran más de las cinco de la tarde, la oscuridad parecía no terminar y la lluvia los acompañaría todo el regreso a casa.

Mientras venían de camino y sin que nadie lo notara, Helena esbozó una sonrisa de satisfacción. Su mirada también era diferente, como si algo siniestro se ocultaba tras sus encantadores ojos. Desde ese día su comportamiento jamás volvió a ser el de antes. Las experiencias traumáticas de su vida justificaban en parte su extraña conducta y aunque recordaba todos los detalles de lo sucedido en ambas ocasiones, Helena fingía no saberlo.

Nadie podía ver más allá de los hechos ocurridos esa tarde, quizás nadie percibió lo diferente de la persona que había regresado a casa esa tarde. Su forma de pensar y de conversar e incluso la simple manera de caminar, distaban mucho de la joven que ellos conocían.

De la forma más impensada del mundo, la misteriosa mujer de sus visiones usurpó el cuerpo de la muchacha. Esa tarde oscura y lluviosa de invierno, mientras la abrazaba con fuerza, ella se llevó sus recuerdos, su alma y su vida. Sólo quien pudiera ver más allá de su extraña mirada, podría darse cuenta de ese intercambio de cuerpos. Con mucha astucia la mujer había atraído en sueños y visiones a la muchacha a su trampa; hasta conseguir su objetivo.

Pero a pesar de haber vuelto de la muerte ella no era feliz, vivía con un miedo interminable y por las noches soñaba con el retorno de la muchacha que regresaba para recuperar lo que era suyo, soñaba con el retorno de Helena reclamando su vida nuevamente.

HISTORIA 2
SUSURROS

Era una noche común y corriente de verano, la luna recién se asomaba por sobre las montañas y las estrellas adornaban la ciudad con su resplandor. Era una noche romántica para cualquier pareja que quisiera disfrutar la agradable brisa dando un paseo por las calles. Pero esta noche Alicia y Sebastián preferían conversar por teléfono hasta tarde, era su forma de compartir lo que les había sucedido durante el día, a pesar que no se habían visto hacía varios días.

Los minutos pasaron rápido y la conversación amena los mantuvo entretenidos sin notar el paso del tiempo. Pero el agotador día ya comenzaba a pesar en sus ojos y los bostezos aparecieron caprichosos. Antes de despedirse, un sonido extraño traspasó del auricular al oído de Sebastián dejándolo muy inquieto. Por unos segundos guardó silencio para ver si se repetía aquel ruido. Ella continuaba hablando y tras su voz se repetía de manera constante un inquietante susurro.

—¿Escuchaste eso? —preguntó él.

—¿Qué cosa?

Alicia guardó silencio unos segundos conteniendo incluso la respiración, intentando percibir algo, pero no escuchó nada. Sin embargo esos segundos le permitieron a Sebastián oír con toda claridad.

—*Esta noche la mataré...*

Todos los pelos del cuerpo se le erizaron al instante y un profundo escalofrío recorrió su espalda. El susurro amenazante se repetía sin parar como una grabación constante y aterradora. Sin duda lo que él había escuchado, no lo había oído Alicia.

Sebastián intentó calmarse y no evidenciar lo sucedido, pero sus manos temblaban y su voz se apagaba, dejando que ella guiara el resto de la conversación. Su mente estaba maquinando la manera de inventar una excusa para ir a su casa, aunque ya estaban de acuerdo en que no se verían.

—¿Harías una locura conmigo esta noche? —preguntó él insinuante.

Alicia con ánimos de pasar una agradable velada, hizo una pausa en lo que decía y le respondió que sí. Luego calló unos segundos esperando que Sebastián le diera los detalles de su plan nocturno. Pero él colgó el teléfono ante la sorpresa de ella y salió de inmediato de su casa rumbo a su auto. A los pocos minutos la llamó desde su celular, así no perdería la comunicación con ella durante el trayecto.

A ella no le extrañó para nada lo que él hacía, ya lo había hecho otras veces; la seducía mientras avanzaba por las calles, hasta que llegaba a su casa y la encontraba esperándolo ansiosa. Pero esa noche lo notó distinto, algo distraído y sin ánimos de seducirla, más bien hablaba de lo mismo que ya había conversado antes.

En tiempo real, a Sebastián le tomaba unos treinta minutos llegar a su casa, pero dada la urgencia de la situación él aceleraba a fondo lo más que podía, intentando reducir esa brecha de tiempo lo más que pudiera.

Los minutos avanzaban y él ya no sabía de qué más hablar para mantenerla ocupada mientras se acercaba cada vez más a su casa. Cada esquina, cada luz roja era una eternidad en su camino, y una vez dada la luz verde aceleraba a fondo nuevamente para estar con ella lo antes posible.

Estaba tan concentrado en mantener una conversación coherente y manejar a la vez que durante todo el trayecto no había percibido el susurro, hasta que entre las palabras de ella, se dejó oír otra vez.

—*La hora ha llegado...*

En ese preciso instante, en medio de la gastada conversación, sonó el timbre de la casa de Alicia.

—Amor espera, tocan a la puerta, iré a ver quién es y vuelvo.

Él no alcanzó a impedir que fuera, sólo escuchó sus pasos alejarse hacia la puerta y el susurro se dejó oír con más claridad:

—*La hora ha llegado...*

El terror se apoderó de él, su corazón latía como si fuera a salirse de su pecho, gotas de sudor frío caían desde su frente por su cara haciendo caminos cargados de horror y desesperación. Por más que Sebastián intentaba escuchar algo a través del teléfono, nada se oía, sólo se percibía el vacío silencio de la habitación.

Comenzó a manejar de manera desesperada, dando las vueltas al borde de perder el control de su auto. Estuvo a punto de chocar en un par de ocasiones; pero seguía forzando el motor al máximo cada vez que podía. Mientras, ese silencio prolongado se volvía más aterrador aún que el mismo susurro.

Ya estaba a pocas cuadras cuando escuchó con alivio los pasos de Alicia acercándose otra vez; sintió como se levantaba el auricular del teléfono y se cortó la llamada sin decir palabra alguna. Él se sobresaltó, su corazón latía con más desesperación que antes, sus manos sudorosas apenas sostenían con fuerza el ligero volante. Muy preocupado por ella, decidió llamarla nuevamente mientras continuaba acercándose a su casa.

— Aló ¿Quién es? —preguntó Alicia.

—Yo de nuevo... ¿Por qué me colgaste?

—Tú y tus bromas —dijo ella sorprendida— tocaste a la puerta para que te abriera, entraste, me diste un beso y fuiste directo al dormitorio... ¿Ésta es otra de tus locuras para seducirme, señor extraño en el teléfono?

— ¡Qué dices! —Exclamó él— si yo recién estoy llegando a tu casa...

Sebastián se estacionó sin colgar la llamada, se apresuró a bajar y corrió hasta la puerta que estaba abierta. Entró a la sala oscura y al no ver a nadie acercó su teléfono para preguntarle a Alicia donde estaba. Mientras avanzaba con cautela por el pasillo ella le respondió:

—Acá estoy amor, esperándote en el dormitorio...

Por un momento se quedó petrificado pensando, si sería posible que ella planeara todo aquello tomando la iniciativa en esa noche de seducción y misterio. Él corrió por el pasillo hasta llegar a oscuras a la habitación. Al ver la silueta de Alicia recostada sobre la cama, sintió que volvía la respiración a su cuerpo. Sebastián le habló sin obtener respuesta, aún sostenía su celular en la mano sin haber cortado, entonces escuchó la voz al teléfono que decía:

—*Nadie puede salvarla...su hora llegó...*

Él soltó el celular espantado y encendió la luz de la habitación. Ahí estaba Alicia sobre la cama bañada en un mar de sangre. Su corazón se paralizó por completo, su voz atorada en su garganta como si hubiera perdido la lengua. No podía creer lo que estaba viendo. Recorrió con su mirada todos los rincones de la habitación pero no había nadie más que ellos en el cuarto.

La sangre cubría todo su cuerpo apenas vestido con una lencería de encaje negro. Las paredes y el techo estaban salpicados de rojo y cayendo desde los bordes hacia el suelo; las líneas de sangre se esparcían por el piso. Alicia tenía los ojos abiertos, pétreos, perdidos en el infinito. Sebastián apenas podía tragar saliva, tenía un nudo infranqueable en la garganta y su cuerpo temblaba por completo.

No habían pasado ni dos minutos que estaba conversando con ella al teléfono y ahora la veía ahí muerta; él estaba muy choqueado y el terror hacía presa de todo su cuerpo. La vista se le nublaba por las lágrimas que comenzaron a brotar de sus ojos y llevó sus manos temblorosas a su cara, sin poder sacar ese grito desgarrador que se escondía en su interior. Encorvó la espalda llevando su cabeza en dirección a sus rodillas. Poco a poco sentía que se desplomaba sobre su humanidad.

En medio de ese silencio, casi podía escuchar los latidos de su agitado corazón y el silbido agudo y delgado de su respiración que se apretaba en su pecho. No sabía qué hacer, sólo deseaba gritar sin poder hacerlo, quería correr hacia ella y abrazarla, pero sus pies permanecían anclados al suelo. Inmóviles como dos bloques de concreto. Rompiendo la tensión de esa escena macabra, se escuchó un fuerte grito desde la habitación de arriba.

—¿Alicia? —pensó confundido.

Sin duda era su voz. Alzó la cabeza como impulsada por un resorte, enfocó su húmeda vista, y al mirar otra vez sobre la cama, la imagen terrorífica de su amada muerta había desaparecido. No había nada en ese lugar, ni sangre, ni muerte, todo estaba intacto.

Sin detenerse a pensar en lo sucedido, secó las lágrimas de sus mejillas y corrió a la habitación de arriba. Allí estaba ella, tendida en el suelo abrazada a las sábanas, llorando y muy aterrada. Al verlo a contraluz volvió a gritar despavorida, pero al darse cuenta que era Sebastián, echó una mirada a la cama y se aferró a las sábanas con todas sus fuerzas. Sus uñas esmaltadas se enterraron en la tela produciendo un sonido como el crujido de una galleta.

Ella corrió a sus brazos y lo abrazó con fuerza sin dar crédito aún a lo que sus ojos veían. Intentaba decir palabras coherentes pero sólo balbuceos salían de su boca, su cuerpo temblaba por completo, su respiración agitada traspasaba el aire con un seseo que se convertía en un agudo silbido. Por un momento ella se soltó de sus brazos y se giró nuevamente hacia la cama.

—¿Qué está pasando Sebastián? —Dijo aún aterrada con los ojos impregnados de horror— Dime que no es una broma tuya por favor...

—No lo es amor, por favor cálmate...

—Te vi... estoy segura que te vi ahí en esa... esa cama... —las lágrimas interrumpían sus palabras— estabas... oh Dios... estabas muerto...

—Ya no digas más... cálmate...

Sebastián impidió que siguiera hablando pero tenía claro que ella había experimentado una visión muy similar a la de él. La abrazó con fuerza intentando calmarla; mientras, ella no paraba de llorar y hablar frases incoherentes apenas reconocibles entre los sollozos. Ninguno podía explicar lo que había sucedido esa noche, pero Sebastián sentía la urgencia de salir de la casa lo antes posible.

Paso a paso se encaminaron escaleras abajo, las piernas de Alicia parecían doblarse cada dos pasos, mientras su cuerpo temblaba sin control. Cuando ya iban por el pasillo hacia la puerta que aún permanecía abierta, las luces se encendieron y comenzaron a parpadear. Las murallas se teñían de rojo, como si sangre fluyera a borbotones desde las esquinas y bañara el piso de la habitación.

Sebastián le tapó los ojos a Alicia para que no viera el horroroso ambiente que los envolvía. Mientras, continuaban avanzando por el pasillo hacia la salida. La puerta se cerró frente a ellos, Alicia se sobresaltó y soltó un pequeño grito ahogado por el pánico. Sebastián hizo que Alicia se arrodillara en el suelo mientras el rojo líquido viscoso comenzó a caerles encima, mientras él forcejeaba con la puerta.

Después de tirar de la manilla con todas sus fuerzas por enésima vez, ésta se abrió y ambos salieron de la casa aterrados. Apenas avanzaron unos metros desde la puerta, cuando la casa se iluminó por completo. El blanco resplandor que salía por puertas y ventanas se convirtió en llamas con una gran explosión.

Por unos pocos segundos habían logrado salvar sus vidas. Los vecinos salían a ver lo que ocurría, mientras en medio del fuego se oían voces aterradoras, mezcladas con el silbido de las llamas ondulantes, como susurros de muerte.

HISTORIA 3
PUEBLO FANTASMA

El largo viaje hasta ese olvidado lugar ya se sentía en mi cuerpo, era agotador cruzar el desierto sin ver paisajes atractivos; anhelaba que el verde recuerdo de la vegetación le diera un descanso a mi vista. El calor aumentaba mientras el sol se elevaba sobre nuestras cabezas. El desértico clima consumía cada gota de mi sudor y mi boca seca comenzaba a exigir abundante agua para soportar esa aventura.

Era impresionante estar en los vestigios de un pueblo olvidado por tantos años; donde alguna vez habitó el hombre y el desierto floreció, hoy ni las aves hacían sus nidos. El polvo se impregnaba en los zapatos y el viento se llevaba las historias de recorridos legendarios que susurraban en mi oído.

Bajamos del bus que nos transportaba en este viaje de fantasías. El grupo de turistas comenzó a caminar entre las calles desoladas, las viviendas alguna vez repletas de familias, hoy resonaban vacías suplicando la atención de los viajeros. Sus pisos de madera crujían con cada paso de los visitantes, recordando el peso de las personas que alguna vez recorrieron sus olvidados cuerpos, mientras sus ventanas empolvadas, apenas dejaban ver las siluetas desde el interior.

Y pensar que hacia el año 1934 ese pueblo se jactaba de negocios importantes, hoteles, escuelas y hospitales. Una plaza que adornaba su centro y otros atractivos que llenaron sus habitaciones de trabajadores y empresarios.

Cual niños ansiosos recorríamos los rincones, atentos a capturar con nuestras cámaras cada detalle, cada pedazo de historia reflejado en sus murallas. Avanzábamos con calma entre construcciones del siglo pasado en medio de la nada; todo había sido dejado a merced del lento actuar del tiempo, envejeciendo en el recuerdo inolvidable.

Yo maldecía al sol, que me hacía sentir sofocado y mojado en transpiración;

tenía una sed insaciable que me obligaba a caminar buscando las sombras. Llevábamos veinte minutos de recorrido e hicimos una parada en un gran salón; la construcción elevada impedía que el calor se sintiera en el interior. La refrescante parada nos ayudó a tomar nuevas fuerzas, aunque aún nos quedaba mucho por recorrer y se sentía la falta de aire alrededor, todo estaba seco. El salón conectaba con muchas habitaciones, cada una de ellas estaba ambientada como en un fantástico viaje de ochenta años al pasado.

Había espacio suficiente para caminar con libertad y sacar fotos sin límite por todos los pasillos, eran muchas las habitaciones y una a una las recorrí con mi cámara capturando todo lo que me parecía interesante perpetuar. Me senté un momento y bebí algo de agua para hidratar mi boca seca y polvorosa. Casi podía sentir el sabor de la tierra en mis labios y mi lengua.

Luego de un rato de estar ahí descansando, comencé a revisar las fotos que hasta el momento había tomado. Calles, casas, hasta unas locomotoras pude fotografiar. La luz era muy buena y los encuadres de mis tomas muy artísticos, todo estaba bien hasta llegar a esa extraña foto que llamó mi atención.

Al verla se me erizaron los pelos y un viento helado recorrió mi espalda. Al fondo de una de las habitaciones fotografiadas, había una silueta oscura que se dejaba ver. Estaba oculta entre los objetos, de cierta manera era muy difícil de precisar a qué se asemejaba o cuál era su origen. Yo intentaba recordar en cuál de todas las habitaciones recorridas había obtenido esa inquietante imagen y cómo podía llegar otra vez a ella, necesitaba ver con mis propios ojos qué era esa figura que aparecía en la foto.

Podía ser sólo un efecto óptico, quizás un reflejo o una sombra de alguien que iba pasando desde fuera. Se me ocurrían mil cosas para explicarlo, aunque uno siempre intenta dar explicaciones a lo inexplicable. Pero muy dentro de mí sabía que no era nada de eso, sabía que era algo sobrenatural. En mis años de viajes, fotografiando y recorriendo distintos lugares he escuchado muchas historias y leyendas, pero jamás había fotografiado algo semejante. Tenía que haber alguna explicación.

Me devolví por los pasillos y al fin encontré el cuarto del dilema, miré en todas direcciones pero no había nada similar a la imagen que había en mi cámara. Decidí entonces volver a fotografiar el cuarto desde varios ángulos. Alrededor ya no se sentían los pasos de la gente, todos habían recorrido el lugar y avanzado hacia el patio trasero de la construcción. Por lo tanto nadie podría intervenir en mis nuevas fotos, ni sombras, ni reflejos confusos al azar.

Ya había sacado las suficientes fotos como para revisarlas otra vez; las tres primeras eran normales y muy artísticas, incluso estaban mejores que las tomadas antes en mi paso por ahí. Pero la cuarta me dejó perplejo y aterrado, casi a punto de soltar la cámara de mis manos. No sólo era una silueta, sino que de manera borrosa se apreciaban los rasgos de sus facciones y la quinta fotografía me hizo entrar en pánico; lo que fuera aquello que había allí se había acercado hasta quedar frente a frente a la lente de la cámara.

Era una horrenda aparición captada por mi cámara, imperceptible a la vista natural. El terror se había apoderado de mí. Mi corazón latía a mil, el habla no me salía y menos podía moverme de donde me encontraba, estaba petrificado. Sentí esa presencia en la habitación como si se hubiera dado cuenta que la había descubierto. Era como intentar moverse en arenas movedizas, como si ese fantasmal ser me abrazara sin dejarme avanzar. La cámara voló desde mis manos yendo a caer al fondo de la habitación, no podía gritar, ni huir, sólo rogaba que alguien apareciera para sacarme de ahí, que algo sucediera para poder escapar de ese fuerte y aterrador lazo.

Al cerrar mis ojos por unos segundos y volverlos a abrir, el entorno a mi alrededor cambió por completo. Estaba en la misma habitación pero sentía que flotaba y podía ver mi cuerpo, como si fuera una tercera persona mirando a mi alrededor.

Mi percepción de los colores también había cambiado, cada elemento se teñía de color azul grisáceo, como bañado por un velo semitransparente. Al menos ahora podía moverme y flotar en una esfera diferente, era como una dimensión espiritual. Algunos podrían llamarlo desprendimiento del alma, otros que estaba en un trance producto de la impresión, para mí no tenía explicación.

Me dirigí hacia el pasillo avanzando por el largo corredor hasta llegar al patio al final de la casa. Todos los demás estaban ahí, yo podía verlos caminar, escucharlos conversar y hacer todo de manera natural. Intentaba tocarlos y hablarles, pero mi presencia era imperceptible para ellos, yo era como un fantasma, era como un testigo ausente en este implacable desierto.

—El sol me está afectando —pensé, intentando abrir los ojos de algún sueño.

Pero todo era real, estaba atrapado en algún lugar fuera de mi cuerpo. Entonces volví a la habitación queriendo recuperar mis sentidos, mi cuerpo y mi vida. Al ingresar otra vez, me impactó la aterradora visión de un espectro oscuro y demoníaco que sujetaba mi cuerpo con sus negras y deformes manos; su cintura se fusionaba con una larga cola como serpiente y con ella envolvía mis piernas e inmovilizaba mis brazos. No había forma de soltarme de su lazo, sin duda eso era lo más aterrador que había experimentado en toda mi vida.

Me armé de valor para enfrentarlo, intenté golpearlo repetidas veces, pero mis manos lo atravesaban como al aire. Yo era un mero espectador lleno de miedo e impotencia. Ese demonio dirigía su mirada hacia mí, a mi ser espiritual y tan rápido como todo eso sucedió, desapareció ante mis ojos. En ese mismo instante, sentí mi cuerpo físico reaccionar, mis piernas se doblaron y mi pesado cuerpo se desplomó al suelo. Por unos segundos una luz resplandeciente cubrió la habitación y me vi postrado en el suelo en medio de la habitación. Sentí como mis ojos se cerraban, hasta desvanecerme por completo.

Al despertar otra vez, todo estaba oscuro, habían pasado al menos ocho horas y ya era de noche. La temperatura había descendido mucho y tenía mis extremidades entumecidas como si me encontrara en un congelador. Me incorporé extrañado de ver que el día se había ido. Recorrí en penumbras desde la habitación hasta el patio y al salir al aire libre miré al cielo, las estrellas centelleantes en la oscuridad del desierto se destacaban en gran manera y el silencio creaba una atmósfera de inquietante paz. Lo que más me extrañaba era que el grupo no descubriera mi ausencia y me olvidara allí a mi suerte.

Aunque el camino de regreso era fácil de encontrar, los kilómetros no eran pocos y mis fuerzas tampoco eran suficientes como para aventurarme a volver en medio de la noche. Caminé entre las calles polvorientas de ese pueblo olvidado; cada cierto tiempo me parecía ver siluetas ocultas en la oscuridad que me estremecían. Sólo se escuchaba el sonido de mis pasos cansados arrastrando la tierra del suelo y después de vagar durante varios minutos, me senté frente al antiguo teatro del pueblo.

Una nueva visión llegaba a mí; quizás todo eso era un sueño o yo estaba delirando por la falta de agua. Todo se iluminaba como un velo difuso de colores, imágenes de personas transparentes recorrían las calles, todos vestidos a la época del siglo pasado. Me sentí transportado en el tiempo y ahora era testigo presencial de una noche en ese pueblo olvidado. Era un viajero contemplando esos lugares perdidos en la memoria. Caminé toda la noche entre ellos; por las salas de la escuela vi a los niños corriendo entre los pasillos y las calles. Sentí el sonido del silbato del tren llegando al pueblo y miré la gente descender de los carros con sus equipajes.

Entré al salón de baile donde los hombres elegantes y las mujeres bailaban al son de la música. También en una cantina donde los obreros se distraían después de un arduo día de trabajo bajo el imperioso sol. Estaba perplejo y cautivado por esa visión que duró hasta llegar el amanecer.

Al despuntar el alba el sol iluminó mi cara, en un abrir y cerrar de ojos estaba ahí en el medio del pueblo, pero con el sol de medio día sobre mí. Todo el grupo de personas estaba allí a mi alrededor y yo caminaba a su lado como si nunca me hubiera ausentado.

Mi compañera de viaje se volteó con una mirada extraña para decirme:

—Te tomaste tu tiempo en el salón ¿Tomaste buenas fotos supongo?...

–Si —le respondí— había mucho para fotografiar.

—Tienes algo diferente en la cara —me dijo extrañada— pero no sé qué es.

Al tiempo que ella terminaba su frase y volvía a mirar hacia adelante, yo me llevé la mano a la cara. Espantado sentí como tenía una barba de al menos tres días, siendo que esa mañana me había afeitado antes de salir en ese tour. Disimulé frente a ella con temor. Me di cuenta también que la cámara estaba aún en mis manos, que por suerte no la había perdido.

Durante el resto de la tarde ella no me quitó la mirada de encima intentando descubrir qué había de diferente en mi apariencia. Pensé que en cualquier momento haría el comentario, pero jamás se dio cuenta y yo tampoco se lo conté.

Cuando tuve un momento a solas otra vez, revisé las fotos en mi cámara, con el temor de volver a revivir esa extraña experiencia. Para mi sorpresa la imagen permanecía allí, esa aterradora cara que llena mis pesadillas hasta el día de hoy no había sido causa de mi imaginación o una alucinación producto del calor, era tan real que me vi obligado a borrarla de inmediato.

Desde ese día siempre recordaré que hay lugares que esconden sus secretos y que el desierto es uno de ellos. Por algo la gente ya no habita más sus olvidadas casas y aunque el tiempo y el polvo pretendan enterrar su pasado, sus misterios permanecen ahí latentes hasta que alguien los descubra.

HISTORIA 4
PELIGROSA SEDUCCIÓN

Alonso se encontraba sentado frente al cuerpo sin vida de la mujer. Estaba desnudo, empapado de sudor y su respiración se sentía agitada; poco menos de lo que había estado minutos antes mientras copulaba con ella. Con su mirada recorría el cuerpo pálido e inerte de la mujer, mientras sus manos sudorosas permanecían sobre la cama, a veces quietas otras veces sin saber dónde colocarlas.

No sabía qué hacer, jamás pensó que su primera experiencia terminaría en semejante tragedia. Sus ojos recorrían el cuerpo sensual de la mujer, sus pechos esponjosos, sus curvas bien formadas y sus muslos contorneados. Sin duda los cuarenta no habían pasado por ella o la buena mano de un cirujano dejaba una firma recomendable en ese cuerpo de ensueño. El largo cabello aún húmedo caía caprichoso sobre parte de su cara, tapando sus ojos cerrados que parecían estar durmiendo.

Alonso intentaba retener en su memoria lo bueno que pudiera recordar de ese momento, quería imaginar sobre esa cara los ojos azules y excitados, antes de que todo se desencadenara y se saliera de control. En sus manos aún sentía el olor de su piel, sus labios aún mantenían el sabor de su cuerpo maduro. Al cerrar los ojos las imágenes de esa noche aparecían fugases en su recuerdo. Sus reflejos lujuriosos en los espejos de la habitación estaban grabados en su memoria como una película porno para un adolescente. Las sensaciones en su piel estaban cargadas de un magnetismo inolvidable, casi perpetuo; aunque percibía que en cualquier momento todas esas sensaciones se perderían.

Era la primera vez que se armaba de valor y dejaba atrás su timidez para invitar a una mujer a una cita y a pesar de no ser tan atractiva, ella lo hacía sentir bien. Por mucho tiempo había pensado en hacer cosas como ésas. Salir a tomar unas copas y conquistar a una mujer sin importar su apariencia; una mujer madura y deseosa que le quitara su prolongada virginidad. Él sólo buscaba una aventura con una mujer que no huyera de sus veinticinco años.

Esa noche todo había salido según lo planeado, alrededor de la una de la mañana ya tenía en vista, desde su lugar en la barra, a la mujer a quien se le acercaría. Llevaban minutos mirándose hasta que él pidió un último trago; en realidad dos, uno para ella y otro para él, luego se le acercó sin vacilar. Alonso intentaba no evadir su mirada ya que eso hubiese sido un signo de debilidad. Pretendía ser todo un galán y un seductor; actuar como mujeriego aunque jamás lo había sido, quería asumir ese rol ficticio que sólo existía en su mente.

Al llegar a su lado colocó ambos tragos sobre la barra, y sin decir nada tomó su mano con suavidad. Un intenso magnetismo se produjo en ella como si una inyección de adrenalina ingresara de golpe por sus venas. Ella no pudo decir que no y lo siguió hasta la pista de baile mientras sus ojos permanecían fijos en ella.

Por más de una hora disfrutaron de la música, luego él se le acercó y le susurró al oído mientras con su cara acariciaba su cuello. Ella había tomado unas copas de más, pero no era el licor lo que la movía, era esa extraña sensación que él le hacía sentir; un perfume cautivante que la provocaba y la estremecía. Estaba hipnotizada por su presencia, por sus palabras y sus caricias; ella accedió a su atrevida invitación y dejaron el lugar para ir a un sitio más privado.

El tiempo transcurría en una esfera de otra dimensión. Los minutos que les tomó llegar al cuarto de motel fueron como un pestañeo para ambos. Él sabía el efecto que estaba causando en ella, sabía cómo elevar sus sensaciones y seducirla de manera que se entregara sin vacilar. Sus besos y caricias la embriagaron hasta tenerla rendida en su lecho, la tomó en sus brazos llevándola por un viaje de placer incontenible, era imperceptible que él era sólo un principiante.

Con manos hábiles y rápidas quitó la blusa sin arrancar un solo botón. Mientras besaba su cuello pasó su mano por la espalda de ella y con un toque de sus dedos medio y pulgar soltó el hermoso sostén de encaje negro. Sus firmes pechos quedaron expuestos al aire mientras la respiración agitada de ambos se confundía en un único sonido. La mujer mantenía sus ojos cerrados mientras él observaba cada movimiento a través de los espejos.

Un remolino de sensaciones descendió en la habitación y en pocos momentos los besos y las caricias los despojaban de sus ropas. Él sostenía sus caderas mientras la poseía por primera vez. Su primera sensación húmeda y placentera, esa calidez acuosa que lo rozaba con intensidad y desenfreno. Hasta que él tuvo su primer orgasmo en ella. Una sensación irrepetible y adictiva con una explosión de placer que lo dejó volcado sobre la cama. Ambos hicieron una pausa recostados sobre el calor de la cama. Sus agitadas respiraciones buscaban un momento de descanso de tan intensos minutos.

—¿Dónde estaba escondido este hombre toda mi vida? —se preguntaba la mujer sin decir palabra, mientras intentaba recuperar el aliento.

—Parece que lo he hecho bien —se decía él aplaudiendo hacia adentro el haber compensado su inexperiencia con acciones.

Alonso pasó sus manos por el cuerpo de la mujer otra vez, poco a poco se encendían nuevas sensaciones en ella y su piel ardiente parecía que iba a estallar. Antes de que él se lo insinuara de alguna manera, ella ya estaba estimulándolo otra vez.

—Sólo espero que me dure toda la noche —decía ella en su mente mientras recorría con su boca desde su pecho hasta su ingle.

Alonso se dejó acariciar por ella mientras su deseo crecía nuevamente y esa sensación presurosa de estar en ella otra vez se apoderaba de él. Por largos minutos ambos gozaron de esa lujuria, de esa pasión incontrolable y de esa aventura de una noche que parecía no acabar. Alonso sacó nuevas fuerzas para satisfacer a la incansable mujer que una y otra vez tenía orgasmos fugaces y prolongados. Ella comenzó a sobre exaltarse, sus gemidos eran cada vez más fuertes y ambos estaban entregados por completo a sus impulsos más básicos, empapados en sudor. Ambos se movían como caballos desbocados hasta que ella exhaló con un grito y se desplomó sobre la cama sin emitir más sonidos.

Estaba quieta y silenciosa, tendida en la cama; él pensó que eso era natural, que la había llevado a un límite de éxtasis extraordinario y sin cuestionarse más, se levantó de la cama y fue al baño a refrescarse. Al volver se recostó a su lado y se dio cuenta que ella no se movía, tampoco parecía respirar. Alonso la movió pero ella no reaccionaba, intentó reanimarla soplando aire por su boca y masajeando su pecho, pero nada la volvía de su estado de eterno letargo. No sabía qué hacer, por largos minutos se quedó contemplando la silueta desnuda a su lado.

Muchas cosas pasaban por su mente; pero una muerte bajo, cualquier circunstancia, le traería problemas. Ninguna explicación sería comprensible, nadie le creería lo sucedido, era culpable por naturaleza y sintió mucho miedo
de ir a parar a la cárcel por semejante situación. Se dirigió al baño y tomó una
larga ducha, necesitaba aclarar sus pensamientos y tomar la mejor decisión.
Luego se vistió y la vistió a ella sacándola de la habitación y colocándola en el
auto. A la distancia parecía como si estuviera durmiendo, además a las cinco
de la mañana no sería algo que llamara la atención. Por largos minutos condujo sin rumbo hasta llegar a lugares oscuros y desolados; estacionó su auto
frente a un acantilado, mientras pensaba con temor en lo que haría. Él no
había hecho nada malo, pero por alguna extraña circunstancia la mujer estaba
muerta y sentada en su auto.

Luego de mucho pensarlo, desvistió a la mujer y con mucho pesar se deshizo del cuerpo lanzándola por una solitaria quebrada. Esa primera vez marcó
un deseo extraño dentro de él, sabía que ese magnetismo que fluía a través de
su ser era algo muy sobrenatural. Las caricias de sus manos y sus besos seduc-
tores, todo ese ritual había llevado a esa mujer a un lecho de muerte, no podía
ser coincidencia ni el infortunio de una noche.

El trauma de esa primera noche quedó atrás y también las dudas de ese
peligroso magnetismo que parecía ser parte de su esencia. Pronto esa situación
pasajera ya se había convertido en algo recurrente. La intensidad máxima de
sus deseos ya había causado la muerte de otras dos mujeres, las que se habían
desvanecido en sus brazos. En el corto plazo se había convertido en un adicto
a esas sensaciones extremas y aunque los cuerpos de ninguna de ellas habían
sido descubiertos aún, no sabía cómo controlar las consecuencias de su fatal
magnetismo. Pero ese poder con el que cargaba lo hacía sentirse único y capaz
de dominar a cualquier mujer, había despertado en su interior a un ser que no
pensaba que podía existir en este mundo.

Pronto su apariencia diurna tímida, sencilla y apacible, comenzó a oponer-
se a ese hombre conquistador e imparable, lleno de seducción y magnetismo
en que se convertía por las noches. Él era irresistible a las mujeres y cada día
mejoraba su técnica más y más; a veces las encantaba sin tener que llevarlas
consigo, pero prometiéndoles una nueva salida juntos. Tan peligroso e impre-
decible se había tornado esa virtud, que a veces seducía sólo para probarse
a sí mismo que tenía la capacidad de hacerlo. Le daba lo mismo la estatura

o la hermosura de la mujer, para Alonso era sólo una más, sólo un juguete para sus encantos. No le tenía respeto ni temor a nadie, mientras más difícil se hacían al principio, mayor era el desafío para él. Era cosa de minutos para verlas salir del brazo con él, sonriendo como hipnotizadas atrapadas en su red de encantos.

Pero todo cambiaría el día que el primer cuerpo fue encontrado. Era una mujer de treinta y dos años, morena de tez clara. A esa altura ya habían sido diez sus víctimas fatales y otras muchas se habían salvado de ese final, porque sólo fueron seducidas por él sin que llegaran a intimar. Alonso sabía bien que no podía dejar que todas llegaran a ese éxtasis explosivo y fatal, ya que tarde o temprano podría cometer un error. En cosa de semanas, seis de los diez cuerpos habían aparecido en los diferentes lugares en que los había abandonado.

No había un patrón que le diera a la policía algún indicio de quién era el asesino. En todos los casos la autopsia indicaría lo mismo: ingesta de alcohol, muerte por paro cardíaco y heridas post mortem a causa de la caída en alguna quebrada o mordeduras de animales salvajes, cuando las dejaba en algún predio eriazo. Aunque tuvieran algún rastro de su semen o algún cabello en los cadáveres, él nunca estaría en la lista de sospechosos. Las había escogido al azar en cualquier lugar, incluso en diferentes ciudades.

Alonso estaba cansado de llevar esa doble vida, quería tener de día esa vida opulenta y desinteresada que pretendía vivir por las noches. Su nueva vida debía incluir un plan de selección con el cual actuar. Ya no escogería mujeres al azar en bares o en discotecas, las escogería por su apariencia y su dinero; no sólo tomaría sus deseos, sino que además todo lo que ellas le dieran a cambio. Varios meses después y con ese modo de operar, había conseguido mujeres adineradas, sedientas de pasión y capaces de darle todo lo que él quisiera con tal de verlo otra vez.

Alonso cuidaba siempre de no excederse en sus impulsos, ya que no quería tener otra mujer muerta entre sus brazos. La prensa ya había dejado atrás el sensacionalismo de los primeros hallazgos. Pero la policía jamás dejaría en el olvido un caso así. Por otro lado ya no era un pobre desconocido y la desaparición de cualquiera de esas mujeres de buena posición apuntaría siempre directo hacia él.

Ahora tenía un auto lujoso y vivía en un departamento muy bien ubicado; había dejado de trabajar y tenía todo el día para preocuparse de su apariencia.

Iba al gimnasio y por las noches visitaba a sus amigas adineradas, siempre reprimiendo los límites a lo que él sabía que podía llegar. Pero esa sed de exteriorizar todas sus capacidades lo atormentaban y lo consumían vivo, estaba condenado a reprimir todo su potencial por miedo a matar nuevamente; de alguna manera debía encontrar un escape a esa maldición que lo envolvía.

Esa noche Alonso decidió no salir con ninguna de sus amigas conocidas, necesitaba volver a sus primeras experiencias aunque fueran fatales. Estaba ahogado en su deseo de ser él mismo una vez más, era algo necesario a punto de estallar en su interior. Fue a un bar cualquiera a las afueras de la ciudad, nada muy ostentoso porque no quería llamar la atención, sólo necesitaba ser un desconocido más sentado en la barra bebiendo algo. Ya había pasado más de un año desde esa primera noche en que descubrió ser un semental lujurioso y peligroso al mismo tiempo. No quedaba un ápice del joven tímido y recatado que algún día fuera.

Pidió unos tragos esperando ahogar en parte esa necesidad que crecía en su interior, esas ganas enfermas de ser un instrumento de placer. Pero ese impulso era más fuerte que su voluntad y en pocos minutos ya se había acercado a una mujer a su lado. Conversaban y se reían distendidamente; ella ya estaba atrapada en sus encantos, en ese magnetismo envolvente y cautivante. Alonso pedía otro trago intentando evadir lo inevitable, al pasar de los minutos y de las copas fue ella la que lo invitó a retirarse del lugar, a lo que él accedió.

Sabiendo cual era el desenlace que le esperaba a la mujer si la noche continuaba el curso que había iniciado, Alonso no quiso llevarla a ningún lugar conocido y condujo su auto con rumbo a la playa. Poco a poco él comenzaba a sentir esa satisfacción de controlar toda la situación otra vez, de ser un magneto de pasión y seducción, esa emoción de volver a ser el gran amante que solía ser. Ella lo acariciaba todo el camino, no tenía real conciencia de lo que estaba a punto de suceder, ni a donde se dirigía esa aventura.

Alonso estacionó el auto en un mirador que daba a la playa, era noche primaveral de luna llena y el reflejo iluminaba el mar con su estela plateada. Los besos y caricias aumentaron la excitación del momento; era una noche de pasión desenfrenada al borde de la locura. Pero a pesar de todo el ambiente sensual y envolvente, ella aún no se entregaba por completo.

Dos cosas pasaron por la mente de Alonso, o los tragos habían calmado su magnetismo envolvente, o por haber estado tanto tiempo reprimiendo su

verdadero don, ahora no estaba causando el efecto deseado. Se sentía ador-
mecido, como si todo eso fuera un sueño aletargado, así que se esforzó por
aumentar esa magia natural que siempre fluía por su piel.

Esta vez las cosas tomaban el rumbo que él quería, la temperatura aumentaba mucho, entre besos y caricias; la pasión y el deseo estaban fluyendo sin
límites en el aire. Con la destreza de siempre consiguió desabotonar su blusa
y sumergirse entre sus pechos. Ella había hecho lo propio con su camisa acari-
ciando su piel desnuda y sudorosa. Alonso acercaba sus manos por sus muslos
y cuando él pensaba que todo estaba listo, ella se alejó de él bajándose del auto.

Con ambas manos se abanicaba la cara y se ventilaba ante la atónita mirada
de él, ella se paró frente al auto mirándolo en todo momento y esbozando una
sonrisa. Cuando él ya pensaba que esa noche de pasión llegaba a su fin; ella se
desvistió de manera sensual a la luz de la luna. Los reflejos azulados sobre su
piel dibujaban los contornos delicados y deseados de la mujer, Alonso volvía a
creer en el destino de esa noche. Cuando ella terminó de sacarse cada pieza de
ropa, corrió desnuda por las dunas de arena en dirección al mar.

Alonso pasó de sentirse confundido y frustrado, a sentirse excitado otra
vez. Descendió del vehículo también y la siguió corriendo tras ella hasta alcanzarla en la arena antes de que entrara al agua. El juego seductor se tornaba
demasiado lúdico para él, la mujer le sacó la camisa y el resto de la ropa; se
besaron con más pasión y sin más preámbulo comenzaron a copular en la
arena. El vaivén de las olas, acompañaba el ritmo de sus cuerpos iluminados
por la luna.

Ese nuevo escenario lo mantenía alerta y desconcentrado, sin embargo ella
estallaba una y otra vez en éxtasis. Cuando él pensaba que todo acababa, ella
volvía a retomar el ritmo con sus gemidos. Alonso se sentía muy extraño, por
un lado estaba disfrutando al máximo el momento sin tener que refrenarse en
nada, pero por otro lado necesitaba que todo fuera como sus primeras y fatales
experiencias. Por un instante llegó a pensar que al fin había encontrado a la
única mujer capaz de resistir cien por cien su magnetismo explosivo.

Ella acabó nuevamente sobre él y se detuvo un instante, lo besó intentando
recuperar el aliento perdido. Se levantó otra vez y salió corriendo en dirección
al mar hasta zambullirse en las aguas cálidas. Alonso se levantó y la alcanzó
entre el apacible oleaje que les bajaba la temperatura a sus ardientes cuerpos.
El vapor subía desde sus hombros por sobre la superficie de las saladas aguas.

Tomándola de los brazos, Alonso volvió a unirse a ella, deseoso de su cuerpo húmedo y ardiente. El agua les llegaba hasta más arriba de la cintura, la adrenalina de ambos se disparaba y estaban prendidos como antorchas.

Ambos estaban en la misma sintonía, ella comenzó a gemir y a excitarse más allá de sus límites. Al fin estaba entregada, extasiada y perdida por su encantador magnetismo, presa en las manos de su cazador. Estaban en lo más alto de sus sensaciones a punto de conseguir un nuevo orgasmo en conjunto, cuando él sintió un pequeño dolor en su pierna derecha. Ella seguía aumentando su excitación, se movía hacia arriba y hacia abajo siguiendo el vaivén de las olas.

Un nuevo pinchazo se dejaba sentir en las piernas de Alonso, un intenso dolor que lo hizo mirar a su alrededor. De una manera inexplicable, el altísimo nivel de sus feromonas, había atraído una gran cantidad de medusas a su alrededor. La luz de la luna iluminaba las pequeñas masas blanquecinas que se reunían en torno a ellos. Algunas de ellas lo habían aguijoneado y las toxinas comenzaban a hacer efecto en él.

Ella continuaba moviéndose con más intensidad sin percatarse de lo ocurrido; Alonso intentaba sostener el peso de la mujer y al mismo tiempo resistir el dolor que comenzaba a expandirse hacia su estómago. La mujer conectada por completo con su deseo más profundo estallaba en el máximo nivel de excitación que jamás había experimentado. El agua ya les llegaba a la altura del pecho. Ella no resistió esa sensación de eterno éxtasis y su corazón dejó de latir abrazada a él como muchas otras.

El peso del cuerpo inerte de la mujer junto al efecto del veneno, tumbaron a Alonso en el agua. Con mucha desesperación él intentaba sacarse a la mujer de encima sin lograrlo, las medusas continuaban atacándolo mientras poco a poco perdía las fuerzas para luchar. A la luz de la luna, sin testigos y envenenados de lujuria, ambos fueron arrastrados por las olas hasta perderse en el vaivén del apacible mar.

HISTORIA 5
SUEÑO ETERNO

Un fuerte golpe contra su ventana lo despertó abruptamente; el reloj daba las siete de la mañana y él apenas había conseguido dormir esa noche. El sol del verano ya iluminaba toda la habitación. Aún tenía los ojos a medio abrir, pero necesitaba ir a ver de qué se trataba el golpe que lo había despertado tan temprano.

Al intentar bajar de su cama sus piernas se enredaron con las sábanas y con la torpeza de quien recién se despabila por la mañana, cayó al suelo. Por suerte las mismas sábanas amortiguaron un poco el golpe contra el piso de madera.

Se incorporó muy enojado y algo aturdido, sus ojos aún permanecían a medio abrir, la luz que entraba por su ventana le molestaba demasiado. Quizás era la luz o tal vez el hecho de haber dormido tan poco durante la noche, el asunto es que sentía un gran dolor de cabeza que le martillaba los sesos. Llegó a la ventana para percatarse que un pájaro se había estrellado contra ella; el animal estaba muerto por el impacto y colgando al borde de la cornisa.

No podía dejarlo allí hasta que se descompusiera y la peste inundara su habitación, así que abrió la ventana y lo tomó con un pedazo de papel para luego botarlo a la basura. Parecía ser un gorrión por su tamaño y su plumaje pardo y marrón. Estaba sorprendido de que un ave tan pequeña hubiese hecho tanto ruido al estrellarse.

Descendió las escaleras con el animal en las manos y una vez en el primer piso, al tocar con los pies la fría cerámica del pasillo, se dio cuenta que no se había puesto sus pantuflas para bajar. Ya qué importaba, no se devolvería con el ave muerta hasta su habitación, así que se encaminó en dirección a la cocina. Apuró el paso para no sentir tanto frío en los pies, pero antes de llegar a ella, se resbaló con un río de agua que se había filtrado hasta el pasillo.

— ¡Mierda!... ¡Qué manera de comenzar el día! —exclamó indignado.

Volvió a incorporarse con la ropa y el cuerpo empapados, se dio cuenta que al caer había soltado el pájaro. Miró hacia ambos lados y dio un suspiro de alivio al ver que no había caído sobre él ni esparcido sus vísceras por el pasillo. Lo levantó sosteniendo una de sus tiesas patas con la punta de los dedos. El agua escurría por las plumas del ave muerta; que tenía más apariencia de ratón que de gorrión.

Botó el animal muerto en el tarro de basura de la cocina y al mirar alrededor, pudo darse cuenta que el agua se había filtrado desde fregadero. Los platos que había dejado ahí en la noche, bloquearon el sumidero y el chorrito de agua que caía de la llave terminó por llenarlo. El agua se desbordó inundando la cocina hasta llegar al pasillo.

Al verse descalzo en medio del agua, agachó la cabeza y resignado fue a buscar unas zapatillas para ponerse y no pescar un resfriado. Trajo algunos paños secos y un balde para empapar el agua del piso. Ahí estaba de rodillas en el suelo mojado cuando sonó el timbre de la entrada. Ni siquiera había bajado con su bata. Dejó lo que estaba haciendo y tal como estaba fue a ver quién era.

No pudo ver a nadie a través de la mirilla, abrió la puerta, se asomó y vio al perro de su vecina huyendo con el diario matutino agarrado en el hocico. Él salió corriendo tras el animal gritándole, sin importar que sólo estuviera vestido con calzoncillos, camiseta y zapatillas. Pero el perro arrancó con el periódico a través del antejardín, mientras él continuaba persiguiéndolo, hasta que al fin el animal soltó el diario y pudo regresar a su casa.

Pero al llegar a la puerta, se dio cuenta que estaba cerrada y que había salido sin las llaves; estaba en ropa interior parado frente a la calle y muy avergonzado. Recordó entonces que había dejado la ventana de su habitación en el segundo piso abierta y se aventuró a escalar la reja y luego el muro hasta alcanzar el techo de la casa.

Se movía con cuidado para no agrietar el tejado; paso a paso apoyado con las manos y los pies se acercaba a la ventana. Pero faltando un par de metros, una de las vigas del techo bajo él cedió. El hombre perforó el techo y cayó desde esa altura, hasta el living de su sala, quedando inconsciente.

Despertó sobresaltado por un golpe en su ventana, miró a su alrededor extrañado de estar en su habitación. El reloj daba las siete de la mañana y el sol luminoso del verano inundaba todo el cuarto. Se levantó muy animoso a pesar que la noche anterior no había dormido muy bien. Aún somnoliento y pasándose las manos por la cara fue a ver qué había sucedido. A medio camino estiró los brazos por completo y dio un gran bostezo. Al mirar hacia fuera, se dio cuenta que un pájaro se había estrellado contra su ventana quedando muerto al borde de ella.

Abrió la ventana y tomó al animal con un papel que tenía cerca. Luego lo dejó sobre la repisa mientras iba a ponerse algo de ropa para bajar. Él no tenía la costumbre de usar pijama y menos en verano, dormía sólo con una camiseta y calzoncillos. Aún caminaba medio dormido y al darse vuelta en dirección al clóset, se golpeó un pie contra la esquina del velador dando un gran grito de dolor que se escuchó desde lejos.

— ¡Mierda, qué dolor!

A regañadientes se vistió, sintiendo el punzante dolor en el dedo gordo del pie. Luego bajó las escaleras llevando el pájaro muerto para botarlo a la basura, pero iba llegando al último peldaño cuando sonó el timbre de la casa. Como la puerta de calle estaba más cerca que la cocina se aventuró a ver quién era.

Al mirar por la mirilla alcanzó a ver la espalda del repartidor de diarios que se alejaba de la puerta; también vio como se acercaba corriendo el perro de la vecina, directo hacia el periódico. No lo pensó dos veces y abriendo la puerta le arrojó el pájaro muerto directo a la cabeza. El perro dio un par de ladridos y luego se fue con el animal en el hocico. A los pocos segundos, se escuchó el grito de espanto de su dueña al verlo llegar con el ave muerta. El hombre recogió el periódico y cerró la puerta con una sonrisa de satisfacción en la cara:

—Bien merecido se lo tiene la vieja de mierda, a ver si ahora mantiene a su perro lejos de los jardines ajenos.

Dejó el periódico sobre la mesa del estar y se encaminó a la cocina para servirse un rico desayuno. Pero al encaminarse por el pasillo comenzó a sentir el chapoteo del agua en sus pies y se dio cuenta que la cocina estaba inundada. El agua estaba cayendo desde el fregadero que se había rebalsado porque los platos de la noche anterior bloquearon el sumidero. La llave había quedado un poco abierta dejando caer un hilito de agua, lo suficiente como para rebalsarlo después de tantas horas, inundar la cocina y filtrarse hasta el pasillo.

Resignado trajo unos paños secos y un balde para empapar el agua y secar el piso lo más rápido posible. Ya había terminado con la cocina y sólo le faltaba una parte del pasillo por limpiar y secar, cuando al levantarse se resbaló y cayó de espaldas golpeándose muy fuerte en la cabeza y quedando inconsciente en el suelo.

Él se despertó muy exaltado, estaba mojado en sudor y su corazón estaba acelerado. El reloj marcaba dos minutos para las siete de la mañana. Por un momento permaneció sentado en la cama tratando de recordar qué extraño sueño había tenido. Cuando un fuerte golpe en su ventana lo hizo reaccionar. Se levantó para ver qué había sido; pero algo le pareció extraño al momento de pararse, tenía la extraña sensación de haber vivido eso antes.

Se asomó por la ventana y vio un pájaro muerto que se había estrellado en ella. Tenía el pico destrozado con el impacto y estaba con las patas hacia arriba. Por el color del plumaje y el tamaño parecía un gorrión, aunque por el golpe que se escuchó momentos antes hubiera pensado que era algo más grande como un zorzal. Abrió la ventana para sacarlo de allí, pero al mirar hacia la calle se dio cuenta que venía el repartidor de diarios y le gritó desde arriba.

– ¡Espéreme por favor bajo enseguida!

El hombre alzó la mano dándole a entender que lo había escuchado. Se vistió lo más rápido que pudo con un buzo y zapatillas, tomó la billetera y las llaves de la casa que estaban sobre el velador y bajó corriendo las escaleras. Al abrir la puerta se encontró con el repartidor que lo esperaba.

—Gracias —le dijo intentando recuperar el aliento— quería dejarle pagada la semana y pedirle que ya no deje el periódico en la puerta de la casa, porque el perro de la vecina tiene la costumbre de venir y mordisquearlo entero; otras veces lo orina y a veces se lo lleva quien sabe dónde. Prefiero que lo coloque en el buzón si no es molestia.

—No se preocupe ahí lo dejaré —le respondió con amabilidad.

El repartidor recibió el pago por el servicio de la semana y se despidió. A los pocos segundos que él pasara el límite del antejardín, el perro venía cruzando la calle en dirección hacia su casa. Al verlo que se acercaba dijo:

—Ahí viene el maldito, si parece que lo tuvieran amaestrado para robarse mi diario.

Se escondió a un costado del jardín esperando que el perro pasara la reja y una vez que lo hizo, le plantó un grito que lo hizo salir huyendo despavorido con la cola entre las piernas.

—A ver si con eso aprende este animal a no meterse en mi patio.

Ya venía de regreso en dirección a la puerta de entrada con una sonrisa complaciente en la cara, cuando sintió la extraña sensación de que algo le faltaba. En las manos traía el periódico, revisó sus bolsillos, tenía las llaves y la billetera consigo, pero no lograba quitarse esa sensación de encima.

Aprovechando que ya estaba afuera y que la mañana estaba agradable, se sentó en la banca del antejardín a leer el periódico. Ya había pasado más de una hora cuando sintió hambre y decidió ir a preparar el desayuno. Al llegar a la puerta de entrada vio como un río de agua salía por el frente de su casa y se apresuró a ver lo que pasaba; al abrir la puerta se encontró con la sala inundada por una fuga de agua que venía desde la cocina.

Una de las llaves del fregadero se había reventado y el agua había inundado la cocina, el pasillo y luego escurrió hacia el resto de la casa. Se apresuró a cortar la llave de paso del medidor en el antejardín y después volvió a secar el desastre. Estuvo varias horas barriendo el agua y secando todo. Tuvo que sacar la alfombra de la sala al patio para que se secara y que mover de lugar algunos muebles debido a la humedad.

El día pasó rápido con tanto desorden y había sido agotador con todo ese incidente; apenas y pudo comer entre los pequeños descansos que tuvo. Llamó a un gasfitero que vino a arreglar la llave descompuesta, pero al fin dejó todo en orden y después de tomar una ducha caliente al terminar el día, se acostó a dormir.

A la mañana siguiente despertó asqueado por un fuerte y desagradable olor que venía desde afuera. El olor putrefacto había inundado toda la habitación. Fue a la ventana para ver de qué se trataba y se dio cuenta que la había dejado abierta durante la noche. El olor se hacía más intenso cada vez y al asomarse vio al pájaro que había muerto la mañana del día anterior al borde de la cornisa. La pestilencia del animal descomponiéndose desde el día anterior era tan desagradable, que prefirió empujarlo desde la ventana hacia el patio, para enterrarlo en el jardín minutos después. Lo más extraño de todo es que estaba casi seguro de haberlo botado a la basura el día anterior.

HISTORIA 6
TRANSFERENCIA

Nunca pensé que un simple sobre de papel me traería tantos problemas. Cómo imaginar que una carta sin remitente dejada en mi buzón, sería el inicio de esta terrible experiencia que me mantiene hoy encerrado aquí.

Esa tarde al llegar de mi trabajo, recogí la correspondencia del buzón como todos los días. Entre las cuentas y publicidad que por lo general recibo estaba un sobre blanco que de inmediato llamó mi atención. Al entrar a mi casa dejé todo sobre la mesa de entrada, ya casi oscurecía y el aire estaba grato para regar el patio antes de dedicarme a hacer otras cosas.

Fui a mi habitación a cambiarme ropa; al fin me sacaba de encima esa tenida formal que tanto odio. Me coloqué un buzo gris, una sudadera negra y zapatillas, y luego puse la música alta para que se escuchara desde el patio. Al son de las guitarras y tambores encontraba un momento de paz en ese día tan agotador y monótono. Siempre ha sido muy relajante para mí llevar a cabo ese ritual antes de volver a mi triste realidad.

Una vez terminada esa grata tarea, entré en la casa nuevamente y al pasar con dirección a la sala, de reojo pude ver el alto de correspondencia sin abrir que había dejado allí minutos antes. Sabiendo que no puedo evitar revisarla aunque siempre se trate de lo mismo; cuentas y publicidad, publicidad y cuentas ¡Qué asco! Uno a uno fui abriendo los sobres y una vez terminado de ver su contenido los iba rompiendo en pedazos y botándolos a la basura. Al menos así descargaba la rabia que me daba tener que hacer eso. Hasta que llegué a ese extraño sobre blanco sin remitente, que sólo tenía mi dirección al frente.

La curiosidad me embargaba, me tomé unos segundos antes de abrirlo. En su interior encontré dos hojas de papel y un lápiz grafito. El lápiz tenía forma hexagonal, sin cobertura de color sólo el tono rústico de la madera con una pequeña capa de barniz que abrillantaba su acabado, pero que se notaba algo desgastado por el uso.

En cuanto a las hojas, en la primera había un dibujo de unos ojos de mujer, era una mirada penetrante, algo tenebrosa, pero al mismo tiempo muy seductora. La siguiente hoja venía escrita y me dispuse a leerla. Pero antes de comenzar miré otra vez el dibujo y un escalofrío recorrió mi espalda sacudiendo con fuerza mi cuerpo. Mis manos estaban temblando en una mezcla de ansiedad y nerviosismo, hasta terminar de leer su escalofriante contenido.

"Primero que todo le pido disculpas por enviarle esta carta sin remitente, pero era necesario, de otra manera no podría librarme de esta maldición. Adjunto encontrará un dibujo que más adelante comprenderá qué significa. También un lápiz grafito que es el culpable de todas mis pesadillas, pero que desde ahora le pertenece a usted. Este lápiz tiene un poder especial que sólo descubrirá al dibujar o escribir con él. No necesita saber dibujar, como le mencioné es un lápiz especial, sólo tenga cuidado y dele un buen uso.

Yo pensé que sería capaz de sobrellevar este regalo, pero es más poderoso de lo que creía, espero que usted pueda comprender que su corazón será pesado a través de él y que su verdadero yo prevalecerá. Bajo ninguna circunstancia intente destruirlo, sólo puede liberarse de él de la misma forma como lo ha recibido, sólo así se realiza la transferencia."

Después de leer el contenido pensé que se trataba de una broma o una bien planeada estrategia de publicidad. De verdad que habían conseguido llamar mi atención. Volví a revisar el lápiz para buscar alguna marca del fabricante, pero no encontré nada; también revisé las hojas y el sobre, pero no contenían nada más. Al final tomé las hojas, las rompí y arrojé los restos al papelero junto con el lápiz.

Sentí mi boca seca y mi lengua pegada al paladar, así que me dirigí a la cocina en busca de un rico y refrescante jugo de naranja. Mientras me servía el primer vaso, me dieron ganas de prepararme un sándwich, el cual me comí acompañado de un segundo vaso de jugo. Al terminar de comer seguía con sensación de sed en la boca, así que me serví un tercer vaso de jugo y me dirigí a mi habitación.

Al pasar otra vez por la sala casi me da un ataque de la impresión. Mi mano dejó caer el vaso entre mis dedos como si se derritiera mantequilla sobre el pan caliente y se desbordara por los contornos. Los pedazos de vidrio saltaron en todas direcciones y el líquido anaranjado mojó todo mi entorno y parte de mi ropa.

No podía creer que una de las hojas que recién había destruido y botado, estaba intacta sobre el escritorio junto al lápiz. Por un instante me quedé petrificado, intentando comprender qué clase de locura era esa. Me acerqué con cuidado para no pisar los fragmentos de vidrio esparcidos por doquier; examiné la hoja con el dibujo por ambos lados, tratando de descubrir el secreto de lo que acababa de ocurrir.

Saqué los fragmentos de la carta de la basura y volví a leerla y me detuve donde decía —*lo descubrirá al dibujar con él...*

Así que arranqué una hoja del cuaderno que mantenía cerca del teléfono de la sala y aunque no era un gran dibujante, ni tenía nada especial en mente para hacerlo, comencé a hacer líneas sobre la pálida y desnuda hoja.

Al tiempo que mi mano se deslizaba por el papel, las líneas que yo hacía se acomodaban como guiadas por la mano de un artista y mi mente dirigía los trazos finales convirtiéndolo en un perfecto dibujo. Era como ver mis pensamientos plasmados con lujo de detalles frente a mis estupefactos ojos. Mi mente estaba visualizando el vaso con jugo de naranja que había dejado caer y esa era la figura perfecta que había aparecido sobre la hoja.

—Si no fuera un dibujo en grafito hasta darían ganas de tomárselo —pensé por un momento.

No terminaba de cruzar esa frase por mi mente cuando comenzaron a aparecer colores sobre los trazos negros y un naranjo resplandeciente teñía la blanca silueta del vaso. Casi se podía tomar. Luego me pareció ver un ligero movimiento sobre el dibujo y antes que pudiera sobreponerme de semejante alucinación, fue más sorprendente aún ver que el vaso desaparecía en el papel y se hacía real sobre la mesa frente a mis ojos.

Incrédulo ante tal visión y pensando que todo aquello era sólo un sueño o una alucinación, me acerqué para comprobar la veracidad de lo que mis ojos mostraban. Todos mis sentidos indicaban que aquello era real, pero mi mente se resistía a creerlo. Sentí en mis dedos la suavidad del cristal y su forma cilíndrica se deslizó por mi palma hasta sujetarlo por completo en mi mano.

Lo levanté en dirección a mi boca y a centímetros de mi cara se podía percibir su cítrico aroma que hizo que mi boca salivara de manera abundante. Al primer sorbo que pasó por mis labios y tocó mi lengua sólo un pensamiento pasaba por mi mente

—Es real, el dibujo se volvió real...

Estupefacto me senté a divagar en las muchas cosas que podía hacer con ese milagroso regalo, aún cuando no sabía el alcance que ello podría tener; ni siquiera me había detenido a pensar.

—¿Por qué motivo alguien lo despreciaría?

Las siguientes horas las pasé pensando y dibujando cosas simples como relojes, un televisor enorme y otros pequeños caprichos que fueron llenando poco a poco la sala de mi casa. El tiempo se había pasado muy rápido y el reloj ya pasaba de las doce de la noche.

Entonces me propuse dibujar cosas mayores a las ya obtenidas, algún objeto que no pudiera estar dentro de la casa. La única imagen que cruzó mi cabeza fue un reluciente y envidiable auto deportivo.

Al momento que todo el ritual terminaba sobre el papel y al ver que por suerte lo dibujado no aparecía en medio de mi sala, me asomé por la ventana y allí estaba, estacionado frente a mi garaje. No pude contener mis ganas de tocarlo con mis propias manos, de sentarme en él y escuchar su motor sonar en el silencio de la noche. Las llaves estaban puestas listas para salir y dar un paseo acompañado sólo por las estrellas.

Hasta aquí todo era un gran sueño hecho realidad. Esa noche apenas dormí pensando en las mil cosas que deseaba tener; sin embargo, sólo una frase seguía dando vueltas en mi cabeza.

—*Tu corazón será pesado a través de él...*

Sonaba como una maldición. Yo sabía que debería cuidarme de la codicia, no podía caer en la locura de querer tenerlo todo y sucumbir ante el afán del facilismo. Toda mi vida había sido un hombre de esfuerzo y siempre privilegié mis éxitos laborales por sobre otros intereses, incluso relegué a un segundo plano mis intereses amorosos, pero me sentía un hombre afortunado y feliz. Ya eran alrededor de las dos de la mañana y con mi mente en esas interrogantes, me dormí.

Por la mañana desperté con mucho sueño tras la velada anterior y como cualquier día común y corriente, llegué a mi trabajo a la hora y manejando mi antiguo auto para no dar qué hablar sobre mi nueva adquisición.

Luego de las primeras horas de la mañana y tras salir de una importante reunión, al fin me senté a solas en la oficina. Comencé a soñar como siempre con un gran lugar de trabajo, una amplia oficina con ventanas iluminadas y un asiento mucho más cómodo. Un anhelo nació en mi corazón y un impulso sobrenatural me decía que podía tomar el lápiz y dibujar lo que quisiera.

Las líneas caían sobre una blanca hoja, al momento la imagen luminosa de una amplia oficina comenzaba a tomar forma. Los muebles lujosos, el entorno rodeado de un hermoso paisaje, todo lo opuesto a la gris vista de la ciudad que tenía frente a mí. Al terminar me quedé contemplando tal perfección, no hubo movimiento del papel ni un acto fantástico de transformación. En realidad, no pensaba que sería algo inmediato sólo proyecté un anhelo que por años había tenido y pensé que algunas cosas estaban fuera de convertirse en realidad.

La tarde continuó su curso y las reuniones pasaron una tras otra haciendo mi día un torbellino imparable y agotador. Eso también hizo que sintiera menos el peso de mis pensamientos y que mi mente estuviera menos enfocada en lo que podría lograr a través de los dibujos y más en mis propios esfuerzos.

Cuando ya finalizaba el día mientras apagaba las luces de mi oficina para irme a casa, mi jefe me llamó a la suya. Quizás debíamos preparar algo para una reunión del día siguiente y me daría instrucciones de última hora. Siempre he tenido la mejor disposición para todos los requerimientos que me hacen, pero a veces no me siento retribuido por mi esfuerzo.

Claro que esos pensamientos serían desechados después de salir de la oficina de mi jefe y mi pesimismo había sido silenciado con la mejor noticia que jamás habría imaginado. La empresa necesitaba comisionar a alguno de los ejecutivos para hacerse cargo de unas oficinas que estaban fuera de la capital. En realidad esas fueron sus palabras, pero se trataba de una región bastante alejada.

Lo que él no sabía es que mi sueño siempre había sido alejarme de la locura capitalina y ese puesto cumplía todas mis expectativas. Para mi fortuna todos aquellos a los que se les había ofrecido el cargo lo rechazaron, era de esperarse, para quienes están casados y con hijos una decisión así es un cambio muy radical en sus vida. Sin embargo yo no dudé en aceptar ante la sorpresa de mi jefe; ahí descubrí que el poder del lápiz no sólo hacía realidad los objetos por complejos que fueran, sino que también las situaciones de mi vida.

Nunca pensé que de esa manera comenzaría a marcar un rumbo diferente y oscuro en mi vida. Cuando se descubre la amplitud de los deseos, el camino se convierte en una locura vertiginosa y la ambición nos envuelve en la oscuridad; claro que nunca me detuve a pensar en esas cosas.

Algunas semanas después, ya instalado en mi nuevo lugar de trabajo y sin nadie que me conociera, le di rienda suelta a mi ambición. Comencé por una lujosa casa llena de todas las comodidades que mis deseos podían brindar. Estaba rodeado de lo mejor, tenía un buen trabajo y me sentía pleno, al menos en lo que respectaba a lo material.

Más allá de los deseos simples y normales como cualquier persona que anhela vivir de manera cómoda, comenzaron a aflorar pensamientos extraños, torcidos y preocupantes. Sin darme cuenta imágenes paganas y sombrías me invadían. Temía en gran manera que fuera cosa de tiempo para que dejara plasmado en el papel la totalidad de mi perversión y que el lado oscuro que todos llevamos dentro prevaleciera a mi tranquila personalidad.

Una tarde calurosa de domingo, contemplaba el florido paisaje primaveral que estallaba en multitud de colores y el perfume floral invadía mis sentidos alejados del ruido al que por tantos años se acostumbraron a subsistir. Yo estaba en el balcón de mi habitación en el segundo piso con los codos apoyados en la baranda y sosteniendo el peso de mi cabeza entre mis manos, con mi cuerpo hacia delante y la vista perdida en el horizonte.

La figura curvilínea de mi vecina rompió esa perpetuidad contemplativa de mi mirada al salir a su patio. Una fuerza tan indescriptible y poderosa surgió en mí en ese momento, la deseé con locura y no podía sacarla de mi mente. Ella no era la mujer más hermosa que hubiera conocido, tampoco estaba vestida de manera sensual ya que estaba ordenando y limpiando la terraza de su patio, pero ella se había apoderado de mis pensamientos.

Me senté en la habitación y con su recuerdo en mi retina, cerré los ojos e intenté dibujarla en mi mente. Sólo eran imágenes pero encendían cada vez más mi deseo, casi sentía su piel recorriendo mi piel y su calor en mí. Ni siquiera la conocía en persona, no tenía idea de sus gustos, del tono de su voz ni siquiera de su nombre.

Era como un fuego desde mi interior, una obsesión enfermiza y descontrolada, una nube que cegaba mi entendimiento y mi razón. Envuelto en esa locura tomé el lápiz grafito y comencé a dibujarla, llené cada espacio vacío del papel con diferentes imágenes de ella, de su boca, su cara y su silueta. La locura guiaba mi mano sin control.

Sin darme cuenta comencé a sentir una ira profunda en mi interior por no poder tenerla conmigo. Tomé una nueva hoja blanca y comencé a dibujar a su marido. A él lo había visto un par de veces antes de salir a mi trabajo. Él era el único que podría impedirme estar con ella, la rabia que había en mí fluía incontenible y las líneas poco a poco conformaban una brutal e impensada escena, donde él yacía moribundo y desangrado en el piso de su propia cocina.

Segundos más tarde se escuchó un grito con tintes de espanto que entró por mi ventana proveniente de su casa; al instante corrí a ver de qué se trataba. Mi corazón latía con fuerza, mi aliento no alcazaba a oxigenar mi cuerpo y al llegar frente a la casa de mi vecina, ella se encontraba sentada en la escalera de entrada con las manos en la cara llorando a mares.

Viendo que tenía medio cuerpo ensangrentado y sus manos teñidas de rojo manchaban su blanca cara, casi sin aliento le pregunté.

—¿Qué te pasó?

Entre sollozos intentaba explicarme lo sucedido, pero las palabras no conseguían salir de manera comprensible por su boca. Con su mano apuntaba hacia la entrada de la casa desde donde un rastro de sangre traído por ella mostraba el camino que respondería la pregunta que había formulado. Como si no supiera lo que sucedía, seguí el rastro de pisadas cruzando el pasillo hasta encontrar la terrorífica escena al interior de la cocina.

Mientras ella estaba aseando el patio, su marido se encargaba de preparar un almuerzo especial. Yo no lo sabía hasta ese momento pero mi vecino era un aficionado cocinero de fin de semana. Por esas cosas incomprensibles se resbaló y el cuchillo que usaba en ese momento, le cercenó una arteria principal a la altura del cuello. No pudo pedir ayuda y no fue hasta que ya estaba muerto que ella lo encontró. Al presenciar la sangrienta escena ella comenzó a gritar y llorar, nada la consolaba, nada la calmaba y al ver que no podía hacer nada salió corriendo de la casa pidiendo ayuda. Ahí fue donde yo la encontré sentada.

Al ver el mar de sangre y el cuerpo sin vida del hombre, no me sentí culpable para nada, ni un poco de remordimiento había en mí. Ni siquiera podía reconocerme ahí parado indolente y frío como un témpano de hielo. Salí al frente para hacerle compañía a ella; permanecí a su lado hasta que la casa se llenó de policías, ambulancia y los curiosos de siempre. El momento más penoso fue cuando el cuerpo del hombre era sacado de la casa, los gritos de sufrimiento y desesperación de ella inundaron la cuadra entera. Si alguien no se había dado por enterado de lo sucedido, después de esa escena seguro lo estaría.

Por varios días mantuve el lápiz escondido lejos de mi vista y aunque deseaba comenzar lo antes posible a hacer cosas para acercarme a mi vecina. Por un momento mi lado humano volvía a controlar mis impulsos. Estuve en el funeral a pesar que era uno de los vecinos que menos los conocía, un par de veces que nuestras miradas se cruzaron desde nuestros patios, le levanté mi palma extendida en señal de saludo.

Pero ese deseo incontenible no se había apagado, todos los días pensaba en ella y maquinaba planes para comenzar a tener un acercamiento a ella. Semanas después que todo se calmara, volví a dibujar creyendo que podría encontrar la manera de animarla a acercarse a mí. Tras horas de esforzados dibujos y de pensar en diversas escenas de encuentros fortuitos, conseguí que llegara a mi puerta a pedir ayuda.

La puerta del frente de su casa se había cerrado y había dejado las llaves adentro, la única manera que tenía para entrar era desde el patio de mi casa. Ese tiempo fue suficiente para conversar algo más tranquilos. Ya habían pasado algunos meses después del incidente y seguro yo era unos de los pocos o quizás el único que no le había preguntado detalles de lo sucedido ese día. Para alguien que vive una etapa de duelo, ese gesto por mínimo que parezca es muy importante.

Cada vez que podíamos conversábamos, intenté animarla de distintas maneras; y entre tantos encuentros y conversaciones se me ocurrió decirle que en mis ratos libres me dedicaba a dibujar. Algo más interesada, me preguntó si la podía retratar a ella, mi comentario apuntaba justo en esa dirección y acordamos el día para que fuera a mi casa a retratarse.

El timbre de mi casa sonó a la hora acordada y mi corazón se aceleró, el momento tan anhelado había llegado y la larga espera había rendido sus frutos. Era una tarde de otoño, el sol comenzaba a bajar y el calor daba paso a un viento suave pero frío que mecía las hojas secas que aún pendían de los árboles.

Nos sentamos en la sala, ella recorrió todo el lugar con su mirada.

—Tienes una linda casa —comentó asombrada.

—Gracias —dije orientándola con mis manos a tomar una de las dos copas de vino que había servido.

Por largo rato charlamos, el frío comenzó a hacerse notorio obligándome a encender la chimenea. Yo pensaba que hasta había olvidado el asunto del retrato, cuando se acomodó en el sillón diciendo:

—Así quiero que me retrates.

Su figura se dibujaba radiante a la luz de la sala era digna de ser retratada por el mejor artista del mundo. Sin embargo, mis manos temblaban de la ansiedad por verla en mis brazos y de poder besar sus labios rojos, acariciar sus mejillas y desordenar su cabello.

Me senté frente a ella con un bloc de dibujo recién comprado y el lápiz mágico que me había encaminado hasta ese esperado momento. Todas mis esperanzas estaban puestas en ese lápiz. Sin embargo por más que me esforzaba en plasmar algo sobre la hoja blanca, no conseguía crear nada. Los trazos no se acomodaban como siempre lo hacían y para mi asombro y humillación, en la hoja sólo se podían ver rayas sin sentido.

Intentaba mantener la calma, sabía que si me enfocaba en algo el lápiz haría su parte como tantas veces antes. Un sudor helado comenzó a recorrer mi espalda, me serví una copa más de vino buscando la inspiración para mis pensamientos, ya que estaba claro por el estado de la hoja que para dibujar no la tenía.

—Espero que esté quedando bien —me dijo ansiosa— ya que estás tan concentrado que ni hablas y hasta veo como te muerdes los labios.

Llegué al colmo de mi frustración, no podría sostener por mucho tiempo más aquella farsa, si no conseguía que el lápiz hiciera su función perdería quizás mi única oportunidad con ella. Tanto enojo e impotencia sentía, que en un arranque de ira clavé el lápiz en medio del penoso dibujo que había hecho. Al mismo tiempo que atravesaba el papel, ella se desplomaba al suelo a un costado del sofá. Como una daga en su pecho había sido el golpe del lápiz sobre mi burdo intento de retrato.

Me acerqué para ayudarla pero su vida ya no estaba en mis manos. Hice todo el esfuerzo posible por reanimarla pero nada daba resultado. Corrí entonces hacia la hoja de papel pero por más que intenté cambiar los trazos del dibujo, no podía revertir lo sucedido. Me di cuenta entonces, que la magia del lápiz no tenía poder sobre dos cosas: el amor y el don de la vida.

La desesperación me embargó, sólo maldad provenía de ese maldito pedazo de madera, sólo la perdición me esperaba si seguía vinculado a él. Sin saber qué más hacer, quise destruirlo arrojándolo a las llamas de la chimenea. Al momento de caer el lápiz al fuego, sentí como si mi propio cuerpo se estuviera quemando; el dolor intenso apenas me permitió volver a sacarlo.

Recordé entonces la advertencia sobre el legado del objeto, que por nada del mundo intentara destruirlo. Mi ser estaba ligado a él. La gracia se había convertido en maldición y me había sobrepasado, la muerte y la desolación me rodeaban.

Angustiado al máximo, tomé del escritorio un sobre blanco y coloqué dentro el grafito, luego fui a mi habitación en busca del dibujo que con él había llegado. La otra carta recibida la había memorizado antes de botarla para que nadie supiera jamás mi secreto. Al tomar en mis manos aquel dibujo, esa mirada lujuriosa parecía condenarme y al mirar fijo esos ojos profundos, me vi inmerso en todos los tormentos que ese regalo me había traído. Ya no me reconocía, no era yo el que veía frente al espejo. Coloqué la hoja en el sobre y lo cerré, escribí en él una dirección al azar, no me importaba adonde fuera a parar sólo necesitaba librarme de él.

Salí de la casa y manejé mi auto hasta llegar al buzón para depositar el sobre que me libraría de mi maldición, aunque no de mis culpas. Después de enviarlo me dirigí a la estación de policía para explicar todo lo sucedido; la verdad no me importaba que me creyeran o no, sólo quería expiar mi corazón, aunque no podría revertir mi destino.

Desde ese día estoy aquí recluido en este hospital psiquiátrico. No puedo cerrar los ojos sin ver las imágenes siniestras, esas líneas y bocetos que atormentan mi mente todos los días. Sólo sé que en algún lugar, alguien ha recibido mi carta sin remitente y esa maldición renacerá en la vida de aquel que sin quererla la recibió. Mi corazón fue pesado por mis actos y sumergido en las tinieblas de mi codicia y mi ambición.

HISTORIA 7
EL ORIGEN DE LA MALDICIÓN
(Secuela de la historia 6 "Transferencia")

No hay una guía que nos indique qué hacer en todas las situaciones de nuestra vida, no existe un manual infalible que nos advierta los riesgos de ciertas acciones o decisiones; y aunque ese libro de conducta existiera; ¿te diría qué hacer si a tu casa llegara un sobre sin remitente? Lo más lógico sería abrirlo y sucumbir ante la curiosidad de conocer su contenido.

Nunca pensé que esa simple acción, que esa curiosa decisión sería tan radical e importante en mi vida. Como cada tarde al llegar de mi trabajo, recogí la correspondencia del buzón y la revisé en busca de alguna novedad interesante, pero siempre es lo mismo, cuentas y promociones que terminan en la basura.

Esa noche cambiaron muchas cosas en mi vida, lo que estaba oculto debió quedarse en la oscuridad y no salir a la luz jamás. Lo más decepcionante para mí no fue recibir una carta anónima, sino descubrir que el sobre contenía sólo un lápiz grafito y una hoja con un extraño dibujo. Una mirada femenina que en verdad me ponía nervioso; una combinación entre sensualidad y misterio difícil de ignorar.

Al principio no comprendí de qué se trataba, pensé que era una clase de publicidad de las que recibo. Viajes al extranjero, ofrecimientos de seguros de todo tipo, vacaciones inolvidables y tantas otras cosas que llegan a mi buzón. Sin darle mayor importancia lo dejé sobre la mesa, mientras continué revisando el resto de mi correspondencia. Tan insignificante fue que ni siquiera me interesé en botarlo.

Mis sueños esa noche tampoco fueron los mejores, ya en mi mente rondaban visiones en torno a esa extraña mirada; ese dibujo simple, pero que a la vez parecía casi real. Tuve una visión muy incómoda donde esos ojos de mujer, observaban todo lo que yo hacía y esperaba hasta que yo estuviera dormido, para salir de ese papel y matarme en medio de la noche. Dos o tres veces desperté durante la madrugada para darme cuenta que sólo eran sueños ridículos y sin sentido.

Al otro día me desperté muy cansado por el mal dormir, parecía un zombi deambulando entre los pasillos intentando enfocarme en lo que tenía que hacer antes de irme a trabajar. Necesitaba dejarle un recado a la señora Carolina que viene todos los lunes y jueves a hacer el aseo a mi casa. Tenía una libreta sobre la mesa, pero no encontraba un lápiz con el cual escribir, luego de buscar por todas partes, recordé el grafito en el sobre y lo fui a buscar para usarlo.

Aprovechando que tenía ambas cosas a la mano, usé el reverso de la hoja dibujada para escribir. Mientras lo hacía, sentí un escalofrío intenso que me estremeció por completo, como un mal presagio de un futuro incierto y oscuro. El recado era una simple lista de tareas específicas para que ella hiciera durante el día. Lo dejé pegado en la puerta del refrigerador, donde siempre le dejaba los encargos y salí muy apurado a mi trabajo.

Aún lo recuerdo bien, el sol ya comenzaba a elevarse sobre las dentadas montañas y el azul del cielo lucía intenso. Corría una agradable brisa que anticipaba un día soleado y caluroso.

A las horas después, para mi sorpresa, recibí el llamado de la señora Carolina:

—¿Es una broma lo de la nota cierto don Gonzalo?

—¿Por qué señora Carolina? —le pregunté asombrado.

—Porque cada una de las cosas que me anotó en el papel ya estaban listas cuando yo llegué; las camisas planchadas, el traje encima de la cama y todo lo que me solicitó estaba hecho.

No sabía qué decirle, de los años que la conocía, ella jamás me había jugado alguna broma de ese tipo. Estaba tan sorprendido que ni siquiera sabía qué otras cosas encomendarle para el resto del día. Aunque aún estaba incrédulo de lo que me estaba diciendo.

—Pasaré a la hora de almuerzo y lo vemos —le respondí y colgué con urgencia.

La verdad esa última frase sólo se la dije para ganar tiempo. En cuanto pude salir de mi oficina, tomé el auto y manejé hasta mi casa, si eso era una broma o no, lo descubriría muy pronto. Al llegar ella se asombró de verme tan temprano en la casa y volvió a enrostrarme lo de la lista. Pero mayor sorpresa fue para mí al ver que en realidad cada cosa solicitada estaba hecha. Las tareas de un día de trabajo habían sido realizadas en unas pocas horas. Sabía que algo no andaba bien y había un impulso dentro de mí que me hacía sentir extraño.

Era una sensación inquietante que de inmediato asocié a la primera vez que usaba esos objetos. Coincidencia o no, con ellos había escrito la nota y ahora sucedían estas cosas inexplicables. Algo de lógica tenía pero seguía siendo ridículo pensar de semejante manera, aún así pensé:

—¿Qué daño puede hacer probar y escribir una tarea más en la hoja?

Obedeciendo a ese pensamiento inexplicable que me impulsaba escribí.

—Por favor cambie de posición los sillones de la sala.

En cuanto terminé de escribir sentí un estremecimiento como si una corriente pasara por mis venas, una sensación aterradora y electrizante. Al girarme hacia la sala, todo estaba cambiado según mis instrucciones. Mi corazón se exaltó, había tenido ese presentimiento extraño desde el momento de recibir esa carta y ahora lo sentía más fuerte que nunca.

Aunque nada tenía sentido, yo sabía que eso estaba sucediendo frente a mis ojos; necesitaba comprender de qué se trataba todo ese asunto. Así que le pedí a la señora Carolina que se tomara la tarde libre; le pagué el día completo y se marchó extrañada pero sin hacer mayores preguntas. Luego llamé a mi oficina fingiendo un repentino malestar y me quedé en casa el resto del día. Necesitaba estar tranquilo y solo, e intentar un par de cosas más para estar seguro de lo que sucedía.

Después de unos minutos meditando lo que haría, traje de mi maletín otro lápiz que andaba trayendo y volví a escribir sobre la misma hoja de papel. Pero esta vez nada sucedió. Entonces tomé el grafito y escribí sobre un papel en blanco y al instante esas cosas sucedieron.

Ahora tenía claro que no era la combinación de ambos objetos lo que producía que las cosas sucedieran, sino que era el lápiz el que poseía esa cualidad mágica. Continué escribiendo muchas cosas poniendo a prueba el alcance de su poder y todas aparecían en breve en el lugar. En cosa de horas ya había remodelado mi casa y había cambiado artículos sencillos por grandes lujos; hasta hice aparecer dinero por montones frente a mí.

Y aunque pude haberme dejado llevar por la ambición sin límites y la codicia desmedida, hice una pausa en las cosas que obtenía al escribir. La intriga de saber su procedencia o si ese admirable regalo en algún momento me pediría algo a cambio, fue más grande. Tenía que obtener las respuestas de algún modo, necesitaba tener la tranquilidad que no me estaba involucrando en algún tipo de magia a cambio de mi alma.

Lo más lógico sería que si el lápiz era capaz de responder a los estímulos escritos, podía utilizarlo para saber más sobre él. Quizás si hacía las preguntas correctas, las respuestas aparecerían frente a mí. Lo primero era saber...

—¿Quién me había enviado esos objetos?

En cosa de segundos cada letra que había escrito sobre el papel, se esfumaba y comenzaron a aparecer otras líneas. Frente a mis ojos apareció el rostro de un hombre desconocido para mí. Eso no me decía mucho.

—¿Dónde está él?

El papel se impregnó de líneas y poco a poco se dejó ver, por los detalles, que se trataba de una habitación acolchada, sin muebles en el interior y el hombre postrado en un rincón. Sólo un lugar se me vino a la mente de manera instantánea.

—Una institución psiquiátrica.

Dónde más llegaría alguien que supiera semejante secreto. Si yo contara las pocas cosas que me han sucedido en estas horas, nadie me creería y si ese grafito era tan poderoso como lo imaginaba, ese tipo de cosas podía volver loco a cualquier hombre sin mesura.

Mi última pregunta fue escrita:

—¿Cómo se llama el lugar donde está él?

Por un momento pensé que aparecería sólo el nombre del lugar escrito en la hoja, pero se dibujó en el acto la fachada de un edificio, con un portal en la entrada que decía Hospital Victorino Valdez. Ahora sabía dónde buscar las respuestas a ese misterio y sólo estaba a unas tres horas de viaje desde mi casa.

La impaciencia comenzó a hacer presa de mí, pero sabía que a un lugar así no podía llegar sin un motivo. Al menos un motivo creíble. Conseguí el número de teléfono de esa institución y llamé para solicitar una visita. Aunque no sabía el nombre del individuo en el dibujo. Me hice pasar por un periodista que buscaba una historia interesante para escribir un reportaje sobre problemas mentales. Por suerte fui tan convincente que ya tenía hora para ingresar al día siguiente.

Fue un final de día de mucha reflexión e impaciencia, hice algunos dibujos más para satisfacer mi curiosidad pero aún le guardaba respeto al objeto mágico.

Al otro día me levanté temprano y partí a mi trabajo como siempre. Aunque mi actuar era el de un día normal, por dentro me consumían las ansias de saberlo todo. Al llegar el mediodía salí de mi oficina con rumbo al hospital. Las tres horas de viaje se hacían interminables, mientras más cerca me encontraba más se aceleraba mi corazón.

Al llegar fui muy bien recibido, por demás ya tenía una pauta de preguntas que eran parte de mi supuesta investigación. Primero tuve que conversar con el médico a cargo del pabellón psiquiátrico, luego con el director del establecimiento. Pero al fin estaba autorizado a recorrer las instalaciones con la compañía de un supervisor. Me hicieron pasar por los pasillos donde estaban los pacientes. Todas las habitaciones tenían una ventanilla por la cual los podía mirar. A medida que avanzábamos, le preguntaba al supervisor al llegar a cada puerta, cuál era el motivo por lo que esa persona estaba allí.

Después de largos minutos de caminar por corredores interminables, me llevó a la zona donde tienen a los pacientes más peligrosos. En su mayoría asesinos declarados dementes o esquizofrénicos que han intentado suicidarse. Al fin encontré la habitación donde estaba el sujeto que motivó mi visita a ese lugar. Ahí me detuve y comencé a hacer más preguntas, de esa manera evidencié mi profundo interés por ese hombre en particular:

—¿Es muy peligroso ese paciente?

—No lo ha sido para nosotros —respondió el supervisor— a pesar que se le acusa de asesinato. Siempre dice que él es capaz de dibujar a la muerte y que fue eso lo que causó el deceso de sus vecinos. Sin embargo, desde que llegó ha estado ahí sentado; a veces se le escucha llorar, otras veces grita contando su trágica historia. Pero eso es algo común en este lugar, todos ellos dicen ser inocentes o haber sido guiados por voces y alucinaciones; todos son víctimas de su destino.

Yo sabía a lo que el hombre se refería, pero en ese momento sólo buscaba tener la posibilidad de preguntarle cara a cara por el grafito que ahora estaba en mis manos. Tras varias preguntas que me inquietaron, pude conseguir una entrevista personal con aquel hombre.

Bajo todas las medidas de seguridad posible, lo trajeron a una sala aislada;

envuelto en una camisa de fuerza para evitar cualquier agresión contra los guardias o contra mí. Sus ojos parecían perdidos en el infinito, sumido en una oscuridad aparente que lo mantenía en otra dimensión. Estando frente a él le pregunté:

—¿Recuerdas por qué estás aquí?

Al principio él sólo respondía incoherencias, pero algo me decía que no era sincero, que quizás lo hacía para desviar mi atención.

—Lo sé todo —le dije con tono firme y áspero.

Su cara cambió de aspecto de inmediato, ya no miraba de esa manera perdida al horizonte, ahora sus ojos se enfocaron en mí y me enfrentó diciendo:

—¿Qué crees saber?

—Todo acerca del grafito y lo que es capaz de hacer.

Tras una larga carcajada, me respondió otra vez:

—La verdad es que no sabes nada, al principio creerás que lo puedes dominar y que es fácil usarlo sin salir dañado. Te dedicarás a saciar tus deseos más simples, luego sin darte cuenta estarás inmerso en esa maldición. Te consumirá por dentro, te arrebatará el alma y te robará tus verdaderos motivos para vivir; al final terminarás aquí como yo.

Estaba claro que su estado mental no era para estar en ese lugar; él estaba muy cuerdo y ese lugar era su refugio para escapar del verdadero castigo que debería enfrentar. Lo miré fijo, esperando que me revelara lo que yo aún desconocía de esos objetos:

—Sólo deseo saber de dónde vienen y cómo usarlo correctamente, sé que puede ser mucho más peligroso de lo que yo mismo imaginé, pero necesito que me ayudes y tu secreto estará a salvo conmigo.

Él soltó una nueva carcajada diciendo:

—Si no logré dominarlo para mí ¿Qué te hace pensar que lo haré para ti?

Su respuesta soberbia me llenó de ira, saqué de mi bolsillo el grafito y lo puse sobre la mesa para que él lo viera una vez más, mientras le susurré con ímpetu:

—Si no me ayudas, te aseguro que esta será tu última noche de vida; conozco lo que las frases pueden hacer.

Su cara de asombro y terror me demostraron que yo no estaba equivocado. El motivo por el cual llegó ese sobre a mi poder sólo fue casualidad, él se deshizo de ellos porque su poder lo sobrepasó. En sus ojos se veía que lo deseaba tanto como lo quería fuera de su vida. El hombre bajó la cabeza, estaba muy nervioso, jugaba con los labios y giraba los ojos como tratando de decidir sus siguientes palabras.

—Junto con el lápiz y el dibujo venían instrucciones para usarlo, las memoricé y luego las destruí para que nadie lo supiera. Si alguien las leía hubiera averiguado que todo lo que yo poseía era a causa de ese maravilloso regalo. No supe en qué momento la ambición y la codicia me dominaron. Anhelé algo que jamás me sería concedido por más que me esforzara. Deseé el amor de aquella mujer que era mi vecina. Sin darme cuenta lo que hacía, terminé matándola a ella y a su marido sólo a través de los dibujos.

Sus palabras iban quedando grabadas en mi mente como una guía de lo que no debía hacer. Y prosiguió diciendo:

—Tal fue mi terror de mantenerlo conmigo después de lo que pasó, que hice lo que las instrucciones señalaban. Coloqué el lápiz y el dibujo en un sobre, escribí una dirección al azar y lo envié. Cuando confesé lo que había pasado nadie me creyó, pensaron que estaba loco. Pero no diría otra cosa, esa es la verdad y no pienso pasar mis días en la cárcel a causa de ese lápiz y su maldición.

—Cuéntame por favor lo que decía esa carta que botaste y te prometo que encontraré la forma de destruirlo.

—Nunca podrás destruirlo —dijo con voz temerosa— éstas frases recuerdo de la carta que venía con eso... Es un lápiz especial... más adelante comprenderás qué significa el dibujo... nunca intentes destruirlo, porque sólo se puede ser libre de la misma forma como lo recibes... o sea, enviándolo en un sobre sin remitente... así se realiza la transferencia...

Sus frases, aunque cortadas, revelaban lo esencial.

—Intenté varias cosas —prosiguió hablando mientras bajaba la mirada— y la verdad que no pude desprenderme de él en ninguna forma. Lo único que jamás averigüé es la relación que tienen el lápiz y el dibujo de esos ojos.

Sus palabras sonaron muy sinceras y a decir verdad el dibujo fue algo que me intrigó desde el principio. Esa debía ser la clave de todo eso, no podía ser de otra forma, esos ojos me revelarían el secreto tras ese objeto mágico.

—Se me olvidaba... —dijo el hombre— la carta también decía... tu corazón será pesado y tu verdadera naturaleza prevalecerá... Como ves mi verdadero yo es más ambicioso y traicionero de lo que yo mismo pensé, ahora vete y déjame en paz.

Por un instante sentí compasión y miedo al mismo tiempo, después de ese necesario encuentro me llevaba muchas respuestas, pero también nuevas preguntas. Me despedí del hombre, que volvía a su mundo ficticio tras las sombras. Al salir el supervisor me preguntó:

—Al parecer tiene una buena historia que contar.

Sin responderle, asentí con la cabeza, ya que sabía que lo conversado en esa habitación era un secreto compartido del que jamás nadie escucharía. Al salir por las puertas del hospital llevaba mi mente saturada, pensando en cuál era la solución a ese dilema. El trayecto de regreso se me hacía interminable. Al fin de vuelta en mi casa, puse el grafito frente a mí y la hoja con esa mirada tan particular a un costado. Escribí sobre la hoja preguntando de la misma manera que hice para encontrar al hombre.

—¿De quién es esa mirada?

Pero por primera vez no hubo reacción y mis palabras se desvanecieron sobre el papel. Formulé la pregunta de distintas maneras, pero la situación no cambió. Concentré mi vista en la mirada, sentía un impulso en mi interior que me decía que si lograba completar las facciones de esa cara en mi mente y en el papel, podría revelar a quien pertenecía. Hasta el momento para lo único que yo lo había utilizado era para escribir frases en el papel que luego se convertían en realidad. Pero al parecer ese hombre lo había usado para dibujar, así que dibujar la cara que completaba esa mirada podría ser el secreto para obtener las respuestas.

Comencé a trazar líneas queriendo dar con los rasgos exactos para esos ojos misteriosos. Algunas de mis líneas permanecían en el papel mientras las incorrectas se esfumaban. Más y más rápido comenzaron a aparecer la nariz, la boca y sus mejillas, estaba muy cerca de poder descubrir el verdadero rostro tras esos ojos, el origen de esa maldición.

La cara completa apareció sobre el papel, el rostro perfecto de una mujer muy hermosa, misteriosa y sensual. Pero en cosa de segundos todo el dibujo se esfumó frente a mis ojos. Mi cuerpo se paralizaba por completo, mientras la voz de una mujer se hizo presente en la habitación:

—Gracias —dijo la voz femenina— sólo una mente tan brillante como la mía podría llegar a descubrir el secreto; lo lamentable para ti es que será lo último que descubrirás.

Yo no podía moverme, mis músculos parecían de piedra, no comprendía nada de lo que estaba sucediendo. La silueta curvilínea de la mujer apareció frente a mis ojos, sacó el grafito de mis manos petrificadas diciendo:

—Por años he estado cautiva en ese trozo de papel y ya era tiempo de ser liberada para que otro tomara mi lugar. Sé que en el fondo te agradará, podrás ver todo a través de esos ojos y no envejecerás ni un día mientras permanezcas allí. Verás a todos los que caen en la ambición y en la desgracia, en la muerte y la desdicha. Te rodearás de penas y de lágrimas, gritos de dolor y desesperación, todo por la avaricia insaciable. Rogarás cada día que alguien te libere y tu ambición por saberlo todo será tu condenación.

Terminó de decir esas palabras y clavó el grafito en mi pecho como si fuera un puñal atravesando mi corazón. Mi sangre cayó sobre el papel y gota a gota era absorbida con todo mi ser, hasta desvanecerme dentro de él. Podía ver y escuchar todo alrededor, pero mis palabras no serían escuchadas. La mujer volvió a escribir una nota sobre una hoja en blanco; tomó el grafito y ambos papeles y los colocó en un sobre blanco que tenía en mi escritorio.

Fue la última vez que vi el sol en mi vida. Ahora sé que estoy viajando sin destino, que alguien en algún momento abrirá este sobre y seré testigo de muchas cosas. Sólo espero tener la suerte de liberarme de esta cárcel eterna, aunque eso significará la perdición para otra persona.

El hombre en aquella habitación tenía razón. Tal vez yo no ambicioné las mismas cosas que a él lo llevaron a su prisión, pero también era prisionero de mi destino. Lo mío fue una ciega ambición de conocimiento; que no conforme con tenerlo todo y saber lo suficiente para sobrellevar esta suerte, intenté descubrir el secreto de ese objeto maldito que hoy me mantiene cautivo en la oscuridad.

HISTORIA 8
UN ÁNGEL AL ATARDECER

La brisa rozaba con suavidad el lomo de la colina, mientras a la distancia las nubes intentaban restarle protagonismo al sol apagando su luz. El cielo se teñía de rojo al igual que las manos de Rubén quien luchaba por mantenerse con vida. Él estaba sentado en la hierba con la espalda apoyada en un viejo álamo. A medida que el sol se llevaba su calor, sus manos se ponían cada vez más heladas y su cuerpo comenzaba a temblar con mayor intensidad.

Quien hubiese visto la escena a la distancia hubiera pensado que él estaba contemplando la puesta de sol. Pero Rubén se estaba desangrando lenta y dolorosamente bajo la luz del crepúsculo. Mirando hacia el horizonte luminoso abrió su boca y dijo palabras al viento sabiendo que no estaba solo.

—Sentí tu presencia cuando te acercabas y me alegré de sentirte cerca otra vez, pero me gustaría preguntarte por qué tardaste. Siempre has llegado a tiempo para socorrerme frente a las dificultades, siempre has estado presente en mis momentos de angustia. ¿Qué te retrasó esta vez? ¿Qué fue más importante que yo en esta ocasión?

La brisa continuaba agitando la hierba a su alrededor y el color del atardecer se perdía cada vez más en las frágiles pupilas de Rubén.

—Sé que estás aquí porque siento tu calor a mi lado, aunque mis manos ya comienzan a perder su fuerza y apenas puedo ver lo que queda del día tras la colina. Por favor calma mi dolor mientras pasa este momento de oscuridad, tómame en tus brazos y llévame de regreso a mi camino, porque ya no me quedan fuerzas para vivir.

Mientras esas palabras salían de su boca, se dejó ver una silueta contorneada por los pocos reflejos del sol. Sus ojos no podían creer que después de tantos años a su lado, al fin su ángel se mostraba frente a él. La delgada línea que los separaba se rompía, el velo que lo ocultaba de sus ojos mortales era quitado por completo. Mientras el sol se escondía tras las nubes que dominaban el horizonte y el cielo comenzaba a tomar colores anaranjados y violáceos, ese resplandor y la silueta se hacían cada vez más notorios.

—*Recorría la ciudad como siempre lo hago* —dijo el ángel a su protegido con una voz apacible y llena de paz— *quizás no entiendas los motivos de mi retraso o del por qué después de tanta vida recorrida has llegado al borde de la muerte. ¿Realmente quieres saber Rubén?*

— ¿Al borde de la muerte has dicho? ¿Eso quiere decir que mi hora ha llegado y que no estás aquí para rescatarme sino para llevarte mi alma? —El silencio le respondió a Rubén sus preguntas— Es irónico que el momento más glorioso de mi vida, sea también el último que disfrutaré en esta tierra. Esto es como estar hablando directo con la muerte o presenciar mi alma salir de mi cuerpo, diciendo y escuchando mis últimas palabras al mismo tiempo.

El ángel que se mantenía a su lado pero con la mirada en el horizonte, se giró hacia él con sus ojos llenos de compasión.

—*Como el viento se mueve a tu alrededor así nos movemos nosotros por la ciudad, a veces algunas personas sienten ese movimiento, tal como tú. Pero la mayor parte del tiempo nadie considera esa posibilidad a su alrededor. Hoy descendí y me dirigí al centro de la ciudad mirando los actos que no nos están permitidos alterar...*

— ¿Hay cosas que no pueden impedir que sucedan? —interrumpió el hombre.

—*No nos está permitido intervenir* —respondió el ángel— *sólo somos mensajeros de la fe. Si una convicción existe en alguien para enfrentar una situación, esa fe nos permite darle fuerza en los momentos que más lo necesita. Aún así a veces, alguno de nosotros traspasa esa delgada línea. Tú deberías saberlo, varias veces has estado al borde de la muerte y yo salté esa barrera para ayudarte. Pero hoy era diferente, hoy me encontraba entre tu vida o la de otra persona.*

Rubén bajó la cabeza sintiendo una profunda pena por las palabras de su custodio, un sentimiento decepcionante se apoderaba más y más de él, las lágrimas comenzaron a caer por sus mejillas pero no dijo nada de lo que sentía.

—*Las decisiones a veces duelen Rubén, pero sé que me entenderás. En mi recorrido por la ciudad me enfrenté a varias situaciones difíciles este día. Primero vi cómo a una mujer anciana que caminaba por la calle, le quitaban su bolso con todo el dinero que llevaba. No era mucho comparado con lo que tú ganas, pero para ella significaba todo el sustento para el mes. Esto sucedió en un callejón solitario por donde ella nunca debió haber pasado.*

—Pero esa fue una mala decisión que ella tomó, a su edad ya debería saberlo...

—*Luego, a unas pocas calles de ahí* —prosiguió el ángel— *una muchacha pedía aventón y se detuvo un auto con un hombre adinerado, ella se dejó llevar por su ostentosa apariencia. Sin embargo, él viste así para no despertar sospechas de su torcida mente asesina...*

—Pero, ¿No pudiste darles una señal para que no tomaran esas decisiones? —volvió a replicar Rubén.

—*Las señales siempre están presentes querido amigo* —respondió apaciblemente el ángel— *siempre han existido las señales para todos, pero no todos quieren verlas. En ellas estaba la voluntad de seguir esos caminos peligrosos o de salirse de ellos. Pero lo más penoso no es ver los problemas en que la gente se mete por sus malas decisiones, lo triste es ver el dolor de quienes no tienen ninguna posibilidad de elegir.*

— ¿A qué te refieres? —preguntó Rubén muy adolorido y apretando sus manos contra su vientre.

—*Un hombre no vidente caminaba hacia su casa después de comprar; él hace ese recorrido todos los días. Se vale por sí mismo desde hace muchos años y no necesita que lo ayuden. Pero otro sujeto al verlo mientras cruzaba la calle, lo tomó del brazo simulando que le ayudaba a no tropezarse con algo en su camino. En cosa de segundos echó mano a su billetera, mientras el hombre ciego le agradecía la gentileza de haberlo ayudado.*

—Si en ninguna de esas situaciones te fue permitido intervenir no entiendo qué tiene que ver todo eso conmigo y con lo que me ha sucedido.

—*Todo está ligado querido amigo* —le respondió el ángel— *¿Puedes hacer memoria de cómo llegaste hasta este lugar? ¿Puedes contarme lo que te pasó antes de llegar aquí?*

Rubén se acomodó nuevamente, ya que el dolor era tan intenso que no había posición ideal en la cual ubicarse para poder hablar con libertad. El ángel se inclinó un poco hacia él y lo tocó para aliviarle un poco su dolor. Un calor intenso inundó el cuerpo de Rubén dándole nuevas fuerzas para proseguir su relato.

—Tú sabes cómo soy, siendo siempre solidario cuando alguien lo necesita. Tal vez es esa fuerza que tú me entregas para realizar esas cosas la que me impulsa. Nunca he querido ser un héroe, pero he estado en los momentos precisos para socorrer a mucha gente. Esta vez no fue diferente. Mientras caminaba por una avenida en el centro, escuché los gritos de una muchacha en uno de los callejones cercanos.

Hizo una pausa para recobrar el aliento y se miró las manos ensangrentadas.

—Cuando fui a ver qué pasaba, un tipo intentaba abusar de una joven. Me acerqué con cuidado, tomé un palo que había a la pasada y le di un buen golpe en la cabeza al sujeto. La muchacha se levantó muy alterada y corrió por el callejón hacia la avenida. Mientras ella escapaba, intenté alcanzarla para asegurarme que estuviera bien. No me di cuenta que el sujeto tenía un arma. Sólo escuché los dos disparos y luego el dolor intenso que me hizo caer y desmayarme. Después de eso desperté aquí poco antes de que tú llegaras.

Hubo un pequeño silencio acompañado de la brisa del crepúsculo, el cielo estaba cada vez más violeta. Las nubes en el horizonte se dibujaban voluminosas y contorneadas como si fueran copos de algodón iluminados por luces de colores. Luego el ángel prosiguió con su revelador relato.

—*Como te dije antes, todo está ligado querido amigo. La muchacha que rescataste en ese callejón, es la misma que pedía aventón en la calle y terminó subiendo al auto de ese sujeto. Es la misma que conociste hace un mes, cuando tu hijo fue con ella a tu casa para confesarte que había dejado los estudios y que necesitaban ayuda porque ambos estaban metidos en drogas; la misma que echaste de tu casa y le diste la espalda.*

Rubén cambió su semblante al escuchar el relato, un nudo amargo se formó en su garganta y las lágrimas comenzaron a caer por sus mejillas. Se sentía cada vez más culpable mientras el ángel continuaba.

—*Tu hijo no lo mencionó en ese momento, pero ella está embarazada y ambos sin dinero, han tenido que robar en las calles para subsistir. Los dos robos de los que te acabo de hablar, el de la anciana y el hombre ciego, los realizó tu hijo. Él también estaba presente cuando ella subió al auto de ese hombre. Todo era un plan para asaltarlo porque se veía adinerado. Ella lo llevó a un callejón cercano donde lo emboscarían, pero no contaban con que el sujeto estaba armado. Cuando tu hijo apareció forcejearon y un disparo se escapó hiriéndolo de gravedad. Al ver la sangre y a tu hijo en el suelo, la muchacha se echó a correr para pedir ayuda. El sujeto la persiguió por la avenida hasta llegar dos callejones más allá; fue en ese instante que tú escuchaste sus gritos. Lo que no sabías era que tu hijo estaba herido muy cerca de ese lugar.*

Rubén no daba crédito a lo que estaba escuchando, no necesitaba el juicio de su ángel para darse cuenta que a pesar de ser tan bondadoso con otra gente, no fue capaz de socorrer a su propia sangre. El ángel hizo una pequeña pausa antes de proseguir, como anticipando que lo más difícil de escuchar aún no había salido de sus labios.

—*Y ésta es la parte más triste querido amigo. Cuando la liberaste de manos del sujeto y ambos corrían por el callejón, el primer disparo iba dirigido a ti y dio de lleno en tu costado. Sin embargo el segundo disparo era para ella...*

Volvió a hacer una pausa con la voz quebrada.

—*Fue una decisión de segundos, si ella moría allí nadie ayudaría a tu hijo y también tu futuro nieto moriría. Tal vez no quisiste ayudarlos en su momento, pero te conozco querido amigo y sé que darías tu vida por tu familia. Sólo me bastó hacerte caer hacia el costado para que tu cuerpo interceptara el segundo disparo. Ella continuó corriendo a salvo y fuera del alcance del sujeto; llegó a ayudar a tu hijo y ahora se encuentran en un hospital, pero fuera de peligro.*

—Nunca imaginé llegar a este momento —dijo Rubén acongojado— muchas veces pensé en morir pero jamás que sería de esta manera. Es lo más impensado del mundo tal vez, ver a un ángel y a su protegido en una colina solitaria al atardecer, hablando de la vida y de la muerte... Al menos es un alivio para mí saber que aunque no quise ayudarlos, al final igual resulté ser útil para ellos... Pero ¿Cómo llegué hasta aquí?

—*Después del tiroteo y al ver que la mujer escapaba, él echó tu cuerpo en su auto y vino a arrojarte aquí pensando que ya estabas muerto. El sujeto es un buscado asesino y tú no eres el primero que trae a esta colina. Sin embargo en su loca huida colina abajo, acaba de tener un accidente y estrelló su auto en una de las curvas. En su auto hay suficiente sangre para que revisen toda la colina y al final te encuentren a ti y a todas sus otras víctimas.*

—Supongo que tú no has tenido nada que ver —preguntó Rubén.

—*Tú sabes bien que no podemos intervenir, es una línea que no se debe cruzar.*

Una leve sonrisa se asomó en la boca de Rubén mientras las lágrimas comenzaron a secarse en sus mejillas. Aunque se sentía muy culpable por todo lo sucedido, al final había encontrado consuelo en las palabras del ángel y comenzó a asumir que de esa situación no escaparía.

—Es nuestro último viaje juntos, amigo. He sido egoísta y obstinado, y nunca pensé que éste sería el resultado de mis actos. Ahora que sé toda la verdad y las razones de tu retraso, te encuentro toda la razón. Más importante que mi propia vida es la vida de mi hijo y ahora la de mi futuro nieto.

Rubén hizo una pausa llena de dolor y sintiendo que su pecho cada vez retenía menos su respiración. El ángel permanecía a su lado mientras el sol entregaba su último rayo de luz que se confundía con el resplandor de su aura. Su hora también había llegado y una nueva tarea le sería encomendada. Los ojos de Rubén se llenaron nuevamente de lágrimas buscando las palabras para un digno epílogo.

—Si éste era el precio a pagar por mis errores lo acepto; sólo te pido que los cuides como cuidaste de mí. Ahora sé que todo camino errado puede regresar a la luz aún desde la más profunda oscuridad. Gracias por estar siempre a mi lado y ser una constante compañía como en esta hora amarga. Sólo una cosa más quiero pedirte, no me dejes solo mientras pasan mis últimos recuerdos.

Las lágrimas dejaron de caer por su cara y sus manos ensangrentadas cayeron a su costado. La hierba se teñía de rojo y Rubén exhaló su último aliento con dolor y resignación.

HISTORIA 9
LA PUERTA EN EL ÁTICO

Siempre es interesante viajar en vacaciones y conocer nuevos lugares, recorrer parajes desconocidos y descubrir los secretos que ocultan los pueblos lejanos. Al menos a mí siempre me ha gustado lo misterioso y lo enigmático; me gusta pensar que una casa en medio del bosque tiene historias únicas que revelar. A veces a esas casas viejas en pueblos antiguos y olvidados de la civilización, los cuentos y relatos de la gente les otorgan un velo de misterio.

Esta vez nuestro viaje nos había llevado hacia el sur, a una casa de madera, con una gran chimenea de piedra en la cocina, con escaleras largas y empinadas. El crujir de las maderas era constante dependiendo del cambio de temperatura y para cerrar el cuadro de misterio, sobre el pasillo del segundo piso, había un acceso en el techo que llevaba a un ático.

Desde que mis ojos encontraron la figura de esa cerradura, no pude sacar de mi mente que esa casa escondía un secreto en ese viejo ático. Cartas antiguas o ropas de gente que ya no vivía en esa casa; quizás fantasmas o apariciones; alguien tenía que haber escuchado algún relato sobrenatural alguna vez.

Esa primera noche cenamos con los dueños de la casa, los que con mucha amabilidad nos invitaron.

—Es una costumbre siempre que tenemos visitas o nuevos huéspedes, les invitamos la cena de bienvenida —nos dijo el dueño— el viaje es largo y agotador.

El hombre tenía unos setenta años, de pelo canoso y frente amplia, tenía ojos negros y tez clara. Sus mejillas coloradas evidenciaban una leve rosácea, que cuando se agitaba mucho hacía que su nariz y parte de su frente se tornaran roja también. Su voz era profunda pero apacible y sus manos eran robustas y agrietadas por el trabajo de la tierra.

Debo ser sincero y decir que el exquisito banquete de bienvenida pasó a segundo plano, ya que en mi mente sólo daba vueltas la idea de preguntar en algún momento, si había historias fantasmales en esa casa. Ya estábamos en el postre cuando el crujir de la madera del techo, hizo sobresaltar a mi madre. En realidad todos aguantamos en silencio la respiración hasta soltar un gran suspiro de alivio. Esa era mi oportunidad para sacar el tema a la conversación.

—No te habrá asustado el fantasma de la casa —le dije a mi madre de manera irónica, sabiendo el terror que ella le tiene a esas cosas.

—Ni en broma lo digas —dijo con voz temblorosa y demostrando el pánico que esos temas le dan.

Giré la mirada a nuestro anfitrión esperando de él alguna palabra al respecto. Un leve silencio se produjo. La tensión se sentía en el aire, más densa que aguas tormentosas, hasta que con calma dijo:

—Esas cosas ya no se dan por acá muchacho.

Luego esbozó una sonrisa que me pareció más preocupante que sincera. En realidad su respuesta no desmintió nada de lo que yo estaba insinuando, por el contrario, dejaba ver que tales cosas habían sucedido en algún momento. Eso aumentó mis ansias de conocer detalles de algunas historias tenebrosas que se supiera en esos lugares.

—¿Se escuchan relatos de ese tipo por acá don Bernardo? —pregunté queriendo continuar con el mismo tema.

— ¡Basta! —gritó mi madre con tono nervioso y molesto.

Guardé silencio después de eso y acabamos el postre con cierta tensión; por esa noche la cena había terminado. Luego de eso, como había sido un agotador viaje, cada uno se dirigió a su habitación para dormir. Toda la noche me la pasé pensando en cómo acceder al ático, cómo alcanzar ese lugar para explorarlo y descubrir sus secretos. En tantas cosas pensé que al final no me di cuenta cuando me venció el cansancio y me quedé profundamente dormido.

Tanto pensé en aquel ático, que en mi primer sueño en esa casa, me vi accediendo a ese lugar, pero mientras entraba por una puerta estrecha y oscura, alguien tomaba mis pies desde mis tobillos y me jalaba con fuerza hacia fuera. Yo luchaba por avanzar al interior de la habitación sin poder lograrlo. A lo lejos escuchaba voces sin sentido y en medio de esa escena desperté.

La luz iluminaba toda la habitación, ya era avanzada la mañana, aunque por la forma de las sombras aún no daban las doce del día. Yo me sentía cada vez más atraído por la idea de explorar ese lugar. Bajé al patio para distraerme un rato de esos pensamientos, sin embargo no había nadie de mi familia en la casa.

Me dirigí a la casa de los dueños que se encontraba algunos metros más allá. La señora estaba en la entrada y antes que yo le preguntara cualquier cosa, me dijo:

—¿Buscas a tu familia? Salieron con don Bernardo a recorrer el bosque a caballo, seguro estarán de vuelta pronto.

Como esa era la respuesta que buscaba, le di las gracias y volví en dirección a la casa. Ésa era la oportunidad que esperaba para hacer de las mías. Entré corriendo y subí las escaleras hasta el pasillo del segundo piso. Me quedé un momento contemplando la puerta y me las ingenié para alcanzarla. Traje algunas sillas y las puse una sobre otra hasta alcanzar la puertecilla. Con mucho cuidado subí sobre ellas y con un fuerte empujón logré abrirla.

Primero asomé mi cabeza; pero aparte de la nube de polvo que se levantó y el olor a madera envejecida, no había nada aterrador ahí por lo cual salir huyendo. Me animé a entrar en la habitación. Una pequeña ventana en un extremo iluminaba el cuarto por completo; en su interior había bolsas con ropas viejas, restos oxidados de herramientas en desuso y muebles pequeños llenos de polvo.

También había lo que más anhelaba encontrar, un viejo ropero y un baúl; clásicos elementos que en las historias de terror esconden los misterios de una casa. Lo primero que abrí fue el baúl pensando que en él encontraría cosas especiales y secretos familiares. Sin embargo sólo encontré más bolsas con ropas, un espejo con el marco de madera tallado a mano y diarios antiguos que me di el tiempo de revisar uno a uno, pensando que leería en ellos la típica noticia de gente desaparecida o asesinos seriales en el pueblo.

Pero no descubrí nada, no contenían ni siquiera una frase fuera de lo común. Aparte de eso lo último que encontré fue un bloc con dibujos hechos en tinta negra, paisajes y retratos antiguos firmados al pie con las letras D.I.E. Al verlo me reí sabiendo que las iniciales formaban la palabra morir en inglés.

Aparte de los paisajes, también había bocetos de muebles antiguos, entre los que estaban aquel baúl, algunas sillas que había visto en la sala, dibujos de repisas, el mismo espejo que había encontrado momentos antes y el ropero.

Al principio no lo había notado, pero al mirar nuevamente el ropero, me di cuenta que era de tal tamaño que habría sido imposible ingresarlo a la habitación por la puertecilla. Era evidente que debió haber sido armado en el ático. Por algún motivo, si algo guardaba algún misterio en esa habitación, era eso.

Me levanté y abrí sus puertas llenas de polvo, sólo para ver su interior vacío. Qué gran decepción y tantas ilusiones que me había hecho por descubrir algún secreto en su interior. Me metí dentro del ropero recorriendo centímetro a centímetro sus rendijas, sin encontrar ninguna puerta oculta, ni dobles fondos. Las fantasías en mi cabeza no ameritaban que me mantuviera más en aquel lugar.

Fue en ese instante de desconsuelo, sentado en el interior del mueble con mi espalda pegada a su fondo y mis ojos mirando hacia la habitación, donde la suave luz de la ventana al otro lado del cuarto, dejó ver un leve tallado en el interior de una de las puertas.

Mi corazón se sobresaltó de sólo pensar que había descubierto algo importante, saqué un trapo y sacudí el polvo de la puerta para poder leer esa pequeña inscripción de cinco líneas. Estaba tan concentrado intentando leer aquellas palabras, que me sorprendió en gran manera escuchar el galopar de los caballos que llegaban a la casa. Yo no quería que me encontraran allí, así que me apresuré a buscar en el baúl algún lápiz o algo con que escribir las palabras, pero sólo encontré las hojas del bloc de dibujo.

Recordé en ese instante un viejo truco que le enseñan a uno en el colegio para rescatar texturas, coloqué la hoja amarillenta sobre la zona donde estaban talladas las frases y froté con el mismo trapo lleno de polvo. La suciedad marcó en detalle el relieve quedando impregnado el mensaje en la hoja.

Sin perder más tiempo cerré el baúl y el ropero, y corrí por el ático hasta la puertecilla mientras guardaba el papel en mi bolsillo. En dos tiempos estaba sobre las sillas con las que me había subido hasta allí. Alcancé la puertecilla para cerrarla, cuando escuché la voz inconfundible de mi madre gritando mi nombre desde el descanso de la escalera.

Las sillas que me sostenían se desestabilizaron y me resbalé cayendo de costado sobre el piso del pasillo. Por la adrenalina que corría por mis venas, no sentí el dolor de la caída, al menos no en ese momento.

Mi madre corrió a verme y tras comprobar que no me había hecho daño, el sermón no se dejó esperar. Fueron largos minutos escuchando los retos, sin ni siquiera intentar explicar que es lo que hacía subido a esas sillas; de hecho, sólo dejé en claro que no había alcanzado a entrar a aquella habitación.

La historia de mi frustrada hazaña llegó a oídos del dueño quien esperó el momento propicio para hacer un comentario al respecto. Cuando estábamos en pleno almuerzo y todos presentes dijo:

—Así que intentaste subir al ático jovencito, luego puedo mostrarte la habitación si quieres para que no te quedes con la curiosidad de intentarlo otra vez.

Yo estaba asombrado de la proposición que él me hacía, hasta que dijo algo que me hizo comprender el motivo de sus palabras:

—En ese cuarto tengo algunas cosas de recuerdo, muebles en desuso, un baúl con periódicos viejos y un ropero lleno de ropas viejas; el problema es que el piso no está en buen estado por lo que ya nadie sube allí y sólo podrás asomar tu cabeza desde la puerta para ver la habitación.

Yo sabía que el piso estaba en buen estado, así que sólo lo había dicho esperando mi negativa y que yo desistiera de intentarlo otra vez. Sabiendo que si contestaba algo inadecuado él me tendría en la mira para que no volviera a subir al ático, le respondí:

—Bueno, me conformo con mirar desde la puerta, aunque pensé que había cosas más entretenidas en ese cuarto.

Una vez terminado el almuerzo don Bernardo trajo una escalera con la cual me ayudó a mirar al interior del ático, él había cumplido con su parte y yo esperaba que con eso no me estuviera vigilando. Cuando se fue lo seguí de lejos para ver donde dejaba la escalera, así no tendría que correr riesgos usando las sillas para subir. A pesar que las ganas de entrar nuevamente me estaban matando, me comporté bien el resto del día para no despertar sospechas.

Cuando faltaba poco para reunirnos a cenar, me fui a mi habitación buscando tener un instante a solas. Me recosté en la cama, a esas alturas ya podía sentir el dolor en mi cuerpo por la caída. También tenía un gran moretón que con el pasar de los días se vería peor.

Conseguí un lápiz para remarcar las letras que a medias se habían impregnado en la hoja de papel. Una a una las repasé y me di cuenta que algunas de las letras del mensaje estaban en minúscula, mientras que el resto lo estaba en mayúscula. No presté más atención a ese detalle ya que lo más importante marcar bien todo el mensaje.

LA pUERTa ESTArA CERRaDA
HAsTa QUE lA ILUMiNE UN rAYO
dE SOL eNTRAR DEbE SeR sENCILLO
PERO sALIR SERa EN bASe A LAS rESPUESTAS
mARCADAS CoN NOTOrIAS DiFErENCIAS EN MI

No lo podía creer, había encontrado algo muy interesante y debía descubrir el verdadero sentido de esas simples frases. La primera parte hablaba de una puerta que se abría con la luz del sol y la segunda hablaba de la manera de salir.

—¡Pero qué significará, la puerta cerrada se abriría con un rayo de sol?... ¿Será que existe un pasaje secreto?

Parecía muy simple y absurdo al mismo tiempo, así que guardé la hoja en mi bolsillo y bajé a cenar como si nada hubiera pasado.

Al día siguiente me la pasé haciendo la pantalla de que había olvidado el incidente del ático. Aproveché la tarde para recorrer el bosque, el olor a eucaliptos llenaba el aire por doquier. Ese olor siempre me ha traído bonitos recuerdos y una sensación extraña de tranquilidad. Los árboles largos y estirados con sus hojas verde grisáceo y sus troncos descascarados, llenaban la extensión por muchos kilómetros. El aroma del bosque parecía impregnarse en mis manos, mis pies y hasta en mi ropa. El día terminó con un lindo atardecer que se pudo apreciar desde un cerro cercano. El color anaranjado del crepúsculo me hizo olvidar por instantes las historias enigmáticas y ubicarme en la realidad que vivía, un lindo viaje por los hermosos paisajes del sur.

Al otro día se me hizo difícil encontrar un momento en que nadie estuviera en la casa, pasó toda la mañana y llegó el almuerzo. Mientras comíamos, ellos comentaron que irían a recorrer el bosque a caballo, era la oportunidad ideal para escabullirme otra vez.

Después del almuerzo, llegado el momento del paseo, le pedí a mi padre montar con él para no despertar sospechas, yo sabía que los caballos disponibles no alcanzaban para que yo fuera solo en uno. Me subió junto a él, pero no contaba con que yo picaría al animal con un alfiler que llevaba escondido. El caballo comenzaba a moverse molesto por los leves pinchazos que yo le daba, al punto que me pidieron que me bajara para evitar algún accidente. Tras ese episodio, salieron todos cabalgando hacia el bosque y yo me quedé observándolos hasta perderlos de vista.

Corrí al galpón donde don Bernardo había dejado la escalera y la llevé sigilosamente hasta la casa. El resto fue muy sencillo y ya estaba ahí otra vez, parado frente al ropero. Había pensado tanto lo que debía hacer que de manera casi mecánica me dirigí al costado del ropero para intentar moverlo hacia la ventana. Sin embargo era tan grande y pesado que ni en un millón de años conseguiría moverlo. Viendo lo fallido de mi plan inicial, fui al baúl y saqué el espejo que estaba allí, caminé hasta la ventana al otro lado de la habitación y sacando un poco mi mano por ella, conseguí que el sol se reflejara en el espejo y diera de pleno en las puertas del ropero.

Luego corrí hasta él y lo abrí pensando que se abrirían las puertas de un mundo fantástico, pero nada había sucedido. Lo intenté otra vez pero manteniendo ambas puertas abiertas para ver qué pasaba en el interior. Dirigí el haz de luz en todas direcciones y nada aconteció.

Estaba muy decepcionado, ya me decía yo que la respuesta era demasiado tonta para ser verdad. Al retirar el espejo de la ventana un destello de luz iluminó la cara interior de la puerta con el tallado. Las letras bajo relieve reflejaron la luz como si hubieran sido de plata y en seguida el sonido de la madera crujiendo hizo eco en la silenciosa habitación.

Me acerqué otra vez para ver una pequeña abertura en el fondo del mueble, me agaché y pude abrir una estrecha portezuela por la cual comencé a entrar hacia un pasadizo escondido. Era un pequeño túnel con una leve luz que se veía al final. Fueron como cinco metros de recorrido hasta salir dentro del ropero. Pero ese nuevo lugar carecía de colores, todo estaba en blanco y negro, todo parecía ser un gran dibujo.

Era igual al ático que había dejado atrás pero sólo eran líneas, miré mis manos y mi piel era blanca como si yo también fuera un dibujo. Corrí hacia la ventana y al mirar a través de ella el paisaje era un boceto como los encontrados en el baúl. Fui a abrir el baúl pensando en encontrar en él alguna respuesta, pero sólo contenía pedazos de papel en blanco.

Me dirigí a abrir la puertecilla del ático, pero al levantarla, sólo se veía un fondo negro e interminable, no había nada tras la puerta. Un susurro tenebroso se escuchaba a lo lejos, como si el viento siseara desde el fondo de un abismo. Ese lugar me aterraba, así que cerré la puerta y decidí volver por donde había entrado, pero para mi sorpresa no existía puerta de regreso. Las marcas en la puerta del ropero tampoco existían. Mi corazón se aceleró y en la medida que recorría toda la habitación me sentí encerrado en un mundo fantástico y misterioso.

Asumí entonces que el modo de salir de ese lugar debía ser diferente al usado para entrar. Recordé que llevaba conmigo el papel con las frases rescatadas del ropero, sólo rogaba que las letras en él fueran reales y no hubieran desaparecido al entrar a ese mundo.

Por suerte el papel era legible, si ya había conseguido entrar debía fijarme en la parte del mensaje que explicaba cómo salir: "Salir será en base a las respuestas marcadas con notorias diferencias en mí."

Así proclamaba la segunda parte del enigma y me tomó largos minutos de meditación llegar a posibles soluciones; hasta pensar con detención en cuáles eran las diferencias a las que el mensaje se refería. Volví a mirar el escrito y recordé que mientras remarcaba las letras me llamó la atención que algunas de ellas estuvieran en minúscula. Eso debía tener algún sentido. Una a una comencé a aislar las letras diferentes dentro del mensaje, hasta formar cinco palabras que me estremecieron y me confundieron más aún: "Para salir debes saber morir."

Varias veces revisé el escrito combinando las posibles frases que podían surgir de esas líneas, pero el mensaje era tan claro y simple que no daba lugar a otra interpretación.

"Para salir debes saber morir."

¿Sería literal lo que el mensaje estaba sugiriendo? ¿Sería que morir era la única manera de escapar de ese lugar? Y si fuera así, ¿cómo lograría morir si no había ningún elemento con qué provocarme la muerte? Todo era muy confuso.

—Morir... morir... morir...

Sólo esa palabra daba vuelta en mi cabeza. En ese mundo de dibujos no necesitaría comer por lo que de hambre no moriría. No había elementos punzantes, la ventana tampoco era tan grande como para saltar desde ella. Yo caminaba de un lado a otro revolviendo todas las cosas alrededor y no podía pensar en soluciones claras. Era como una pesadilla que me hacía enojarme conmigo mismo:

—¿Por qué tenía que ser tan curioso y osado?... ¿Cómo terminé en esta situación tan absurda e increíble?

Entre las vueltas y mis desesperados gritos de rabia, recordé un detalle que me causó risa en su momento y fueron las letras de quien firmaba los dibujos: D.I.E. o como yo lo leí de pasada, muere en inglés. Sentí un fuerte pálpito en mí, como cuando descubrí el tallado en la puerta. Quizás esa era la clave, las letras debían estar escondidas en algún lado indicando el camino. Esa debía ser la única respuesta a todo ese misterio; pero ¿qué relación podía haber entre las siglas y la sugerencia que el enigma revelaba?

A cada instante las teorías e ideas de una y otra cosa invadían mi mente, a la vez que no conseguía las respuestas que buscaba. Cerré mis ojos por un momento intentando visualizar las siglas en cada uno de los dibujos que había visto, hasta que al fin una imagen clara se estableció en mi mente. Las letras ubicadas al pie del dibujo, estaban acompañadas de una línea oblicua y aunque parecía lo más absurdo que se me podría ocurrir, era evidente que esa línea apuntaba hacia abajo cual flecha que indica un camino a seguir.

Volví a registrar por completo toda la habitación y el baúl en busca de respuestas, pero a pesar de vaciarlo por entero, no pude encontrar las letras en ningún lado. Sólo tenía una posibilidad, sólo un lugar donde no había revisado; la puertecilla que llevaba a esa profunda oscuridad debería ser mi única salida.

Ya no pensaba en nada más, sólo rogaba que esa locura en mi cabeza tuviera sentido al final. Abrí la puerta contemplando el negro absoluto ante mis ojos; un miedo aterrador se apoderó de mí y mi corazón palpitaba cada vez más rápido. Al mirar hacia la cara exterior de la puerta las letras se encontraban allí y la línea oblicua apuntaba directo al vacío.

Sentía las manos acaloradas, hasta podía sentir mis latidos haciendo eco en la habitación. La simpleza de los mensajes me aterraba, también el hecho de no saber qué encontraría en esa oscuridad eterna ante mis ojos. Sentía una presión en mi pecho indescriptible y estaba muy descompensado.

Cerré los ojos y me paré al borde del abismo hasta tener el valor para dejarme caer al interior del vacío. Largos segundos me mantuve así, estupefacto, impávido, inamovible, como una gárgola parada al borde de una cornisa. Una y otra vez revisaba en mi cabeza las frases del enigma sin dar crédito a lo que debía hacer para salir de allí.

Me armé de valor y con el susurro del vacío en mis oídos, salté sintiendo el vértigo de la caída por varios segundos hasta que mis pies tocaron fondo. Abrí mis ojos y escuché la voz inconfundible de mi madre gritándome. No podía creer lo que estaba sucediendo, al mirar hacia abajo, me di cuenta que estaba subido en la pila de sillas igual que la primera vez que entré en el ático; con la sorpresa perdí el equilibrio y me fui al suelo.

Con la fuerza del golpe perdí el conocimiento por unos minutos y al despertar mi familia me rodeaba, también estaban allí los dueños de la casa. Una vez recobrada la conciencia y pensando que todo era un sueño, escuché el sermón de mi madre con las mismas palabras que ya había escuchado alguna vez.

Estaba confundido y sólo pensaba en lo absurda de toda esa situación. Hasta llegué a pensar que todo había sido producto de mi imaginación. Entonces llevé la mano al bolsillo y ahí encontré el papel con las inscripciones que había recuperado en el ropero del ático. Todo había sido real, toda esa angustia vivida no había sido una pesadilla, realmente la experimenté. Mi subida a ese lugar, mi entrada a ese pasillo y mi extraño regreso, sólo que de alguna manera el tiempo había vuelto atrás regresándome al punto de inicio de esa loca aventura.

A pesar que muchas interrogantes invadían mi mente desde ese momento, nunca volví a subir al ático; para mí bastaba con una experiencia para saber hasta donde era prudente llegar. Al menos ese trozo de papel que llevo conmigo cada día, me recuerda que lo vivido en ese extraño viaje fue verdad; que al menos por una vez en mi vida, los misterios escondidos se hicieron una realidad.

HISTORIA 10
LOS EXTRAÑOS

No era fácil para mí hablar de ellos sin sentir escalofríos recorriendo mi ser, de sólo pensar que estuvieron allí y compartiendo la misma casa, me inquietaba y me aterraba hasta los huesos. Todo hubiera sido tan diferente si no los hubiéramos conocido, todo hubiera sido normal sin tener que pasar por esa difícil situación. Pero el hecho era que no podía cambiar lo sucedido y debía seguir adelante sobrellevando ese angustiante recuerdo.

Era una tarde de verano calurosa y radiante, la brisa marina corría suave por las calles del litoral, levantando cada cierto tiempo pequeños y arenosos remolinos. Recién nos disponíamos a almorzar después de volver de una agradable mañana en la playa. Las olas habían estado muy suaves y espumosas, no como otros días donde la marejada golpeaba sus olas con fuerza contra la orilla. Eran unas vacaciones fenomenales, todo lo que un chico a la edad de trece años puede querer durante el verano.

Sol, playa y la libertad de pedirles a los viejos lo que se me ocurriera. Ni tan pequeño como para que te digan que debes estar en la orilla y ni tan adulto para que te digan que no pueden comprarte un helado. Las primeras miradas indiscretas a esos bikinis diminutos y bien formados de las mujeres tendidas en la arena. Esas que sólo se la pasan tomando sol sobre sus toallas luciendo sus cuerpazos curvilíneos y bronceados. Esas figuras casi perfectas que lo llevan a uno a mirarse los brazos raquíticos, las piernas flacas de pollo y los pectorales de tabla informe, y exclamar:

—Mierda, cuánto se demora en pasar la adolescencia.

Todos los días lo mismo, playa por la mañana, playa por la tarde hasta el atardecer y por las noches, caminatas por los paseos cercanos a la orilla del mar que se llenan de artistas callejeros. Músicos, talentosos pintores con latas de spray que le dan vida a fantásticos paisajes que terminan con ese fuerte olor a esmalte fresco. Carros de comidas, frituras, algodones de azúcar y otro sin número de confites con los que nos llenamos la panza con mi hermana. Mientras a lo lejos las olas se escuchan entre el murmullo de la gente, las estrellas y la luna se reflejan sobre el inmenso mar formando una carretera plateada que se extiende hasta el horizonte.

Para el almuerzo, el menú más clásico: pescado con puré. Aunque otras tardes lo fuera un rico pollo asado con papas fritas. Pero hoy era una reineta a la mantequilla con puré y ensalada. Estábamos todos sentados a la mesa, a punto de dar el primer mordisco a ese delicioso manjar, cuando sin previo aviso, la puerta del frente de la casa se abrió y un niño pequeño de unos siete años entró sin decir una palabra.

Se paró frente al comedor donde estábamos sentados y nos miró a todos con detención, luego se giró hacia el pasillo y entró directo al baño principal. Estábamos atónitos y boquiabiertos de asombro, nadie dijo nada en ese momento, sólo nos miramos en silencio hasta que mi padre decidió ir a ver quién era el pequeño visitante.

Llegó al cuarto al mismo tiempo que se escuchó descargar el estanque del baño, luego sonó la llave del lavado y el pequeño salió pasando por el costado de mi padre sin decir nada. Como si se tratara de su propia casa, sin pedir permiso ni dar las gracias, con las manos estilando agua, el niño pasó frente a todos en la mesa y se fue. Mi padre hizo una pausa, aún sorprendido luego nos miró y sin decir nada nosotros nos encogimos de hombros como si hubiera sido una coreografía bien coordinada.

Desconcertado se apresuró para intentar alcanzarlo, pero al pasar el umbral de la puerta, él ya no estaba. De la misma manera como llegó, el pequeño había desaparecido bajo el sol quemante de la tarde. El único tema de conversación ese día fue lo sucedido en el almuerzo. Lo pasamos comentando e infiriendo quien podía ser ese niño, que por demás, teníamos claro que no se trataba de una aparición, ni de un fantasma. A menos que se tratara de una alucinación colectiva.

A los días después ya casi habíamos olvidado el asunto, cuando una nueva situación aconteció. Volviendo a la casa una tarde, después de una tranquila cabalgata por los cerros costeros, nos encontramos a una familia entera sentada a nuestra mesa. Un hombre adulto de unos cuarenta y cinco años, su mujer

y dos niños, uno de los cuales era nuestro anterior visitante desconocido. Todos estaban a la mesa tomando el té con unas galletas y pan casero aún tibio,
como si hubiera salido del horno hace no más de veinte minutos.

Un velo denso se sentía en toda la habitación y permanecimos ahí, anclados al piso, mudos del pánico. Tras superar el susto inicial de encontrar
extraños en nuestra casa, mi padre intentó encarar a nuestros visitantes, pero
su tono de voz estaba muy lejos de un llamado de atención o del enojo. Por el
contrario, su voz temblorosa casi se perdió entre las cuatro paredes.

—Creo que se han equivocado de casa, aquí vivimos nosotros.

Mientras hablaba, bajó la mirada como intimidado por ellos. El hombre se
apresuró a beber un último sorbo de su taza de té, luego se levantó sin decir
nada, tomó a uno de sus hijos de la mano y se dirigió a la puerta de salida,
mientras su mujer hizo lo mismo con su otro hijo. Todo quedó servido sobre
la mesa y los restos de pan a medio comer con la mantequilla escurriendo por
los bordes.

Lo más sorprendente de la situación fue la reacción de mi padre, en ningún
momento se tornó violento, ni manifestó su enojo. Por menores cosas yo lo había visto ofuscarse y ponerse rojo de la rabia con los ojos a punto de salir de su
cabeza. En ese momento era un cubo de hielo que miraba cómo los extraños
visitantes abandonaban nuestra casa. Cuando ya se habían retirado, mi padre
suspiró profundo como si se hubiera quitado un gran peso de encima. Ni él
podía explicar su apacible reacción.

—La mirada de ese hombre tiene algo extraño —señaló con un temblor en
su voz— Tenía ganas de golpearlo por haber entrado a nuestra casa y sentarse
a comer nuestras cosas, pero algo me detuvo, un temor enorme se apoderó de
mí.

No había sido el único, cada uno de nosotros experimentó ese terror, esa
impotencia; un magnetismo terrorífico que nos expuso a los más profundos
miedos. Por primera vez en la vida había vivido una situación de pánico. Tanto nos afectó que en lo que quedaba del día no hubo ganas de hacer mucho
más. Mi hermana y yo cenamos porque el aire de la playa da mucha hambre.
Pero mis padres apenas probaron bocado. Tampoco hubo paseo a la luz de las
estrellas esa noche; no con esa gente rondando nuestra casa.

—Si salimos esta noche, es probable que cuando volvamos estén durmiendo en nuestra cama —exclamó mi padre aún molesto— así que por hoy no habrá paseo nocturno.

Esa noche casi no pude dormir, en mi retina tenía la mirada de aquel hombre, su silencio tenebroso y su caminar pausado. Tenía grabada su silueta en mi memoria, como una pesadilla inolvidable y repetitiva. Hasta podía sentir el olor de sus viejas ropas. Todos tenían esa mirada profunda y confusa que hacía sentir un vacío interior, como si te estuvieran leyendo la mente o robando el alma.

Desde ese segundo encuentro cada noche fue peor. Estaban dentro de mi cabeza, esos ojos oscuros escondían una presencia aterradora, un poder sobrenatural y envolvente, lleno de malos presagios. Ni siquiera quería cerrar mis ojos para no enfrentar esa aterradora visión.

Una noche me sentí demasiado mal, la fiebre me invadía y mi cuerpo bañado en sudor temblaba por completo. En medio de esos delirios febriles, comencé a escuchar susurros desde todos lados en la habitación. Sentía voces debajo de mi cama, frases sin sentido rondando en el aire y manos invisibles queriéndome atrapar, hasta que no pude callar mi pesadilla y grité tan fuerte como pude. Todos corrieron a mi habitación preguntando qué había pasado. Yo no podía explicar lo que me había sucedido, sólo balbuceaba queriendo darle sentido a lo sin sentido. Las únicas palabras que podía pronunciar eran:

—Los extraños... Los extraños...

Mi madre me abrazó dándose cuenta del calor en mi cabeza y de mi mirada desenfocada, mientras mi padre se asomó a ver por la ventana de mi habitación. Entre la oscuridad de la noche, le pareció divisar las siluetas de nuestros extraños visitantes afuera de la casa. A esa altura, todos estábamos envueltos en una paranoia colectiva que nos mantenía alerta.

Eran las tres de la mañana y mis padres decidieron que debíamos permanecer todos juntos en la misma habitación, así que mi padre me hizo caminar hasta su cuarto mientras mi madre bajaba a la cocina. Luego llevaron a mi hermana. Mientras mi madre colocaba paños helados en mi frente para bajar la fiebre, mi padre permanecía dando vueltas en la habitación como león enjaulado. La preocupación aumentaba entre nosotros, cada ruido extraño sobresaltaba nuestros corazones y exponía nuestros miedos más profundos.

Nuestro padre se asomó por la ventana otra vez y la expresión de su cara nos aterrorizó por completo; jamás en mi vida lo había visto así. Todos corrimos a su lado para mirar hacia fuera. En pleno verano, la casa estaba rodeada por una espesa niebla, apenas iluminada por la luz de la luna.

La silueta del hombre se dibujaba sólida y solitaria frente a nuestra casa, entre la espesura de la neblina. Sin duda que su mirada estaba puesta en nosotros. Su mujer y sus pequeños no se veían cerca de él; hasta que un ruido extraño y espeluznante se dejó sentir en la sala del primer piso.

Con una velocidad impresionante, nuestro padre corrió por el pasillo y comenzó a bajar las escaleras, todos lo seguimos de inmediato. La puerta de la entrada estaba abierta por completo y la fría brisa de la noche se dejó sentir por el pasillo. Al llegar al lado de nuestro padre, vimos que en plena sala estaban los dos niños, de pie sin moverse, sin decir palabra alguna y mirándonos fijo.

El silencio reinante permitía escuchar el silbido del viento al cruzar el umbral de la casa. Fueron segundos que parecieron una eternidad, una verdadera pesadilla, algo inimaginable para unas apacibles vacaciones familiares.

La puerta de la cocina se abrió y el sonido provocó el agudo grito de mi hermana. Bastó con ese sobresalto para que todos hiciéramos lo mismo. Desde la oscuridad y en medio del griterío, se asomaba la cara pálida e inexpresiva de la extraña mujer, paso a paso avanzó por el pasillo hacia la sala. Mi percepción del entorno cambió por completo, ya no era capaz de ver nada más alrededor, no tenía noción del tiempo, ni de quien estaba a mi lado.

Como una fuerza interior que me impulsaba, un deseo sobrenatural de acabar con ese horror que estábamos viviendo, un grito de ira salió desde mi interior:

—¡Basta!..., ¡Lárguense de mi casa!

El hombre, que hasta ese minuto permanecía afuera, comenzó a caminar hacia el interior de la casa con rumbo fijo hacia mí. Pero esa rabia contenida se sobreponía al miedo que él inspiraba. Se acercó lento a mí, sin despegar su vista de mis ojos y esbozó una sonrisa. No fue cualquier gesto, fue una sonrisa macabra, vengativa y amenazante, casi una sentencia de muerte.

Acto seguido tomó a los dos niños de las manos y se retiró mientras la mujer le seguía de cerca. Al salir al antejardín, se giró hacia nosotros, levantó su mano señalándome y se fueron hasta perderse en la espesa niebla. Pocos minutos después, la noche se sobreponía a la extraña neblina dejando ver la luna y las estrellas, como en una noche normal de verano.

Ese recuerdo fue la fuente recurrente de mis peores pesadillas a partir de esa inolvidable noche. No sé cómo explicar de dónde saqué el coraje para enfrentarlo. Sólo sé que de haberlo pensado bien, no lo hubiera hecho ni en un centenar de años. A partir de esa noche, ya nada sería igual en nuestras vacaciones. A cada instante pensábamos que aparecerían nuevamente los extraños; que en cualquier momento entrarían sin anunciarse y sin ser invitados. Los días transcurrieron rápido y no hubo señales de ellos por un tiempo; las noches se me hacían eternas y apenas podía conciliar el sueño. Hasta que sin darnos cuenta, el día de irse llegó.

Desde muy temprano ordenamos el equipaje, alistándonos a volver a nuestra verdadera casa. El ambiente estaba en silencio, más que el viaje de regreso y el término de unas relajadas vacaciones, parecía una fuga desesperada de un pueblo fantasma. La tensión aumentaba en el ambiente y ni siquiera nos tomábamos el tiempo de doblar nuestra ropa y ordenarla; sólo la metíamos como fuera dentro de las maletas y lo que no cupiera, lo poníamos en bolsas.

Ya estábamos trasladando los bolsos y maletas al auto cuando el agua de la ducha comenzó a correr. Las otras llaves de la casa también comenzaron a abrirse y el agua corría por los pasillos inundándolo todo. Sólo había una explicación, ellos estaban de vuelta en la casa.

Corrimos llevando las últimas cosas al auto para salir de ese lugar. En medio de la conmoción, entré a la cocina en busca de una caja que se había quedado allí. Todo estaba inundado y mis pies estaban mojados. Tomé la caja en mis manos y al girarme hacia la puerta para volver al auto, sentí su inconfundible presencia.

El hombre misterioso había aparecido frente a mí cortándome el paso de salida; me quedé petrificado, apenas sentía que respiraba y el pánico me invadió por completo. Junto a él apareció uno de sus hijos y se me acercó con esa mirada perdida y penetrante. Tomó mis manos con fuerza y sentí su fría piel invadir todo mi ser. Yo no podía hablar, ni gritar, ni salir huyendo de aquel lugar, estaba paralizado de pies a cabeza.

Mis pies parecían estar clavados al piso, mientras el frío de sus manos recorría todo mi cuerpo haciéndome temblar. La cara del niño comenzó a cambiar y a tomar mi apariencia, todo en él había mutado como un camaleón imitando el entorno.

A lo lejos escuché los gritos de mi familia llamándome desesperación para que saliera de la casa, pero yo no podía responderles. El niño sacó de mis manos la caja que yo había recogido de la cocina y se dirigió por el pasillo hacia la salida y subió al auto tomando mi lugar.

Nadie notó la diferencia entre él y yo, ni mi hermana, ni mis padres, nadie fue capaz de descubrir el vil engaño. A la distancia sentí como se cerraba la puerta de la casa y al instante el agua dejó de correr en todas las llaves. Luego el agua del piso desapareció dejando la casa seca, como si nada hubiera sucedido.

Mi padre arrancó el auto y mi familia se iba dejándome ahí atrapado en esa pesadilla. Todo volvía a la normalidad, pero yo permanecía inmóvil y en silencio. Minutos después recién recobré la movilidad de mi cuerpo, pero de cierta manera me sentía liviano y diferente.

Corrí a la puerta para salir de allí pero no pude abrirla, ni siquiera pude sujetar la perilla con mis manos. Intenté con las ventanas pero era imposible tomar algo con mis manos. Horas más tarde al pasar frente al espejo de una de las habitaciones, me di cuenta que no me reflejaba en él. Mi cuerpo parecía no existir, aunque yo me podía ver sin problemas.

Algo había sucedido cuando ese niño tocó mis manos, me había dejado atrapado y perdido en un mundo sin escape. Mi cuerpo y mi vida se la había llevado ese pequeño ladrón. Y ahí permanecía atrapado, con la esperanza de que algún día se rompiera esa maldición que me mantenía cautivo y olvidado.

Los extraños nunca más aparecieron por la casa y nadie fue a visitar ese lugar por mucho tiempo. Los días pasaban, mientras mi alma vagaba por los rincones, sumergida en la incertidumbre. Nunca sabría qué pasó con mi familia, qué sería de ellos después de llevarse a ese suplantador, a ese pequeño ladrón de mi cuerpo.

HISTORIA 11
VOLVIENDO A CASA
(Secuela de la historia 10 "Los Extraños")

Los días habían pasado lentos y lánguidos, yo ya había perdido la noción del tiempo encerrado en ese lugar. Cada día era como un infierno sin fin; mi alma deambulaba por los rincones de esa casa olvidada, sin poder encontrar una salida. No era un fantasma, ya que no podía atravesar los muros; pero tampoco tenía un cuerpo materializado; sólo era una sombra sin rumbo. Desde el día aquel en que ese pequeño ladrón de mi cuerpo, se fue con mi familia usurpando mi lugar y dejándome encerrado en esa casa, pensé que estaría para siempre allí sin volver a ver la cara de alguien. Pensé que mi vida sería un simple recuerdo perdido en la inmensidad de ese vacío.

Estaba perdido en mi delirio, abstraído del mundo y de la vida, cuando esa familia llegó de visita a la casa. Al principio no los reconocí, pensé que eran otros viajeros que arrendaban esa casa escapando de sus rutinarias vidas. Pero luego me di cuenta que se trataba de los dueños, los mismos que nos arrendaron el lugar en vacaciones. ¿Por qué tardaron tanto en ir? ¿Podrían ayudarme a escapar de esa maldición?

Lo primero que hicieron fue abrir las ventanas y las puertas para ventilar la casa. Mi oportunidad para escapar había llegado y me apresuré a salir por la puerta. Pero mi figura incorpórea sólo llegó hasta la reja de entrada, que permanecía cerrada, yo no tenía la facultad de atravesarla ni de pasar por sobre ella.

El primer día la pasaron limpiando, ordenando y moviendo los muebles de un lado para otro, mientras yo lo único que esperaba era que en algún momento abrieran la reja para escapar. Por largos días todo había estado en absoluto silencio y ahora tanto alboroto me impacientaba.

No sabía cómo superar esa situación ¿Cómo sortearía esa nueva barrera? Esperé todo el día frente a ellos por si en algún momento salían fuera de los límites de la casa, pero sin obtener resultados. Intenté hablarles pero no me podían escuchar. Lo único que yo quería era volver a casa.

La tarde ya se iba y volvieron a cerrar las puertas y ventanas. La mujer preparó la cena mientras el hombre se sentó frente al televisor. La noche llegó pronto y después de cenar la pareja se fue a dormir. Un nuevo día se había ido y no tuve la oportunidad de intentar escapar. Sólo deseaba que la noche se fuera lo más rápido y que el nuevo día trajera una nueva oportunidad para mí.

Las horas pasaban mientras mi alma deambulaba por los rincones oscuros; mis pensamientos estaban lejos, sumergidos en los recuerdos de mi familia. La interminable oscuridad dio paso a un nuevo amanecer y mi impaciencia crecía más y más.

Al fin la pareja despertó, se levantaron y desayunaron. Después de un rato volvieron a realizar labores al interior de la casa. Por desgracia para mí, ellos habían traído todo lo necesario para no tener que traspasar los lindes de la propiedad. Sin embargo, yo no perdía la esperanza; en algún momento se produciría el milagro y debía estar atento para huir de regreso con mi familia.

Yo daba vueltas por todos los rincones como un loco, no podía comprender cómo podían estar tan cerca de la playa, con unos lindos paisajes en los alrededores y no salir ni una vez a dar un paseo. Sin duda que para ellos era más importante arreglar todo antes que las primeras lluvias llegaran.

El hombre estuvo revisando el techo, mientras su esposa hacía algunos arreglos en el jardín y después del mediodía se dedicó a preparar el almuerzo. Yo permanecía alerta a sus movimientos, pero las horas pasaban y nada cambiaba mi suerte.

Cuando el día ya se iba y el sol comenzaba a bajar sobre el horizonte, la mujer se sentó en el sillón de la sala a leer, mientras su esposo realizaba algunos arreglos en una de las habitaciones del segundo piso. Ella se levantó de improviso con la urgencia de quien olvida algo muy importante, recogió las llaves de la casa y exclamó en voz alta para que su marido la escuchara:

— ¡Cariño!..., voy a comprar al almacén antes que cierre.

Comprendí que esa era mi oportunidad de salir de allí, la larga espera había terminado y debía ser muy hábil para aprovechar esa oportunidad. Me coloqué lo más cerca posible de ella. La mujer abrió la reja que daba a la calle y sin retraso logré salir antes que mi prisión volviera a cerrarse. Al fin, después de tanto tiempo, podía moverme con libertad por las calles; era libre de caminar por donde quisiera y de poder volver a mi casa.

El sol ya no estaba a la vista y la oscuridad de la noche se hacía cada vez más presente. Las estrellas adornaban la bóveda oscura, mientras unas pequeñas nubes en el horizonte capturaban los últimos reflejos rojizos del atardecer. Yo no tenía miedo del largo viaje que debía emprender, sólo deseaba llegar pronto a casa, aunque no sabía aún cómo recuperaría mi cuerpo.

Mientras caminaba por esas calles vacías miré hacia el horizonte y sabía que aún faltaba mucho por recorrer. Ni siquiera tenía una noción de cuantas horas me tomaría hacer el recorrido. Pero eso no me desanimaba, aún cuando pasaran días sabía que cada segundo estaba más cerca de casa.

Las horas habían pasado, las estrellas se apagaban mientras la claridad de un nuevo día iluminaba mi camino. A lo lejos pude ver las colinas iluminadas por los primeros rayos del sol. Hice una pequeña pausa deseando en mi interior estar más cerca de ellas y al instante mis pensamientos me transportaron al punto en que mi vista se había fijado.

Por primera vez desde que estaba en esa condición incorpórea, experimentaba semejante situación. Siempre anhelé estar de regreso en mi casa en un abrir y cerrar de ojos, pero algo en ese lugar me lo impedía. Y ahora el poder de mis pensamientos era capaz de trasladarme grandes distancias.

Yo ponía mi mente y mis deseos en otro punto en el horizonte y me transportaba al lugar pensado. Entonces supuse que si podía desplazarme con esa facilidad entre puntos cercanos, quizás sólo debía concentrarme más para alcanzar un salto mayor.

Cerré mis ojos pensando en mi casa, intentando visualizar la entrada y las calles que me llevaban a la puerta donde yo vivía. Al abrir mis ojos, estaba flotando a gran velocidad por sobre árboles, cerros y caminos; hasta que ese vertiginoso recorrido, me llevó directo a la calle frente a mi casa.

Lo extraño no fue el viaje, lo inexplicable fue que por mucho tiempo quise transportarme con esa facilidad hasta ese lugar pero algo me lo impedía. Ahora que estaba allí tenía miedo de enfrentar a esos espíritus, sin duda ellos manejaban poderes que yo no conocía, sabían cómo usurpar el cuerpo de alguien y mantener su alma encerrada a la distancia.

Sin duda que presentarme e intentar luchar con fuerzas desconocidas, sería más peligroso que mi cautividad. Por unos minutos permanecí inmóvil, sólo intentaba ordenar mis pensamientos y resolver el enigma que me envolvía.

Ellos tenían la capacidad de aparecer y de ser vistos. ¿Tendría yo esa capacidad también? En esa esfera espiritual yo no podía mover cosas, pero quizás sólo se trataba de mi falta de experiencia, tal vez era capaz de mucho más y no lo había intentado.

Decidí con mucha pena que aún no era el tiempo para enfrentarlos, si había podido esperar encerrado en aquella casa, podía esperar un tiempo más. Me retiré de ahí para probar otras habilidades, quizás si manejaba más mi estado fantasmal, sería capaz de recuperar mi vida.

Sólo fue cosa de tiempo hasta que pudiera hacer cosas sobrenaturales, como aparecer en distintos lugares, transportarme cada vez más rápido de un lugar a otro e incluso llegué a mover objetos, encender fuego y producir fuertes ráfagas de viento alrededor.

Tantas cosas impensadas y otras muchas por descubrir, pero lo que más me importaba era saber cómo sacar ese espíritu de mi cuerpo y poder recuperarlo sin tener que enfrentar a los extraños otra vez.

Recordé entonces nuestro primer enfrentamiento, esa noche de verano en que se presentaron con ímpetu en nuestra casa. Sólo la decisión de mis palabras, la proyección de mi ira interior los obligó a retirarse y a no aparecer por varios días. Quizás el secreto estaba ahí, en la fuerza que pusiera en mis palabras y el coraje con que los confrontara.

Pero qué poderes provocaron que estuviera encerrado en esa casa, fuera de ella podía flotar, mover objetos y hacer otras cosas sorprendentes; pero dentro de ella, era como el viento encerrado en una botella.

Sabía que había un secreto escondido en aquel lugar, así que me trasporté hasta aquella casa nuevamente, a ese lugar que por largas semanas fuera mi prisión. A esa altura ya sabía cómo atravesar murallas y como entrar a cualquier lugar que quisiera. Me acerqué a la reja de entrada pero al intentar atravesarla, mi presencia fue detenida por una extraña fuerza. Mis sospechas quedaban en evidencia, algo en esa casa me había mantenido cautivo.

Recorrí los extremos de la propiedad buscando algún indicio, algo que diferenciara ese lugar de cualquier otro común y corriente. Al fin logré encontrar cuatro fragmentos de una extraña piedra negra, uno en cada esquina de la casa. Al principio pensé que se trataban de pedazos físicos, reales, pero me di cuenta que no pertenecían al mundo de los vivos.

Con gran dificultad logré reunirlos a todos. Al levantarlos podía sentir un frío penetrante y extraño, ya que en ese estado fantasmal jamás había experimentado sensaciones corpóreas.

Era impresionante la fuerza que manaba de ellos, sin embargo una vez que pude sacarlos de cada esquina de la casa, también mi acceso al interior de ella fue permitido. Al verlos con detención, parecían ser fragmentos complementarios, como si hubieran sido parte de un solo elemento.

Ya nada me sorprendía, la verdad había experimentado tantas cosas increíbles, que una más no me parecía nada especial. Intenté ensamblar cada parte de los cuatro pedazos de piedra negra, hasta alcanzar con éxito que fueran una sola. Las partes se unieron y el color de la piedra cambió a un violeta cristalino.

Se percibía como un campo poderoso alrededor de ella, una energía que irradiaba una pequeña luz blanca. Me sentía más fuerte y con tanto valor como para enfrentar a los extraños espectros. Ese debía ser el secreto de sus poderes y también la clave para derrotarlos.

Cerré mis ojos enfocándome en mi casa hasta sentir cómo mi cuerpo se trasladaba a ella. Atravesé la puerta y entré en la sala que no había visto por varios meses. A esa hora del día aún no había llegado nadie y recorrí cada habitación, cada rincón de mi casa. Me sentía con fuerzas para luchar contra ellos y recuperar lo que me habían quitado.

Ya oscurecía cuando toda mi familia llegó a la casa, mis padres, mi hermana y ese ladrón haciendo uso de mi cuerpo. En cuanto ingresó a la casa él sintió mi presencia, se mostró inseguro y confundido, miraba a todos lados sin poder encontrarme. Seguro que estar en mi cuerpo le restaba fuerza a sus habilidades; pero yo no esperaría mucho tiempo para hacerme notar frente a todos.

Cuando estaban reunidos en la mesa para la cena, con un gran viento hice que las ventanas se abrieran de golpe. Todos se sobresaltaron y mi padre exclamó:

– ¡Por Dios!... ¡Qué no sea esa gente extraña otra vez!

Aún no terminaba de decir esa frase, cuando con una nueva ráfaga hice que la puerta de entrada se abriera por completo. Mi intención era sólo una: lograr que los extraños se hicieran presente en la casa para enfrentarlos.

Mi hermana gritaba y todos estaban muy asustados, pero el intruso no demostraba ningún temor. Esta vez conseguí mover unos muebles casi al punto de golpearlo, ese movimiento causó que al fin se hicieran presentes el resto de los extraños.

El hombre, la mujer y su otro hijo aparecieron en el umbral de la puerta, mi padre estaba pálido de la impresión; jamás pensó que pasaría por esa experiencia otra vez. Hasta ese momento yo permanecía invisible, pero ya había conseguido mi objetivo; aunque no sabía aún como los enfrentaría.

Sólo dejé que mi instinto me guiara y empuñé con fuerza la piedra violácea, la luz que emanaba de ella comenzó a darle forma a mi cuerpo fantasmal. En cosa de segundos mi silueta blanca se mostraba ante todos en la habitación. El hombre miraba desde lejos hasta que decidió decir:

—Veo que conseguiste escapar, ¿pero serás capaz de derrotarnos?

Era la primera vez que lo escuchábamos hablar; cuando terminó de decir esa frase, extendí mi mano para mostrarle la luminosa piedra. Yo sólo buscaba obtener una reacción de su parte y así fue. Junto con su asombro, demostró el temor que le tenía a la pequeña fuente de poder.

Mi familia no entendía nada de lo que sucedía, sólo gritaban espantados por lo que presenciaban, así que decidí hablarles, esperando que mis palabras fueran oídas:

—No tengan miedo..., soy yo..., su hijo..., su verdadero hijo que he estado atrapado en aquella casa desde el verano y al que este usurpador le ha quitado el cuerpo...

Todos estaban estupefactos, nadie decía nada; el silencio sólo se rompió cuando el hombre dijo a su hijo que permanecía en mi cuerpo:

—Ven, déjalo ya y ayúdame a pelear con él.

El extraño usurpador se desprendió de mí y se desplazó por la habitación. Por instinto y recordando lo débil que me sentí cuando él me arrancó de mi cuerpo, supe que ese era el momento más propicio para enfrentarlo. En un abrir y cerrar de ojos, me desplacé desde el rincón en que estaba y me coloqué frente al pequeño ladrón extendiendo mi mano con la piedra y le grité:

— ¡Entra en ella!

No puedo explicar el motivo que me impulsó a hacerlo, pero frente a mí la piedra resplandeció y comenzó a absorber su ser fantasmal. Cuando el último resplandor de su figura entró a la piedra, comprendí que esa era su prisión y debía obligarlos a entrar en ella nuevamente.

Me giré para enfrentar al resto de los espíritus, sus caras desfiguradas buscaban infundir miedo a través de su apariencia. Pero ya había descubierto su mayor temor y la forma de vencerlos.

El menor de los tres se movió hacia mi cuerpo que yacía en el suelo, su inesperado movimiento sorprendió incluso al líder de ellos, quien no alcanzó a impedir que se metiera en él. Esa era mi oportunidad, ellos se debilitaban al poseerlos y yo me fortalecía a cada instante.

Apunté el rayo de luz de la piedra hacia él, gritándole.

— ¡Abandónalo!... ¡No te pertenece!... ¡Vuelve al lugar de donde saliste!

Por unos segundos se resistió, pero su estela luminosa era presa del poder de la piedra. La mitad del trabajo estaba hecho y los gritos del extraño se tornaron cada vez más terroríficos. Mi madre abrazaba a mi hermana y ambas estallaban en llantos desesperados; mi padre intentaba arrastrarse hacia ellas por el suelo.

Hasta ese momento la mujer espectral había sido una mera espectadora; sin embargo esa pasividad se acabaría. Como un gato engrifado se lanzó sobre mí sin lograr hacerme daño, la luz que se desprendía de la piedra funcionaba también como escudo protector. Al ver lo infructuosa de su acción decidió embestir contra mi familia.

Mi habilidad para transportarme era cada vez mayor y en espacios reducidos me manejaba de mejor manera. Antes que lograra alcanzar a cualquiera de ellos, provoqué una ráfaga de viento que la empujó contra el hombre y ambos cayeron hacia fuera de la casa.

Sin esperar un nuevo movimiento de ellos, me transporté apareciendo a la espalda de la mujer; con la piedra la golpeé en el hombro y de inmediato su figura fue absorbida como a los dos seres anteriores.

Me sentía tan confiado que esa sería la solución para deshacerme de los cuatro espectros, que me abalancé sobre el hombre extraño. Pero antes que consiguiera hacerlo prisionero, él me sujetó con fuerza por el cuello. Mi exceso de confianza me había llevado a cometer ese gran error. En esa condición fantasmal jamás había sentido dolor o molestias hasta ahora; la energía que manaba de él era sofocante, el calor que su mano irradiaba era tan grande que lograba sentirla quemando mi ser.

—No te será tan fácil derrotarme a mí —dijo confiado que ese sería mi final.

Me arrastró hasta donde estaba mi cuerpo físico, llevándome de vuelta al lugar de donde nunca debí salir. Mientras estaba en dirección a él, en medio de mi sofoco le dije a mi padre:

—Cuando te de la señal, haz lo que te diga...

No sabía si él me había entendido, pero cuando el extraño empujó mi ser espiritual y luminoso de vuelta a mi cuerpo, solté la piedra en dirección a donde estaba mi padre, gritando:

— ¡Ahora! ¡Arrójasela!

Por suerte él había comprendido mis palabras y recogiéndola, la lanzó contra él con una fuerza impresionante. Toda su ira contenida se desplazaba en esos momentos por los aires de la habitación.

La piedra golpeó la cabeza del hombre quedando incrustada en ella y radiando esa luz blanca tan particular. El ser extraño se tambaleaba de un lado a otro hasta que al fin me soltó y antes de caer al suelo se desvanecía dentro de la piedra tal como el resto de los espíritus. La luz blanca se disipó y el objeto volvió a su color violeta, mientras mi cuerpo se desplomaba en el suelo.

Por largos minutos permanecí inconsciente, hasta que desperté en mi cama, rodeado por mi familia. Todos me abrazaban y lloraban de emoción, si no los hubiera visto reaccionar así, hubiera pensado que todo se trataba de un sueño fantástico.

Pasaron algunos minutos hasta que me sentí con más fuerza y nos pudimos reunir todos en la mesa para cenar. Comencé a relatarles con detalles todo lo acontecido desde el día en que los extraños se hicieron present en la casa y me despojaron de mi cuerpo dejándome encerrado. Cómo había logrado escapar y todas las cosas que había aprendido en esas semanas. Luego me enteré que las semanas, en realidad habían sido casi tres meses. Si ellos no hubieran visto con sus propios ojos todo lo sucedido, lo más probable es que no me hubieran creído. De la piedra violeta sólo puedo decirles que está en un lugar seguro y ahí se quedará por mucho tiempo.

HISTORIA 12
NO ENCIENDAN LA LUZ

Por dieciséis años esa casa había estado vacía. Dieciséis años en que nada se había hablado de lo sucedido en ese lugar; dieciséis años en que un pueblo entero había evitado comentarlo siquiera. Pero desde que Alicia y su familia llegaron a esa casa, los recuerdos afloraron, todos murmuraban a escondidas sobre aquellos que antes vivieron allí.

Alicia llegó una tarde de sábado junto a sus padres y su hermana menor; los cuatro venían de una ciudad muy lejana. Don Benjamín, el padre de Alicia, había sido transferido a uno de los bancos de ese pueblo; su madre, doña Susana no trabajaba y Alejandra su hermana pequeña, aún no iba al colegio. Alicia, por su parte, ya había terminado sus estudios de veterinaria y pretendía encontrar un lugar donde ejercer su profesión o bien colocar su propia clínica.

El pueblo no era muy grande pero cumplía con todo lo necesario para tener un buen pasar. Además, la lejanía de las grandes ciudades les daría la tranquilidad que buscaban; sin duda que el ritmo de vida sería menos estresante y más hogareño. Por otra parte la gente siempre ha sido más cercana y amable en esos lugares; por ese motivo a todos les agradó la idea de vivir allí. Los bosques y las colinas cercanas brindaban un paisaje especial que recreaban la vista de tonos verdes y oxigenaban los pulmones con un aire más puro.

Esa primera noche la familia durmió cansada por el largo viaje. A la mañana siguiente, todos se levantaron con mucho ánimo para desempacar las cosas que habían bajado de los camiones, ya que el día anterior sólo armaron las camas para poder dormir. Poco a poco ordenaron los muebles y los llenaron con sus pertenencias. La loza, ropa, adornos y cuadros; todo lo que habían traído iba tomando una ubicación definitiva en su nuevo hogar.

El domingo pasó rápido con tanto trabajo agotador y al fin habían terminado de ordenar y de limpiar toda la casa, al menos por dentro. Todo estaba en su lugar y la casa estaba reluciente. Más adelante habría tiempo para arreglar el patio, tiempo para retirar la maleza y darle vida a ese lugar abandonado por tantos años. Después de un arduo día de trabajo, era el momento de celebrar la llegada a su nuevo hogar.

Ya entrada la noche la familia se sentó a la mesa para cenar. Todo estaba servido y aunque no era una comida muy elaborada, ya que la mayor parte del día la dedicaron a ordenar y limpiar, se veía apetitosa. Ensaladas verdes, papas cocidas y un trozo de carne a la cacerola, cocinada en su jugo con zanahorias, arvejas y un poco de cebolla, todo muy bien sazonado.

En medio de la cena Alicia sintió una extraña sensación. Una sensación inquietante como si estuviera siendo observada, como si alguien desde alguna parte de la habitación la mirara. Se giró hacia la ventana pensando que quizás alguien los observaba desde allí, pero no había nadie ahí. Su madre se dio cuenta de la incomodidad de Alicia, pero prefirió no decir nada en ese momento para no asustar a la hija menor. La cena prosiguió sin problemas y se quedaron conversando acerca de cómo pensaban que sería su segundo día en ese pueblo. Aunque Alicia hablaba sin mayores complicaciones, esa sensación permanecía con ella y daba esporádicas miradas su alrededor. Al rato después, mientras estaban lavando la loza, doña Susana le preguntó:

—*Te vi incómoda durante la cena hija. ¿Pasó algo?*

— ¿Has tenido alguna vez esa sensación extraña como si supieras que alguien te observa mamá? —Preguntó Alicia— ¿Un sentimiento como de miradas a tu alrededor pero que no te causa miedo, sino preocupación?

—*Estás cansada hija mía, han sido unos días muy agotadores, el cambio de casa, llegar a un pueblo diferente, lo único que te pido es que no comentes nada delante de tu hermana, ella es muy pequeña para entender esas cosas.*

Alicia asintió con la cabeza y no hablaron más del tema; cuando todo estuvo ordenado se dirigieron a sus habitaciones para dormir.

Don Benjamín recorría la casa cerrando puertas y ventanas. Se dirigió a la puerta trasera, donde había un interruptor con dos encendidos; con uno prendió la luz del patio trasero y el otro al perecer no estaba funcionando. Seguro que era la luz del fondo, pensó don Benjamín, donde había un cobertizo que se usaba como taller y para guardar herramientas.

La casa era bastante amplia, tenía dos pisos de alto, cuatro dormitorios y dos baños, uno en cada piso. La cocina era amplia y la sala estaba separada del comedor por una mampara de madera y vidrio. El patio por otro lado era muy grande, tenía alrededor de veinte metros de largo y al fondo estaba el cobertizo. Esos terrenos quedaban a orillas de la antigua línea del ferrocarril, de ahí su gran terreno y la lejanía de la casa respecto del fondo del patio. Sin duda que cuando el tren aún recorría esas vías el sonido debió ser estruendoso. Por suerte, hacía más de diez años que estaba a en desuso.

Todo estaba apacible y en orden, ni comparado con su antigua casa en la ciudad donde los autos circulaban toda la noche y los ruidos se escuchaban sin parar. Acá con suerte se escuchaba el sonido de los grillos en algún lugar lejano en el patio. Hasta que en medio de la noche Alejandra, la hermana menor, dio un gran grito de espanto que alertó a todos en la casa. En menos de un minuto todos estaban en su habitación para ver qué le había pasado. La pequeña no paraba de llorar, mientras la madre la abrazaba intentando consolarla. A sus cortos cinco años eran comunes las pesadillas y más aún tratándose de un lugar nuevo para ella. Cuando al fin se calmó, no dijo nada que esclareciera lo ocurrido; luego todos volvieron a dormir a sus habitaciones, menos doña Susana que esa noche durmió con la pequeña.

Al día siguiente Alejandra no recordaba nada de lo sucedido en la madrugada, así que asumieron que sólo se trataba de un mal sueño. Ese día Alicia decidió recorrer el pueblo, si tenía suerte, encontraría algún trabajo en su especialidad; si no, debería comenzar a visitar las granjas de los alrededores para presentarse y atender casos particulares.

Mientras en la casa, su padre trabajaba con afán en el jardín. Sacaba la maleza frente a la casa, barría las hojas secas e intentaba darle un aspecto más hogareño a tan amplio lugar. Cuando terminó con la limpieza del patio puso sus ojos en el cobertizo. Si la casa parecía haber estado abandonada por años, ese cuartucho parecía estarlo por siglos. Necesitaría de mucha ayuda para poner todo en orden, había que hacer reparaciones con madera, alguna mano de pintura. Pero al menos quería dejar funcionando la luz para iluminarlo durante las noches.

Fue hasta la pieza del fondo y se dio cuenta que la puerta estaba cerrada con una cadena y un gran candado. Buscó entre las llaves de la casa que había recibido, pero ninguna de ellas coincidía con ese candado.

Alicia, por su parte, había tenido mejor suerte en encontrar un puesto como ayudante del médico veterinario del pueblo, él realizaba visitas en las granjas de los alrededores y hacía bastante tiempo que necesitaba un ayudante:

—*Has llegado caída del cielo* —le dijo el doctor— *¿Puedes comenzar esta tarde? Tengo varias visitas pendientes que realizar.*

—Sí doctor —respondió Alicia con gran emoción— esta misma tarde lo acompaño en sus visitas.

Al regresar Alicia a la casa no podía esperar de contarles a todos la gran noticia. Su madre ya tenía listo el almuerzo y su padre había avanzado mucho en el jardín, mientras Alejandra había pasado la mañana dibujando y pintando. Alicia se acercó a ver lo que hacía su hermana y se sorprendió al ver uno de los dibujos de la pequeña. Junto con dibujar lo que representaba esa casa, había dibujado a cinco personas en el papel: Papá, Mamá, Alicia y dos niñas pequeñas, una de las cuales era sin duda su hermana, pero la otra era una representación pequeña de Alicia.

Ella no contuvo las ganas de preguntar:

— ¿Quién es la otra niña Alejandra?

—*Es mi amiga* —respondió la pequeña sin parar de pintar.

Alicia tomó otro de los dibujos y la misma niña aparecía dibujada sola en una casa más pequeña, rodeada de flores, con unas líneas que parecían una calle que pasaba por su lado:

— ¿Esa es la casa donde vive la niña?

Alejandra asintió con la cabeza mientras continuaba pintando sus dibujos; Alicia estaba muy inquieta por lo que hacía su hermana. La pequeña dejó de pintar y salió al patio con la hoja de papel en la mano, corrió hasta llegar al cobertizo y la colocó en una pequeña rendija entre la puerta y el umbral. Luego regresó a la casa, se sentó en su silla y dando un gran suspiro dijo:

—*Ya..., ahora puedo pintar uno para mí.*

Esa frase hizo que Alicia se estremeciera por completo, ya que con ella su hermana daba a entender que sus dibujos los había hecho para otra persona. Sin decir nada, pero muy preocupada, fue a la cocina contarle a su madre lo sucedido.

—*Estás muy pendiente de otras cosas hija, estás muy tensa y viendo cosas raras en todos lados* —respondió doña Susana— *el cambio de casa nos afectó a todos de diferente manera, pero en pocos días todo será normal otra vez. Así que deja de poner atención a detalles sin sentido y disfruta de tu nueva casa.*

Tan enérgica fue su madre que en realidad terminó por convencerla, de que quizás eran las ansias y el estrés de todos esos cambios.

—Encontré trabajo mamá —le dijo después de terminar de escucharla— como ayudante del médico veterinario del pueblo.

—*Ves hija, todo está saliendo muy bien para todos nosotros.*

Alicia dio un suspiro de alivio y luego se retiro a descansar un momento a su habitación antes de ayudar a su madre a colocar la mesa.

Después de almorzar, esa tarde Alicia comenzó sus visitas junto al médico del pueblo, el día pasó rápido y ella estaba feliz de todo lo que tenía que hacer. Tan emocionada estaba que no se dio cuenta cómo el día terminó y ya debía volver a casa. Esa noche cenaron todos juntos y el centro de la conversación fue Alicia contando los pormenores de su primera tarde laboral. Estaba muy emocionada y el resto de la familia la escuchó con atención. Al parecer todos estaban muy contentos por el cambio. Cuando finalizaron de cenar y de conversar, ordenaron la mesa y la cocina y se fueron a dormir.

Don Benjamín hizo todo el recorrido habitual por la casa, asegurando puertas y ventanas. Encendió la luz del patio, pero la ampolleta parpadeó un poco y se apagó. En la casa no había ampolletas de repuesto para reponerla, así que tomó una de la lámpara y salió al patio a cambiarla. Caminó los cinco metros que lo separaban de la puerta trasera hasta el soquete con la ampolleta quemada. En una mano llevaba la ampolleta de cambio y en la otra una linterna para iluminar el sendero de piedra que unía la casa con el cobertizo del fondo.

Entre la penumbra le pareció ver una sombra que se movió al fondo del patio. Con la linterna en la mano, alumbraba de un lado para el otro sin ver nada extraño; pero cada vez que la oscuridad volvía, esa silueta se presentaba en sus ojos. Un gran temor le sobrevino y se apresuró a cambiar el foco para volver a la casa, prendió el interruptor otra vez y la ampolleta reventó como si fuera un globo cayendo sobre espinas. El padre de Alicia quedó pálido y muy consternado; puso el cerrojo de la puerta y sin decir nada se fue a la cama ante la mirada preocupada de su mujer.

—*¿Qué pasa viejo?*

—Nada mujer —respondió él— sólo ha sido un día muy agotador y me quedan pocos días libres para dejar toda la casa arreglada.

Aunque doña Susana no quedó muy tranquila con la respuesta, apagó la luz y se durmió sin insistir. En el silencio de la noche su hija pequeña gritó aterrada nuevamente; eso le quitó el sueño a toda la casa y otra vez la madre se quedó a dormir con la pequeña.

Así pasaron los días para la familia, algunas noches Alejandra dormía bien y otras no, lo que mantenía a doña Susana pasando las noches junto a ella. Mientras, a Alicia le iba bien como ayudante de veterinaria y el padre ya se había incorporado a su trabajo en el banco; aunque aún había cosas de la casa que no alcanzó a arreglar. Seguro que tendría tiempo para hacerlo el fin de semana; mientras, la luz del patio continuaba dando problemas y el cuarto del fondo seguía abandonado.

El día viernes de la tercera semana que habían llegado a la casa, por la mañana don Benjamín llamó al corredor de propiedades para pedirle la llave que faltaba, sin embargo él le respondió que se había extraviado hace mucho tiempo. También llamó a varios maestros albañiles del pueblo para terminar con los arreglos pendientes, pero todos se negaban a ir al enterarse de la dirección de la casa. No era un pueblo que sobraran los trabajos, pero aún así no encontró ni un sólo trabajador para contratarlo.

Esa tarde Alicia volvió temprano a casa y vio a la pequeña Alejandra hablando sola en la habitación mientras dibujaba.

— ¿Qué pasa Alejandra? ¿Con quién hablas?

—*Con mi amiga que no me deja tranquila* —dijo la niña— *no quiere que prendan la luz del patio y me hace dibujar muchas cosas y yo ya me cansé.*

Alicia más que asustada, tomó los dibujos de Alejandra y eran inquietantes. Lo que parecía ser la habitación del patio, estaba rodeada de una nube negra, la niña aparecía dibujada en el interior y la familia afuera en el patio. Todos los dibujos que estaban sobre la mesa tenían un contenido similar y Alicia no resistió más, así que le llevó los dibujos a su madre.

Camino hacia la cocina, Alicia escuchó un susurro muy nítido en sus oídos.

—*Alicia..., Alicia..., diles que no enciendan la luz...*

La joven se dio vuelta pensando que era Alejandra hablándole, pero no había nadie atrás de ella. Un escalofrío recorrió su cuerpo y salió corriendo a la cocina a contarle a su madre. Al llegar doña Susana estaba tan pálida como ella, entre ambas se estorbaban queriendo decir lo que les había sucedido.

Una vez que Alicia terminó de contarle a su madre lo sucedido, prosiguió ella diciendo:

—*Yo la escuché también hija, la voz me decía que no prendieran la luz y yo pensé que era Alejandra hablándome desde la puerta. Últimamente le ha dado por dibujar y jugar hablando sola.*

—No mamá —dijo Alicia— ella no juega hablando sola, ella habla con alguien que le pide que haga esos dibujos.

Doña Susana se puso aún más pálida y casi se desmaya al verlos. Por suerte el padre venía llegando para almorzar, sujetó a su mujer y la llevó a la habitación para que descansara un momento. Cuando le contaron lo sucedido, él no les creyó, a pesar de las cosas extrañas que le habían pasado a él también.

—*Para mañana* —dijo don Benjamín cambiando el tema— *contraté unos maestros del siguiente pueblo para que vengan a hacer los trabajos que faltan, a ver si antes del domingo queda todo terminado incluyendo las luces del patio.*

Las palabras del hombre pasaron desapercibidas para las dos mujeres. Después del almuerzo, Alicia volvió a su trabajo con una pregunta que le daba vueltas en la cabeza y que no tardó en formulársela al doctor.

— ¿Usted sabe quién vivía en nuestra casa antes de nosotros?

— *¿No son ustedes familiares de los Salgado?* —preguntó el doctor sorprendido.

—No, nosotros acabamos de llegar hace unas semanas y según nos contaron hace dieciséis años que nadie vive allí.

El doctor llevó su mano a la barbilla y bajó la mirada, estaba muy intrigado y con la duda de si contarle o no lo que él sabía. Al final dio un suspiro y dijo:

—*Eres muy parecida a una niña que vivió en esa casa hace muchos años. La verdad es que no quería mencionarlo pensando que eran familiares; pero esa familia quedó destruida tras la muerte de la pequeña. Ellos se fueron de la casa y luego corrieron los rumores que un fantasma visitaba ese lugar. Tú sabes cómo es la gente de pueblo.*

El doctor se sonrió mientras decía esa última frase, pero las palabras no le causaron ninguna gracia a Alicia y decidió no contarle lo sucedido esos días en la casa.

— ¿Usted sabe cómo murió esa niña doctor?

—Sí claro, todo el pueblo lo sabe... La casa tiene al fondo del patio una pieza, esa habitación llega hasta la muralla que separa ese terreno de una antigua vía ferroviaria. La pequeña encontró el modo de pasar desde la habitación, al otro lado de la muralla para jugar. Una noche, la pequeña bajó hacia las vías para ver de cerca las luces del tren. Nadie se explica cómo se resbaló y cayó frente al ferrocarril falleciendo en el momento. Semanas después y tras varios sucesos extraños, la familia decidió irse de la casa. El tren también dejó de pasar por estos lados unos años después. Algunos rumores hablaban de apariciones, otros sólo dicen que la modernidad dejaba atrás al tren.

Alicia quedó muy pensativa con el relato del doctor y regresó a su casa después de una larga tarde de trabajo, en su mente seguían dando vueltas sus palabras y la trágica historia que envolvía a esa casa. La cena ya estaba lista y en silencio compartió con el resto de la familia. Como cada noche después de cenar, su padre cerraba las puertas y ventanas, y al prender la luz del patio, se quemó nuevamente.

— *¡Hoy será la última vez que te quemes!* —le gritó a la ampolleta con disgusto.

Cuando regresaba en dirección al dormitorio pasó frente a la cocina y vio la puerta del refrigerador abierta. A contraluz se veía la silueta de una pequeña niña, por lo que pensó que era Alejandra.

— ¿Qué haces ahí hija? No son horas de estar levantada goloseando.

—*No insistas en arreglar esa luz porque siempre se quemará...* —respondió la figura que resultó no ser su hija.

La puerta del refrigerador se cerró de improviso y el hombre dio un grito de espanto al ver que tras la puerta no había nadie. Sin duda alguien le habló, alguien estaba ahí; todos fueron a la cocina mientras él sólo preguntaba por Alejandra.

—Está dormida viejo —respondió doña Susana.

Él corrió a la habitación de la pequeña y la vio acostada. Regresó al comedor para contarles lo sucedido a los demás; estaba descompensado, lleno de angustia y sólo se repetía que era imposible lo que había visto. Alicia no resistió más su silencio culposo y decidió contarles lo que había averiguado con el doctor, acerca de la anterior familia que habitó la casa. Mientras que el semblante de la madre palidecía con el relato, su padre sólo se enojó más.

—No puedes ser tan crédula Alicia —le gritó don Benjamín— esos cuentos existen en cada pueblo al que vayas. Siempre hay fantasmas, espíritus y lo que quieras para asustar a la gente, sobre todo a los nuevos. Todo siempre tiene su explicación. Ya verás que mañana mismo quedará arreglada la habitación del fondo y todas las luces del patio.

El hombre se dirigió muy ofuscado a su habitación, mientras la madre algo más preocupada fue a ver a Alejandra antes de dormir. Alicia continuaba muy asustada y triste por la reacción de su padre y regresó a dormir a su cama. Estaba muy intranquila por todo lo sucedido, los dibujos de su hermana, los relatos del doctor y las demás situaciones que habían vivido, no eran normales. Por más que su padre se enojara y quisiera restarle importancia a esas cosas, algo no estaba bien.

Alicia daba vueltas y vueltas en la cama, soñando cosas extrañas y sin sentido. Ella se vio caminando por el patio, dirigiéndose a la pieza del fondo y antes de llegar a ella, la puerta se abrió. Ella entró a la habitación y tras mover unas cajas de uno de los rincones, consiguió ver un panel de pared falsa que se podía mover con facilidad. En el sueño escuchaba una voz que le decía:

—Empújalo con fuerza...

Y así lo hizo, el panel se desplazó por completo y al otro lado había una pronunciada pendiente que daba directo hasta las antiguas vías del tren. Tras la muralla todo era luminoso y la silueta de una niña se le presentó al costado de las vías.

—Diles que no enciendan la luz —decía la niña— ¿Ves? Aquí está demasiado iluminado no se necesita que las enciendan.

—Pero las luces son para el patio —respondió Alicia con toda serenidad.

—Ayúdame, sólo diles que no las enciendan, que no es necesario...

Al terminar la frase, la imagen de la pequeña comenzó a desvanecerse ante sus ojos. Alicia sintió el vértigo del vacío como si su cuerpo flotara a gran velocidad desde el patio, hasta llegar de vuelta a su habitación. Ella despertó sobresaltada y sintiendo un gran temor; su corazón estaba muy agitado. Aún no amanecía, tenía la boca seca y amarga. Encendió la lámpara, tomó agua del vaso que mantenía en su velador y aunque intentó volver a dormir, la visión que había tenido daba vueltas en su cabeza.

Al llegar la mañana del sábado, Alicia se vistió rápido y salió al patio, aunque ese día no trabajaba. Llegó a la puerta de la pieza trasera; aún recordaba el extraño sueño que había tenido y al ver que estaba cerrada con un candado, tomó una palanca de fierro para forzarlo hasta que cedió después de reiterados golpes. La puerta se abrió produciendo un agudo chirrido por sus oxidadas bisagras. Una vez adentro de la oscura habitación el polvo se levantaba a cada paso que daba, los vidrios llenos de tierra apenas permitían que el sol iluminara el interior. Movió algunas cosas empolvadas que no eran tan livianas como en su sueño y con mucha dificultad desplazó el panel que la llevaba al otro lado de la propiedad.

Alicia quedó asombrada de la exactitud del sueño que había tenido. Al cruzar hacia el otro lado, bajó una pendiente de unos cinco metros y llegó al costado de las abandonadas vías del tren. Ahí había una gruta para recordar el accidente que terminó con la muerte de la pequeña niña. La hierba la ocultaba casi por completo. El tiempo transcurrido y el olvido eran evidentes sobre los gastados y viejos ladrillos. Desde ese lugar, al mirar hacia la casa, se veían unos grandes focos que apuntaban en esa dirección. A eso se refería su padre al decir que arreglaría todas las luces del patio.

Pero qué sentido podría tener para el supuesto fantasma de la niña mantener ese lugar a oscuras durante la noche. Por qué su molestia con las luces del patio. Alicia intentaba comprender y darle sentido a las palabras del espíritu de la niña, como si no fuera suficiente locura que algo así estuviera sucediendo.

Con sus propias manos, Alicia arrancó la hierba que cubría la pequeña gruta. Después de algunos minutos en que se quedó contemplando el desolado lugar, se apresuró a volver a la casa, sin comentarle a nadie lo que había hecho ni donde había estado. Sin embargo, durante todo el día las preguntas permanecieron rondando su cabeza.

Mientras las horas del sábado pasaban, algunos maestros que su padre había contratado se encargaban de los arreglos y la pintura de la habitación trasera. Otros se dedicaron a pintar el exterior de la casa; mientras otro se encargaba de la conexión eléctrica que iba hacia el patio. Don Benjamín estaba convencido de que era un cable en mal estado, el que estaba produciendo que las ampolletas se quemaran cada vez que encendían la luz. Él, por su parte, se dedicó a ordenar el cuarto trasero y al descubrir el panel roto que daba acceso al otro lado de la propiedad, le pidió a los trabajadores que lo repararan.

Alicia estaba cada vez más impaciente, la noche se acercaba y el sol se escondía en el horizonte. Los susurros resonaban constantemente en su cabeza;

mientras, las sombras de la tarde se tornaban alargadas y difusas. Ella entró en un estado nervioso que nunca había experimentado. Cuando la luz del sol ya se ocultaba en el horizonte y los trabajadores ya comenzaban a guardar sus herramientas para volver al día siguiente; su hermana comenzó a gritar otra vez y doña Susana entró en la casa para ver qué le sucedía.

Las cosas comenzaron a flotar por las habitaciones, por el aire se movían muebles y otros objetos de la casa. Alicia escuchaba con toda claridad la voz fantasmal gritando que no encendieran la luz. Mientras en el otro cuarto, Alejandra lloraba aterrada y abrazada a su madre.

Don Benjamín que estaba en el patio trasero y venía a probar si el trabajo de electrificación había dado frutos, escuchó los gritos y vio cómo la puerta que daba al patio trasero se cerró de golpe. El padre corrió para abrirla, pero estaba trabada, así que fue a la entrada del frente y al entrar vio la aterradora escena al interior.

Entre los gritos de las mujeres y el ruido que hacían las cosas arrastrándose y chocando en el aire, don Benjamín comenzó a gritar:

— ¡Váyanse de esta casa! ¡Déjennos en paz!

Al ver que su padre se dirigía hacia el interruptor del patio que estaba junto a la puerta trasera, Alicia intentó correr hasta él gritando:

— ¡Papá no enciendas la luz!..., ¡ella no quiere que enciendas la luz!..., ¡nos matará a todos, por favor papá no enciendas la luz!...

El hombre no entendía nada de lo que estaba pasando y menos lo que Alicia le gritaba, su intención no era encender la luces, sino que abrir la puerta para pedir ayuda a los trabajadores que aún estaban en el patio. Pero por más que se esforzaba por avanzar, las cosas se le venían encima y las luces del interior de la casa comenzaron a parpadear. Alicia cayó al suelo golpeada por un florero y la figura de la niña se le apareció nítida frente a sus ojos.

—*Por favor, no dejes que encienda la luz o todos morirán, la luz nos matará a todos, se ve tan hermosa desde lejos pero viene muy rápido y después todo está en silencio e iluminado. La luz nos deja solos y castigados aquí, no dejes que la encienda...*

En ese momento Alicia comprendió el sentido real de las palabras de la niña. No era una amenaza lo que ella decía, sino más bien el reflejo de su miedo. Su trágica experiencia con el tren era la que la mantenía aferrada aún a ese mundo. La luz a la que ella tanto le temía, era sin duda la del foco del tren que le había arrebatado la vida. Si bien nada de lo que estaba sucediendo tenía sentido, Alicia pensó que lo mejor era enfrentar al espíritu a sus temores. Sólo de esa manera podría liberarla de su cautividad y que ella alcanzara su descanso eterno.

Mientras los objetos seguían flotando a su alrededor Alicia le gritaba a su padre:

— ¡Enciéndelas!..., ¡Enciende las luces del patio papá!

Don Benjamín, seguía sin entender nada aún y hacía los últimos esfuerzos por llegar a la puerta trasera mientras Alicia lo alentaba. No tenía sentido lo que su hija le pedía, pero ya nada lo tenía y decidió hacer caso sin cuestionar a lo que ella decía. Al ver que mientras su padre más se acercaba al interruptor, los objetos más lo golpeaban, Alicia fijó su mirada y sus palabras en la figura espectral de la pequeña.

—No tengas miedo..., todo estará bien... confía en mí...

Mientras ella distraía a la niña con sus palabras, al fin el hombre llegó al interruptor y encendió las luces del patio. Todo se iluminó por completo y los focos cubrieron con su brillo toda la casa, alcanzando con su resplandor hasta el otro lado del patio, justo donde se encontraba la pequeña gruta.

La niña dio un grito agudo y aterrador, luego una luz resplandeciente comenzó a envolver su pequeña silueta iluminando el interior de la casa. Las cosas que aún flotaban por el aire cayeron al suelo. El grito de la niña fantasma se extendía hasta confundirse con el sonido estruendoso de la bocina de un tren y el mismo sonido que harían esas pesadas ruedas pasando por en medio de la sala. El ruido se fue apagando hasta desvanecerse junto con la luminiscente aparición y un estruendo impactante reventó todas las luces del patio. Todo el mundo quedó perplejo, sobre todo los trabajadores que estaban afuera y no habían escuchado nada de lo acontecido al interior de la casa.

Una vez regresada la calma, toda la familia se abrazó emocionada, todos se sentían aliviados de haber salido de esa pesadilla. Alicia abrazaba a su padre mientras lloraba, sabía que todo lo sucedido al fin había terminado y que éste era el verdadero comienzo de su nueva vida. Desde la otra habitación doña Susana y la pequeña Alejandra, vinieron corriendo para unirse todos en un gran abrazo familiar.

Todo volvió a la normalidad con el paso de las semanas, pero el recuerdo de la pequeña niña, siempre quedará en sus mentes. A pesar de todo lo sucedido, ellos decidieron seguir viviendo en la casa. Don Benjamín echó abajo la habitación trasera y colocó unas luces enormes que iluminan todo el patio por las noches. Alicia continuó sus labores de veterinaria, pero jamás le contó a nadie lo sucedido en aquel lugar. Y después de dieciséis años el espíritu de esa pequeña niña al fin encontraba su camino y aquella casa volvía a ser un alegre lugar donde vivir.

HISTORIA 13
MI AMIGA NEPENTHES

Anoche fue una noche muy difícil, apenas pude conciliar el sueño algunas horas y en la mañana los ojos se me cerraban a cada instante. Había ido al baño muchas veces a mojarme la cara para espantar el sueño y cada vez que me miraba al espejo, veía mis ojeras crecer y crecer sin parar. Las horas pasaban lentas y lánguidas, estaba claro que ese había sido uno de los días menos productivos de toda mi vida. Aun así logré realizar algunas planificaciones y cerrar algunos informes que siempre resultan ser tan tediosos y complicados.

Pero pasado el mediodía, mi cabeza tambaleaba una y otra vez frente al computador, casi rindiéndose por el sueño; ya no había forma de espantar el cansancio que me envolvía. Sin duda había sido uno de los días más difíciles de sobrellevar. No siempre había tenido los problemas que se presentaron hoy y como si fuera poco, mi jefa ha sido toda una pesadilla en la semana, seguro se debe a que mañana es su cumpleaños.

Con todo lo que estaba pasando, era casi justificable que colocara mis brazos frente a mí y recostara mi cabeza sobre ellos para descansar un momento. Lo que no se justifica es haberme quedado profundamente dormido en esa posición. Estaba todo muy calmado a esa hora, el silencio era absoluto. Yo me encontraba solo, ya que mis compañeros de oficina recién habían salido a almorzar y no regresarían hasta dentro de una hora. Lo que sucedió después, fue algo que jamás olvidaré.

Me levanté de la cómoda posición de descanso que había tomado, estiré mis brazos y bostecé como no lo hacía hace mucho tiempo; fue una sensación muy reconfortante. Mi oficina estaba oscura y sólo se iluminaba por las luces de otras oficinas; sin embargo, también estaba oscuro al exterior del edificio.

Por un momento pensé que había dormido toda la tarde sin darme cuenta y que la noche ya había llegado.

Caminando por los pasillos no me encontré con nadie, tampoco había personas en las salas de reuniones. Todo estaba desierto, pero pude ver que los computadores en cada oficina aún estaban encendidos. Seguí caminando por el pasillo y me detuve frente a los casilleros, saqué de mi bolsillo una llave y abrí el mío.

En el interior había una pequeña planta, con hojas sedosas en la base y un tallo firme que se elevaba firme hasta llegar a un capullo rojo muy llamativo. Era tan atractiva su forma y su color que nadie jamás hubiera pensado que se trataba de una especie de planta carnívora. Ella pertenecía a la familia de las Nepenthes y tienen la particularidad de crecer sin medida; cuando ya son adultas poseen enormes capullos que se descuelgan del tallo en forma de bolsitas de color rojo.

Claro que había algo más especial en esa peculiar planta, por semanas yo la había alimentado con carne impregnada con el perfume que usaba mi jefa. Y aunque devoraba insaciable cada bocado que yo le daba, aún era demasiado pequeña para ser peligrosa.

Al día siguiente era el tan esperado cumpleaños de mi jefa. Todos habíamos concertado en hacerle un lindo regalo a pesar de ser tan antipática con nosotros. Cada uno puso una cuota en dinero para ello y yo había sido el encargado de organizarlo todo; pero nadie sabía cuál era la sorpresa que le regalaríamos.

Temprano por la mañana cuando todos ya habían llegado, era el momento preciso para celebrarlo. Primero que todo le entregamos una linda caja que contenía su perfume favorito; con ello yo me aseguré que la fragancia con que había alimentado a mi amiga Nepenthes, estaría siempre cerca de ella.

Luego, la secretaria le hizo entrega de la hermosa planta con capullos rojos, la que de inmediato causó suspiros de admiración por su belleza. El asombro que mi jefa evidenció fue muy satisfactorio para mí; sabía que la planta le había gustado y que la cuidaría con total dedicación. Su amplia oficina le permitía mantenerla ahí sin problemas y cada día la veíamos cuidándola y sacudiendo sus sedosas hojas como si fuera una verdadera mascota.

Todos los días a la hora de almuerzo, cuando todos habían salido, yo aprovechaba para entrar a su oficina y la alimentaba con trozos de carne impregnadas del perfume. Las semanas pasaron y el tamaño de la planta aumentaba cada día de manera notable, lo que llenaba de orgullo a nuestra jefa que nunca sospechó el peligro que albergaba en su oficina. Muy por el contrario, cada vez que podía invitaba a alguien para mostrarle lo hermosa que estaba y lo apreciado que era para ella ese regalo.

Algunos de mis compañeros comenzaron a sentir envidia de mí por haber elegido tan lindo obsequio. Sin embargo siempre les obligué a mantener el secreto de quién había sido el que lo eligió; y por más que ella preguntaba sin cesar, nadie dijo nada.

Ya habían pasado un par de meses y la planta había sido cambiada varias veces de maceta para poder contenerla. Sus hojas siempre brillantes y sedosas relucían desde lejos. Mientras, sus tallos gruesos y suaves, se elevaban casi hasta el techo soportando el peso de los hermosos capullos rojos en sus extremos. El tamaño colosal que estaba adquiriendo, era comparable a esos gomeros de interior que crecen hasta cubrir toda la esquina de una habitación. También debía ser más cauteloso en la forma en que la alimentaba, ya que uno de los capullos medía casi un metro de largo.

Una mañana después de pasar más de una semana sin que la hubiera alimentado, mi amiga Nepenthes decidió alimentarse por sus propios medios. Primero se escuchó un grito desde la oficina de mi jefa, pero al ir a ver de qué se trataba, encontramos el cuerpo de ella colgando desde el interior de uno de sus capullos.

Ella ya no se movía y por más que intentaron abrir el capullo, era imposible ganarle a esas sedosas y fuertes mandíbulas. Como medida extrema, alguien decidió golpear el tallo de la planta para intentar quebrarla; esa fue la acción más ridícula, desesperada e infructuosa por doblegarla. Su fuerte estructura resistiría cualquier intento por derribarla ¿Podría una planta así sentir dolor?

Pasaron varios minutos y ya habían intentado de todo para poder sacarla del interior de la planta. A ese momento ya habían llegado los paramédicos, los bomberos e incluso la policía. Al fin, después de mucho esfuerzo de parte de todos, fueron los bomberos los que lograron desprender el capullo del tallo y liberar a nuestra jefa. Pero ya era demasiado tarde, los líquidos viscosos del interior del capullo la habían ahogado.

La conmoción era tremenda, todo se tornó en caos y confusión; llantos y gritos de desesperación. Hasta que las preguntas apuntaron a quién era el responsable de haber traído esa planta exótica a nuestra oficina. Primero se generó un murmullo suave y constante, luego sentí como las miradas de todos comenzaron a centrarse en mí.

La habitación se tornaba oscura y el espacio se me hacía infinito. Una a una todas las personas en la habitación se volteaban para mirarme, levantaban sus manos apuntándome con sus dedos, desde lejos se escuchaba mi nombre:

—Miguel.., ¡Miguel!..., ¡Miguel!...

Una y otra vez, más y más fuerte se escuchaba mi nombre. El cuerpo sin vida de mi jefa se levantó en el rincón, apuntando con sus manos llenas de los líquidos viscosos y amarillentos del capullo.

—Miguel.., ¡Miguel!..., ¡Miguel!...

El sonido de mi nombre retumbaba en la habitación hasta que desperté sobresaltado y mi jefa estaba de pie justo a mi lado, con ese odioso gesto de malestar que me exaspera. Al levantar mi cabeza, tenía las líneas de la costura de mi camisa dibujadas en mi cara y la forma del botón de la manga marcada en plena frente; mis ojos somnolientos y una enorme mancha de saliva en mi antebrazo que se estiraba hasta mi boca.

Las risas de mis compañeros de oficina se escucharon de inmediato cuando me levanté; ella se había encargado de convocarlos a todos para que me vieran dormir. Jamás me había sentido tan avergonzado en mi vida, sentía cómo mi cara se había puesto de color rojo tan intenso como el capullo en mi sueño, ni siquiera fui capaz de decir algo. Ese era el día más horrible de mi vida.

¿Por qué algunos sueños no pueden ser reales? Qué habría dado porque mi amiga Nepenthes fuera real y me hubiera tragado en ese momento; por desgracia, hay cosas que sólo suceden en los sueños.

HISTORIA 14
IDENTIDAD

La luz del sol entraba por la ventana, mientras él permanecía inmóvil frente al espejo del baño. Sus manos estaban apoyadas en el lavabo y el peso de su cuerpo se posaba sobre ellas haciendo que su espalda se curvara hacia delante. Con cada segundo que pasaba la línea del sol se movía hasta llenar con su cálida luz la pequeña habitación.

El reflejo del sol dio de pleno en su cara y sus ojos pardos se iluminaron sacándolo de su letargo. Su boca se abrió y las palabras susurrantes comenzaron a fluir intermitentes y casi ahogadas tras sus labios resecos. Era su acostumbrado tartamudeo y esa timidez que hacían que su voz se escuchara como un soplido de viento.

—He intentado explicarme lo que sucede —dijo con su mirada fija en el espejo— Las sombras del pasado han vuelto para atormentarme y necesito ayuda para comprender lo que está pasando. ¿Qué piensas de todo esto?

Sus manos se tensaron y los músculos de sus brazos se contornearon mientras sus dedos se enrollaban hasta quedar escondidos en un puño amenazante.

—Tú sabes que el silencio en el que te ocultas está matándome. Me siento como un títere del destino, solitario y sin esperanzas, oculto tras esta sonrisa falsa y corrupta.

Su mirada se perdió en el infinito de sus ojos, mientras bajaba la vista hacia el grifo. Sus manos soltaron la tensión contenida y se dispusieron a acumular el agua que ya estaba corriendo por el lavabo. Una vez llenas se mojó la cara y el agua comenzó a caer por su cuello hasta empapar su sudadera gris. Luego mojó su cabeza y el calor que corría por las hinchadas venas, poco a poco comenzó a disiparse. Una voz profunda y firme hizo eco en la habitación, mientras sus ojos reflejaron un verde intenso en el espejo.

—*Estoy escuchándote amigo mío, nunca me he apartado de tu lado. Recuerda que yo domino tus miedos y sé lo que sientes en este momento. Yo controlo tus temores y retengo tus lágrimas. Nunca he intentado herirte aunque sé que a veces lo hice; pero tú no puedes decir lo mismo, maldito arrogante.*

Una sonrisa malévola se esbozó en su cara, aunque la curva de sus labios no alcanzó a mostrar sus dientes. Apoyó sus manos a los costados del lavabo otra vez dejando tensos sus codos que soportaban el peso de su cuerpo.

—*Me has tratado de una manera egoísta y apática. Cuando mejor estabas dejaste de buscarme, dejaste de hablarme e hiciste un vacío en tu mente para que yo no pudiera guiarte más. Yo no merecía ese trato de tu parte; pero veo que al fin has recapacitado y lograste entender que no puedes vivir sin mí, gusano perdedor.*

Sus ojos pardos se llenaron de temor y sus manos volvieron a empuñarse, mientras su voz temblaba nuevamente.

— ¡No!... Sólo vine a pedirte un consejo, no vine para que te quedaras. ¡Sólo dime lo que piensas y luego vete!

—*Ya es muy tarde amigo mío, ya me has invitado a venir. ¿Qué crees? Que puedes llamarme cuando se te antoja y luego desecharme como rata vagabunda. Ahora yo tomaré el control, yo dictaré las reglas una vez más. Era imposible que llegaras hasta aquí sin sufrir; ahora todo volverá a ser como antes. Sólo prepárate porque es tiempo de encontrarnos una vez más.*

— ¡Te equivocas!... Yo no te necesito, soy capaz de resistir todo lo que está pasando. Ahora soy más fuerte que antes y si supero este momento de debilidad, seré libre de tu control. Continuaré con mi vida y tú serás sólo un mal recuerdo.

—*Eres patético ¿No ves lo solitaria y vacía que es tu vida? Yo soy y seré el único amigo que te soporte, aunque me hayas escondido todos estos años. Yo me he tragado tus lloriqueos, todos tus fracasos, todas tus frustraciones y tus amarguras. Es tiempo que lo entiendas de una vez.*

Su cabeza se levantó despegando las manos del lavabo y apoyando las palmas en el espejo. La luz del sol iluminó sus ojos verdes mientras acercaba su cara a su reflejo.

—*Soy tu fuerza interior y el único que te sostiene. Soy el que marca el camino de tu vida, es mejor que creas mis palabras...*

—Por qué debería creerte, sólo apareces cuando te conviene, sólo te alimentas de mis miedos y de mi sufrimiento. Nunca me has dejado expresar lo que en verdad siento y sólo dejas ese sentimiento de angustia en mi interior...

—*No me culpes por tu falta de voluntad, eres un títere de la gente que te trata como quiere. ¿Qué deseas expresar? Si no tienes voz para imponer tus ideas estúpidas e infantiles. Las pocas veces que te animaste a hablar en público sólo hiciste el ridículo. Pobre perdedor, la gente se ríe de ti en tu cara y quieres que sigan pisoteándote mientras les enseñas esa patética sonrisa. Ya es tiempo que uno de los dos se vaya, ya no podemos permanecer los dos aquí.*

Estirando sus manos temblorosas de impotencia, volvió a mojarse la cara y sus ojos se llenaron de una ira contenida.

—Lo he pensado por mucho tiempo y creo que tienes razón, el momento de separarnos ha llegado. Es la hora de tomar el control y de sacar tu voz fuera de mí. Yo conozco tus miedos, conozco tus faltas y ahora seré tu juez. Tú eres culpable y es mi oportunidad de tomar el dominio de mi ser. ¡Sólo déjame! ya no seré tu esclavo, acepta la verdad y sal fuera de mí.

—*Te sentirás frío y solitario. Sentirás esa profunda amargura que te hace llorar como niña y cuando las lágrimas caigan ¿Quién te levantará? ¿Quién será tu guía cuando te sientas perdido y ahogado? Debes darte cuenta que no eres tan fuerte como crees y que tu mundo perfecto se desmorona. Tu futuro prometedor se cae en pedazos, perfecto iluso.*

—No sé qué decir, sólo necesito comprender por qué sigo escuchando tu voz dentro de mí, cuando te ordené que te fueras.

—*¿Me lo estabas ordenando? Perdón por no darme cuenta, es que entre tanto lloriqueo sólo escuché como tartamudeabas... Reconozco que me he equivocado, sé muy bien cuáles son mis fallas, por eso si quieres que me vaya, me tendrás que ayudar a salir. Las sombras del pasado están de vuelta y necesito escapar de esta oscuridad, ayúdame y esta vez te prometo que no regresaré.*

—Eso dijiste el día que ella murió y nunca debí confiar en ti ¡Tú la mataste! Por eso la culpa te está consumiendo, por eso quieres escapar de tus acciones. Ya no soportas el peso de tus errores y sólo buscas una salida fácil para no cargar con esa culpa.

—*Tú sabes bien que no fui yo quien la mató, sabes bien que sólo cubrí tus huellas, que sólo escondí tus lágrimas, y si algo de culpa hay en mí, fue ser tu*

testigo y tu cómplice en todo eso. Eras tú el que estaba cansado de sus arreba-
tos y sus mentiras...

—No cargaré con tus errores, el viaje de mis preguntas ha terminado y la verdad que has escondido por años ha salido a la luz; se vuelve real y ya encontré
las respuestas que estaba buscando.

—*La verdad no entendí nada de lo que dijiste ¿Qué clase de discurso barato*
intentas darme? ¿Estás seguro que has encontrado todas las respuestas? En
tus sueños ese viaje confuso tiene otro final. Pero en lo más profundo de ti
sabes que fuiste tú quien tomó ese cuchillo y lo clavó en su corazón. Y cuando
viste tus manos llenas de sangre, sin saber qué hacer, me llamaste, buscaste mi
ayuda incondicional. Lo único que hice fue darte refugio y levantarte en ese
momento tan difícil para ti. ¿Ahora buscas un culpable? Pues mírate al espejo
y te mostraré al culpable.

Él golpeó el espejo con todas sus fuerzas mientras observaba como la malévola sonrisa aparecía frente a sus ojos pardos.

— ¡No!... ¡Déjame... vete! No coloques recuerdos que no son míos en mi
mente, sólo toma tus recuerdos y llévatelos..., ¡Desaparece!

—*Es tiempo de ver la verdad querido amigo, es el momento de que me vaya;*
sólo déjame salir, déjame llevarme este dolor que llevo dentro. He peleado
tantos años por ti desde la oscuridad, apartando tus miedos incluso cuando
has estado al borde de la desesperación. Me has encerrado en la esquina más
oscura de nuestra mente, mirando por sobre tu hombro. Ahora sé que no
puedo confiar en ti, que estás tan perdido en tus recuerdos que no quieres ver
tu insana forma de vivir. Créeme, la verdad dolerá al principio pero después
te acostumbrarás a ella.

—No intentes convencerme de tus culpas, tus mentiras no me harán cambiar de opinión. Eras tú en esa habitación oscura, eras tú el que cavaba la fosa
profunda, eras tú el que enterró el cuerpo frágil de mi esposa. La sangre corría
por tus manos; mientras tu corazón sin piedad no derramó una lágrima y luego regresaste a la casa para sentarte frente a la ventana a ver como amanecía.

—*Sabía que dirías esas cosas, sabía que recurrirías a tus falsos recuerdos*
para justificarte, pero ahora sabrás la verdad. Sólo recuerdas lo que quieres
mantener en nuestra mente; ahora cierra los ojos por un instante para que
veas lo que en verdad sucedió ese día. Entra a este rincón donde has escondido
esos detalles, acércate al rincón donde has ocultado la realidad. Entra...

— ¡No!... ¡Deja mi mente, por favor vete lejos! ¡Vete de una vez!

Con las manos empuñadas volvió a golpear el espejo con todas sus fuerzas, esta vez la ira contenida se convirtió en un golpe desesperado que rompió el espejo en mil pedazos. Los fragmentos cayeron por toda la habitación y sus manos ensangrentadas tiñeron el lavabo de rojo.

—*Entra...*

¡No!...

— *¡Entra de una vez...!*

Sus manos mancharon su cara con sangre mientras su espalda se encorvaba y sus piernas se doblaron dejándolo en cuclillas. Cerró los ojos por un instante y la oscuridad lo envolvió.

— ¡No!... ¡No!... ¡No!... ¿Por qué la oscuridad me rodea? ¿Por qué escucho el latido de mi corazón? No puede ser que me hayas engañado nuevamente. Me hiciste confiar en ti y sembraste las dudas en mis recuerdos ¡Escúchame!... Déjame salir otra vez..., no cometas el error de dejarme aquí, es mi cuerpo... es mi mente...

El brillo del sol en los trozos de cristal roto, encandiló por un momento sus ojos verdes y una sonrisa amplia se esbozó en su cara teñida de rojo.

—*Te lo dije amigo mío, es mi tiempo de tomar el control...*

HISTORIA 15
VIAJE DE TREINTA AÑOS

Cada año es la misma situación, él se sienta bajo el puente que por años ha visto su silueta recorrer esos rincones. El recuerdo de estaciones pasadas y situaciones lejanas, perdidas con el paso del tiempo, casi olvidadas. Su mirada fija en el horizonte, contemplando sus penas y alegrías. Aunque más han sido los momentos de aflicción, las noches solitarias, el frío intenso al dormir y los sonidos que causa el hambre de tres días.

Las fechas no se marcan en el calendario, la única cuenta en su memoria es quince días después de año nuevo, quince días hasta llegar a su cumpleaños. Sólo así sabe que un año más se ha ido y que es un año más viejo.

Sus manos curtidas y su barba abundante, lo hacen verse mayor de lo que en realidad es. Pero qué importa, es sólo un número más en el cuerpo. Una estadística sin sentido, un instante que se perderá en el olvido. Así, un día más se va y sus ojos llenos de lágrimas contemplan el cielo de esa cálida noche de verano, esa noche especial que tiene otro sentido para él.

Esa noche ya son treinta años de que comenzó ese viaje andariego. Tenía doce cuando huyó de su casa y sólo cargaba un saco pequeño con algunas prendas de ropa y un montón de ilusiones. Su pequeña humanidad no entendía lo difícil que llegaría a ser el camino; pero no importaba nada, era necesario escapar de su miserable vida. Era el día de su cumpleaños y su padre borracho le regaló una golpiza; mientras su madre ausente no se acordaría de esa fecha como en años anteriores.

Asumió que no era importante permanecer en ese lugar, no era su casa o al menos no la sentía como tal; era todo menos un acogedor hogar. Caminando por esas calles olvidadas, solitarias como su propia vida, recorrió kilómetros hasta que el sueño lo venció y se recostó bajo las estrellas.

Su corazón estaba lleno de sentimientos confusos, sensaciones diversas y encontradas. Por un lado, la libertad y la alegría de dejar atrás los maltratos; pero por otro, el miedo y la pena de verse durmiendo en la calle. Intentaba sobrevivir esa primera noche en aquella calle lúgubre, insegura y perdida.

Su esperanza se había ido y ya no había camino de retorno, los días debían continuar, ya no había rastro en su caminar, ni huellas para volver.

Las imágenes de sus treinta años pasaban por su mente. Veranos calurosos y noches de hambruna vagando por las calles, buscando algo de comer. Mendigando en las esquinas por una moneda que alimentara su mísera y pequeña humanidad, fragilidad que la calle y los años al fin se llevarían. A cada paso el niño quedó atrás, saltando a ser adulto de improviso, sin ver tantas cosas de adolescente y siendo testigo de tanta maldad.

La calle le enseñó a robar y a ser el que pega el primer golpe, también que el clima no mira credo ni raza, no mira quién eres al momento de llover y no tiene compasión al mojar los pies descalzos. No hay donde esconderse del frío, ni de la humedad de las mañanas. Mientras miraba esas calles grises y olvidaba la forma de su cara, el espejo que alguna vez lo conoció, luego le dio la espalda y se olvidó de su rostro.

Nadie recuerda sus pasos de niño, ni el sonido de su llanto se escuchó más. Ahora en la inmensidad de la noche, mira sus manos agrietadas, mira con tristeza su miseria y contempla esa aventura que sólo trajo decepción y desesperanza.

No hay nada que le de fuerzas para levantarse por la mañana, no hay un futuro ni un amor por quien luchar. Nadie sabrá si su alma no despierta para recorrer un nuevo día. Tampoco nadie escuchará el latir de su corazón y su cara no reflejará la luz de los primeros días de libertad. Ya no hay recuerdos, sólo el día a día que avanza hasta hoy.

El sueño aplasta su cansado cuerpo y otro día más se va, es sólo otro año en el recuerdo que se perderá. Los números corren en el calendario, pero no lo sabrá hasta sentir los ruidos de fin de año, cuando se ilumina el cielo de colores mágicos y quince días después, se siente nuevamente allí. Recordando aquellos momentos, llorando por lo que ha quedado atrás, añorando lo no vivido y despertando nuevamente a esa mísera realidad.

HISTORIA 16
MI VOZ SIGUE AQUÍ

Mi cuerpo flotaba entre mares de colores, la luz se hacía tan brillante como el sol pero sin quemar mi piel. Yo danzaba entre nubes de seda y un arco iris luminoso, mi alma al fin había encontrado la paz que siempre anheló. Mi ser volaba sin límites hacia un lugar hermoso sin igual. Entonces recordé tus labios y supe que aún no era tiempo de irme, recordé tu mirada encantadora y supe que tenía algo muy importante que hacer, necesitaba verte otra vez.

No sé cómo llegué a ese lugar luminoso; en realidad, apenas recuerdo los segundos antes de despertar allí. Sólo sentí dolor por un instante y luego ya no sentí nada más. Recuerdo que seguí corriendo por las calles hasta llegar al sitio donde nos encontraríamos esa noche; pero no me viste, ni siquiera escuchaste mi voz. Tu mirada estaba fija en el horizonte y cada cierto tiempo observabas tu reloj con gran preocupación. Yo quería gritar tu nombre pero los sonidos no salían de mi boca; quería tomar tu mano una vez más, pero me desvanecí en el aire frío de la noche.

Estaba atrapado entre recuerdos y visiones, sin saber cómo dirigir mis pasos o dónde comenzar ese viaje. Pero no descansaría hasta descubrir al maldito que me apartó de tu lado. Necesitaba descubrir al responsable de no poder besar tus labios, ni acariciar tu pelo o de poder tocar tu piel una vez más.

Me alejé de la luz y caminé hacia una niebla espesa que se volvía cada vez más oscura. Poco a poco, aparecieron frente a mí las siluetas de las calles que acostumbraba recorrer junto a ti. Era de noche y la luna estaba oculta tras nubes pasajeras. Avancé hasta llegar a tu casa y me paré frente a ella observando la luz de tu habitación. En otro tiempo hubiera pensado que era imposible, pero ahora que lo vivía, sabía que podía atravesar las murallas y mirarte a la distancia sin que supieras que yo estaba ahí.

Te vi llorar mientras sostenías una foto nuestra; me destrozó el alma verte sufrir por mí, pero esa imagen me dio fuerzas para continuar esa búsqueda hasta el final. Después de unos instantes, salí de tu casa y recorrí las calles solitarias hasta llegar a la oficina donde solía trabajar.

Recuerdo que querías pasarme a buscar allí esa noche, pero yo te pedí que me esperaras en otro lugar. Tengo grabado en mi memoria ese instante, recuerdo que caminé desde la puerta del edificio hasta la esquina para cruzar; esperé la luz verde y subí por la avenida hasta la calle que lleva al parque.

Yo siempre hacía ese recorrido, pero esa noche me detuve a pensar si sería prudente cruzar por el parque, ya que la niebla comenzaba a bajar. Son esos segundos donde algo en el interior nos advierte el peligro. Momentos en que nos enfrentamos a una decisión insignificante, pero que cambiará el curso de nuestro destino. A veces le hacemos caso a ese presentimiento; otras veces, como me sucedió ese día, sólo seguí mi camino.

Entré al parque como tantas veces y seguí el sendero oriente, hasta que escuché un extraño ruido tras de mí. Al girar vi su rostro, estaba oscuro pero creo haber visto detalles que nunca olvidaré. Su mano enguantada golpeó mi cara lanzándome al suelo; intenté levantarme pero él sujetaba mis piernas con ambas manos; logré zafarme golpeando su cara con una rama seca que había cerca.

Me levanté sangrando por las narices y corrí con todas mis fuerzas, mis gritos fueron ahogados por la espesura del bosque. No sé cuanto logré avanzar hasta sentir que mis fuerzas se iban y que él me sujetaba por la espalda. Forcejeó conmigo unos segundos y me arrojó con fuerza a un costado del camino. Sentí el golpe en mi cabeza y un agudo dolor me invadió, luego cerré mis ojos.

No sé que habrá pasado después, sólo recuerdo que segundos más tarde iba corriendo hasta llegar al lugar de nuestro encuentro. Creo que en ese momento ya no estaba en mi cuerpo. Al hacer ese recorrido nuevamente comencé a recordar detalles escondidos en mi mente. Sus ojos los había visto antes y su cara me parecía familiar; el olor de su ropa, era un hedor que ya había sentido otras veces.

Volví a tu casa esa mañana, en el momento preciso que un oficial de policía entraba por tu puerta. Me apresuré para no perder detalles de lo que él venía a decirte:

—Aún no lo encontramos... Hemos recorrido todo el parque y sólo hayamos su bufanda junto a rastros de sangre, pero ninguna pista concreta de dónde está. Continuaremos la búsqueda pero las horas avanzan y no tenemos muchas esperanzas.

La noticia era tan desconcertante que no pudiste contener las lágrimas. Nadie sabía lo que me había sucedido, sólo suponían basados en pruebas que no conducían a ninguna parte. Tenía que encontrar la manera de ayudarlos.

Salí de tu casa y volví a mi lugar de trabajo pensando que quizás allí podía ver algo que me ayudara a recordar. Pero en ese lugar el ambiente era desolador. Las caras de todos mis compañeros evidenciaban la pena por mi desaparición. Algunos hablaban entre susurros y las personas más cercanas a mí lloraban desconsoladas. Me daban ganas de abrazarlos; de abrazar a mis amigos y decirles que estaba bien, que ya no sentía dolor.

Recorrí todas las oficinas y los pasillos, de lejos vi a un hombre con un parche en su cara. Un pálpito extraño se hizo presente, esa certeza de que algo no estaba bien. Me apresuré para llegar a su lado pero él ya se había ido, salió de la oficina y se dirigió a las escaleras. Yo me aventuré a seguirlo, debía saber si en realidad era él. No podía estar tan equivocado, porque esa sensación era cada vez más fuerte. Sus pasos eran ligeros como el viento y bajó las escaleras muy rápido hasta salir a la calle. Ya estaba a pocos metros de él cuando la impotencia de no poder verlo me hizo gritar:

— ¡Detente!

Él se detuvo y se giró como si me hubiera escuchado. Pero luego continuó su camino al constatar que nadie lo seguía. Era él, sus ojos y su cara eran inconfundibles y ese parche debía ser por el golpe que yo le había dado. Estaba tan sorprendido de haberlo encontrado, que no sabía qué hacer.

¿En verdad me habrá escuchado o sería sólo una coincidencia? ¿Habrá sentido mi energía y mi rabia pasar junto a él? No podía creer que él fuera el culpable de todo lo que me había pasado. Ese hombre había llegado a nuestra ciudad después de perder a su mujer en un accidente o al menos eso es lo que él me contó. Vivíamos a tres casas de distancia y varias veces me lo encontré al volver de mis salidas a correr por el parque; hasta que un día al saludarlo nos quedamos conversando.

Era algo tímido y a veces tartamudeaba; me contó cuanto le había costado adaptarse a esa ciudad y lo difícil que era encontrar un nuevo trabajo. En el edificio donde yo trabajaba necesitaban una persona, así que le conseguí una entrevista. Desde el día que quedó trabajando allí, siempre me llevó en su auto por las mañanas. No conversaba mucho pero siempre fue muy amable, incluso en días de lluvia cuando mi novia no podía pasar a buscarme a la oficina, él esperaba unos minutos más para traerme de regreso.

En medio de mis recuerdos la noche llegó sin darme cuenta. Caminé a través de las frías y solitarias calles hasta llegar a tu casa otra vez; necesitaba verte, necesitaba estar junto a ti. Te miré mientras permanecías sentada junto a la chimenea, con la mirada perdida entre las llamas. Poco a poco el cansancio te venció y te dormiste en el sillón de la sala. Yo me acerqué y comencé a susurrar a tu oído.

—Búscame... encuéntrame... sé que puedes lograrlo, yo te ayudaré a saber dónde está mi cuerpo, donde lo ocultó ese maldito, para que nadie lo encuentre.

La noche ya era avanzada decidí visitar la casa de mi vecino; al acercarme pude ver que aún había luz en el interior. Entré a su casa y recorrí todas las habitaciones sin encontrarlo. Hasta que al fin descubrí donde se ocultaba. Estaba en el sótano sentado frente a una mesa, sosteniendo sobre sus manos un cuaderno que parecía un álbum con fotos y recuerdos.

Me acerqué más para ver de qué se trataba y para mi sorpresa el cuaderno contenía fotos de mujeres a la distancia. En la medida que pasaba las hojas me di cuenta que también tenía fotos tuyas. Algunas páginas contenían prendas de ellas; guantes, pañuelos, mechones de cabellos y otras cosas personales. No lo podía creer, ese maldito era un asesino en serie que guardaba recuerdos de sus víctimas. Ahí me di cuenta que no había sido yo el primero y seguro que no sería el último.

Una ira incontenible hizo presa de mí, sólo quería golpearlo, empujarlo a la calle y que todos vieran la clase de monstruo que tenían cerca. Tan fuerte era la energía que descargaba que la luz comenzó a parpadear. Él se levantó de su asiento asustado, se movía de un lado a otro y sujetaba el cuaderno con fuerza contra su pecho. La luz seguía parpadeando y él decidió salir del sótano, pero no sin antes ocultar su macabro tesoro. Movió unas tablas sueltas en el piso y puso el cuaderno allí, luego dejó caer una alfombra sobre el escondite y colocó una silla en ese lugar.

Subió las escaleras y se dirigió a su cama para dormir, pero yo me había propuesto que no lo dejaría en paz esa noche. En cuanto apagó la luz y cerró los ojos, comencé a susurrar a su oído.

—Queda poco tiempo para que te descubran maldito... Mis huesos claman venganza y verás mi sangre caer sobre tu cabeza... Te vendré a visitar cada noche hasta volverte loco...

Yo quería que las imágenes de mi rostro se hicieran presentes en sus recuerdos, que tarde o temprano sintiera el temor rondando la habitación. Poco a poco el hombre comenzó a sudar helado y su cuerpo se retorcía mientras las imágenes de muchas almas gritaban en sus sueños. Él daba vueltas en la cama mientras yo continuaba hablando a su oído, lo atormenté hasta despertarlo y hacerlo gritar lleno de terror y desesperación.

Algo inexplicable comenzó a suceder, era como un grito en mi interior que buscaba salir. Una energía contenida que me transportaba a un lugar lejano. Mientras me desvanecía flotando de la habitación, lo vi sentado en su cama, atormentado por sus pesadillas. La luz me inundó, los colores resplandecían y un aroma suave y delicado llenaba el ambiente. Ese lugar me daba paz y me devolvía la tranquilidad que había perdido estando cerca de ese demente asesino.

Mientras permanecía en esa claridad armónica, sentía la necesidad de contactarme contigo y decirte todo lo que sabía. Ya casi era de día y antes que el sol despuntara tras las montañas y te despertara, me acerqué a tu cama y susurré a tu oído todo lo que había descubierto. Sabía que soñarías conmigo y que de algún modo podrías entender todo lo que te había contado.

El sol ya comenzaba a iluminarlo todo y aún había cosas que debía averiguar. Pero antes de salir de tu habitación, tu boca pronunció mi nombre y te vi moverte agitada entre sueños. Tus manos sostenían con fuerza las cubiertas de tu cama y a sobresaltos despertaste gritando mi nombre. De algún modo me sentí tan conectado contigo, que tenía la certeza que en tu sueño habías visto todo lo que pasó. Sabía que lo habías comprendido.

—Cuéntalo, has que lo atrapen por favor.

Sin tardar más, te vestiste, tomaste las llaves del auto y saliste corriendo de la casa. Condujiste a toda velocidad por las calles hasta llegar a la estación de policía. Con pasos apresurados entraste a la oficina del oficial a cargo del caso y le contaste todo lo que habías visto.

—Me tiene que ayudar... lo he visto, he visto quien asesinó a mi novio. Él venía por el parque hasta que alguien lo atacó desde atrás... el hombre lo golpeó y mi novio escapó por un momento, pero luego el sujeto logró atraparlo nuevamente y lo mató...

Con tantos detalles les contabas lo que habías soñado que por un momento pensaron que tenías un arranque de demencia; la verdad si yo hubiera escuchado ese relato tampoco te habría creído. Mientras te sujetaban para calmarte gritaste su nombre.

— ¡Él es su vecino... por favor atrápenlo!... ¡Investíguenlo!... ¡No se quede aquí!... ¡Por favor créame!... ¡Sólo le cuento lo que vi!...

Tus lágrimas me rompían el corazón, no podía verte así y quedarme mirando cómo te colocaban en una celda por mi culpa. Sin embargo, a pesar que te mantuvieron encerrada esperando a que te calmaras, una cuota de duda quedó en ellos. Un grupo de detectives fue enviado a verificar lo que decías a casa del sujeto. Cuando al fin llegaron a su casa, golpearon la puerta, pero nadie salió a atender.

Yo entré para ver dónde se encontraba mi vecino. Y tal como lo había imaginado, él estaba escondido en el sótano; en silencio esperaba mientras la policía rodeaba el lugar. Los minutos pasaban sin que él se moviera de su escondite, hasta que al fin la impaciencia lo invadió y comenzó a caminar de un lado a otro como león enjaulado. Se movía con mucha cautela intentando no hacer ruido. Yo sabía que en cualquier momento los policías se irían sin atraparlo. Y entonces comencé a susurrarle.

—Yo sé que me has escuchado otras veces y que mis palabras no te son ajenas...

El sujeto se sobresaltó y comenzó a mirar de un lado a otro.

—Veo que comienzas a sudar helado... sabes que estás atrapado en este sótano sucio, oscuro y solitario... sabes que ya no tienes escapatoria...

Mientras más le hablaba, más nervioso se ponía y seguía caminando de lado a lado frotando sus manos con desesperación.

— ¿Te acuerdas de esa noche en el parque? Ahora yo he venido por ti... ahora es mi turno arrastrarte hasta la tumba...

A medida que mis palabras entraban en su cabeza, las imágenes de su mente torcida fluían como aguas turbias. Los ojos moribundos de sus víctimas llenaban sus recuerdos oscuros y la sangre de los muertos clamaba venganza.

Sus peores pesadillas invadían su cabeza y al fin después de tanto atormentarlo conseguí que reaccionara.

— ¡Déjame en paz!... —gritó, mientras lanzaba un vaso contra la muralla.

La quebrazón se escuchó hasta afuera y en cosa de segundos los policías que aún dudaban en entrar a la casa, ingresaron. Mi voz seguía atormentándolo y sin darse cuenta de lo que hacía, él sacó el cuaderno de su escondite y lo abrazaba como si fuera su tesoro más preciado. Al fin los policías llegaron al sótano y lo encontraron tendido en el suelo. Sólo me quedaba una cosa más por hacer.

—Ya has sido descubierto, ahora diles donde estoy, diles donde has puesto mi cuerpo —continué hablándole.

Los policías le quitaron la irrefutable evidencia de sus atrocidades antes de esposarlo. Pero antes que abandonaran la habitación, desde el interior del cuaderno cayó una llave que hizo eco en el sótano. Los policías se miraron extrañados, preguntándose a que pertenecía la curiosa llave. Buscaron alrededor hasta encontrar en un rincón de la habitación una caja fuerte de enormes proporciones.

Las cadenas que envolvían la pesada caja estaban sujetas por un candado viejo y oxidado; la llave calzaba perfecto con la cerradura y al quitar las cadenas una bolsa negra y mal oliente cayó desde el interior. El olor se esparció por toda la habitación y todos salieron sabiendo que ese putrefacto hedor sólo podía significar un cuerpo en descomposición.

La verdad no me lo hubiera imaginado, el maldito se veía tan tímido y buena persona, pero al final no sólo era capaz de matar, sino también de descuartizar un cuerpo en pedazos con tal de salir impune de sus fechorías. No pude resistir permanecer allí, la amargura invadía mi ser, el dolor de cada una de sus víctimas se apoderaba de mí. Me dejé llevar por esas corrientes luminosas que me transportan a ese lugar lleno de paz que me consolaba. Sabía que ya estaba todo resuelto, que no volvería a verte hasta el día en que debiera partir a esa luz que me esperaba.

Pero necesitaba verte una vez más y contemplar tu bello rostro. Así que volví por un instante el día de mi funeral. La tarde estaba oscura y algunas gotas de lluvia habían caído durante toda la mañana. La hierba húmeda dejaba sentir una helada brisa, mientras las caras tristes llenaban esa reunión que llevaba mi nombre.

Vi tus ojos llorosos despedirse de mi fotografía y tus palabras apenas salían de tu boca. No quería partir y dejarte sola allí, pero esa era la realidad que nos había tocado vivir. Muchos dirán que estuve en esta vida sólo un momento y luego me fui, pero yo les digo que aunque mi cuerpo no permanezca, mi voz sigue aquí.

Estaré en cada recuerdo tuyo, en cada palabra y en cada nuevo amanecer. Seré la luz que ilumina tus sueños y seré el latido que acompaña tu sentir.

HISTORIA 17
OBSESIÓN

Han pasado los minutos y aún te espero con impaciencia al final del andén. Hoy he llegado más temprano que de costumbre, porque no podía permanecer durmiendo pensando en ti. Doy vueltas y vueltas en mi cama sabiendo que necesito ver la luz de tu sonrisa; mi casa es como una cárcel que encierra mis pensamientos y oprime mis latidos.

Mi piel se enciende cada vez que las luces se asoman por el túnel. Cada metro que pasa hace que mis tripas se revuelvan de los nervios. Sólo espero que seas tú esta vez, que sean tus delicadas manos guiando esa máquina llena de gente. Deseo que tus ojos se encuentren con mis ojos y me sonrías. Sólo así subiré a ese carro, sólo así podré continuar con mi rutinario día.

Ese instante lleno de plenitud que absorbe mi vida entera, es el que me da fuerzas para volver cada día y pararme al borde del andén hasta observar que llegas. Pero no eres tú quien conduce ese coloso y me resigno a esperar una vez más. Sé que no es tu día libre, porque acostumbras a pedir los lunes y los viernes para escapar de la multitud. Tampoco cambiarías tu turno porque te encanta comenzar temprano por la mañana para volver temprano a tu casa.

Lo sé porque muchas veces he subido a tu carro para hacer todo el recorrido de ida y vuelta toda la jornada. Lo sé porque hemos tomado el mismo bus camino a tu casa y me he quedado a tu puerta hasta que apagas la luz. Conozco la hora a la que te levantas y también cuanto te cuesta llegar cada día a tu trabajo.

Así ha sido desde el día que te conocí, ese día que por primera vez vi una mujer conducir ese tren. Tal fue mi impresión que no pude dejar de pensar en ti, necesitaba conocer más de ese ángel en los controles.

Sin darme cuenta comencé a buscar tu rostro cada día, a observarte a través del cristal, a mirar tus labios y tu sonrisa, comencé a necesitarte. Muchas veces tomé distancia para que no me vieras, pero otras veces pasé frente a ti sin que notaras mi presencia. Recuerdo muy bien el número de tu casa, el color de sus cortinas, las tres variedades de rosas que crecen en tu jardín; blancas como tu piel, rojas como tus labios y amarillas como las luces que iluminan tu cara cada día.

Entre carro y carro sólo pienso en ti, en tus ojos que hacen resplandecer mi corazón, mientras otro tren sin tu cara pasa frente a mí. La gente ya me mira extraño porque parezco uno de esos desesperados que se lanzan a las vías. Pero ellos no saben el motivo de mi delirio, ni las razones de mi larga espera.

Así que tomo distancia de la orilla, saco mi teléfono simulando una llamada y finjo una sonrisa para dejar atrás las sospechas. Mientras, los minutos siguen avanzando y mi día no comenzará hasta no verte otra vez.

Mi corazón agitado desfallece y mis manos sudorosas se impacientan cada vez más, mi respiración se vuelve densa y sudo helado entre carro y carro. Sólo espero que se acabe este infierno temporal que tiene sus minutos contados.

Incertidumbre, desespero, sensaciones vertiginosas y tormentosas. Quisiera gritar de la rabia pero retengo ese aullido penoso al fondo de mi pecho. Me siento demasiado expuesto con tanta gente alrededor y las luces a la distancia me llenan de esperanza nuevamente.

Mis manos sudorosas dejan caer mi teléfono. Mi corazón ansioso se apresura a recogerlo y al levantar la mirada veo tu cara hermosa a través del cristal. Ahora sí, tras largos minutos de agotadora espera, al fin encuentro recompensa al reconocer tu mirada. Esa cara de ángel que me cautiva, esa silueta dorada que me inspira vida. Mis latidos recobran su agitada normalidad, el aire recorre mis pulmones con mayor velocidad dándome vigor y nuevas energías.

El tren se detiene con lentitud, mientras me acerco hasta la entrada más cercana a ti; siento el sonido de las puertas al abrir y el movimiento de la multitud me empuja hacia ellas. Abres tu puerta para mirar hacia atrás poniendo atención a la gente que baja y sube.

Tus ojos siempre permanecen fijos en el horizonte, pero en el preciso momento que llego al borde de la entrada, bajas la mirada para saber que estaba ahí, esperándote como cada día.

Ahí están tus hermosos ojos que atraviesan mi corazón haciéndolo latir con más fuerza; es como un golpe de corriente que me llena cada día. Eres tú quien guía mis pasos hasta subir al carro tras de ti y aunque oculto por el cristal que nos separa nunca podría abrazarte, esperaría la eternidad sólo por verte unos segundos en mi vida. Esa sensación de estar vivo sólo vuelve a mis venas cuando consigo reflejarme en tu mirada.

Las puertas se cierran y me acomodo cerca de la ventanilla que da hacia tu carro. El cristal oscuro sólo deja ver parte de tu silueta, mientras en mi mente se completan las líneas que mis ojos no ven. Muchas cosas he vivido desde que nos vimos la primera vez, al principio pensé que era una coincidencia cruzar nuestras miradas; pero luego me di cuenta que sólo contigo siento esa energía que me estremece y me ha hecho adicto a ti.

El sonido de las vías recorridas es una sinfonía cuando viajo cerca de ti, una a una van pasando las estaciones en este viaje mágico. No veo hacia otro lado que no sea tu ventana, no siento otro olor que no sea tu perfume y no espero otro momento en el día más que disfrutar de esta travesía. Nada tendría sentido hoy sin verte, aunque ya he pasado antes esa agonía.

La primera vez que faltaste al trabajo, pensé que lo dejarías; ese día permanecí largas horas en la estación mirando cada carro pasar. Mi desesperación por saber qué te había sucedido, me llevó a preguntarle a mucha gente si te conocía. Consulté en todos lados hasta saber tu nombre y que un fuerte resfriado te impidió ir a trabajar.

Ese día me di cuenta que no podría vivir sin verte otra vez, tu presencia ha causado algo inexplicable en mí. Me has hechizado y encadenado a tu vida. Ya no tengo poder sobre mis actos, cada mañana debo verte y soy esclavo de esta rutina que me está matando.

No sé porqué no puedo acercarme a ti y hablarte, lo he intentado muchas veces. He estado al borde de abrir mis labios y saludarte, pero mi boca traicionera se cierra y los sonidos enmudecen frente a tus ojos. A veces siento que tú también esperas lo mismo, que al fin pueda romper esa barrera y acercarme a ti; pero mi corazón cae en un vacío cada vez que pienso las palabras que diría.

Mis mejores sueños y mis peores pesadillas han sido contigo, eres la causa de mis delirios y el motivo de mi desesperación. Mi sudor se vuelve helado cada vez que me imagino tomándote de las manos, mirando fijo a tus ojos y besándote. Esos pensamientos siempre terminan mal, un vértigo increíble me invade, mis piernas pierden sus fuerzas y he llegado al límite del desmayo.

Las estaciones avanzan y reconozco los últimos andenes de este viaje, una hora junto a ti, ha sido como cinco minutos. Pero es lo que necesito cada día, es lo que mueve mi vida, es lo que colma mis venas y mis pensamientos, no me imagino teniendo otra rutina. El último túnel se acerca, los últimos metros del recorrido comienzan, los segundos avanzan mientras las luces de la última estación ya se divisan a lo lejos.

Debo reconocer que tengo una vista privilegiada, casi puedo ver lo mismo que tú, puedo saber cuando estamos cerca del final de otro viaje en tu compañía. Ojalá sintieras lo mismo sólo por una vez, esa satisfacción y esa agonía que me invaden cada día. Suena el intercomunicador y tu voz anuncia la estación terminal. Es obligatorio descender, aunque si por mí fuera continuaría por siempre cerca de ti.

Reduces la velocidad y nos detenemos para finalizar nuestra travesía; las puertas se abren y la gente comienza a bajar. Esa sensación extraña me atormenta, saber que no te veré en el resto del día es un sentimiento doloroso.

Espero unos momentos hasta que abres tu puerta para mirar hacia atrás, aunque muy en mi interior sé que también lo haces para verme bajar una vez más. Ese instante milagroso en que no necesitamos palabras, sólo las miradas. Cómo quisiera romper esa rutina y hablarte; pero ese miedo eterno que me consume, me hace sentir que podría perder la magia que vivo cada día, sólo por el caprichoso acto de abrir mi boca.

Saco mi teléfono como cada día y simulo hablar con alguien mientras me acerco a la puerta. Mis ojos recorren ansiosos los centímetros que me separan de tus ojos; hasta que se produce ese encuentro milagroso. Si hay algo cercano al paraíso es este instante, cuando logro ver tu cara de ángel iluminando mis últimos segundos en este tren.

Como cada día desde hace once meses y trece días nuestras miradas se cruzan al bajar y un nudo en la garganta me impide decir palabras. Mis manos sudan y mi corazón se acelera con intensidad, ni siquiera puedo esbozar una sonrisa, sólo puedo mantener mis ojos fijos en ti y disfrutar de tu hermosura.

Si algún día rompiera este miedo también podría perder esta fantasía; es más fácil callar y mantener el suspenso eterno de lo que pasaría, que experimentar el sabor amargo de un rechazo. Lo he soñado tantas veces que hasta he sufrido por algo que nunca ha sucedido.

Disfruto mis últimos instantes frente a tus ojos, mientras me acerco a las escaleras, volteo para verte por última vez parada junto a la puerta del tren. Tu hermoso rostro llena mi corazón y tu silueta permanece en mi recuerdo por largas horas. Y aunque espero verte mañana nuevamente y recorrer contigo la ciudad; el miedo de que eso no suceda está siempre presente, hasta que mis ojos te vean aparecer desde ese túnel para iluminar mi día otra vez.

HISTORIA 18
OBSESIÓN 2: MIENTRAS ME MIRAS
(Secuela de la historia 17 "Obsesión")

No podía dejar de pensar en ti al despertar esta mañana y sin darme cuenta, me quedé dormida otra vez tras apagar el despertador. Los minutos de atraso me han hecho correr para comenzar mi turno, pero aun así no recuperé el tiempo perdido. Cada día es un alivio salir de mi casa y llegar a trabajar sabiendo que te veré al comenzar la mañana. Es como vivir en un mundo diferente cada vez que te veo, como detener el tiempo frente a mis ojos y que la vida pase en cámara lenta.

Sólo espero que no te hayas ido, ya faltan pocas estaciones para llegar a ti; si pudiera hacer volar este tren para llegar más rápido a tu estación lo haría, pero soy esclava de la velocidad y del tiempo.

Otra estación más para detenerse y observo a la gente salir y entrar de los vagones, mientras mi corazón sólo quiere cerrar las puertas y partir pronto a tu encuentro. Espero que no pienses que me he tomado el día libre, ya deberías saber bien que sólo los lunes y viernes me gusta escapar de tanta gente. Ni hablar de cambiar mi turno, mientras más temprano comience mi día, más temprano regreso a casa.

Aunque debo asumir que la primera vez que me seguiste a mi casa, tenía un miedo enorme de que fueras un maniático asesino tras de mí. Pero luego me acostumbré a esas locuras y hasta puedo decir que extraño tu presencia cuando no lo haces.

Desde el primer día que trabajo aquí las miradas de las personas me seguían, era la primera mujer en conducir ese tren; la verdad me costó mucho esfuerzo ganar esa responsabilidad. Pero tu mirada era diferente, no sé si habré disimulado bien mi sorpresa frente a ti; tus ojos, tu cara, todo de ti me cautivó.

Al pasar los días y verte en el mismo lugar, a la misma hora, como si esperaras que yo llegara para subir, se fue llenando mi corazón de una extraña sensación. Como una droga diaria, comencé a necesitarte y aunque muchas veces tuve que aparentar que no te veía, sé que estabas ahí buscando cruzar nuestras miradas.

Las estaciones avanzan y sólo pienso en ti, en ver tus ojos cristalinos y tu tímida mirada. Observo por la ventana mientras las caras de mucha gente pasan por mi retina; pero sólo quiero encontrar la tuya. Abro las puertas para que la gente salga y entre de esta locura de fierros. Mi corazón se acelera sabiendo que en la próxima estación podría verte. La alarma suena y cierro las puertas para entrar en el último túnel que me separa de ti.

La cuenta regresiva comienza, los metros que quedan son los más intensos. Sé que es tarde, pero no pierdo la esperanza de que aún estés ahí; la luz de la siguiente estación ya se ve cerca, las personas a un costado del andén se divisan desde lejos y comienzo a bajar la velocidad para salir del túnel.

El tren se detiene, mientras mis ojos no paran de buscarte entre la multitud; la adrenalina fluye por mis venas y los rostros desconocidos se desvanecen hasta poder encontrar el tuyo. Ya casi me he detenido y a lo lejos veo tu cara levantarse entre la multitud. Mi aliento retenido vuelve a mí, mis palpitaciones son mucho más fuertes, es una sensación difícil de explicar. Sabía que estarías aquí aunque los minutos de retraso me hicieron pensar por un momento que hoy no te vería.

Disimulas muy bien tu alivio al verme llegar, aunque sé que haber esperado tanto tiempo debió ser una eternidad para ti. El tren se detiene por completo y abro las puertas para que esa multitud siga su destino. También abro mi puerta para asomarme a la orilla y aunque no es obligación ya que por los espejos se ve sin problemas cuando ya es tiempo de cerrar, pero esta estación es especial para mí.

Mantengo la mirada fija hasta el final del andén, siempre intentando no observarte, pero algo me hace bajar mis ojos y verte en el preciso momento que entras al vagón. Ese cruce de miradas me ha hecho adicta a ti, ya no puedo luchar contra estas sensaciones.

Es un instante único, tus ojos atraviesan mi corazón, es como una corriente que me acelera, que podría llevarme a correr a ti y abrazarte. Verte cada día es una energía que me llena a diario, no sé qué pasaría si una mañana no te encuentro entre la multitud o si decidieras entrar en otro vagón que no fuera cerca de mí.

Entras en mi cuerpo y recorres mis venas como una droga, enciendes mis ganas de vivir cada momento, llenas mi corazón con tu presencia y te mantengo en mi mente todo el día.

La gente ha terminado de subir y cierro las puertas otra vez para proseguir nuestro viaje. Quizás no te has dado cuenta, pero desde que descubrí que te acomodas tras la ventanilla que da a mi carro, instalé un espejo para verte mientras me miras. Aunque no puedo distinguir tus rasgos porque la luz te ilumina desde la espalda, sé que tus ojos no se despegan de mí. Al principio pensé que era una coincidencia pero muchas veces te he probado atrasando el comienzo de mi turno, sólo para verificar que sólo entrabas en mi tren.

Es extraño sentirme protegida y acosada al mismo tiempo, pero tu compañía hace el recorrido algo más interesante. El ruido de las vías se vuelve música en mis oídos y la rutinaria entrada y salida de los túneles es como un día de campo junto a ti. Son los momentos más esperados de mi día y me gustaría hacerlos eternos.

Sólo una vez he faltado a trabajar, ese día fue como una tortura; por lo general no me enfermo, pero esa mañana desperté con tanta fiebre que no podía salir en ese estado. Ahí descubrí cuán importante te habías vuelto en mi vida, lo fuerte que este sentimiento se tornó en mi interior; ya no podía pensar en otra persona que no fueras tú.

Por un instante pensé que era una locura, hasta que me enteré que ese día alguien preguntó por la muchacha que maneja el tren. Sólo tú harías algo semejante, sólo tú te atreverías a preguntarle a todo el mundo averiguando de mí, pero no te acercarías a hablarme directamente. Yo creo que es eso lo que me ha cautivado, saber que me invades en silencio, pero que no me ahogas con tu presencia, que no me canso de verte cada día observándome tras el cristal.

No sé por qué no te acercas, por qué no me hablas, lo he deseado tantas veces, incluso he pensado en ser yo quien tome la iniciativa y saludarte. Pero luego pienso que quizás se rompería esta magia de la que soy esclava y permanezco en silencio esperando tus palabras. Esa barrera te mantiene a un paso de mi corazón, aunque se mezclan las ansias y el miedo de que eso suceda. No sabría qué hacer, no sé cómo reaccionaría si algún día rompieras el silencio.

Muchas veces lo he soñado, pero al igual que hoy, a veces esos dulces momentos se vuelven una pesadilla. Me despierto de madrugada en medio de mi desesperación, sabiendo que mis manos te llevan cada día a tu destino y que cualquier distracción puede ser una tragedia para los dos. Pero en mis sueños eres el héroe que me salva la vida y me rescata del desastre para besarme al final con pasión y locura.

Las paradas y los minutos van pasando y las últimas estaciones de nuestro viaje ya se acercan. Me gustaría detener el tiempo y permanecer viajando junto a ti por la eternidad; pero una hora cerca de ti es mejor que nada. Rompes mi rutina cada día y le das sentido a mis viajes, aunque a lo lejos ya se divisan las luces de nuestra última estación.

¿Qué harás hoy? ¿Cambiarás de andén para volver a subir del otro lado? ¿O es demasiado tarde para continuar este viaje junto a mí?

Te observo por el espejo mientras recorremos los últimos metros de las vías, mi corazón desacelera las revoluciones sabiendo que ya termina un nuevo viaje contigo. Tomo el micrófono para anunciar la estación terminal, aunque no encuentro justo que tú conozcas mi voz y yo ni siquiera te haya escuchado una vez. Para muchos, su día de trabajo recién comienza, pero para mí el día termina al traerte a tu destino.

Entramos al andén y reduzco la velocidad hasta detenernos por completo, abro las puertas para que descienda la multitud, mientras observo a través del espejo los últimos gestos de tu cara. Sé que no te moverás hasta que abra mi puerta y me asome a la orilla para observar a la gente bajar; así que no demoro más ese momento. Abro la puerta y me coloco en mi lugar habitual de observación.

La agonía me invade, un vacío enorme llega a mi corazón esperando ver tus ojos una vez más. Quizás hoy es el día, tal vez hoy rompas la barrera del silencio, no en vano esperaste largas horas para que este encuentro se realizara. Si tan sólo por una vez abrieras tu boca para decirme buenos días, al menos sería un paso más para nosotros.

La gente sigue bajando mientras mis ojos no enfocan a nadie que no seas tú. Hasta que veo tu rostro aproximarse a la salida, tu mano al teléfono como cada día; ya no sé si es verdad o sólo lo haces para disimular tus nervios. La verdad es que nunca he visto tus labios moverse mientras atiendes esa supuesta llamada.

Mis ojos encuentran los tuyos y la vida vuelve a mi cuerpo, la angustia de los últimos segundos se va en ese instante mágico que me rodea. Ya ha pasado casi un año desde la primera vez y cada día se siente tan intenso ese momento, que aunque te acercaras no sabría qué contestarte. Mi corazón se acelera e intento desviar mi mirada para disimular lo mucho que esperaba este instante.

Las últimas personas descienden de los vagones y la multitud se acerca a las escaleras. Tus pasos se alejan de mí y el silencio de esta fantasía sigue presente, sé que es más fácil callar que enfrentar el desafío, pero espero que algún día te des cuenta que no te rechazaría.

Me mantengo unos instantes más al costado de la puerta, esperando hasta el momento exacto en que giras tu cabeza hacia mí. Esa última mirada que llena mi día, que le da sentido a estas horas de trabajo y me dan esperanzas de un nuevo viaje junto a ti. Esos instantes que quedan en mi recuerdo hasta verte otra vez, hasta llevar este tren a tu estación y recogerte donde me esperas con impaciencia. El único temor que permanece cada día, es no verte nunca más, no recorrer contigo la ciudad. Pero ese miedo se disipa al encontrar tu rostro en la multitud, al salir del oscuro túnel y ver tus ojos iluminar mi vida.

HISTORIA 19
PREMONICIÓN

Desperté con ese extraño presentimiento, algo dentro de mí me advertía que el sueño que había tenido no era sólo un sueño. No era una pesadilla que pudiera pasar por alto, esta vez se trataba de una premonición. No es que tenga visiones y ellas se cumplan como un acto privilegiado de la contemplación del futuro; es algo que sólo me ha sucedido algunas veces de manera muy extraña.

Recuerdo muy bien el día que mi abuela falleció, yo me encontraba a más de doscientos kilómetros de distancia y caminaba rumbo a la playa con unos amigos. Cuando en medio de la calle encontré un naipe boca abajo y lo levanté era el as de espada.

—Este es el as de la muerte —le dije a mis amigos

Ellos me miraron con asombro y con molestia a la vez; todos coincidieron en decirme que dejara de hablar tonteras. Sin embargo, sentí en mi interior ese pálpito extraño que me indicaba que algo había sucedido. Dos días después, al volver de mi viaje, me comunicaron la muerte de mi abuela y la hora exacta era la misma en que bajábamos con mis amigos a la playa. ¿Coincidencia?

En otra ocasión, iba de viaje al sur. Era un trayecto de unas cinco horas. Mis pasajes eran para las tres y media de la tarde, pero yo llegué más de media hora antes al terminal. Con el afán de adelantar mi viaje, me acerqué a la ventanilla para pedir que me cambiaran los pasajes para el bus que salía a las tres. Pero ese pálpito se hizo presente y por más que intentaba racionalizarlo, no fui capaz de sobrellevar el miedo y decidí no cambiarlos.

Cinco horas más tarde casi llegando a mi destino, vimos en la carretera que el bus que salió a las tres de la tarde, se había accidentado en medio de la ruta. Sin duda que mi semblante cambió por la impresión; ya que si hubiera insistido en mi decisión yo hubiera estado en él.

Quizás han sido más experiencias como esas las que me han llevado a tomar muy en serio cuando esos pálpitos vienen a mí. Pero esta vez no sabía qué hacer, ese sueño había sido tan revelador, que no me explicaba cómo evitar que esa situación pasara sin salir de mi casa esa mañana.

Soñé que era un día normal, me duché y desayuné como siempre y luego me dirigí a mi auto para salir rumbo a mi trabajo. Al cerrar la puerta de la casa, recordé que no había sacado las llaves para abrir el portón. Por suerte guardo un segundo juego en alguna parte del auto. Pero me tomó más de quince minutos encontrarlas. Al fin abrí el portón e intenté encender el auto, pero no arrancaba por más me esforzaba. Respiré profundo, me tranquilicé un momento e insistí hasta que encendió el motor.

Sin duda ese día estaba destinado a llegar tarde a mi trabajo; la única forma de recobrar el tiempo perdido era tomar la carretera que cruza toda la ciudad. Por lo general no la uso, ya que la entrada más cercana queda a varias cuadras en dirección opuesta a mi trabajo; sin embargo iba tan retrasado que debía intentarlo.

Como era de esperarse, el trayecto más lento eran las últimas cuadras antes de llegar a la entrada, pero una vez en la carretera, todo era más fácil. Aceleré al máximo permitido, quizás un poco más. En mi mente sólo tenía por objetivo llegar a tiempo. Por esas cosas que suceden en los sueños, sólo veía manchas de colores alrededor y no distinguía la figura de los autos. Sin embargo por el espejo retrovisor pude ver un vehículo que venía a una velocidad impresionante, casi parecía volar.

Uno a uno sobrepasaba a todos serpenteando de un lado a otro. Al ver que ya estaba muy cerca de mí, cambié de carril para dejarlo pasar. Pero el veloz auto rojo bajó la velocidad y se apegó a mi parte trasera. Luego comenzó a levantarme las luces para que yo acelerara. Tanto insistió que volví a cambiar de carril para que me sobrepasara sin problemas, pero se colocó atrás de mí otra vez, encendiendo y apagando sus luces.

Molesto por su actitud acosadora, decidí acelerar para perderlo de vista. Pero cada vez que ya lo tenía lejos en el horizonte, lo veía acercarse nuevamente con la misma actitud. Ya decidido a dejarlo atrás a toda costa, aceleré mi vehículo hasta el fondo, tan real era la situación que hasta sentía el vértigo de la velocidad. Las siluetas del paisaje se tornaban líneas indefinidas y yo serpenteaba con toda facilidad de una pista a otra.

No alcanzaba a leer las señales ni los letreros que indicaban las salidas de la carretera; todo estaba escrito con símbolos irreconocibles. Me veía enfrentado de manera repetitiva a las mismas señales una y otra vez. Cuando me acercaba a la siguiente señal, reduje la velocidad y me detuve en la berma para poder leer lo que decía. Me bajé del auto y caminé hacia ella, pero parecía que mientras más cerca estaba, el letrero se hacía más pequeño obligándome a seguir caminando para poder leerlo.

Cuando al fin comprendí lo que decía y entendiendo que esa era la salida correcta que debía tomar, me volteé para volver a mi auto, pero ya no estaba. De hecho, no había nada alrededor de mí; ni vehículos, ni carretera, sólo el letrero que me indicaba el camino a seguir en medio de la nada.

Agobiado por todas las dificultades que experimenté, decidí correr; lo que en los sueños por lo general sucede en cámara lenta y termina desesperándote más aún. Me aparté por una vereda para subir una pequeña loma, que a mi entender, era un atajo para llegar más rápido a mi trabajo.

A lo lejos se veía la carretera y aunque yo ya había salido caminando de ella, podía divisar el vehículo rojo que momentos antes me había causado tantas molestias. Él tomaba la misma salida que yo y se acercaba hacia mí. Yo corría con todas mis fuerzas para evitar que me alcanzara, pero cuando ya lo tenía detrás de mí sentí un estruendoso ruido que me elevó por los aires.

Como un espectador omnisciente, veía desde la altura la escena dantesca de un accidente a la salida de la carretera. Podía ver al vehículo rojo que me perseguía, pero también veía mi auto en medio del desastre. En mi mente yo me decía que no era posible, mientras flotaba en el aire observando todo con detalles.

Miraba la gente que se acercaba para ayudar y yo quería hacerlo también; pero por más que movía mis brazos para acercarme, sólo flotaba a la distancia, mientras unas personas sacaban mi cuerpo del auto.

—Pero eso no puede ser posible —me dije— si yo estoy aquí mirando.

Lo recostaban en el suelo e intentaban reanimarlo porque no tenía pulso. Nada tenía sentido, todo era un caos y el fuego comenzaba a incendiar los vehículos alrededor. A lo lejos se escuchaban explosiones y los gritos de la gente, mientras continuaban dándole respiración a mi cuerpo.

En un abrir y cerrar de ojos me vi entre la multitud, apartando a la gente para llegar a mi propio cuerpo; como si hubiese sido otra persona y sólo yo tuviera la facultad para devolverle la vida. Me acomodé para realizar las maniobras de resucitación y mientras lo intentaba; desperté sobresaltado de esa confusa y desesperante pesadilla.

Quizás era la manera en que debían suceder las cosas o sólo es una ventana del futuro para que evitara ese final latente. Miré el reloj y eran las cuatro de la mañana, intenté descansar unas horas más, pero las imágenes invadían mi mente y me mantenían despierto. Sentía la ansiedad de que ya fuera la hora de levantarme y poder cambiar mi destino. Sin darme cuenta y sin noción de la hora me dormí otra vez.

Desperté sobresaltado, de algún modo era tan profundo mi sueño que no me di cuenta cuando sonó la alarma, ni la manera en que lo apagué. Ya no había tiempo para desayunar, así que me duché y me alisté a salir. En todo momento tenía en mi mente las imágenes de mi pesadilla. Imágenes que se hicieron más presentes cuando al intentar encender el auto, éste se negó a arrancar repetidas veces. Después de reiterados intentos lo conseguí, pero la única posibilidad de recuperar el tiempo perdido sería la carretera. Yo estaba decidido a cambiar el destino de ese día, así que en principio deseché esa idea.

Tomé mi ruta habitual aunque fuera más lenta, pero luego de algunos minutos de conducir entre el tráfico, quedé atrapado en un embotellamiento de proporciones. A pocas cuadras se encontraba el único desvío que enlazaba esa calle con la carretera. Así que venciendo todos mis miedos, decidí tomar esa ruta y no quedarme atascado en esa congestión.

Una vez entrando a la carretera, mi mirada estaba constantemente en el espejo retrovisor, esperando atento el momento en que aparecería el auto rojo de mi sueño. A los pocos minutos de recorrido, todos los vehículos comenzaron a frenar y se fue formando un embotellamiento que no era habitual. Lo primero que vino a mi mente, es que se trataba de algún accidente. La fila de vehículos avanzaba muy lenta y muchos optamos por usar la berma que era más expedita para circular.

Luego de varios minutos, divisé a través de mi espejo lateral, un vehículo rojo a lo lejos que serpenteaba de un lado a otro entre las pistas. Era una camioneta de rescate y al igual que en mi sueño encendía y apagaba sus luces para que la dejaran pasar. Poco a poco consiguió abrirse paso entre los vehículos hasta llegar muy cerca de mi auto.

Anticipando sus movimientos, me pasé de la berma a la primera pista para facilitarle su avance; pero con el apuro, el conductor de la camioneta no comprendió mi movimiento y quedó atrapado detrás de mí levantando las luces para pasar por mi pista. Me coloqué en la berma nuevamente, pero como ya lo había anticipado, esa era la vía más expedita para avanzar; así que logré recorrer varios metros lejos de la camioneta roja que permaneció en la primera fila.

Al darse cuenta el otro conductor que la berma era más rápida, volvió a conducir por esa pista quedando nuevamente atrás de mí. Esta vez yo no podía cambiar de pista, pero los vehículos delante de mí se salían uno a uno del paso dejándome vía libre. Aprovechando la oportunidad comencé a acelerar y a tomar una leve distancia de la camioneta de rescate. Mientras avanzaba, yo tocaba la bocina y levantaba las luces para que los que iban delante se dieran cuenta que un vehículo de rescate venía atrás de mí.

Varios metros avancé de esa manera, hasta que por fin encontré el espacio suficiente para cambiar a la primera pista y dejar que me adelantara la camioneta roja. Pero en cuanto pasó por mi lado, me coloqué detrás de ella para aprovechar la rapidez de conducir por esa vía.

A esa altura había olvidado por completo los detalles de mi pesadilla hasta que me enfrenté a los primeros letreros de salidas de la carretera. Mi corazón se aceleró al instante y ese pálpito extraño se hizo presente. Sabía que lo inevitable estaba cerca; por más que me esforzara en cambiar las líneas del destino, debía enfrentar lo que estaba por suceder.

Reduje la velocidad y dejé que la camioneta de rescate tomara distancia de mí, ya me faltaba poco para llegar a la salida que debía tomar y no me arriesgaría a ser el protagonista de otro accidente. Distraído en mis pensamientos no me di cuenta cuando los vehículos comenzaron a desacelerar; me vi con la camioneta roja a muy poca distancia. Puse mi pie en el freno rogando que alcanzara a parar.

El auto se deslizó en el pavimento y me acercaba cada vez más y más, hasta que me detuve a no más de un metro de distancia. El motor de mi auto se apagó y yo sentía la adrenalina fluyendo por mis venas como un torrente de agua tormentosa.

Bajé la mirada unos segundos mientras intentaba arrancar el auto y sentí el estruendoso rechinar de neumáticos atrás de mí; un camión sorprendido por la repentina detención, intentaba frenar. Los vehículos delante de mí volvieron a la marcha y si mi auto hubiera arrancado a tiempo, todo se habría evitado.

Con impotencia miraba por el espejo mientras la gran máquina se acercaba imparable hacia mí. Por instinto y resignado a lo peor, saqué las manos del volante, retraje mis piernas y coloqué mi cuerpo rígido esperando el choque. Sólo escuché el golpe en la parte trasera y luego sentí como mi auto era impulsado hacia un costado.

Sentí la fuerte sacudida, mientras mi auto sobrepasaba la altura de las barreras de contención y comenzaba a caer por una ladera. No atiné a hacer nada, no esperaba nada, sólo mil imágenes pasaron por mi mente en esos segundos que se hicieron interminables. Recuerdo sentir las vueltas que daba sin detenerme y el sonido de los fierros retorciéndose con cada golpe, hasta perder la conciencia.

A lo lejos escuchaba sonidos que parecían explosiones, gritos y murmullos. Me pareció sentir olores entre perfumes y combustible mezclados en el aire. Sentía un calor que me envolvía y mi cuerpo ausente no respondía a mis ganas de salir de ahí. Las voces lejanas se hicieron cada vez más notorias y la luz brillante del sol alumbró mi cara. La silueta de alguien aparecía entre las sombras, aunque el sol en la cara me impidió distinguir de quien se trataba y me desvanecí.

Cuando desperté otra vez estaba inmovilizado, con algo sujeto al cuello y amarrado a una camilla. Aún estaba aturdido por los golpes y no sabía si eso era parte de un sueño o era realidad. Mis ojos se cerraban y caían en la oscuridad mientras escuchaba el ruido alrededor de mí. Sólo rogaba por salir vivo de todo eso, sólo esperaba tener la oportunidad de sobrevivir a esa pesadilla.

Los días pasaron hasta recuperarme de todas las complicaciones, golpes y heridas del accidente; quizás lo más difícil será volver a manejar otra vez. Pero aunque no pude evitar que mi destino me alcanzara esa mañana, al menos me queda la tranquilidad que hice lo que estaba a mi alcance para evitarlo.

A veces me despierto por las noches y las imágenes de mi pesadilla se mezclan con la realidad de ese día. He perdido la noción de qué cosas en verdad sucedieron y cuáles no; sobre todo después que me sacaron del auto mientras se incendiaba. Sólo un rostro se me viene a la mente, el recuerdo de mi sueño donde me veía a mí mismo rescatándome. Sé que eso no es lo que sucedió, pero nadie me pudo responder, quién fue la persona que tomaba mi mano cuando estaba a punto de morir.

HISTORIA 20
EL ÚLTIMO TREN DE LA NOCHE

Largas líneas de metal recorren la ciudad bajo tierra, miles de personas que entran y salen de sus vagones cada día dándole vida a nuestra ciudad. La mañana y la noche se unen por el incansable peregrinar de los carros que circulan por las venas de este cuerpo de concreto. Mientras la gente transita por sus escaleras y andenes, apenas logran observar el entorno que los rodea.

Los oscuros túneles entre estaciones son un misterio que nadie cuestiona o se detiene a examinar, mientras los rincones secretos de los andenes guardan secretos escondidos que nunca nadie descubrió. ¿Qué pasa durante las noches mientras la ciudad descansa? ¿Hay vida en la oscuridad de los túneles? Las historias de fantasmas y muerte se esconden con timidez en el frágil recuerdo de los pasajeros que lo han experimentado y el tiempo se encarga de enterrar la memoria de los sucesos que nadie puede explicar. Es mejor no hablar de ciertas cosas, es mejor entrar en los vagones y recorrer las distancias necesarias para descender en la estación de destino y continuar el viaje sin saber nada más.

Miles de personas inundan las escaleras y los pasillos caminando a paso ligero, intentando entrar a los vagones a como dé lugar. No hay paciencia, sólo ese acelerado ritmo enloquecido y casi salvaje que envuelve a la manada en medio de una estampida. Las últimas horas del día traen un descanso momentáneo y pasajero para aquellos que toman los últimos vagones de la noche. Sin duda, que por su jornada más extensa, buscan un pronto retorno a casa tras el agotador día.

Por eso son muchos los que llegan cansados a la estación del metro, esperando sentarse unos momentos en el andén antes de tomar el último tren de la noche. Sólo necesitan sacarse el peso del día, cerrar los ojos por unos instantes y sentir que el cuerpo agradece ese momento de paz. Ese era el caso de un hombre, que después de una larga y agotadora jornada de trabajo decidió descansar su vista de los gruesos lentes que usaba. Se sentó en uno de los primeros asientos del andén, dejó sus lentes a un costado y apoyó la espalda en el incómodo respaldo. Unos segundos después tras unos largos suspiros de cansancio, su mente decidió perderse por un momento en un placentero sueño.

Pero esos minutos de tranquilidad se desvanecieron por completo cuando al abrir los ojos, se dio cuenta que no había nadie a su alrededor. Una luz tenue lo envolvía y los minutos de espera se habían vuelto horas durmiendo en ese solitario y frío asiento. Sin sus lentes sólo veía siluetas y contornos borrosos a su alrededor. Con suerte podía distinguir el borde de sus dedos al poner la mano cerca de sus ojos. No se explicaba en qué momento se quedó dormido, ni siquiera escuchó el último tren pasar y tampoco hubo nadie que le avisara, simplemente se quedó allí abandonado.

Extendió su mano al costado donde había colocado sus lentes, palpó en el asiento continuo pero no lograba encontrarlos. La poca luz que había tampoco ayudaba mucho. Los buscó en sus bolsillos pensando que sin darse cuenta los habría puesto allí, pero estaban vacíos. Sólo unos cuantos papeles arrugados logró rescatar de ellos. Acercó su reloj a la cara, tan cerca que el vaho de su boca por poco empañó la mica acrílica de la cubierta.

—Dos treinta y cinco —leyó para sí en silencio.

Un sentimiento de miedo le sobrevino y un escalofrío recorrió su cuerpo por completo. Quizás había visto mal, pensó y volvió a acercarlo a sus ojos.

— ¡Dos treinta y seis! —exclamó a viva voz con gran sorpresa.

Cómo era posible que nadie lo hubiera despertado o que él no hubiera escuchado el aviso del último tren ingresando al andén. Se quedó pensativo intentando ordenar sus ideas un momento. Si el conductor no lo había visto al ingresar al andén, mucho menos lo vería desde el otro extremo. Ahora además debía pensar de qué manera llegaría a su casa a esa hora de la madrugada.

Se llevó la mano a los bolsillos de la chaqueta y de la camisa intentando descubrir dónde había dejado sus lentes. Se levantó con lentitud para no tener la mala suerte de botarlos al suelo y romperlos, pero nada se sintió caer. Volvió a meter su mano entre las ropas, pero no los encontró.

—Tal vez se cayeron del asiento hacia el costado o hacia atrás.

Con mucho cuidado, se colocó de rodillas rogando no aplastarlos al apoyar su rótula contra el piso. Con ambas manos palpaba en una y otra dirección sin poder encontrarlos. Recorrió todos los asientos donde se encontraba, por encima y por abajo, desde la derecha a la izquierda y desde el frente hasta el fondo, metiendo los dedos incluso en aquellos espacios que quedan entre un asiento y otro. Con un suspiro profundo se dejó caer con las nalgas apoyadas al piso, exhausto y desconcertado.

A la distancia, cruzando las vías, le pareció ver la silueta de un hombre que caminaba por el andén. Era como una mancha informe que se movía a velocidad regular y sin pausas.

— ¡Hey!... ¡Oiga..., acá! —Dijo moviendo los brazos en alto— oiga, por favor ¿me puede ayudar?

Se incorporó bajando la vista sólo por un segundo y al levantar otra vez la mirada hacia el andén contrario, la silueta ya no estaba.

— ¡Oiga! Sé que está ahí... ¡por favor ayúdeme!

Comenzó a gritar con más fuerza, pero sólo el eco de su voz se escuchaba retumbar en las paredes de la estación. Con la certeza de que había visto a alguien moverse allí entre las sombras, se animó a caminar por el pasillo hacia la escalera que conectaba ambos andenes.

—Seguramente es un guardia nocturno —pensó esperanzado.

Tantas veces había recorrido esos pasillos, que tenía la imagen de las escaleras grabada en su memoria, conocía cada rincón de una de las estaciones más grandes de la red en esta ciudad. Tenía tres plataformas por donde circulaba la gente a diario, cuatro andenes interconectados por treinta tramos con escaleras, para ayudar a las personas a circular entre las dos líneas que se cruzaban y que se dirigían hacia los cuatro extremos de la ciudad. Un centenar de peldaños, sin contar las escaleras mecánicas que en ese momento no estaban funcionando.

El hombre avanzaba a tientas entre los pasillos intentando llegar a alguna de las ocho salidas, siempre con la esperanza de encontrar a aquel guardia nocturno o vigilante que lo pudiera ayudar. Pero la sombra había desaparecido en algún rincón.

Tras largos minutos consiguió llegar a una de las salidas que estaba cerrada por un gran portón metálico. A pesar de sus gritos y los duros golpes que le propinó a la estructura de fierro, nadie vino a ayudarlo. El viento frío entraba desde la calle y sus manos comenzaron a entumirse. Con resignación decidió volver por el pasillo e intentar encontrar ayuda hacia el interior. Tuvo esa extraña sensación otra vez, un temor incontenible que lo estremeció; se giró para regresar y vio nuevamente esa silueta parada a unos treinta metros de distancia frente a él.

—Por favor acérquese, me he quedado dormido en el andén y necesito salir para volver a mi casa.

Paso a paso siguió avanzando por el pasillo sin perder de vista esa sombra lejana. Ya estaba a medio camino, cuando la silueta entró por uno de los pasillos que conducen al cambio de andén. El hombre decidió apresurar su caminar a pesar que su vista no le permitía ver los objetos desde lejos. Al menos veía lo suficiente como para no tropezar con los asientos al costado del pasillo y de medio lado mantenía distancia de la línea amarilla para no irse hacía las vías.

Casi corriendo, entró en la sección donde desapareció la extraña silueta y comenzó a subir los dos niveles de escaleras. En ocasiones tropezaba con el borde del peldaño siguiente pero lograba afirmarse de la baranda, se estabilizaba y continuaba subiendo. Al final del trayecto y llegando a los últimos peldaños de la escalera del primer nivel, pudo distinguir la figura oscura que se alejaba por un pasillo.

Acostumbrándose cada vez más a su disminuida condición, cruzó el pasillo y avanzó más rápido por las escaleras, siempre afirmándose con mucho cuidado en la baranda. Al llegar al final de la subida del segundo nivel, giró hacia la plataforma de conexión que lo llevaba a la línea norte del tren. Una vez en el andén fijó su vista intentando seguir el camino escogido por la silueta, sin embargo no veía nada, se había esfumado como la vez anterior.

Hizo una pausa por un momento para recordar los pasos que había dado y orientarse nuevamente.

—Estoy... hacia el... Norte..., Si, creo que hacia el Norte.

Pensó otra vez con un murmullo en los labios repasando sus pasos.

—Sí, Norte.

Continuó caminando a lo largo del andén, las vías norte/sur estaban más arriba que las este/oeste, la línea anterior; por lo que pensó por un momento, que sus gritos podrían ser escuchados más fácilmente desde fuera de la estación. Comenzó a gritar con todas sus fuerzas sin conseguir respuesta.

Se encaminó hacia una de las salidas, pero el resultado fue el mismo; un gran portón metálico cerraba los accesos y no había nadie de guardia en las instalaciones, ni nadie en las afueras que lo pudiese escuchar. Ya habían pasado otros largos minutos, quizás más de una hora en toda esa búsqueda. Se acercó el reloj a los ojos.

—Tres dieciséis minutos.

No había pasado más de una hora, pero él no lo había sentido así. Resignado, decidió volver a los asientos del andén y descansar, si no había nadie en la estación y las salidas estaban cerradas, en vano perdía su tiempo recorriendo los oscuros pasillos. Se sentó en los asientos del andén norte, cruzó los brazos frente a su pecho e inclinó la cabeza hacia delante apoyando el mentón contra su pecho. En esa posición se dispuso a dormir las horas que faltaban hasta que comenzara a funcionar el metro otra vez.

Un golpe seco se dejó escuchar en la distancia y el eco retumbó en los solitarios pasillos, el hombre abrió los ojos con sobresalto, aunque su limitada vista no le permitía ver a lo lejos. Volvió a ver la extraña silueta emergiendo desde uno de los pasillos al otro lado de las vías.

—Ayúdame a salir de aquí —gritó otra vez.

Su voz retumbaba en los pasillos.

— ¡Ayúdame maldito! No te quedes ahí mirándome —insistió con desesperación.

Esta vez al final del eco de su voz, sí obtuvo respuesta a sus gritos. Un gruñido se dejó oír desde el otro lado del andén, como si se tratara de un animal que se siente hostigado y gruñe para amedrentar. Un animal que había comprendido que estaba siendo insultado por aquel hombre. La silueta se movió entre las sombras y de un salto entró en el foso de las vías. El hombre se asustó en gran manera y se incorporó del asiento.

Sólo una vez en toda su vida había visto a alguien descender a las vías de esa manera tan atlética. Fue una mañana de primavera, cuando un tipo se lanzó delante del primer carro que venía entrando por el túnel al andén. El griterío de la gente se opacó por el chirrido metálico de las ruedas al frenar. La mayoría de las personas piensan que saltar al metro es sinónimo de una muerte segura. Pero la verdad es que por azar del destino o algún misterio más elevado, sólo la mitad consigue pasar al otro lado y la otra mitad sobrevive con las secuelas más espantosas imaginables.

Aquel hombre calculó mal la distancia faltante para que el carro saliera del túnel. El conductor viendo el bulto cayendo a las vías, hizo lo que muchas veces ensayan rogando que nunca les toque hacerlo en verdad. Aplicó el freno y gritó el corte de corriente por la radio. Los pasajeros siguiendo la inercia del movimiento salían despedidos hacia delante, muchos caídos, muchos lastimados, la histeria y el pánico, todo unido en la misma acción.

El sujeto había quedado atrapado en el frente del carro con la mitad del cuerpo asomada hacia delante, ante los ojos incrédulos, morbosos y espantados de quienes esperaban subirse en ese momento. Desde la multitud otro hombre brincó a las vías a socorrer al suicida que seguía vivo, mientras el conductor del carro permanecía con su vista perdida en el horizonte y con la mano aún en el radio.

El hombre sostuvo al suicida desde la espalda intentando averiguar cómo había quedado atascado en el frente del carro. Se agachó para ver con total espanto que el sujeto había sido privado de ambas piernas y que de alguna manera una barrera de metal estaba deteniendo el flujo de sangre y evitando que eso fuera un charco rojo. Los guardias aún no se presentaban en el andén y mucha gente se agolpó para mirar, mucha más de la que se alejó por el horror.

— ¡Llamen una ambulancia!... ¡Llamen una ambulancia! —gritaba el osado hombre desde las vías mientras sostenía aquel medio cuerpo.

—Se le ruega a los usuarios que abandonen el andén, por el momento esta estación detendrá su servicio. Por su atención y comprensión, muchas gracias.

Fue el escueto que se escuchó por los parlantes. Los guardias descendieron por las escaleras, pero la prioridad era desalojar los vagones y la estación. Uno de ellos le indicaba al hombre en las vías que también debía salir de allí que la ambulancia ya estaba en camino.

—Soy médico —dijo por primera vez el hombre— me quedaré hasta que llegue la ambulancia y podamos sacarlo de aquí; tiene las piernas cercenadas y está desmayado, pero en cualquier momento podría comenzar a desangrarse.

El guardia asintió y continuó ayudando a desalojar a la multitud. El hombre al igual que el resto de los pasajeros debió abandonar la estación, aunque los más morbosos habían grabado o sacado fotos con sus celulares. Para él fue suficiente con la horrorosa imagen en su memoria.

La sombra emergió desde las vías con un gran salto para quedar en pie a su lado del andén, a la vez que emitía un nuevo gruñido, seguido de otro y de otro. Cual animal molesto o hambriento, los sonidos eran intermitentes e inquietantes, el hombre sorprendido se fue de espaldas sentándose en el asiento.

— ¿Qué eres? ¿Por qué no me dejas en paz?

Con las piernas temblando se puso en pie y continuó increpando a la criatura, ya no sabía cómo dirigirse a la aterradora figura. Su voz se hacía cada vez más pequeña y sentía que aquello se acercaba cada vez más.

—Sólo estoy esperando que pase la noche para irme de aquí...

Poco a poco rompiendo el silencio del lugar, sintió sus pasos acercándose cada vez más hacia él. El miedo se apoderó del hombre y girándose, se echó a correr hacia la plataforma de conexión, regresando así al lugar desde donde venía. Cada vez que miraba hacia atrás, tenía la sensación que la silueta estaba más cerca de él. Llegó a la escalera y paso a paso, peldaño a peldaño comenzó a descender sujetándose del pasamano.

No podía bajar tan rápido como acostumbraba hacerlo a diario con sus lentes puestos, pero tampoco estaba ciego como para quedarse parado sin avanzar. Ya faltaba poco para terminar de bajar al primer nivel, cuando volteó nuevamente a mirar atrás, grande fue su sorpresa al ver que ya nada lo seguía; la silueta se había esfumado otra vez. El hombre se detuvo un momento y respiró hondo recuperando el aliento perdido en la huida.

Pero al voltear la mirada al frente, vio a la sombra parada al final de las escaleras. Tal fue su sobresalto y el pánico, que sus piernas fallaron y rodó escalera abajo los siete o más peldaños que le faltaban por bajar. El golpe lo aturdió un instante sin llegar a perder el conocimiento. Una línea de sangre bajó desde su cabeza por su frente hasta caer en forma de gota, muda y solitaria en el piso. El pánico lo tenía petrificado, se encontraba boca abajo en medio del pasillo. Sintió los pasos de su perseguidor acercarse, era un sonido seco y rasposo que resonaba cada vez más cerca.

Una mano fuerte y helada lo tomó del brazo, extendiendo los dedos de su mano y dejando caer sobre su palma, los lentes que había extraviado. Luego un gruñido animal se dejó oír y lo soltó. Los pasos de la criatura se alejaban por las escaleras subiendo hacia el segundo nivel. El hombre apenas consiguió tener fuerzas para levantarse nuevamente. La sensación áspera y húmeda de la mano que lo sujetó con una fuerza sobre humana, permanecía en su piel.

Tras recuperar el aliento, se colocó los lentes para poder ver con nitidez. Miró hacia todos lados en medio de la penumbra, pero ya no estaba; todo estaba vacío, desde los pasillos hasta las escaleras. Incorporándose, se dirigió a los asientos del andén para descansar. Estaba adolorido y aún temblaba del miedo; se sentó en el lugar donde todo había comenzado aquella noche.

Tan traumática y aterradora había sido esa experiencia, que con la mirada recorría una y otra vez todos los rincones del andén. A cada instante le daba la impresión de estar siendo vigilado a la distancia desde las sombras. Había pasado una hora más cuando un extraño grito lo sobresaltó. El hombre se incorporó aterrado, el bestial y aterrador alarido se dejaba escuchar otra vez, pero mucho más cerca que la vez anterior.

Con sus lentes puestos comenzó a correr por el andén, no quería toparse con lo que fuera que emitía semejando ruido y prefería resguardarse lo más cerca de alguna salida. Al llegar al pasillo que conecta con la salida, se detuvo un momento para recobrar el aliento; al girar hacia el portón se encontró cara a cara con la bestia. Ahora podía distinguir los detalles de esa figura que lo había acosado toda la noche. Sus ojos grandes y negros, emitían un brillo malévolo y amenazante. Tenía una cara deforme y ennegrecida por la polución de los túneles y unas garras negras enormes.

El hombre no fue capaz de reaccionar ante tan espeluznante imagen y mientras permanecía petrificado, anclado al suelo y sin habla, la bestia se le acercó propinándole un letal zarpazo. Las garras destrozaron parte de su garganta lanzando enormes chorros de sangre que teñían las paredes y el pasillo. El hombre cayó muerto al instante en un charco rojo que se extendía sobre el piso.

La bestia había estado jugando toda la noche con el hombre, tal como un gato juega con un ratón antes de cazarlo. Lo persiguió por horas por los solitarios pasillos, acosándolo desde lejos hasta determinar el momento preciso para acabar con su presa.

La noche ya se iba y el cielo aún no comenzaba a tomar los colores del amanecer. Los últimos ruidos que se pudieron escuchar, fueron el grito del hombre ahogándose en su propia sangre, el gruñido de la bestia y el ruido que hace un cuerpo de ochenta kilos, siendo arrastrado por los pasillos al foso de las vías hasta perderse en la oscuridad del túnel.

HISTORIA 21
TÚNELES DE SANGRE
(Secuela de la historia 20 "El último tren de la noche")

Una brisa húmeda recorría la ciudad que en un par de horas más comenzaría a moverse. El metro aún no estaba abierto al público. Los primeros en llegar a las estaciones siempre eran los jefes de estación y los conductores del primer turno, después lo hacían los otros funcionarios y finalmente el personal de aseo. Pero aún con toda esa gente comenzando a moverse al interior de los pasillos, las puertas no se abren hasta que lo carros han salido de los talleres y están circulando por las vías rompiendo el silencio en que la ciudad se había sumergido.

Los rieles comenzaban a chirriar con el peso de los carros vacíos circulando por sus cuerpos inertes y metálicos. Los fantasmas de los túneles ya se han escapado a sus refugios oscuros entre los rincones olvidados. Las criaturas de las sombras dejan de deambular entre las vías y se escapan a los ojos de aquellos que ya no creen en historias de terror. Pero hay ojos que los han visto y sólo cuentan lo que han descubierto a sus conocidos más cercanos; aunque otros muchos callan para no ser tildados de mentirosos, fantasiosos, chiflados o crédulos.

—Las vías tienen historias que muy pocos conocen —dicen los conductores más experimentados en el oficio.

Aunque los novatos siempre piensan que son sólo cuentos para asustar a los recién llegados. Sin embargo por las noches, mientras cumplen sus horas de capacitación recorriendo las vías cuando la gente se ha ido de los andenes, suelen ver de reojo sombras y figuras que se dibujan en la oscuridad. Aunque no siempre pueden afirmar si ha sido sólo sugestión o los viejos fantasmas del metro han salido a darles la bienvenida. Los más antiguos lo saben bien, pero no lo dicen, es mejor que lo averigüen por ellos mismos.

La madrugada era apacible, esa noche no hubo recorridos de prueba ni novatadas, las vías descansaron hasta la llegada del primer turno. Más de una hora había pasado desde que el primer carro salió de los talleres. Faltaban pocos minutos para abrir los grandes portones y que la gente comenzara a recorrer los pasillos como hormigas que encuentran un bocado y se apresuran sobre él. Sólo pocos minutos para que las boleterías comenzaran a vender los primeros boletos del día o a cargar las primeras tarjetas de la mañana. Muy poco para que los torniquetes comenzaran a dar vueltas sin parar, hasta el final de la jornada.

Antes que el murmullo de la gente rompiera el silencio de la madrugada, antes del despunte del alba, se dejó escuchar el grito aterrador de una mujer haciendo eco en los solitarios corredores. El grito desgarrador no cesaba, se expandía por las escaleras y subía por los pasillos. El eco retumbante impedía precisar el origen de tan desesperado alarido. Desde lo alto de la pasarela que une los andenes, uno de los guardias logró ver desde donde venía tal escándalo. La encargada del aseo había descubierto un rastro de sangre que luego de recorrer varios metros desde los pasillos se perdía hacia el interior de uno de los túneles.

El guardia corría hasta donde estaba la mujer para ayudarla; al llegar la encontró paralizada por el pánico, blanca y helada como la nieve.

— ¿Qué le sucedió? —preguntó el hombre sujetándole la mano.

Pero ella no respondió, se quedó en silencio, con la vista perdida mirando el camino de sangre que recorría gran parte del pasillo hasta el final del andén, internándose hacia el túnel. Eso mismo había visto él a la distancia antes de bajar. Con ese espíritu detectivesco que les aflora a algunos guardias, se arrodilló cerca de la mujer y pasó su dedo índice por la mancha roja que parecía cera o mermelada de frambuesa. La apretó entre sus dedos índice y pulgar palpando la viscosidad del líquido rojizo, luego la acercó a su nariz para olerla y aunque no sabía cómo era el olor a la sangre, descartó que fueran las otras dos opciones que había supuesto.

—Es sangre —lo pensó pero no lo dijo.

Luego mirando hacia ambos lados del sangriento camino, tomó el radio sin saber qué código indicar a sus compañeros, apretó el botón para hablar pero hizo una larga pausa.

—Atención... atención... Sigma, A uno norte... repito... Sigma, A uno norte.

—Copiado —respondió otra voz.

El jefe de estación descendió al andén mientras el guardia se incorporó caminando en dirección opuesta al túnel. Al mismo tiempo otras cosas comenzaron a suceder en paralelo. Llamaron a la central para que desde allí se avisara a la policía y también se pidiera la presencia de una ambulancia; luego se alertaron a las demás estaciones y a todos los carros de la red sobre lo que estaba sucediendo en esa concurrida estación. Hasta no precisar lo que había pasado, el lugar permanecería cerrado al público.

El tiempo se convertía en un enemigo vil y descarado, cada minuto que transcurriera sería un paso más cerca de la tormenta que se asomaba. Era como estar en una planicie soleada y ver a la distancia las nubes negras cargadas de agua torrencial que se acercan y en vez de escapar en sentido contrario, comenzar a caminar hacia ellas. En cosa de minutos todo sería un caos; la estación sería clausurada y los trenes no podrían circular por horas.

El guardia continuó su peregrinar indagatorio siguiendo la sangrienta ruta hasta llegar a uno de los pasillos, ahí el charco de sangre coagulada como gelatina era el punto de partida del desastre. Ese era el origen del misterio. En sus años trabajando en el metro eso era lo más espeluznante que le había tocado ver. Una vez estuvo cerca de asistir un suicidio, pero la mujer que se lanzó a las vías quedó hecha picadillo y fueron otras personas las que debieron limpiar el desastre. En esa ocasión a él sólo le tocó evacuar la estación.

La otra situación extraña que vivió, fue una noche de invierno después de finalizar el turno. Cuando ya los trenes habían terminado su recorrido y se dirigían rumbo a los talleres, él subió en uno de los carros en compañía de un conductor amigo. En medio del recorrido, el conductor vio una pareja de ancianos sentados en el primer asiento al ingresar al andén, de inmediato detuvo el avance del convoy y abrió las puertas mirando en todo instante por el espejo lateral. En ningún momento perdió la vista de la pareja que permanecía sentada en la distancia, pero al ver que no se movían para subir, el conductor le pidió que fuera a ver qué pasaba. Ambos se asomaron por la puerta al mismo tiempo y quedaron petrificados, pálidos de la impresión; en un abrir y cerrar de ojos la pareja de ancianos había desaparecido. Los pelos se le erizaron, al igual que ahora al ver aquel charco rojo que se esparcía por el piso y las murallas, salpicando por todos lados.

No había ningún cuerpo a la vista, sólo sangre en abundancia y desde ese punto comenzaba el camino que él ya había recorrido. El guardia se devolvió sobre sus pasos y al llegar al andén nuevamente, otros compañeros ya habían bajado para ayudar a la mujer del aseo. Aunque más que para socorrerla estaban allí para calmar sus ansias morbosas y curiosas. La mujer estaba choqueada, su vista permanecía perdida en la distancia y temblaba por completo como un perro mojado en medio de la lluvia. Por suerte la ambulancia no tardó en llegar y se la llevaron.

Los portones permanecían cerrados al público y la gente que llegaba a esa hora de la mañana, se agolpaba a las afueras observando con asombro y molestia el cierre de la estación. Algunos se iban en busca de un transporte alternativo, pero otros permanecían en las afueras exigiendo una explicación e intentando averiguar más de lo sucedido al interior. En realidad no había mucho que averiguar, ya que nadie les daría las verdaderas razones por las cuales no podían entrar. Los rumores crecían a medida que los minutos avanzaban. Lo más escuchado fue que existía un desperfecto técnico en las vías; lo que fue descartado por los curiosos cuando llegó un equipo especializado de la policía.

Otros hablaban de un suicidio al interior, la alerta de una posible bomba era más creíble y otros rumores similares que nacían espontáneos como una epidemia. Los medios de prensa no tardaron en llegar también para cubrir la noticia. No todos los días se producen situaciones tempraneras que amenazan con paralizar el traslado de toda una ciudad, teniendo en cuenta que esa estación era el punto de enlace más importante de toda la red. Tres niveles de flujo de público, donde personas del norte, sur, este y oeste de la ciudad se encontraban, muchos de ellos haciendo uso del cambio de andén para continuar su viaje.

Mientras en el andén, los policías acordonaron el área. Los forenses tomaban muestras de la sangre encontrada, la que horas más tarde revelaría que se trataba de sangre humana, y sacaban fotos a toda la horrorosa escena. Luego un grupo de policías se adentró en el túnel siguiendo el rastro de sangre, avanzaron por las vías más de ochenta metros hasta llegar a una zona de muy difícil acceso. Era una especie túnel de servicio por donde se internaba el rastro y se perdía en la oscuridad. Lo que hubiera causado todo ese desastre ya no se encontraba al alcance de ellos.

Dadas las circunstancias y que el tiempo que la estación había permanecido cerrada ya era demasiado, decidieron organizar un equipo de búsqueda más especializado, el cual retomaría la investigación durante la noche para no causar pánico en la población. Una vez que fueron limpiados los pasillos e incluso la pared que había sido salpicada de sangre quedaba limpia y sin residuos visibles; todos los recorridos volvían a la normalidad. Ya habían pasado seis horas de arduo trabajo y era más de mediodía, el sol estaba en la cima del cielo y el calor de la mañana permanecía en el aire.

"Misterioso incidente en el metro". Citó un medio de prensa electrónico, junto a una foto añeja de esas imágenes de archivo que utilizan una y otra vez cuando no hay nada que mostrar. Los despachos televisivos sólo mostraban imágenes al exterior de la estación y por más que intentaron obtener entrevistas con los funcionarios involucrados, todos habían sido instruidos para no dar declaraciones.

—Estamos investigando... no podemos dar mayores detalles... todo está en completo orden... —fueron las escuetas palabras del jefe de estación.

El día pasó rápido entre especulaciones y la expectativa de la gente, que sólo esperaba llegar a su casa para ver en el noticiero central lo sucedido esa mañana. Pero nada de eso se hizo realidad y con la misma facilidad que nacieron las intrigas, el extraño suceso se esfumó de la pantalla.

Pero no sería así para los equipos especiales que ya estaban listos para su segunda entrada a los oscuros y misteriosos túneles del metro. La hora se acercaba, la multitud de gente comenzaba a menguar y la luna creciente de tres noches se asomaba tímida tras las montañas. La claridad del cielo prometía una linda vista de las pocas estrellas que se pueden divisar en la ciudad. La temperatura era agradable, mientras la expectación se hacía cada vez mayor en el escuadrón que ingresaría al túnel. El encuentro con lo desconocido mantenía a todos en un notorio estado de ansiedad. Además todos conocían los detalles de lo encontrado esa mañana en los pasillos, todos sabían de la sangrienta escena digna de un asesinato bestial e inhumano.

La jornada terminaba para los conductores y funcionarios del metro, los carros volvían a los talleres y las estaciones eran cerradas a la multitud que volvía a sus casas a descansar. Eran los minutos previos donde la tensión se podía cortar con navaja y hasta el sonido más pequeño e insignificante hacía eco en los solitarios pasillos.

—Procedan con el corte de corriente —solicitó el jefe de turno de la estación.

—Copiado —respondió otro funcionario que junto a tres guardias sumaban un total de cinco trabajadores del metro para apoyar al escuadrón de rescate.

Las linternas se encendieron iluminando el interior del misterioso túnel y los diez sujetos del equipo de rescate avanzaban con lentitud para reiniciar la búsqueda. Por largos metros se internaron hasta llegar al lugar donde habían perdido el rastro de sangre. Uno a uno los hombres armados comenzaron a descender por un acceso estrecho y mal oliente. La sangre se mezclaba con la viscosa humedad de las paredes y ellos avanzaron hasta llegar a una especie de recámara de descanso. En ese lugar había tubos y cables que se conectaban con la siguiente estación; también encontraron restos de ropas rasgadas, llenas de sangre y mezcladas con trozos de carne. Sin duda lo que arrastró el cuerpo hasta ese lugar, se alimentó luego de él. Pero qué clase de animal podría vivir bajo la ciudad, entre los túneles sin ser visto.

El oscuro pasillo se extendía por varios metros más hasta llegar a una nueva y húmeda recámara. El rastro de sangre no continuaba avanzando por el pasillo, sino que se desviaba hacia un foso tétrico y maloliente que permanecía abierto. Junto a la pesada tapa metálica del foso había una escalera de acero que descendía unos cinco metros al interior. Sólo seis policías ingresaron al foso para recorrer esos misteriosos lugares, el resto permaneció allí a la espera de sus compañeros. Lo que estuviera moviéndose a través de esos lúgubres pasillos, les llevaba la gran ventaja de conocer esos rincones.

Separados en tres parejas, se encaminaron en diferentes direcciones; la humedad se incrementaba a cada paso que daban y el olor se tornaba cada vez más insoportable. El primer equipo avanzó hacia el sur hasta llegar al final del pasillo original, donde se encontraron con un nuevo y más pequeño túnel que había sido excavado de manera rudimentaria a través de una muralla de ladrillos. Por otra parte el segundo equipo que avanzaba en dirección opuesta, encontró algo muy similar al final de su recorrido. Al parecer lo que recorría esos pasillos había realizado extensiones de los túneles, creando así nuevas conexiones por las cuales desplazarse con libertad.

El miedo se sentía en el escaso aire que los rodeaba, había un temor evidente de continuar avanzando por esos estrechos y oscuros pasillos. Una serie de disparos se escucharon rompiendo el silencio y la tensión del momento, los disparos venía desde el lugar hacia donde había avanzado el tercer grupo. El ruido movilizó a todos hasta llegar a uno de los pasillos donde encontraron sólo a uno de los policías tendido en el suelo en evidente estado de pánico. Sus ojos estaban llenos de terror y aún tenía el arma en la mano, apuntando hacia otro rústico y oscuro agujero al final del pasillo.

Todos le preguntaban por su compañero, pero él no pronunciaba una palabra, sólo señalaba el oscuro pasadizo delante de ellos. Con mucha cautela se acercaron al borde del muro y encontraron rastros de sangre fresca mezclados con la húmeda tierra del lugar. Tres de ellos entraron por el rústico túnel intentando dar alcance a lo que había atacado a sus compañeros.

El laberinto de pasillos daba vueltas en todas direcciones desorientándolos al punto de no poder continuar la angustiosa búsqueda. Al no encontrar nada, el grupo decidió volver a la superficie antes de lamentar la pérdida de alguien más. A esa profundidad los equipos de radio eran inútiles por lo que debían organizarse para volver y dar aviso de lo sucedido. Cuando regresaban al punto donde se habían separado, encontraron el cadáver de su compañero desaparecido; tenía la cara destrozada y los brazos quebrados. La aterradora y sangrienta visión los dejó perplejos; lo que estuviera escabulléndose por esos pasillos, sin duda era más peligroso de lo que ellos habían imaginado.

Los cinco sobrevivientes intentaban regresar a la superficie cargando lo que quedaba del cuerpo de su compañero. Las luces de las linternas se cruzaban entre las sombras, el silencio permitía escuchar sus pasos y su acelerada respiración. Desde las sombras se dejó escuchar un fuerte alarido bestial que detuvo su veloz avance. Todos se sobresaltaron y se miraban entre ellos, el ruido hacía eco en los rincones y se perdía entre los oscuros pasadizos. El aterrador grito se sentía en todas direcciones y ya no sabían si seguir avanzando o retroceder.

Al fin llegaron a una recámara por la cual no habían pasado y que se conectaba con cuatro pasillos; luego de debatir por donde debían continuar, entraron por uno de ellos. Dos hombres iban al frente con sus armas levantadas, mientras eran seguidos de cerca por otros dos que cargaban el cadáver de su compañero y atrás un quinto hombre cubriendo la retaguardia del grupo. Eso era así hasta que se dieron cuenta que en algún momento, él también había desaparecido sin ruidos y sin dejar rastros. Los estrechos y confusos pasadizos no los conducían a ningún lado, estaban atrapados en un laberinto de muerte sin salida.

Luego de algunos minutos de dar vueltas, llegaron a una recámara mucho más grande que conectaba el pasillo por el que venían con un canal de agua; ese era el antiguo alcantarillado proveniente de otras estaciones. Estaban casi seguros de que habían caminado en dirección opuesta a la que entraron; pero no tenían la más mínima intención de regresar por donde mismo, sólo necesitaban encontrar una nueva salida para escapar de ese lugar.

Al seguir avanzando, se vieron obligados a cruzar por una pequeña plataforma sobre el canal de agua; unos metros más adelante había una escalera que se conectaba con un nivel superior. Desde ese punto les sería imposible subir el cadáver de su compañero, así que con mucho pesar decidieron dejarlo en aquel lugar.

Uno a uno, subieron por la larga escalera hasta que fue el turno del cuarto hombre. Él se colgó el arma al hombro y comenzó a subir mientras sus compañeros lo esperaban más arriba. Sus manos se afirmaban en cada peldaño y el miedo hacía que sus rodillas se doblaran de vez en cuando, dando la impresión que en cualquier momento caería al vacío. Ya tenía medio cuerpo en la recámara superior cuando el hombre comenzó a dar gritos desesperados de dolor. Sus compañeros lo sujetaban de las manos sin poder sacarlo de la zona de escaleras y cuando al fin lo lograron, sólo tenían la mitad de su cuerpo sujeto por los brazos. La bestia había desgarrado sus piernas y el hombre se desangró ante la mirada aterrada e incrédula de los demás.

Tanto fue el terror y la desesperación, que uno de ellos comenzó a disparar hacia la recámara inferior. Estaba cegado por el pánico y la ira de la situación, al escuchar los gruñidos de la bestia que procedían de abajo, decidió descender para enfrentarla y darle muerte. Con una mano se sostenía de los peldaños metálicos y con la otra sostenía el arma sin dejar de disparar. En medio de su locura, el hombre continuó bajando las escaleras disparando sin cesar hasta agotar sus municiones. Sus compañeros lo observaban desde arriba, parado sobre la plataforma, al pie de la escalera apretando el gatillo a pesar que ya no habían balas en su arma.

Desde el agua se levantó la figura bestial que los había estado persiguiendo y cazando. Lejos de lo que ellos pensaban, no se trataba de un animal salvaje; más bien tenía apariencia de un hombre enorme con mutaciones en sus articulaciones que le obligaban a caminar encorvado. Tenía una gran musculatura y enormes garras en las manos y los pies. El color de su piel era muy pálido y se movía con una velocidad increíble para un cuerpo de su tamaño.

Se abalanzó sobre el hombre y de un zarpazo lo derribó. La situación fue tan repentina que ni siquiera le dio tiempo de escapar, desde el suelo el hombre continuaba intentando disparar sin darse cuenta que ya no tenía municiones. La bestia se acercó a él y le mordió el cuello hasta darle muerte con gran dolor. Los demás policías no podían creer lo que estaban viendo y sin pensarlo dos veces corrieron por el oscuro pasillo hasta una puerta lateral que los conducía a un largo y amplio túnel. Las luces de sus lámparas se movían sin dirección iluminando la ruta por la que corrían. La pesada puerta rechinó al abrirse y un fuerte olor podrido los envolvió por completo. Ellos se internaron en la habitación mientras el olor del ambiente se impregnaba en su piel.

A medida que avanzaban, sus linternas alumbraban de vez en cuando las paredes, revelando que los túneles se teñían de sangre por todos lados. En el suelo había rastrojos de huesos que crujían a cada paso que ellos daban y vestigios de ropas que se les enredaban en los pies. Desde lejos, en medio de la penumbra, pudieron divisar una nueva puerta que los condujo a una gran habitación llena de cadáveres, huesos y todo tipo de desechos humanos. Sin duda habían llegado a la guarida de la bestia; habían sido cazados uno a uno hasta ser acorralarlos en ese lugar sin salida.

Los hombres hicieron una pausa e intentaron trancar la puerta con largos trozos de huesos en forma de cuña. Al iluminar hacia el final de la habitación, descubrieron que había una escalera que conectaba con otro nivel superior. Esa podría ser su única salida. Ambos corrieron hasta ella sin detenerse sabiendo que lo más probable era que la bestia los seguía muy de cerca. A medida que subían cada peldaño, comenzaron a escuchar fuertes golpes contra la puerta metálica. La bestia embestía con todas sus fuerzas intentando entrar en la habitación. Paso a paso subieron hasta el final encontrando una enorme tapa metálica que cerraba el acceso a la galería de arriba. Golpe tras golpe, la puerta de la habitación sucumbía ante las fuertes embestidas de la bestia; mientras, los hombres intentaban con desesperación levantar la pesada tapa que les impedía salir.

El sujeto que se encontraba más arriba le pasó el arma a su compañero y se acomodó de tal manera de sujetarse con las piernas, mientras con ambos brazos empujaba hacia arriba. La bestia derribó la puerta y entró a la habitación; la adrenalina fluía más que nunca por las venas de los desesperados hombres.

Aquel que tenía las armas comenzó a disparar mientras su compañero continuaba intentando despejar la salida.

El bloque de acero se levantó ante los esfuerzos desesperados del sujeto, mientras la bestia no podía ser alcanzada por los disparos de su compañero. Con mucha habilidad se movía por la habitación gruñendo y eludiendo los disparos, hasta que recibió un disparo certero en el torso y cayó al suelo. La tapa metálica cedió en el momento preciso y el primer policía logró salir de la habitación, mientras su compañero permanecía expectante afirmado en la escalera y disparando las últimas balas que quedaban en su arma.

Unos segundos permaneció inmóvil esperando alguna reacción de la bestia que yacía tendida de espaldas; al ver que no se movía, procedió a subir los pocos peldaños que le faltaban para salir. Sin embargo no alcanzó a llegar al borde superior, cuando se escuchó el gruñido profundo y aterrador de la bestia que se había incorporado. Con unos grandes saltos se trepó por las escaleras y sujetó las piernas del hombre que luchaba por subir. Su compañero intentó sostener sus brazos mientras la bestia lo jalaba hacia abajo; las fuerzas de ambos se desvanecían, sus manos se resbalaban centímetro a centímetro y con gran impotencia el hombre vio caer a su compañero escaleras abajo.

Ambos se precipitaron al vacío desde unos seis metros de altura, por suerte para el policía, cayó sobre la bestia amortiguando el golpe. Con lentitud intentó incorporarse la oscuridad lo envolvía por completo, sólo el punto luminoso de su linterna dejaba ver leves penumbras y siluetas estáticas y malolientes. Sabía que no podía intentar subir las escaleras otra vez sin que la bestia le diera caza y lo matara. Tampoco era una alternativa huir en dirección a la otra habitación; su única salvación era encontrar el arma de su compañero en medio de la oscuridad y darle muerte a la criatura.

Gateando por el suelo viscoso, húmedo y putrefacto movía las manos en una y otra dirección de manera desesperada sin encontrar el arma. Un ronquido quejumbroso lo hizo sobresaltarse, la bestia estaba recuperando la conciencia, sólo sería cosa de segundos antes que lo volviera a atacar. Sus manos rozaron el frío metálico de la pistola y con los de dedos resbalosos consiguió empuñarla. Se tendió de espaldas, inmóvil, esperando que algún ruido o el más pequeño movimiento le indicaran hacia donde debía descargar las balas que le quedaban.

Un nuevo gruñido más largo y lastimero se dejó escuchar, mientras su respiración agitada hacía que sus oídos se taparan de vez en cuando. Sabía que tenía una única oportunidad de salir con vida y que no debía desperdiciar ni un disparo. Él sintió que una figura se movía y se incorporaba a no más de dos metros de distancia. La silueta de la bestia se dibujaba a contraluz de manera imponente y aterradora. Casi dos metros de músculos y se erguían como si nada a pesar del duro golpe de la caída. Las manos le temblaban, su garganta se secaba y a lo lejos los gritos de su compañero hacían eco en la habitación.

Esos mismos gritos hicieron que la bestia desviara la mirada hacia arriba y lanzara un rugido aterrador y profundo; como una advertencia final antes de ir por él y cazarlo. Ese rugido estremecedor delató la posición exacta en la que se encontraba la criatura; el sujeto sostuvo el arma de su compañero con ambas manos y dando un grito desesperado disparó la carga completa sobre la bestia. Esta vez los disparos fueron certeros y mortíferos; la figura imponente cayó al suelo emitiendo sonidos agónicos que se fueron perdiendo en la oscuridad.

La radio de su compañero ya tenía señal en ese nivel y el resto del equipo de rescate se movilizó hasta donde ellos se encontraban. Cientos de metros los separaban desde el punto de entrada hasta donde habían conseguido escapar. Ambos estaban exhaustos, llenos de despojos malolientes, y muy acongojados por la muerte de sus compañeros.

En los días posteriores se rescataron los cuerpos sin vida del resto del equipo. Los grandes túneles estaban sembrados de restos humanos y huesos; mientras en la madriguera de la bestia, se calcularon más de cien víctimas de la criatura. De la bestia nada se dijo en los medios para no crear pánico en la ciudad y su procedencia desconocida seguirá siendo un misterio por siempre, hasta convertirse en un mito urbano de nuestra ciudad.

CONTENIDO

VISIONES DE MEDIANOCHE - Volumen 1

VISIONES DE MEDIANOCHE - Volumen 2

www.ingramcontent.com/pod-product-compliance
Lightning Source LLC
Chambersburg PA
CBHW070625260626
47161CB00007B/2591